# MEURTRES À MANHATTAN

D'abord secrétaire puis hôtesse de l'air, ce n'est qu'au décès de son mari que Mary Higgins Clark se lance dans la rédaction de scripts pour la radio. Son premier ouvrage est une biographie de George Washington. Elle décide ensuite d'écrire un roman à suspense, *La Maison du guet*, son premier best-seller. Encouragée par ce succès, elle continue à écrire tout en s'occupant de ses enfants. En 1980, elle reçoit le Grand prix de littérature policière pour *La Nuit du renard*. Mary Higgins Clark publie alors un roman par an, toujours accueilli avec le même succès par le public. Elle est traduite dans le monde entier et plusieurs de ses romans ont été adaptés pour la télévision. Elle est décédée en janvier 2020.

*De Mary Higgins Clark*
*au Livre de Poche :*

L'Affaire Cendrillon
*(avec Alafair Burke)*
Les Années perdues
Avant de te dire adieu
Le Billet gagnant
Le Bleu de tes yeux
La Boîte à musique
Ce que vivent les roses
Cette chanson que
je n'oublierai jamais
La Clinique du docteur H.
Dans la rue où vit celle
que j'aime
Le Démon du passé
Dernière danse
De si belles fiançailles
*(avec Alafair Burke)*
Deux petites filles en bleu
Dors ma jolie
Douce nuit
En secret
Entre hier et demain *(Mémoires)*
Et nous nous reverrons…
Le Fantôme de Lady Margaret
Je t'ai donné mon cœur
Joyeux Noël, Merry Christmas
La Maison du clair de lune
La Maison du guet
La mariée était en blanc
*(avec Alafair Burke)*
Ne pleure pas ma belle
Ni vue ni connue
Noir comme la mer
Nous n'irons plus au bois
La Nuit du renard
La nuit est mon royaume
L'Ombre de ton sourire
Où es-tu maintenant ?
Le Piège de la Belle au Bois
dormant *(avec Alafair Burke)*
Quand reviendras-tu ?
Recherche jeune femme aimant
danser
La Reine du bal
*(avec Alafair Burke)*
Rien ne vaut la douceur
du foyer
Souviens-toi
Le Temps des regrets
Toi que j'aimais tant
Tu m'appartiens
Un cri dans la nuit
Un jour tu verras…
Une chanson douce
Une seconde chance
Une si longue nuit

*Mary & Carol Higgins Clark*

Ce soir je veillerai sur toi
La Croisière de Noël
Le Mystère de Noël
Trois jours avant Noël
Le Voleur de Noël

MARY HIGGINS CLARK

présente

# *Meurtres à Manhattan*

NOUVELLES TRADUITES DE L'ANGLAIS (ÉTATS-UNIS)
PAR ANNE DAMOUR, HÉLOÏSE ESQUIÉ,
GUILLAUME MARLIÈRE, SABINE PORTE

ALBIN MICHEL

*Titre original :*
MANHATTAN MAYHEM



ISBN : 978-2-253-10758-3 – 1re publication LGF

## Introduction

*Par Mary Higgins Clark*

En 2015, la Mystery Writers of America a fêté le soixante-dixième anniversaire de sa création, qui eut lieu en mars 1945, pendant les derniers jours de la Seconde Guerre mondiale. Le groupe fondateur, composé de dix hommes et femmes, atteignait déjà une centaine de membres à la fin de la première année. Lorsque j'ai rejoint l'association MWA il y a plus de cinquante ans, je me souviens que nous n'avions qu'une dizaine de tables pour le banquet annuel des Edgar Awards, une réunion beaucoup plus intime que le splendide gala d'aujourd'hui.

À cette époque, notre plaisanterie préférée était l'histoire d'un homme qui assistait à un cocktail et à qui un autre invité demandait ce qu'il faisait dans la vie.

« Je suis écrivain, répondait-il.

— Oh, c'est merveilleux. Et qu'écrivez-vous ?

— Des romans policiers. »

Silence. Regard glacial. Puis la douche froide : « Je ne lis que de *bons* livres. »

C'était autrefois, le temps a passé. Aujourd'hui, les

romans à suspense, les romans policiers, les « thrillers » comme disent les Anglais, sont devenus dans le monde entier une branche respectée et particulièrement appréciée de la littérature. Et l'association s'est développée en parallèle. Depuis ses modestes débuts où dix auteurs se sont réunis à Manhattan jusqu'à ce qui allait devenir la MWA d'aujourd'hui, elle a grandi et comprend désormais plus de trois mille cinq cents membres dans le monde entier.

Le soixante-dixième anniversaire de la Mystery Writers of America est un événement très particulier. Depuis sa création, l'association a travaillé sans relâche à protéger et promouvoir les auteurs de romans policiers, œuvrant en liaison avec les éditeurs et les libraires pour mettre en avant à la fois ce genre littéraire et ses auteurs. Et c'est pourquoi notre infatigable ex-vice-président exécutif et président du comité de publication, Barry Zeman, et moi-même avons eu l'idée de célébrer cet anniversaire en publiant un recueil de nouvelles à la gloire de Manhattan qui vit la naissance de la MWA.

*Meurtres à Manhattan* est ma troisième anthologie de la MWA, et si je suis fière de chacune d'elles, celle-ci occupe une place unique dans mon cœur. J'y ai invité une brillante constellation d'auteurs, y compris ceux qui avaient contribué par leur talent aux précédents recueils et qui sont encore actifs au sein de notre association, ainsi que des écrivains avec lesquels je n'avais pas encore eu le plaisir de collaborer. Chacun avait pour mission de choisir comme décor un quartier typique de Manhattan. Le résultat est une collection variée d'histoires qui se déroulent d'un bout à l'autre de la ville – de Wall Street à Union Square, de Central Park à Harlem, et de Times Square à Sutton Place South, ainsi que dans onze autres endroits tout aussi évocateurs du cœur de New York.

Certains auteurs ont choisi de revisiter le Manhattan d'autrefois, comme N. J. Ayres dans *Copies conformes*, une histoire réaliste de flics et de criminels dans l'immédiat après-guerre, et *Le Boulanger de Bleecker Street*, une nouvelle d'espionnage de Jeffery Deaver. Dans *Le Lendemain de la victoire*, Brendan DuBois a choisi de décrire un moment fondamental de l'histoire de la ville, le Jour de la victoire sur le Japon à Times Square. Angela Zeman a préféré une époque différente, les débuts bouillonnants des années 1990, pour *Wall Street Rodeo*, où arnaqueurs et escrocs s'affrontent dans cette rue considérée comme la capitale financière du monde.

D'autres ont concocté des récits qui se déroulent sur plusieurs années voire des décennies. Dans *Bienfaiteur en série*, Jon L. Breen met en scène une série de crimes restés sans solution qui remontent à plus d'un demi-siècle. T. Jefferson Parker, dans *Mikey et moi*, nous dévoile les coulisses obscures des clans mafieux de Little Italy entre 1970 et aujourd'hui. *Mort subite à Sutton Place* de Judith Kelman associe les périls et les pièges de l'écriture d'un roman policier à la disparition d'une personnalité du Tout-Manhattan, finalement résolue des décennies plus tard… mais est-ce si sûr ? Justin Scott, né à Manhattan, propose un des récits les plus originaux du recueil, qui combine avec efficacité crime, temps et espace dans *Edgar Allan Poe Street*. J'ai également présenté une de mes propres nouvelles. *La Robe à cinq dollars* démontre qu'on ne connaît parfois jamais tout à fait ceux qui nous sont les plus proches.

Mais bien sûr, même aujourd'hui, Manhattan reste un terrain rêvé pour les crimes et les mystères réels ou imaginés. Dans certaines de ces nouvelles, la famille est à la source du crime. Dans *Trois petits mots*, Nancy Pickard révèle le cœur souvent malveillant de la Grosse Pomme, et ce qui se passe quand une femme tente de le changer. La mère de l'héroïne de séries policières Lydia Chin, S. J. Rozan, s'attaque à une affaire de disparitions que lui a signalée son fils dans *Chin Yong-Yun fait un chidouh*, tandis que dans son *Poil de carotte*, Margaret Maron, lauréate du Grand Master des Edgar Awards, décrit une rivalité dans une fratrie bien pire que tout ce qu'un adulte peut imaginer. Thomas H. Cook montre que certains liens familiaux peuvent conduire au désastre dans *Éviter le pire*, qui se situe dans le quartier bobo de Hell's Kitchen, et *Dizzy et Gillespie* de Persia Walker raconte une querelle de voisinage dans un immeuble de Harlem.

Ces histoires sont toutes formidables, et nous n'en avons dit que quelques mots. Jack Reacher, le combattant errant de Lee Child, fait une halte dans la Grosse Pomme dans *Les Oiseaux de nuit*, et le simple fait de sortir du métro le propulse au milieu de dangers et d'intrigues incroyables. Une journée ensoleillée dans Central Park s'avère dangereuse pour l'auteur d'un crime dans *Le Lapin blanc* de Julie Hyzy. Et Ben H. Winters nous emmène dans les coulisses des théâtres *off* Broadway avec *Piégé !*

Grâce à notre très estimé éditeur, Quirk Books, chacune de ces nouvelles est illustrée d'une carte de ces quartiers traditionnels, faisant du recueil un hommage unique à une association très particulière et à une ville qui l'est tout autant.

Nous espérons que vous prendrez autant de plaisir à lire ces nouvelles que nous en avons eu à les écrire.

## Un message
## de la Mystery Writers of America

À l'occasion du soixante-dixième anniversaire de la MWA, nous aimerions prendre un moment au nom de l'association pour témoigner notre profonde reconnaissance à Mary Higgins Clark. Dès le début de sa carrière, elle a rejoint nos rangs, et s'est montrée une infatigable championne de notre cause, elle a inlassablement soutenu nos membres et les auteurs de romans policiers du monde entier.

Mary a toujours été là pour prêter main-forte à nos projets. Outre ses nombreuses activités au cours des dix années où elle a été membre du conseil d'administration, elle a été en tant que présidente nationale de la MWA un porte-parole et un pilier infatigable de notre cause. Mary a aussi pris en main, pendant deux ans, l'organisation et la présidence de l'International Crime Congress de 1988, une brillante manifestation d'une semaine entière qui réunit les écrivains de romans policiers et de suspense du monde entier.

Comme s'il ne lui suffisait pas de se montrer aussi généreuse de son temps et de son talent, Mary a également édité trois anthologies annuelles de la MWA et participé à beaucoup d'autres.

C'est une auteure talentueuse et aimée de tous, et son incomparable contribution à notre littérature a été justement reconnue par sa nomination de Grand Master de la MWA pour l'ensemble d'une œuvre de qualité exceptionnelle.

Les choses ont changé depuis le jour où Mary est venue nous rejoindre, mais grâce à Dieu elle est restée la même personne gracieuse, chaleureuse et attentive aux autres qu'elle a toujours été, et sa présence nous a tous enrichis. Reconnue dans le monde entier comme la « Reine du suspense », ici, on la surnomme « Reine de nos cœurs ».

Nous lui présentons nos plus profonds et plus sincères remerciements pour des années de service désintéressé en faveur de la Mystery Writers of America et des écrivains en général. Nous espérons en vivre beaucoup d'autres.

BARRY T. ZEMAN
Président du comité des publications

TED HERTZEL, JR.
Vice-président exécutif

UNION SQUARE

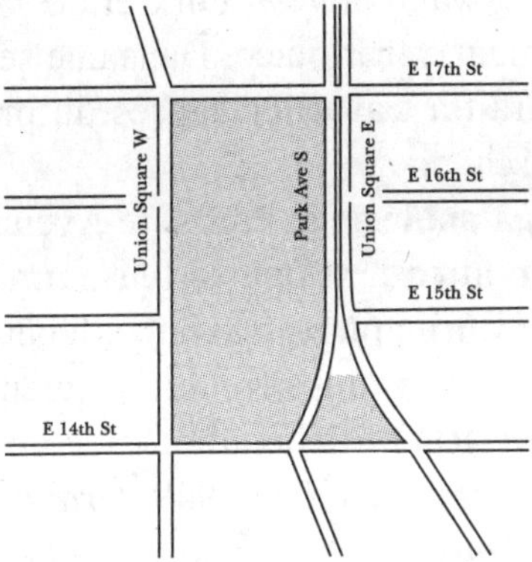


# La robe à cinq dollars

*Mary Higgins Clark*

On était fin août et les ombres obliques de l'après-midi s'allongeaient sur Union Square. *Drôle de journée*, songea Jenny à la sortie du métro en se dirigeant vers l'est. C'était la dernière fois qu'elle se rendait à l'appartement de sa grand-mère, qui était décédée trois semaines plus tôt.

Elle avait déjà tout rangé. À cinq heures, le bureau d'aide sociale du diocèse viendrait collecter les meubles, les appareils ménagers et tous les vêtements.

Son père et sa mère, tous les deux pédiatres à San Francisco, n'avaient pas pu se libérer. Jenny qui venait de passer le concours du barreau, après son diplôme de droit obtenu à Stanford, avait eu le temps de faire ce voyage à New York et de s'occuper du déménagement à leur place. Dans une semaine, elle commencerait à travailler auprès du procureur de San Francisco.

Arrivée à l'angle de la Première Avenue, elle leva les yeux en attendant que le feu pour les piétons passe au vert. Elle pouvait voir les fenêtres de l'appartement de sa grand-mère au cinquième étage du 415 de la 14e Rue. Elle avait été une des premières locataires à s'y installer en 1949. *Grand-père et elle sont partis dans le New Jersey quand maman avait cinq ans*, se rappela Jenny, *mais elle est revenue à la mort de grand-père.* Il y a vingt ans. Plongée dans ses souvenirs de la grand-mère qu'elle avait tant chérie, Jenny ne s'aperçut pas que le feu venait de changer. *Il me semble encore la voir à la fenêtre, guettant mon arrivée, comme à chaque fois que je venais lui rendre visite.* Un piéton impatient lui frôla l'épaule en la dépassant et elle vit que le feu était vert. Elle traversa la rue et parcourut les quelques mètres qui la séparaient de la porte d'entrée de l'immeuble. Une fois devant la porte, surmontant sa réticence, elle composa le code d'accès, puis se dirigea vers l'ascenseur, pénétra dans la cabine et appuya sur le bouton.

Au cinquième étage, elle sortit et s'avança lentement dans le couloir jusqu'à l'appartement. Des larmes lui montèrent aux yeux à la pensée de sa grand-mère qui l'avait si souvent attendue, la porte ouverte, après l'avoir vue traverser la rue. La gorge serrée, Jenny fit tourner la clé dans la serrure et ouvrit. Elle se rappela qu'à quatre-vingt-six ans, sa grand-mère se disait prête à s'en aller. Qu'elle avait vécu vingt longues années sans grand-père, et qu'il était temps d'aller le retrouver.

Et elle avait commencé à sombrer doucement dans la démence, parlant d'une certaine Sarah... que Barney ne l'avait pas tuée... C'était Vincent... qu'elle le prouverait un jour.

*S'il y a une chose que grand-mère n'aurait pas acceptée, c'est l'idée de perdre la tête.* Prenant sa respiration, la jeune femme regarda autour d'elle. Les cartons qu'elle avait préparés étaient rassemblés au centre de la pièce. Les rayonnages des étagères étaient vides. Les tables nues. La veille, elle avait enveloppé et emballé les précieuses porcelaines Royal Doulton et les photos de famille qu'elle enverrait en Californie.

Il ne lui restait qu'une chose à faire. Regarder dans le coffre de mariage s'il y avait autre chose à conserver. Ce coffre avait un attrait particulier pour Jenny. Elle emprunta le couloir jusqu'à la petite chambre que sa grand-mère avait aménagée en bureau. Malgré son pull, elle se sentait glacée. Elle se demanda si on éprouvait toujours cette sensation dans un appartement ou une maison dont les habitants ne sont plus en vie.

Entrant dans la pièce, elle s'assit sur le canapé convertible qui lui avait servi de lit depuis ses onze ans, âge auquel, pour la première fois, on l'avait laissée voyager seule en avion depuis la Californie pour passer un mois d'été avec sa grand-mère.

Elle la revoyait ouvrir le coffre dont elle sortait toujours un cadeau pour sa petite-fille. Mais elle ne l'avait jamais autorisée à en explorer le contenu. « Il y a des choses que je ne veux pas partager, Jenny, lui avait-elle dit. Je te les montrerai peut-être un jour. Ou je les jetterai. Je ne sais pas encore. »

*Je serais curieuse de savoir si grand-mère s'est débarrassée de ces secrets*, se demanda Jenny. À présent, le coffre de mariage faisait office de table basse dans le bureau. Se penchant en avant, la jeune femme retint son souffle et souleva le couvercle. Elle s'aperçut aussitôt que l'intérieur était en grande partie occupé par des couvertures et des courtepointes, toutes remplacées depuis longtemps par des couettes plus légères.

*Pourquoi grand-mère a-t-elle gardé ces vieilleries ?* Elle sortit difficilement les lourdes couvertures, et les empila à l'écart sur le sol. *Elles peuvent encore servir, elles ont l'air bien chaudes*. Venaient ensuite trois ensembles de nappes et serviettes assorties, le genre de choses dont sa grand-mère se moquait avec un haussement d'épaules. « Plus personne n'a envie de linge de table aujourd'hui, disait-elle. Repasser n'est plus à la mode. »

*Quand j'aurai une famille à moi, grand-mère, je les utiliserai dans les grandes occasions en souvenir de toi, pour Noël et Thanksgiving.*

Jenny avait presque vidé le coffre quand elle aperçut dans le fond un album recouvert de cuir blanc, sur lequel était inscrit en lettres dorées : « Le jour de notre mariage ». Les photos étaient en noir et blanc. La première représentait sa grand-mère en robe de mariée arrivant à l'église. Jenny sursauta. *Grand-mère me l'avait montrée il y a des années, mais je n'avais jamais réalisé à quel point je me suis mise à lui ressembler en grandissant.* Les mêmes pommettes hautes, la même chevelure brune. *J'ai l'impression de me regarder dans un miroir.*

Ce jour-là, sa grand-mère lui avait désigné les personnes qui y figuraient. « Lui, c'était le meilleur ami de ton grand-père… Là, ma demoiselle d'honneur, ta grand-tante… Ton grand-père était si beau… Tu n'avais que cinq ans quand il est mort, tu ne te souviens pas de lui, bien sûr. »

Jenny avait quelques vagues images de lui. *Il me prenait dans ses bras et me donnait un gros baiser, puis il me récitait quelques vers d'un poème sur quelqu'un qui s'appelait Jenny. Il faudra que je le retrouve un jour, ce poème.*

Il y avait une photo détachée à la fin de l'album. Elle représentait sa grand-mère et une autre jeune femme vêtues de la même robe de cocktail : corsage ajusté à la taille avec un gracieux décolleté bateau, manches longues, jupe bouffante qui arrivait à la cheville.

*Elles sont ravissantes*, pensa Jenny. *Bien plus jolies que tout ce que l'on trouve aujourd'hui.*

Elle retourna la photo et lut la note dactylographiée qui y était attachée :

*Sarah présentait cette robe au défilé de Klein et elle la portait encore lorsqu'elle a été assassinée quelques heures plus tard. J'avais la même. Un modèle de remplacement au cas où l'original serait abîmé. Le couturier, Vincent Cole, l'appelait « la robe à cinq dollars » parce que c'était le prix auquel il comptait la vendre. Il disait qu'il y perdrait de l'argent, mais que cette robe le rendrait célèbre. Elle a eu un énorme succès au défilé, et l'acheteur d'un magasin en a commandé trente exemplaires, mais Cole a refusé de la vendre après la découverte du corps de Sarah. Il voulait que je lui rende le modèle qu'il m'avait donné, mais j'ai dit non. Je pense qu'il voulait se débarrasser de la robe parce que Sarah la portait au moment où il l'avait tuée. Si seulement il y avait une preuve. Je m'étais toujours doutée qu'elle sortait avec lui en cachette.*

D'une main tremblante, Jenny replaça la photo à l'intérieur de l'album. Dans son délire la veille de sa mort, sa grand-mère avait prononcé ces noms : Sarah, Vincent et Barney. Simples divagations ?

Sous l'album se trouvait une grande enveloppe en papier kraft d'un jaune fané. Elle l'ouvrit et y trouva trois dossiers contenant des coupures de journaux rongées par le temps. L'enveloppe serrée sous son bras, elle se dirigea vers la salle à manger et s'installa à la table où elle serait plus à son aise pour lire. Prenant soin de ne pas abîmer les coupures, elle les fit glisser hors de l'enveloppe. Elles avaient été classées par ordre chronologique.

« Meurtre à Union Square », lut-elle en premier. Le journal était daté du 8 juin 1949. L'article disait :

*Le corps de Sarah Kimberley, 23 ans, a été découvert ce matin dans l'entrée du grand magasin S. Klein sur Union Square. Elle a été poignardée dans le dos par un ou plusieurs inconnus, probablement entre minuit et cinq heures du matin...*

*Pourquoi grand-mère gardait-elle tous ces articles ? Pourquoi ne m'en a-t-elle jamais rien dit, sachant que j'avais l'intention de me spécialiser dans le droit pénal ? Elle n'en a sûrement pas parlé à maman. Maman me l'aurait dit.*

Jenny étala les autres coupures sur la table. Elles relataient l'enquête depuis le début. En fin d'après-midi, Sarah Kimberley avait présenté au public la robe qu'elle portait quand on avait trouvé son corps. L'autopsie avait révélé qu'elle était enceinte de six semaines au moment de sa mort.

Vincent Cole, le jeune couturier alors en vogue à New York, avait été interrogé pendant plusieurs heures. On savait qu'il voyait Sarah en secret. Mais sa fiancée, Nona Banks, l'héritière des grands magasins du même nom, avait juré qu'ils avaient passé la nuit ensemble dans son appartement.

*Qu'a fait ma grand-mère du modèle qu'elle possédait ? Elle disait que c'était la plus jolie robe qu'elle avait jamais eue.*

Jenny avait installé son ordinateur sur la table ; elle décida de faire des recherches sur Vincent Cole. Ce qu'elle apprit la déconcerta. Vincent Cole avait changé son nom pour celui de Vincenzia et était aujourd'hui un couturier célèbre. *Au même rang qu'Oscar de la Renta ou Carolina Herrera.*

Les coupures suivantes concernaient l'arrestation de Barney Dodd, un jeune homme de vingt-six ans qui passait des heures entières assis dans Union Square Park. Mentalement instable, il logeait dans une auberge du YMCA et travaillait dans un funérarium. Une de ses tâches était de préparer les corps des défunts et de les placer dans leur cercueil. À midi et après son travail, il allait directement au parc, emportant son déjeuner ou son dîner dans un sac en papier. À la lecture des comptes rendus, Jenny comprit pourquoi on l'avait soupçonné. Le corps de Sarah Kimberley avait été disposé comme si elle se trouvait dans un cercueil, les mains jointes sur la poitrine, les cheveux parfaitement coiffés, le large décolleté de sa robe arrangé avec soin.

D'après les témoignages, Barney avait la réputation de chercher à engager la conversation quand une jolie femme s'asseyait près de lui. *Ça ne prouve rien.* Jenny se rendit compte qu'elle réagissait comme l'assistante du procureur qu'elle serait bientôt.

La dernière coupure était un article de deux pages du *Daily News* intitulé « La justice a-t-elle triomphé ? ». Il s'agissait de « l'affaire de la robe à cinq dollars », comme l'auteur l'avait surnommée. De longs extraits de l'audience étaient inclus dans l'article.

Barney Dodd avait avoué. Il avait signé une déclaration selon laquelle il se trouvait dans Union Square aux environs de minuit la nuit du meurtre. Il faisait froid, le parc était désert. Il avait vu Sarah traverser la 14e Rue. Il l'avait suivie et, quand elle avait refusé de l'embrasser, il l'avait tuée. Il avait transporté son corps jusqu'à l'entrée des magasins Klein et l'y avait laissé. Mais il l'avait disposé joliment, comme il en avait l'habitude au funérarium. Il avait jeté le couteau ainsi que les vêtements qu'il portait ce soir-là.

*Trop facile*, pensa Jenny avec mépris. *À mon avis, celui qui a obtenu cette confession cherchait à parer à toute éventualité. Et on parle de jugements hâtifs.* Ce n'est certainement pas de Barney que Sarah était enceinte. Qui était le père de l'enfant ? Avec qui se trouvait Sarah ce soir-là ? Pourquoi était-elle seule à minuit (ou plus tard) dans Union Square ?

Il était clair que le juge non plus n'avait pas été convaincu par cette confession. Il avait inscrit que Barney plaidait non coupable et lui avait assigné un avocat d'office.

La lecture des minutes du procès ne fit qu'accroître son exaspération. Bien que l'avocat ait fait de son mieux pour défendre Barney, il était visiblement inexpérimenté. *Il n'aurait jamais dû appeler Dodd à la barre.* Celui-ci avait passé son temps à se contredire. Il avait admis avoir reconnu le meurtre de Sarah, mais seulement parce qu'il avait faim et que les policiers lui avaient promis un sandwich jambon-fromage et une barre chocolatée s'il acceptait de signer un papier. *Bon*, pensa-t-elle. *Voilà qui aurait dû impressionner les jurés.*

*Pas suffisamment*, reconnut-elle à contrecœur en continuant sa lecture. Pas en comparaison de l'autorité du procureur en charge de l'affaire.

Il avait montré une photo du corps de Sarah prise sur le lieu du crime. « Reconnaissez-vous cette femme ?

— Oui. Je la voyais parfois dans le parc quand elle déjeunait ou rentrait chez elle après son travail.

— Lui avez-vous jamais parlé ?

— Elle n'aimait pas parler avec moi. Mais son amie était très gentille. Et jolie, aussi. Elle s'appelait Catherine. »

*Ma grand-mère*, pensa Jenny.

« Avez-vous vu Sarah Kimberley le soir du meurtre ?

— Le soir où je l'ai vue allongée devant l'entrée des magasins Klein ? Ses mains étaient jointes, mais pas joliment comme sur la photo. C'est moi qui les ai arrangées. »

Jenny enragea. *Son avocat aurait dû demander une suspension d'audience, dire au juge que son client était visiblement désorienté.* Mais l'avocat de la défense avait laissé le procureur poursuivre son interrogatoire, attaquer Barney : « C'est vous qui avez disposé le corps ?

— Non. C'est quelqu'un d'autre. J'ai seulement changé la position de ses mains. »

Il n'y avait que deux témoins de la défense. Le premier était la surveillante du YMCA où logeait Barney. « Il n'aurait pas fait de mal à une mouche. S'il essayait de parler à quelqu'un qui le fuyait, il ne s'en approchait plus jamais. Je ne l'ai jamais vu avec un couteau sur lui. Il possède peu de vêtements, je les connais tous, et il n'en manque aucun. »

L'autre était Catherine Reeves. Elle assura que Barney n'avait jamais montré d'animosité envers son amie Sarah Kimberley. « Si nous déjeunions dans le parc, et que Sarah ne prêtait pas attention à lui, Barney se tournait vers moi et me parlait pendant une minute ou deux. Il ne s'intéressait pas plus que cela à Sarah. » Barney fut déclaré coupable de meurtre avec préméditation, et condamné à la prison à perpétuité sans remise de peine.

Jenny lut la dernière coupure de journal :

*Barney Dodd est mort à l'âge de soixante-huit ans, après avoir passé quarante ans en prison pour le meurtre de Sarah Kimberley. L'affaire dite de la Robe à cinq dollars a été décryptée par les experts pendant des années. L'identité du père de l'enfant à naître de Sarah est à ce jour toujours inconnue. Elle portait la robe qu'elle avait présentée lors d'un défilé ce jour-là. C'était une robe de cocktail. Avait-elle un rendez-vous galant avec un admirateur ? Qui a-t-elle rencontré et où est-elle allée ce soir-là ? LA JUSTICE A-T-ELLE TRIOMPHÉ ?*

*Sûrement pas*, s'indigna Jenny. Elle leva les yeux et s'aperçut que la pièce était plongée dans la pénombre.

À la fin, grand-mère s'était mise à divaguer sur Vincent Cole et la robe à cinq dollars. Était-ce parce qu'il n'en supportait pas la vue ? Était-il le père de l'enfant de Sarah ?

*Il doit avoir plus de quatre-vingts ans à présent.* Sa première femme, Nona Banks, était héritière de grands magasins. Un des articles la concernait. Dans une interview donnée au magazine *Vogue* en 1952, elle disait que c'était elle qui avait décidé que Vincent Cole n'était pas un nom suffisamment attractif pour un couturier, et poussé son mari à valoriser son image en prenant le nom de Vincenzia. Il y avait aussi une photo de leur mariage fastueux dans la propriété du grand-père de Nona à Newport. Il avait été célébré le 10 août 1949, quelques semaines après le meurtre de Sarah.

Le couple n'avait duré que deux ans. La raison invoquée avait été l'adultère.

*Je me demande*… Jenny revint à son ordinateur. La page sur Vincent Cole – Vincenzia – était encore ouverte. Elle parcourut tous les liens jusqu'à trouver ce qui l'intéressait. Vincent Cole, alors âgé de vingt-cinq ans, habitait à deux blocs d'Union Square quand Sarah Kimberley avait été assassinée.

Si seulement on avait su utiliser l'ADN à cette époque… Sarah habitait dans l'Avenue C, quelques rues plus loin. Si elle était chez Cole cette nuit-là, et lui avait annoncé qu'elle était enceinte, il aurait pu facilement la suivre et la tuer. Il savait probablement que Barney Dodd était un des paumés qui traînaient à Union Square. Aurait-il pu disposer le corps de manière à attirer les soupçons sur Barney ? Peut-être l'avait-il aperçu dans le parc ce soir-là ?

*On ne le saura jamais*, conclut Jenny. *Mais il est clair que grand-mère était convaincue de la culpabilité de Cole.*

Elle se leva de sa chaise, le dos ankylosé à force d'être restée penchée sur l'ordinateur. Tout ce qu'elle désirait était quitter l'appartement et faire une longue marche.

*La camionnette du bureau de l'aide sociale va arriver d'ici un quart d'heure. Finissons-en*, décida-t-elle en regagnant le bureau. Deux cartons étaient restés ouverts. Elle examina d'abord celui qui portait l'étiquette « Klein » et y trouva, enveloppée de papier de soie bleu, la robe « à cinq dollars » qu'elle avait vue sur la photo.

Elle la déplia et la tint devant elle. *C'est sans doute la robe dont m'a parlé grand-mère il y a deux ans. J'avais acheté une robe de cocktail de cette couleur. Grand-mère m'a dit qu'elle lui rappelait une robe qu'elle avait portée dans sa jeunesse. Elle a dit que grand-père ne l'aimait pas. « Une fille qui travaillait avec moi en portait une semblable quand elle a eu un accident, et il pensait qu'elle portait malheur. »*

L'autre carton renfermait un costume bleu marine à trois boutons. Pourquoi avait-elle l'impression de l'avoir déjà vu ? *Je suis pratiquement sûre que c'est celui que grand-père portait à leur mariage. Pas étonnant qu'elle l'ait gardé. Elle ne pouvait pas parler de lui sans avoir les larmes aux yeux*. Jenny se souvint de ce qu'une vieille amie de sa grand-mère lui avait dit à la veillée mortuaire. « Ton grand-père était le plus bel homme que tu puisses imaginer. Quand il était étudiant en droit, il travaillait comme vendeur chez Klein pendant la journée. Toutes les filles du magasin étaient folles de lui. Mais quand il a rencontré ta grand-mère, ça a été le coup de foudre. Nous étions toutes jalouses d'elle. »

Jenny sourit à ce souvenir et se mit à fouiller dans les poches du costume, au cas où quelque chose y serait resté. Il n'y avait rien dans le pantalon. Elle glissa ses doigts dans les poches de la veste. La poche de poitrine gauche était vide, mais il lui sembla sentir quelque chose sous la doublure de satin.

*Peut-être a-t-elle un compartiment intérieur secret, une sorte de gousset. J'ai eu un tailleur avec un truc de ce genre.*

Elle avait raison. La fente du compartiment intérieur était presque impossible à discerner, mais elle était là.

Jenny y glissa les doigts et en sortit une feuille de papier pliée. Elle la déplia et en lut le contenu.

La lettre était adressée à miss Sarah Kimberley.

C'était un rapport médical déclarant que le test avait confirmé qu'elle était enceinte de six semaines.

Les ouvrages de Mary Higgins Clark sont des best-sellers internationaux. Rien qu'aux États-Unis, ses livres se sont vendus à plus de cent millions d'exemplaires. Son dernier roman, *Meurtre à Cape Cod*, a été publié par Albin Michel en 2020. Elle est l'auteure de plus de trente romans à suspense, de quatre recueils de nouvelles, d'un roman historique, d'une autobiographie et de deux livres pour enfants. Elle est décédée en janvier 2020.

CENTRAL PARK

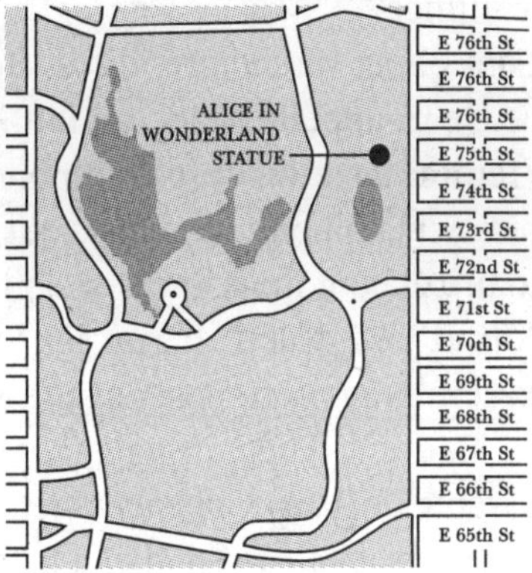


# Le lapin blanc

*Julie Hyzy*

La jeune femme assise sur le banc cessa de tripoter une mèche de ses cheveux blond platine coupés court. Surprise, elle leva la tête en se protégeant les yeux du soleil.

« Pardon ?

— Je vous demandais si vous étiez en train de replonger en enfance. »

L'homme qui avait parlé se baissa pour tapoter le coin du livre posé sur ses genoux. Il avait le visage rond et le genre de coiffure de petit garçon que la plupart des hommes abandonnent avant la trentaine. Il portait des lunettes à monture noire et une barbe brune en broussaille. Il arborait aussi une petite bedaine et une sacoche élimée.

« Intéressant choix de lecture, dit-il. Surtout étant donné la vue. Je m'appelle Mark, au fait. »

La jeune femme se raidit et se cramponna au col de son pull. Même si la plupart des bancs qui entouraient ce site populaire étaient inoccupés, ce coin de Central Park était loin d'être désert. Parmi les touristes qui faisaient des acrobaties pour poser avec son attraction centrale – la statue d'Alice au pays des merveilles, trois mètres trente de haut –, plusieurs jeunes familles et un groupe de gamins en âge d'aller à la fac prenaient hardiment des photos et se montraient les résultats.

« Parler aux inconnus n'est pas dans mes habitudes », dit-elle, reportant son attention sur deux bambins en blousons fluo qui tentaient d'escalader la gigantesque sculpture en bronze. Leur père, appuyé contre le Lapin blanc, examinait son téléphone en plissant les yeux.

« Je ne suis pas un inconnu. » Mark s'assit sur le banc à côté d'elle et posa son sac sur ses genoux. « Mais votre remarque éveille ma curiosité. Vous l'êtes, vous, curieuse ? »

Elle ne répondit pas.

Un des bambins aux mains potelées, couché sur le ventre au sommet d'un champignon, lâcha prise ; il glissa sur le côté et tomba violemment au sol. Un quart de seconde plus tard, ses gémissements perçants arrachaient son père à sa contemplation. Il rangea son téléphone dans sa poche et releva son fils.

Mark les montra du doigt et se pencha vers la jeune femme.

« Ils ne devraient pas être à l'école ?

— Trop jeunes. Écoutez, je ne veux pas être impolie…

— Dans ce cas, abstenez-vous. »

Il appuya un coude sur le dos du banc et amena sa cheville sur son genou. Exhalant bruyamment, il posa son autre main sur la sacoche.

« Détendez-vous. Nous sommes sur un site populaire au milieu d'un parc animé par un après-midi ensoleillé d'octobre. Il n'y a pas de mal à bavarder un peu. »

Elle tapota son livre de l'index.

« Si, parce que ça m'empêche de lire.

— Sauf que vous ne le faites pas. Lire, je veux dire.

— Qu'est-ce que c'est que ça, à votre avis ? » Cette fois, elle agita le livre en l'air. « Une planche de surf ? »

L'homme attira son attention sur les marches, non loin, où une jeune femme était penchée sur un livre de poche qu'elle tenait de la main gauche tout en se rongeant l'ongle du pouce de la main droite. « *Elle*, elle lit. » Il tendit le bras, désignant deux joggeurs qui faisaient le tour du bassin de bateaux miniatures. « *Eux*, ils ne lisent pas. » L'air amusé, il ajouta : « D'incroyables pouvoirs d'observation, associés à un vrai talent pour la déduction. » Il étira ses mains. « C'est un don.

— Vous êtes surtout imbu de vous-même, non ?

— Vous ne seriez pas la première à le dire.

Attendez. » Il tendit de nouveau l'index, cette fois vers le ciel. Levant le menton dans la brise fraîche et tourbillonnante, il prit une profonde inspiration. « Vous avez senti ça ? » Il continua, presque sans marquer de pause. « Cette odeur familière, juste à la date prévue. Vous la reconnaissez, pas vrai ? La mort et les nouveaux commencements en une seule bouffée d'air parfumé. Les feuilles mortes et les cahiers vierges. Chaque automne, elle revient, toujours au même moment. Parfois elle dure des jours ; parfois elle disparaît avant qu'on ait le temps de la humer.

— Très poétique, mais ça ne répond pas… »

Il passa les doigts le long du rebord du livre.

« Vous êtes assise ici depuis une heure avec *Alice au pays des merveilles* sur les genoux, mais vous n'en avez pas tourné une seule page. »

Elle haussa la voix : « Vous m'espionnez ? »

Il se gratta le cou. « Espionner, c'est un grand mot. On dirait que vous voulez me faire passer pour un pervers. Disons juste que vous avez piqué ma curiosité.

— Si vous croyez que c'est efficace, comme technique de drague…

— Mais non. Mettons que je suis curieux. Mettons que je suis intrigué.

— Mettons que vous êtes un mec bizarre. »

Il rit. « Touché. Vous vous appelez comment, vous avez dit ?

— Je n'ai rien dit.

— Ah oui, c'est vrai. Vous êtes *prudente*. » Il fit

un petit sourire ironique en étirant les syllabes de ce mot. « Vous avez peur que Mark-du-Parc vous attire à l'extérieur de votre zone de confort. Ne vous en faites pas », dit-il en balayant l'air d'un revers de la main. « J'aime bien connaître le nom des gens, c'est tout. Une lubie à moi. Je pensais que vous seriez du genre à apprécier une petite touche d'esprit. » Il remonta ses lunettes sur son nez. « Vous n'avez pas *l'air* coincée ou peureuse. Visiblement, j'ai fait l'erreur classique de… » Il toucha de nouveau le livre. « … juger le contenu par l'apparence. »

Elle ferma bruyamment l'ouvrage.

« Je m'en vais, maintenant.

— Mais non. Vous attendez quelque chose. Ou quelqu'un. Je me trompe ?

— La raison de ma présence ici ne vous regarde pas.

— Et ça, alors ? » Il tapota sa sacoche. « Vous ne partirez pas parce que vous voudrez savoir ce que j'ai là-dedans.

— Qu'est-ce que ça peut me faire ?

— Voyons ça. » Il ouvrit lentement le sac, le visage fendu d'un grand sourire pendant qu'il défaisait la sangle de cuir. Il plongea la main à l'intérieur et, à l'aide de son pouce et de son index, attrapa un objet qu'il sortit en douceur.

« Si ça, ce n'est pas de la magie ! » s'exclama-t-il en posant un exemplaire d'*Alice au pays des merveilles* sur les genoux de la jeune femme. Couverture cartonnée bleue. Lettrage doré. Identique au sien.

Elle sursauta. « Qu'est-ce que c'est que cette histoire ? Qu'est-ce que vous essayez de faire ?

— Oh là, désolé. Je me suis juste dit que c'était une coïncidence amusante. Rien de plus. La seule chose que j'essaie de faire, c'est de bavarder un peu. Bon sang.

— J'en doute fort. Qu'est-ce que vous avez fait ? Vous avez couru à la librairie la plus proche pour l'acheter ? Vous êtes *vraiment* un pervers.

— Allons, vous délirez. » Voyant qu'elle ne répondait pas, il reprit : « OK, même si j'étais allé jusqu'à de telles extrémités, dites-moi un peu : dans quel but ? Vous êtes futée, vous avez tout pigé. Vous êtes un peu parano, peut-être, mais nous sommes à New York, c'est pardonnable. Quel plan abominable pourrais-je bien vouloir exécuter en produisant ce livre à cet instant ? »

Elle passa les doigts sur le titre incrusté en lettres d'or mais n'ouvrit pas la bouche.

« Maintenant que vous comprenez que mes raisons de vous aborder sont tout à fait anodines, nous pouvons repartir à zéro, non ? Bonjour, je m'appelle Mark. »

Elle lui rendit son livre. « Je m'appelle… Jane. »

Il fit un grand sourire. « Enchanté, Jane. » Il ouvrit le livre et tourna les pages jusqu'à une illustration représentant le Chat du Cheshire.

« C'est mon personnage préféré.

— Ça ne m'étonne pas. »

Mark poussa un petit rire. « Vous voyez ? Nous

nous connaissons depuis dix minutes et, déjà, nous arrivons à partager une plaisanterie. Je ne suis pas si terrible que ça, si ? »

Jane ne répondit rien. Le père et ses deux bambins étaient partis, ainsi que les touristes accros à leurs appareils photo. Ils avaient été remplacés par une douzaine d'enfants de cinq ans environ qui escaladaient, criaient et faisaient la course sous la supervision de deux femmes portant le même sweatshirt aux couleurs d'une garderie. Sur le banc juste en face, trois jeunes d'un peu plus de vingt ans en tenue de bureau bavardaient ; ils levèrent leurs gobelets de café en carton pour un toast animé qui se perdit dans le vent.

« Je peux ? » demanda Mark.

Il fallut une seconde à Jane pour s'apercevoir qu'il tendait la main vers son livre. Elle rabattit ses deux mains dessus. « Ne touchez pas à ça.

— Désolé. » Il haussa les épaules sans se formaliser. « Je pensais comparer les dates de copyright. Voir lequel est le plus ancien. Je ne voulais pas vous choquer.

— Ils sont exactement pareils. Ça se voit tout de suite. »

À cet instant, un vieillard barbu passa devant eux d'un pas traînant. Vêtu d'un pardessus au col élimé, il tenait un gobelet sale et un morceau de carton gondolé. Il s'approcha d'abord des employées de la garderie, s'attirant des regards noirs avant de se faire envoyer promener. Sans se laisser démonter, il fit demi-tour et se dirigea vers Jane et Mark de son pas mal assuré.

Il secoua son gobelet de monnaie devant elle. Le

carton maladroitement calligraphié qu'il tenait disait : « À votre bon cœur. » Et dessous : « Je suis souffrant. » Jane détourna la tête et murmura : « Non, merci. »

Mark sortit un portefeuille de sa sacoche, en tira deux billets d'un dollar et les fourra dans le gobelet du mendiant. Le vieil homme poussa un grognement, puis s'éloigna lentement pour aller s'asseoir derrière la statue.

« Vous êtes conscient qu'il va sans doute boire ce don », dit Jane.

Mark haussa les épaules. Il remonta ses lunettes et se remit à feuilleter son livre, s'arrêtant chaque fois une ou deux secondes supplémentaires sur les illustrations. Lorsqu'il releva la tête, il demanda : « Pourquoi ici ? » Il désigna l'Alice de bronze assise sur un champignon géant, son chat Dinah sur les genoux. « Et pourquoi ce livre ? Une signification particulière ? »

Jane tira sur le col de son pull-over.

« Qu'est-ce que ça peut vous faire ?

— Désolé. » Il leva les deux mains. « Je ne pensais pas toucher une corde sensible. Une fois de plus. Deux adultes, même heure, même endroit, même livre. Ça fait une sacrée coïncidence, il me semble. Je sais pourquoi je suis là. J'étais curieux de vos raisons.

— Pourquoi vous êtes là, vous ?

— C'est mon anniversaire, si vous voulez savoir », fit-il avec un grand sourire. « J'ai pris ma journée pour me faire un petit plaisir.

— Joyeux anniversaire », dit la jeune femme sans guère de chaleur.

Mark hocha la tête.

« Et s'asseoir dans Central Park avec *Alice* est le meilleur "petit plaisir" que vous avez trouvé à vous faire ?

— Cette année, oui. » Il tourna encore quelques pages. « Je m'offre des bons souvenirs.

— Alors vous, vous êtes là pour retrouver votre enfance ?

— Quelque chose comme ça. Je ne peux pas m'empêcher de penser à mon père aujourd'hui. Il ne savait pas toujours comment communiquer avec ses enfants. Mais, la vache ! Avec un livre à lire tout haut, le bonhomme se transformait en véritable acteur shakespearien, avec une voix profonde de baryton. Bien sûr, quand j'étais petit, je ne savais pas ce que c'était, un acteur shakespearien, et je ne connaissais pas le sens du mot baryton... Mais j'entends encore sa voix aujourd'hui. » Il leva son exemplaire d'*Alice*. « C'était son livre préféré. »

Jane lissa ses cheveux courts, comme pour essayer, en vain, de les coincer derrière ses oreilles. « Est-ce que votre père est... décédé ?

— À la fin de l'année dernière.

— Je suis désolée. »

Mark leva le menton vers la statue où les enfants de la garderie escaladaient et rampaient. « Il nous amenait souvent ici quand on était petits. Et il nous faisait la lecture. Je ne peux pas m'empêcher de l'associer à cet endroit. »

Jane garda le silence.

Sans cesser de contempler les enfants, Mark reprit : « C'est mon premier anniversaire depuis… » Il s'ébroua vivement. « Assez avec mes réflexions mélancoliques. Dites-moi ce qui vous amène ici. J'espère que votre raison est plus joyeuse que la mienne. »

Jane prit son temps avant de répondre. « Je ne sais pas pourquoi je suis là. Pas vraiment. » Elle baissa les yeux sur le livre sur ses genoux, les leva sur la statue, puis sur Mark. « Je suppose que la meilleure explication que je puisse vous donner, c'est que je suis venue ici pour faire le deuil.

— Ça ne semble pas très joyeux non plus. »

Elle détourna les yeux. « On entend toujours parler des criminels qui retournent sur les lieux du crime, vous savez ?

— Oui.

— Comment se fait-il qu'on n'entende jamais parler des victimes ? Personne ne parle de leur souffrance… de leur besoin de revenir.

— Oh, je vois, dit-il dans un souffle. Je suis désolé d'entendre ça. Si ça ne vous gêne pas que je pose la question, que s'est-il passé ? Parfois, ça peut aider, de parler à un inconnu.

— Je croyais que vous aviez dit que vous n'étiez pas un inconnu.

— Bien vu. » Il sourit. « Dans ce cas, peut-être que j'ai menti pour vous draguer.

— Vous n'avez aucune chance avec moi, désolée.

— C'est de bonne guerre. Oubliez tout ça. Pas de petits jeux. Comme je suis certain que vous l'avez remarqué, je suis extrêmement bavard. Mais je sais bien écouter, aussi. »

Quatre fois de suite, Jane se lissa les tempes, coinçant des mèches inexistantes derrière son oreille. Elle se mordit la lèvre inférieure.

Mark s'éclaircit la gorge. « Central Park est assez sûr la plupart du temps, et ce coin est en général plein d'enfants et de touristes. » Il marqua une brève pause. « Mais de toute évidence, ce n'est pas suffisant. Pas si vous avez été agressée… ou blessée… ici.

— Pas moi. » Jane secoua la tête et passa les doigts le long de la reliure du livre. « Vous vous souvenez de la jeune femme qui a été assassinée dans le parc il y a un an ?

— Quelqu'un a été assassiné ? » Il fronça les sourcils. « Ici ? »

Jane prit une inspiration hoquetante. « C'est dur d'en parler.

— Prenez votre temps.

— Je suis étonnée que vous ne vous en souveniez pas. L'affaire a fait la une de tous les journaux, parce que son père était haut placé dans la police et qu'on n'a jamais retrouvé le meurtrier.

— Oh, attendez. Je me rappelle que j'en ai entendu parler, c'est vrai. C'était un crime particulièrement brutal, pas vrai ? »

Jane hocha la tête.

« Je suppose que vous la connaissiez ? demanda Mark. C'était une amie ? Ce n'était pas votre sœur, si ? »

Prenant une nouvelle inspiration pénible, Jane ferma très fort les yeux. Lorsqu'elle les rouvrit, elle murmura : « Je l'aimais.

— Oh », fit Mark. Il caressa sa barbe, jetant des coups d'œil furtifs vers la jeune femme. « Vous voulez dire…

— Oui, c'est bien ce que vous avez compris. J'étais amoureuse d'elle.

— Je ne me rappelle pas son nom. Je suis désolé. »

Jane s'affaissa sur elle-même. « Samantha.

— Toutes mes condoléances, vraiment. » Mark avala sa salive et regarda de nouveau autour de lui. « Vous étiez ensemble depuis combien de temps, vous et Samantha ?

— Nous n'étions pas ensemble. Je n'ai jamais eu l'occasion de lui avouer mes sentiments. »

Un groupe d'adolescents arriva en battant des bras et des jambes et en criant des grossièretés. Ils déferlèrent sur la statue, écartant les gamins de cinq ans, qui gémirent de mécontentement. Lorsque l'un des jeunes hommes se mit à boire au goulot d'une flasque, les employées de la garderie rassemblèrent leurs protégés et déguerpirent à toute vitesse.

Mark tapotait sa sacoche du bout des doigts. « Je suis vraiment désolé, répéta-t-il. Vous dites que c'est arrivé il y a à peu près un an ?

— Aujourd'hui. Il y a un an aujourd'hui. »

Mark poussa un sifflement bas. « Maintenant je comprends. C'est une veillée funèbre pour votre amie. Et je vous ai interrompue. » Il attendit quelques instants et reprit : « Je ne peux pas imaginer combien ça doit être, enfin, difficile de retourner à l'endroit où elle a été tuée.

— Ça ne s'est pas passé ici. C'était plus avant dans le parc, dans une zone qui a la réputation d'être louche, selon la police.

— Pas le Ramble ?

— Si, c'est ça. Je crois que c'est un coin populaire chez les ornithologues et les amateurs d'étreintes furtives. Je n'y suis jamais allée.

— Il y a une zone du Ramble, près du lac, qui a connu plusieurs agressions ces dernières années. C'est là que ça s'est passé ? »

Elle leva les deux mains au ciel. « Aucune idée. »

Mark se gratta la tête. « C'est sacrément culotté de la part du tueur. Comment s'y est-il pris ? »

Jane dessina des guillemets en l'air : « "Traumatisme causé par un objet contondant", selon la police. Ils ont trouvé une branche d'arbre avec des traces de son sang pas loin.

— Traumatisme causé par un objet contondant. Une manière moins atroce de dire qu'elle a été matraquée à mort. Je suis vraiment, vraiment désolé de ce qui lui est arrivé. » Secouant la tête, Mark se laissa aller contre le dossier du banc. « J'ai regardé assez de séries policières pour savoir que le meurtre est une entreprise compliquée. Le type qui l'a tuée doit être une espèce de génie du mal, ou bien il aura eu de la chance.

— Il a eu de la chance, j'imagine. » Jane frissonna.

Elle se redressa un peu. « C'est vrai que ça aide de se confier. Vous aviez raison.

— Parlez-moi de Samantha. »

Un cri les interrompit. Une femme policière à l'air déterminé s'engagea dans l'escalier, hurlant sur les adolescents alcoolisés. La femme qui lisait un livre de poche ne broncha pas – elle ne sembla même pas le remarquer – quand la policière la dépassa.

Les ados décampèrent avant que l'agent n'atteigne le sommet de l'esplanade. Deux d'entre eux escaladèrent le mur de pierre bas pour rejoindre la partie est du parc, tandis que les autres se dispersaient vers le nord et disparaissaient dans la nature.

Jane avait suivi la scène des yeux.

« Les flics n'attrapent plus jamais *personne*, si ?

— Je ne crois pas qu'elle se soit beaucoup appliquée.

— C'est bien ce que je veux dire. Ils ne s'appliquent pas vraiment. »

Une fois le calme revenu, la policière prit son temps pour examiner la sculpture fantaisiste. Elle fit lentement le tour d'Alice, tendant la main pour frôler le rebord du chapeau du Chapelier fou.

Jane prit une profonde inspiration. « Je n'ai rencontré Samantha que deux semaines avant qu'elle soit assassinée. Elle travaillait dans la boutique de yaourts à côté de mon bureau. Vous savez ce que ça fait quand on s'entend immédiatement avec quelqu'un ?

— Mais oui. » Mark sourit. « C'est exactement ce que je ressens aujourd'hui. » Il leva les deux mains.

« Je ne suis pas en train de vous faire du gringue. Je le jure. »

Les yeux toujours posés sur la statue, Jane poursuivit : « Quoi qu'il en soit, j'ai très vite été dépassée par mes sentiments pour Samantha. Exactement comme dans un roman à l'eau de rose, quand la vie de l'héroïne vole complètement en éclats et qu'elle sait qu'elle ne sera plus jamais entière. Pas sans cette autre personne. Je n'avais jamais éprouvé une chose pareille avant.

— C'est beau.

— Nous avons discuté quelques fois, et j'ai vraiment eu l'impression qu'elle avait elle aussi des sentiments pour moi. Mais elle était tellement géniale, ça me faisait peur. Et si je me méprenais sur son attitude ? Je craignais de tout gâcher si je disais quelque chose.

— Continuez.

— Je me suis mise à passer plus régulièrement à la boutique. Je voyais bien qu'elle avait autant envie que moi d'avoir une vraie conversation, mais chaque fois que ça s'esquissait, une foule de clients débarquait. » Jane posa une main contre sa poitrine. « Elle portait un collier du Lapin blanc incroyablement joli.

— C'était son personnage préféré ? demanda Mark. Ou bien Samantha était-elle une retardataire chronique, comme le lapin ?

— Oh, non. Samantha était consciencieuse et respectueuse. » Jane sourit. « Je savais qu'elle aimait venir ici quand il faisait beau. Je crois que c'était son coin favori de la ville.

— Ça aide, de parler d'elle, non ?

— C'est tellement étrange… Vous qui êtes là aujourd'hui… avec ce livre. C'est comme un signe… Et c'est vrai que vous savez écouter. » Jane fit mine de se passer les doigts dans les cheveux mais s'interrompit brusquement. Son visage s'assombrit. « Je ne suis pas encore habituée à avoir les cheveux courts. Je les ai fait couper ce matin. »

Mark posa une main sur le banc entre eux et se pencha vers elle. « Vous vous êtes fait couper les cheveux *aujourd'hui* ? répéta-t-il. Le jour de l'anniversaire du meurtre de votre amie ? Attendez, laissez-moi deviner : Samantha avait les cheveux coupés comme ça, pas vrai ?

— Comment vous l'avez su ?

— Un coup de chance. » Mark se redressa, l'examinant attentivement. « C'est très joli, mais je dois poser la question : pourquoi ? »

Jane tira nerveusement sur son pull-over. « C'est une façon pour moi de me sentir de nouveau proche d'elle. » Elle baissa les yeux. « Je n'arrête pas de me dire que si seulement j'avais eu plus de courage et que j'avais dit quelque chose, tout aurait été différent.

— Vous ne pouvez pas vous reprocher ce qui s'est passé.

— Ça ne fait rien. C'est ce que je ressens. » La mâchoire de Jane se crispa. « Je ferais n'importe quoi pour avoir la chance de revenir en arrière et de réparer mon erreur. »

Mark plissa les yeux dans le vent. « J'ai une idée

qui vaut ce qu'elle vaut, dit-il. Vous voulez l'entendre ? »

La jeune femme haussa les épaules, puis approuva d'un hochement de tête.

Mark frotta sa joue barbue. « Quand vous étiez petite, ça vous arrivait de brûler des mots secrets ?

— De quoi parlez-vous ?

— C'est une chose qui se faisait, dans le temps. Peut-être que ça se fait encore. Un rituel de purification, de régénération. Ça vous dit quelque chose ?

— Pas du tout.

— OK, je vous explique. » Mark se mit à son aise, étira ses jambes et croisa les chevilles. Les mains derrière la nuque, il commença :

« En colonie de vacances, quand j'avais quinze ans, les moniteurs nous ont distribué de petites bandes de papier et nous ont demandé d'écrire soit notre plus grande peur, soit une chose que nous voulions changer en nous-mêmes. Sans rien dire. Sans le confier aux autres. Secret total. Ensuite, dans une cérémonie solennelle exaltant l'affirmation positive de soi, nous avons jeté chacun notre tour nos gribouillis dans un feu de joie, et les avons regardés partir en fumée. Vu de l'extérieur, ça pouvait paraître assez gnangnan, mais… »

Il se tut un instant, semblant chercher ses mots, et se remit à parler. « Mais bon, vous voyez l'idée. Identifier nos peurs les plus profondes et ensuite les détruire – symboliquement – nous rappelait que nous avions du pouvoir sur nous-mêmes. Que nous contrôlions nos impulsions, plutôt que le contraire.

— Ça a marché ? »

Laissant tomber ses mains sur ses genoux, il se pencha en avant.

« Ça a marché, oui. C'est sans doute pour ça que je conserve un souvenir aussi vif de l'expérience, encore aujourd'hui. Quelle enivrante sensation de liberté ! Maintenant, quand j'y repense avec mon regard d'adulte, je réalise que ce que j'ai vraiment appris ce jour-là, c'est à compartimenter. Même si je ne suis peut-être pas en mesure d'incinérer mes comportements négatifs si facilement que ça, je *peux* contrôler le moment et la manière où je les affronte. » Il marqua une pause avant d'ajouter : « Peut-être que vous devriez envisager un geste symbolique de ce genre. Vous savez, pour finaliser votre deuil. »

Le secteur était plus calme qu'il ne l'avait été de tout l'après-midi. Deux enfants jouaient en riant. Le vieux clochard aborda leurs parents et fut récompensé par une poignée de petites pièces.

Jane jeta un regard circulaire. « Je ne crois pas que ce serait bien vu, un feu de joie, ici. »

Mark rit. « Ah non ? Mais il doit y avoir quelque chose qu'on puisse faire. Des idées ?

— Non. »

Deux écureuils filèrent à leurs pieds.

« J'ai trouvé, dit Mark. Une idée géniale, en toute modestie.

— De quoi s'agit-il ?

— Et si vous disiez à Samantha ce que vous éprouviez pour elle ? Je veux dire, si vous lui ouvriez complètement votre cœur ? Est-ce que ça ne vous aiderait pas à faire le deuil ? » Avant que la jeune femme ait le temps de répondre, il poursuivit : « Si quelque chose nous a amenés tous les deux ici au même moment, ce n'est pas pour rien. Je crois que ce "quelque chose" veut que vous trouviez la paix.

— Je ne suis pas certaine que ce soit possible.

— Et si… » Mark se pencha plus près d'elle. « Et si vous vous rendiez sur sa tombe ? Là, vous pourrez parler à cœur ouvert, aussi longtemps que vous le voudrez. »

Jane tripotait le col de son pull-over. « Elle a été incinérée.

— Ah… » Mark retomba dans le silence. Quelques instants plus tard, il dit : « Et pourquoi pas un coin tranquille dans le parc ?

— Ici ?

— Pas juste ici, non. Mais elle est morte dans le parc, ça en fait un lieu sacré. Trouvons un petit tertre tranquille, un joli pré. » Il se tapota les lèvres avec un doigt. « Vous savez où se trouve Cedar Hill ? » Une fois de plus, avant qu'elle puisse répondre, il enchaîna : « À côté du Glade Arch. Ce n'est pas tellement loin, et une fois sur place, je promets de respecter votre intimité. Venez. » Il se leva et lui offrit la main.

Jane eut un mouvement de recul. « Je ne crois pas. »

Il fit une mine déçue. « Vous ne me faites pas confiance ?

— Ce n'est pas ça.

— Alors quoi ? »

Elle ne répondit pas.

« Vous ne pouvez pas remonter le temps, Jane, mais je vous promets que vous pouvez trouver la paix. »

Elle ne bougea toujours pas.

« Je pense que vous devriez le faire, dit-il doucement. Je pense que c'est ce que voudrait Samantha. »

Il garda les yeux baissés sur elle pendant quelques secondes avant de se mettre à contourner la statue pour se diriger vers le chemin qui s'ouvrait derrière celle-ci. Jane resta immobile une bonne demi-minute avant de se décider à le suivre. Elle étreignit son livre et murmura : « La paix. »

Le vieil homme en pardessus sembla se requinquer quand elle passa près de lui. Il fit une molle tentative de mendier, agitant son gobelet de piécettes. Elle ne lui accorda pas un regard.

Mark l'attendait à l'entrée du chemin. « Comme une grande. »

Elle s'arrêta et le dévisagea. « Je peux y arriver. »

Ils n'avaient pas fait plus de cent mètres qu'elle murmura : « Il me suit, ce mendiant, ou quoi ? »

Mark se retourna. « Il espère sans doute que je vais encore cracher deux dollars.

— Sans doute. Vous ne trouvez pas qu'on dirait qu'il marche plus vite que tout à l'heure ? »

Il rit. « Je suis plus fort que lui.

— Je ne sais pas. Il me rend nerveuse. »

Mark déporta ses pas vers la gauche pour traverser East Drive, où il abandonna le chemin et s'enfonça entre les arbres.

« Où allons-nous ? demanda Jane. Je croyais qu'on se dirigeait vers Cedar Hill.

— C'est un raccourci. »

Elle le suivit, se hâtant pour ne pas se laisser distancer.

« Pourquoi marchez-vous si vite ?

— Vous voulez le semer, ce clochard, oui ou non ? »

Ils se frayèrent un chemin sur le terrain accidenté, contournant des racines d'arbres qui jaillissaient du sol comme des poings géants. Par deux fois, Jane manqua de perdre l'équilibre en négociant un passage rocailleux.

« Nous avons dépassé le parking du Boathouse, là. » Elle agita un pouce par-dessus son épaule gauche. « Vous êtes sûr qu'on est dans la bonne direction ?

— Par ici », dit-il, et il les conduisit plus avant dans les arbres. Le sol était meuble, couvert de feuilles friables rouge et or, qui, tombaient en tourbillonnant sur elles-mêmes à travers des trouées de lumière éclatante, là où des interstices dans les cimes laissaient passer les rayons du soleil.

« Vous êtes sûr ? » demanda-t-elle, suivant la cadence.

Au lieu de répondre, il continua d'avancer en faisant bruisser les tas de feuilles mortes. « Attention. » Il désigna un tronc d'arbre tombé, presque caché sous les feuilles devant elle.

Elle le contourna et tenta de nouveau : « Je crois qu'on n'est pas dans la bonne direction. »

Mark se retourna : « Sentez-moi ça, dit-il, levant haut son menton, prenant une inspiration sonore. La décomposition et la délivrance. Il n'y a rien de plus doux. »

Jane ralentit. Elle regarda de droite à gauche. « Nous marchons toujours vers l'ouest. On ne devrait pas se diriger vers le nord ? »

Mark attendit qu'elle le rattrape. Plaçant une main dans le dos de Jane, il indiqua un point lointain dans la végétation. « Il y a un charmant petit coin isolé pas loin, en avançant par là. Je pense que ce serait un emplacement idéal pour notre rituel. »

Résistant à la pression de sa main, Jane faillit trébucher.

« Je croyais qu'on allait à Cedar Hill », fit-elle d'une petite voix.

« Trop de monde, répliqua Mark. Un rituel tel que le nôtre attirerait l'attention. Je connais un endroit tranquille avec un rocher en pente derrière un sycomore géant. Un décor bien plus indiqué pour ouvrir votre cœur. »

Elle s'arrêta.

« Où m'emmenez-vous ?

— Si vous voulez vraiment être libre, Jane, murmura-t-il à son oreille, c'est la seule chose à faire. » Même si sa voix l'amadouait, c'est la pression de sa main dans son dos qui la fit avancer entre les arbres. « C'est juste là.

— Arrêtez. » Le corps de Jane se raidit. « Pourquoi m'avez-vous amenée ici ? » La jeune femme regarda autour d'elle, soudain affolée. Le livre serré contre la poitrine, elle articula péniblement. « Non. » Sa voix était à peine audible. Elle essaya de nouveau : « Je vous en prie. Non.

— Vous voyez ? » Il montra un point plus avant dans les bois denses, un affleurement rocheux juste après un arbre massif. « On le voit d'ici. Un lieu sacré, vous n'êtes pas d'accord ? »

Une fois de plus, Jane secoua la tête.

Il referma une main sur son bras. « Venez, on va le faire ensemble.

— Ne me faites pas aller par là.

— Est-ce que Samantha ne voudrait pas que vous soyez courageuse, Jane ? »

Elle inspira bruyamment de l'air entre ses lèvres. « Comment savez-vous où Samantha est morte ? » S'arrachant à son emprise, elle n'attendit pas la réponse, fit demi-tour et se mit à courir, mais elle n'avait pas fait dix mètres qu'elle s'arrêta net dans un glapissement.

Le vieil homme en pardessus lui bloquait la route.

Mark se fraya un chemin à travers les feuillages pour la rejoindre en lui criant :

« Je crois que la vraie question, c'est : comment le savez-vous, vous ? »

Rasé de frais à présent, le vieux mendiant tenait sa barbe postiche dans une main et un revolver dans l'autre. Il secoua lentement la tête mais ne dit mot.

« Que se passe-t-il ? lui demanda Jane. Qu'est-ce qu'il y a ? »

Mark avança la main vers elle.

« Donnez-moi votre livre.

— Mais… c'est tout ce qui me reste d'elle.

— Non. C'est tout ce qui *nous* reste d'elle. Donnez-le-moi. »

Jane relâcha sa prise sur le volume à reliure bleue et le lui tendit.

Mark retira ses lunettes, les rangea dans une poche, ouvrit le livre à la page de garde et lut tout haut : « Pour Laura. » Son visage s'affaissa. « Puisse la vie être ton pays des merveilles. Baisers, Papa. »

« Je ne sais pas pourquoi il y a écrit ça, dit Jane. Samantha n'a jamais expliqué cette dédicace.

— Comment l'aurait-elle pu ? demanda le vieil homme. Elle était morte lorsque vous lui avez pris ce livre. » Il rangea son revolver dans son holster, sous son manteau. « Et elle ne s'appelait pas Samantha. Elle s'appelait Laura.

— Qui êtes-vous ? » demanda la jeune femme.

Il ouvrit son col pour exposer le collier du Lapin blanc autour de son cou.

« Je suis son père, voilà qui je suis.

— Le père de Samantha ? » Elle resta bouche bée. « Le chef de la police ?

— Laura, la reprit-il de nouveau. Et seulement un inspecteur.

— Il m'a piégée pour me faire venir ici. » Elle désigna Mark. « C'est lui qui l'a tuée. Qui d'autre aurait pu savoir où elle est morte ?

— Qui d'autre, effectivement ? demanda l'inspecteur. Mais ce que je ne comprends pas, c'est comment vous avez réussi à attirer ma fille par ici. Elle ne serait jamais venue par là toute seule. Jamais.

— C'est *elle* qui m'a suivie. Vraiment, je vous le jure. » Jane secoua la tête avec véhémence. « Vous devez me croire. Je n'aurais jamais fait de mal à Samantha. Elle était tout pour moi. Tout. J'ai seulement pris son livre pour qu'elle me parle.

— Elle vous a suivie ici ? » La voix du vieil homme se brisa. « Parce que vous avez volé son livre ? »

Jane continuait de secouer la tête. « Mais en fait, ce n'était pas ma Samantha. Samantha ne m'aurait jamais repoussée. Elle n'aurait jamais dit de telles horreurs.

— Elle vous a *suivie* ici ? » répéta-t-il en prenant le livre des mains de Mark. « Pour ça ? » Baissant la tête, il se pinça l'arête du nez et se couvrit les yeux.

« Vous ne voyez donc pas ? Il y a erreur. » Jane se tortillait entre les deux hommes. « C'est lui. C'est lui qui a fait le coup. »

Mark posa une main apaisante sur les épaules tremblantes du vieil homme.

« Nous avions peur de ne jamais trouver qui avait assassiné Laura. Mais vous aviez raison, dit-il à Jane. Les victimes reviennent sur les lieux du crime, elles aussi. En particulier quand c'est leur unique chance d'attraper le tueur.

— C'est vous, le tueur ! s'écria Jane d'une voix stridente. Elle a dû vous avouer les sentiments qu'elle avait pour moi. C'est comme ça que vous saviez que je serais là aujourd'hui. »

Elle se tourna vers le flic : « Vous ne voyez pas ? Il a apporté ce livre pour me tendre un piège. C'est lui que vous devriez arrêter. »

Tandis que l'inspecteur passait les menottes aux poignets de Jane, Mark sortit son livre de la sacoche. Il l'ouvrit à la page de garde. « Pour Mark. » Il avait la voix tremblante et les yeux brillants. « Reste curieux devant les aventures de la vie. Baisers, Papa. » Il attendit que le vieil homme lève de nouveau les yeux. « Ça fait très longtemps que j'ai ce livre, pas vrai ? »

Le flic avait la mâchoire contractée. « Très longtemps. »

Jane avala sa salive. « Je ne comprends pas.

— Le rituel de ma sœur consistait à relire ce livre devant la statue d'Alice chaque année pour son anniversaire, dit Mark.

— Mais… comment aurais-je pu le savoir ? Elle a refusé de me parler.

— C'est censé justifier un meurtre ?

— Je n'avais pas l'intention de la blesser, fit Jane. Mais elle est entrée en rage contre moi. Je n'arrivais pas à lui faire entendre raison. Quand elle a essayé de s'en aller, je me suis emportée. Je voulais seulement l'arrêter assez longtemps pour qu'elle m'écoute.

— Et effectivement, vous l'avez "arrêtée".

— Je n'aurais jamais fait de mal à ma Samantha, sanglota Jane. C'était un accident. »

Le plus vieux des deux hommes la dévisagea, les dents découvertes et les yeux rouges. « Allons-y.

— Mais il m'a promis une chance de lui avouer

mes sentiments. » La voix de Jane se fit mince et aigrelette lorsqu'elle pivota pour faire face à Mark. « Vous m'avez promis. Et ma paix intérieure ?

— Elle s'appelait Laura, dit le flic. Et vous, vous aurez tout le loisir de trouver la paix au tribunal. » Il tira Jane par ses menottes. « Aujourd'hui, nous avons trouvé la nôtre. »

Mark prit le vieil homme par les épaules. « C'est bon de te retrouver, papa. »

Julie Hyzy a figuré dans la liste des best-sellers du *New York Times* et a remporté de nombreux prix pour ses romans policiers. Elle est l'auteure de deux séries autour d'un personnage de détective amateur pour la collection « Berkley Prime Crime » : les White House Chef Mysteries et les Manor House Mysteries. Voyager avec son mari et passer du temps avec ses enfants sont parmi ses activités favorites. Elle vit dans la région de Chicago.

FLATIRON DISTRICT

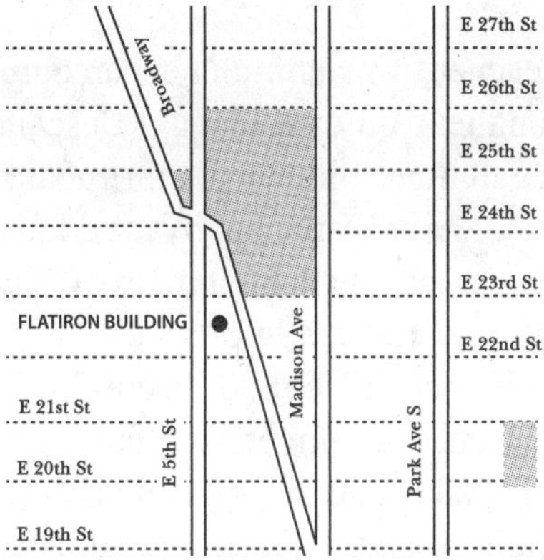


# Les oiseaux de nuit

*Lee Child*

Jack Reacher descendit de la ligne R à l'arrêt de la 23e Rue et trouva l'escalier de sortie le plus proche bloqué par un ruban en plastique de la police. Rayé de bleu et de blanc, il était attaché entre les deux rampes, et ondulait dans les courants d'air du métro. On pouvait y lire : « POLICE NE PAS ENTRER ». Ce que, techniquement, Reacher n'avait nulle envie de faire. Il voulait sortir. Cependant, pour sortir, il lui faudrait « entrer » dans l'escalier. Ce qui créait une complication linguistique. Dans ce contexte, il compatissait avec les flics. Ils ne disposaient pas d'un ruban spécifique à chaque situation. Ils n'avaient pas « POLICE NE PAS ENTRER DANS LE BUT DE SORTIR » dans leur stock.

Aussi Reacher fit-il demi-tour et parcourut-il la moitié de la longueur du quai jusqu'à l'escalier suivant. Qui était également bloqué par un ruban. POLICE NE PAS ENTRER. Bleu et blanc, ondoyant doucement dans le sillage du passage du dernier métro. C'était curieux. Il était prêt à croire que le premier escalier pouvait receler un danger quelconque, peut-être un bloc de béton menaçant d'y tomber, une faille dans une des marches, ou quelque autre danger mortel. Mais pas les deux escaliers. Pas les deux en même temps. Aucune chance, si ? Du coup, peut-être le trottoir au-dessus était-il le problème. Sur toute la longueur d'un bloc. Peut-être y avait-il eu un accident de voiture. Ou une fusillade. Ou une bombe. Peut-être le trottoir était-il maculé de sang et jonché de membres épars. Ou de pièces de voiture. Ou les deux.

Reacher se tourna à demi et scruta l'autre côté des voies. La sortie juste en face était bloquée, elle aussi. Et les deux autres également. Toutes les sorties étaient bloquées. Bleu et blanc, POLICE NE PAS ENTRER. Pas d'issue. Ce qui était un problème. Le R Broadway Local n'était pas une ligne pourrie, la station de la 23$^{e}$ Rue en était un exemple tout à fait honorable, et Reacher avait souvent dormi dans des endroits bien pires, mais il avait des choses à faire, et le temps lui était compté.

Il retourna au pied du premier escalier qu'il avait essayé, et se baissa pour passer sous le ruban.

Il monta les marches avec prudence, tendant le cou pour bien regarder devant lui, surtout vers le haut, mais ne repéra rien de spécial. Pas de barre de renforcement en acier qui dépassait, pas de béton effondré, pas de marches endommagées, pas de minces ruisseaux de sang, pas de fragments de chair qui auraient giclé sur le carrelage.

Rien.

Il s'arrêta dans l'escalier, le nez au niveau du trottoir de la 23e Rue, et regarda attentivement de droite à gauche.

Toujours rien.

Il monta une marche, pivota sur lui-même et examina le bitume bosselé de Broadway au niveau du Flatiron Building. Sa destination. Il regarda de nouveau autour de lui. Il ne vit rien.

Moins que rien, même.

Pas de voitures. Pas de taxis. Pas de bus, pas de pick-up, pas de camionnettes qui se hâtaient avec le nom de leur entreprise griffonné à la hâte sur la portière. Pas de motos, pas de Vespa de couleur pastel. Pas de livreurs de restaurants ni de coursiers à vélo. Pas de skate-boards, pas de rollers.

Pas de piétons.

C'était l'été, il était bientôt onze heures du soir, et il faisait encore chaud. La 5e Avenue croisait Broadway juste devant lui. En face, c'était Chelsea, derrière, Gramercy, à sa gauche, Union Square et à sa droite l'Empire State Building, qui surplombait la scène comme le monolithe implacable qu'il était. Il aurait dû voir des centaines de personnes. Un millier. Ou dix milliers. Des types en chaussures de toile et tee-shirts, des filles en robes d'été courtes, en train de se balader, de se hâter vers les clubs sur le point d'ouvrir leurs portes, les bars qui servaient la dernière vodka à la mode, ou les séances de minuit au ciné.

Il aurait dû y avoir foule, rien de moins. Il aurait dû y avoir des rires et des conversations, des bruits de pas, des hululements et des glapissements tels qu'une foule joyeuse en produit à onze heures du soir par une chaude soirée d'été, et des sirènes et des klaxons, et le murmure des pneus, et le vrombissement des moteurs.

Il n'y avait rien.

Reacher redescendit les marches et repassa sous le ruban. Sous terre, il marcha vers le nord, vers le site de sa seconde tentative, et cette fois il enjamba le ruban, qui était accroché plus bas. Il gravit les marches tout aussi précautionneusement, mais plus vite, et se retrouva juste au coin de la rue, avec devant lui le Madison Square Park, clôturé d'acier noir et peuplé des silhouettes sombres des arbres. Les portes en étaient encore ouvertes. Non que quiconque y entrât ou en sortît. Il n'y avait personne dans les parages. Pas un chat.

Il monta sur le trottoir et resta près de la balustrade qui encerclait la bouche de métro. À quelques centaines de mètres à l'ouest, il repéra des gyrophares. Bleu et rouge. Une voiture de patrouille était garée de travers de l'autre côté de la rue. Route bloquée.

NE PAS ENTRER. Reacher se retourna et regarda vers l'est. Même tableau. Des lumières bleues et rouges tout le long de Park Avenue. NE PAS ENTRER. La 23e Rue était fermée. Ainsi que beaucoup d'autres rues qui la traversaient, de toute évidence, et Broadway, et la 5e, et Madison aussi, sans doute, à peu près au niveau de la 13e Rue.

Personne dans le secteur.

Reacher posa les yeux sur le Flatiron Building. Un triangle étroit, pointe en avant. Comme un fin quartier de pomme, ou une minuscule part de gâteau. Mais pour lui, il ressemblait surtout à la proue d'un navire. À un immense paquebot qui avançait lentement vers lui. Rien d'original là-dedans. Il savait que beaucoup de gens avaient la même impression. Même avec la verrière prolongeant le rez-de-chaussée, qui, selon certains, ruinait l'effet mais qui, selon lui, l'accentuait, car elle évoquait la vague d'étrave qui se forme à l'avant des cargos.

À présent, il voyait quelqu'un. À travers deux vitres de la verrière. Une femme. Elle se tenait sur le trottoir de la 5e Avenue, et regardait vers le nord. Elle portait un pantalon et une chemisette de couleur sombre. Elle tenait quelque chose dans sa main droite. Peut-être un téléphone. Peut-être un Glock 19.

Reacher abandonna la balustrade du métro et traversa la rue. Au feu rouge, techniquement, mais il n'y avait pas de circulation. C'était comme marcher dans une ville fantôme. Comme être le dernier humain sur terre. À l'exception de la femme sur la 5e Avenue.

Il se dirigea droit vers elle. Il visait la pointe de la verrière. Ses talons claquaient bruyamment dans le silence. La verrière possédait une armature métallique triangulaire, une version miniature de la forme contre laquelle elle était adossée, tel un minuscule voilier essayant de semer le pétrolier qui le pourchassait. L'armature était peinte en vert, comme de la mousse, avec des enjolivures couleur pain d'épices ici et là, et ce qui n'était pas en métal était en verre, de grands panneaux, aussi longs que des voitures, et hauts, plus hauts qu'un individu de taille moyenne.

La femme le vit arriver.

Elle se tourna dans sa direction mais recula, comme pour l'attirer vers elle. Reacher comprit. Elle voulait le faire avancer plus au sud, dans l'ombre. Il contourna la pointe de la verrière.

C'était un téléphone qu'elle avait à la main, pas un revolver.

« Qui êtes-vous ? dit-elle.

— Qui le demande ? »

Elle lui tourna le dos puis lui fit de nouveau face, dans un seul mouvement rapide et fluide, comme une feinte sur un terrain de basket, juste assez pour lui laisser voir les lettres FBI écrites en jaune à l'arrière de sa chemisette.

« Maintenant répondez à ma question, dit-elle.

— Je suis juste un mec.

— Et vous faites quoi, là ?

— Je regarde ce bâtiment.

— Le Flatiron ?

— Non, cette partie à l'avant. La verrière.

— Pourquoi ?

— J'ai dormi pendant longtemps ? répliqua Reacher.

— Comment ça ?

— Est-ce qu'un vieux colonel fou a fomenté un coup d'État ? Est-ce qu'on vit dans un État policier maintenant ? J'ai dû cligner des yeux et louper la transition.

— Je suis un agent fédéral. J'ai le droit de vous demander votre nom et vos papiers.

— Je m'appelle Jack Reacher. Pas de deuxième prénom. J'ai un passeport dans ma poche. Vous voulez que je le sorte ?

— Très lentement. »

Il s'exécuta, très lentement. Il l'attrapa du bout de deux doigts, tel un pickpocket, sortit le mince livret bleu et le tint à distance de son corps pendant suffisamment longtemps pour qu'elle puisse bien voir de quoi il s'agissait, après quoi il le lui passa, et elle l'ouvrit.

« Pourquoi êtes-vous né à Berlin ?

— Je n'avais aucun contrôle sur les allées et venues de ma mère. J'étais juste un fœtus à l'époque.

— Pourquoi était-elle à Berlin ?

— Parce que mon père y était. On était une famille de Marines. Elle disait que j'avais failli naître dans un avion.

— Vous êtes Marine, vous-même ?

— Je suis sans emploi pour l'instant.

— Après avoir fait quoi ?
— Après avoir été sans emploi de nombreux autres instants.
— Après avoir fait quoi ?
— L'armée.
— Quel secteur ?
— Police militaire. »
Elle lui rendit le passeport.
« Grade ?
— Ça a une importance ?
— J'ai le droit de poser la question. »
Elle regardait derrière lui.
« Je me suis arrêté au grade de major.
— C'est bon ou mauvais ?
— Mauvais, dans l'ensemble. Si j'avais été un bon major, ils m'auraient fait rester. »
Elle ne répliqua rien.
« Et vous ? dit-il.
— Quoi, moi ?
— Votre grade ?
— Agent spécial.
— Vous êtes la responsable des opérations ce soir ?
— Oui, tout à fait.
— Formidable.
— D'où venez-vous ?
— Du métro.
— Y avait-il une rubalise ?
— Je ne m'en souviens pas.
— Vous l'avez franchie illégalement.
— Consultez le premier amendement. Je suis à peu

près certain que j'ai le droit de me balader où ça me chante. Est-ce que ce n'est pas une des choses qui font de l'Amérique un pays si formidable?

— Vous nous gênez.

— Pourquoi?»

Elle regardait toujours derrière lui.

«Je ne peux pas vous le dire.

— Dans ce cas vous auriez dû dire au métro de ne pas s'arrêter. Le ruban, ça ne suffit pas.

— Je n'ai pas eu le temps.

— Parce que?

— Je ne peux pas vous le dire.»

Reacher garda le silence.

La femme reprit: «Qu'est-ce qui vous intéresse dans la partie vitrée de ce bâtiment?

— J'envisage de proposer mes services de laveur de carreaux. Histoire de me remettre sur pied.

— C'est un délit de mentir à un agent fédéral.

— Il y a un million de personnes qui regardent ces vitres tous les jours. Vous leur avez posé la question?

— C'est à vous que je la pose.

— Je crois que c'est là qu'Edward Hopper a peint *Nighthawks*, les oiseaux de nuit.

— Et c'est quoi?

— Un tableau. Très célèbre. L'intérieur d'un *diner*, vu de l'extérieur, tard le soir, les gens solitaires à l'intérieur.

— Je n'ai jamais entendu parler d'un *diner* appelé Nighthawks. Pas ici.

— Les oiseaux de nuit, c'étaient les gens. Le *diner* s'appelait Phillies.

— Je n'ai jamais entendu parler d'un *diner* ici, quel que soit le nom.

— Je ne crois pas qu'il y en avait un.

— Vous venez de dire que si.

— Je crois que Hopper a vu cet endroit, et qu'il l'a transformé en *diner* dans sa tête. Ou en cafétéria, au moins. La forme est exactement la même. Vue exactement de l'endroit où nous nous trouvons.

— Je crois que je le connais, ce tableau. Trois personnes, c'est ça ?

— Plus le serveur. Il est un peu penché, il fait quelque chose dans l'évier. Il y a deux percolateurs derrière lui.

— D'abord il y a un couple, ils sont proches, mais ne se touchent pas, puis un type tout seul qui nous tourne le dos. Avec un chapeau.

— Les deux hommes portent un chapeau.

— La femme est rousse. Elle a l'air triste. Je n'ai jamais vu une image qui dégage une telle solitude. »

Reacher regarda à travers la vitre. Il était facile d'imaginer une vive lumière fluorescente à l'intérieur, qui isolerait les gens comme le faisceau d'une torche, les exposant cruellement aux rues obscures alentour. Sauf que les rues alentour étaient vides, et qu'il n'y avait personne pour contempler le spectacle. Ni dans le tableau, ni dans la réalité.

Il dit : « Dans quoi je me suis fourré ?

— Vous allez rester immobile, exactement où vous

êtes, et ne pas bouger tant que je ne vous en aurai pas donné l'ordre.

— Sinon quoi ?

— Sinon vous irez en prison pour avoir entravé une opération de sécurité nationale.

— Ou bien vous vous ferez virer pour avoir poursuivi une opération de sécurité nationale alors qu'un civil se trouvait dans le champ de manœuvre. »

Elle regarda de biais l'autre côté de l'immense carrefour où se croisaient trois artères majeures, la masse d'arbres derrière.

« Dans quoi je me suis fourré ? répéta-t-il.

— Je ne peux pas vous le dire.

— Je suis sûr que j'ai entendu pire.

— Police militaire, hein ?

— Comme le FBI, mais avec un budget beaucoup plus réduit.

— Nous avons une cible dans le parc. Assis tout seul sur un banc. Il attend un contact qui n'arrivera pas.

— Qui est-ce ?

— Une pomme pourrie.

— De votre panier ? »

Elle hocha la tête. « Un d'entre nous.

— Est-il armé ?

— Il n'est jamais armé.

— Pourquoi son contact n'arriverait pas ?

— Il s'est fait écraser il y a une heure. Délit de fuite. Le chauffeur ne s'est pas arrêté. Personne n'a vu sa plaque.

— Quelle surprise.

— Il s'est avéré qu'il était russe. Le Département d'État a dû informer son consulat. Il se trouve que c'est là que le type bossait. Pure coïncidence.

— Votre type parlait aux Russes ? Ça se fait encore, ça ?

— De plus en plus. Et ça ne cesse de prendre de l'ampleur. Les gens disent qu'on revient aux années 1980. Mais ils ont tort. On revient aux années 1930.

— Donc votre type ne va pas gagner une médaille ce mois-ci ? »

Elle ne répondit pas.

Il reprit : « Ou est-ce que vous allez l'emmener ? »

Elle hésita avant de répondre. « Tout ça est top secret.

— Tout ça ? Tout quoi ? Il ne peut pas se rendre à plusieurs endroits à la fois. »

Elle ne dit rien.

« Prend-il la destination que vous voudriez qu'il prenne ? » insista-t-il.

Elle se taisait.

« Alors ?

— Non.

— À cause des huiles en haut de la hiérarchie ?

— Comme toujours.

— Vous êtes mariée ?

— Qu'est-ce que ça vient faire là-dedans ?

— Vous l'êtes ?

— Je m'accroche aux branches.

— Alors vous êtes la rousse.

— Et ?

— Je suis le type au chapeau qui nous tourne le dos, tout seul.

— Comment ça ?

— Eh bien, je vais aller faire une petite balade. Histoire de profiter du premier amendement, quoi. Et vous, vous allez rester là. Histoire de faire preuve de tactique. »

Il fit volte-face et s'éloigna avant qu'elle ait le temps d'élever la moindre objection. Il contourna la verrière et se dirigea en diagonale de l'autre côté du carrefour, marchant vite, sans marquer d'hésitation au niveau des trottoirs et des lignes peintes, ignorant les feux rouges, sans ralentir du tout, et il pénétra droit dans le parc lui-même, par la porte sud-ouest. Devant lui, une fontaine à sec et un stand de hamburgers fermé. Sur la gauche partait l'allée centrale incurvée, suivant visiblement une espèce de plan comprenant de larges courbes, telle une piste d'athlétisme.

De faibles éclairages décoratifs étaient accrochés à des poteaux, et les lueurs de Times Square rebondissaient contre les nuages tel un flamboiement de magnésium. Reacher y voyait assez bien, mais tout ce qui se présentait à lui, c'étaient des bancs vides. Il en distingua d'autres en avançant, vides eux aussi, jusqu'à l'autre bout du chemin incurvé, où il y avait encore une fontaine à sec, un terrain de jeux, et enfin la continuation de l'allée elle-même, qui repartait dans l'autre sens. Là aussi il y avait des bancs.

Et l'un d'entre eux était occupé.

Par un gros type, tout rose et charnu, peut-être cinquante ans, en costume sombre. Le visage fripé et le cheveu rare. Un type dont on aurait dit qu'il était passé à côté de sa vie.

Reacher s'approcha et le type leva les yeux, puis les détourna, mais Reacher s'assit quand même à côté de lui. Il dit : « Boris ou Vladimir, quel que soit son nom, ne viendra pas. Vous êtes fait. Ils savent que vous n'êtes pas armé, mais ils se sont permis de bloquer une vingtaine de rues à la ronde, ce qui signifie qu'ils vont vous abattre. Mais pas tant que je suis là. Pas avec des témoins. Et il se trouve que la responsable de l'opération n'est pas ravie par l'issue prévue. Mais ses supérieurs lui ont mis la pression. »

Le type fit : « Et ?

— Eh bien, ce sera ma bonne action de la journée. Si vous voulez vous rendre à elle, je vais vous accompagner. Pas à pas. Vous pourrez lui dire ce que vous savez, et vous aurez droit à trois repas par jour en prison jusqu'à la fin de vos jours. »

Le type ne répondit pas.

Reacher reprit : « Mais peut-être que vous ne voulez pas aller en prison jusqu'à la fin de vos jours. Peut-être que vous avez honte. Peut-être que vous préférez vous suicider par flics interposés. Qui suis-je pour juger ? Donc ma super bonne action du jour, ce sera de m'en aller si vous me le demandez. À vous de choisir.

— Dans ce cas, partez.

— Vous êtes sûr ?
— Je ne peux pas affronter ça.
— Pourquoi vous l'avez fait ?
— Pour être quelqu'un.
— Quel genre de trucs pourriez-vous raconter à la responsable ?
— Rien d'important. Leur priorité, c'est d'évaluer les dégâts. Mais ils savent déjà à quoi j'avais accès, donc ils savent déjà ce que j'ai répété.
— Et vous n'avez rien de valable à ajouter ?
— Rien du tout. Je ne sais rien. Mes contacts ne sont pas débiles. Ils savent que ce genre de choses peut arriver.
— OK, dit Reacher. Je m'en vais. »
Et il s'en alla, sortit du parc par le coin nord-est, où il entendit dans l'ombre des murmures radio qui annonçaient son départ, puis il gagna un bloc désert de Madison Avenue, où il attendit, adossé à la base en calcaire d'un immeuble imposant. Quatre minutes plus tard, il entendit le bruit étouffé d'armes de poing, onze ou douze balles, une volée de percussions sourdes, comme des annuaires qu'on laisse tomber sur un bureau. Puis plus rien.
Il s'écarta du mur et marcha vers le nord sur Madison, s'imaginant de retour au comptoir de la cafétéria, son chapeau en place, ses coudes serrés contre lui, choyant ce nouveau secret dans une vie déjà pleine de secrets anciens.

Lee Child était au chômage à la suite d'un licenciement lorsque lui est venue l'idée farfelue d'écrire un best-seller, sauvant ainsi sa famille de la ruine. *Du fond de l'abîme* (Le Livre de Poche) a rencontré un succès immédiat et inauguré une série dont les ventes et l'impact n'ont cessé de croître à chaque nouvelle parution. Le héros de sa série, Jack Reacher, en plus d'être fictif, est une créature généreuse qui laisse à Lee beaucoup de temps libre pour lire, écouter de la musique et se passionner pour les Yankees et l'Aston Villa. Vous pouvez retrouver Lee sur Facebook.com/LeeChildOfficial, Twitter.com/ LeeChildReacher et YouTube.com/leechildjackreacher.

## UPPER WEST SIDE

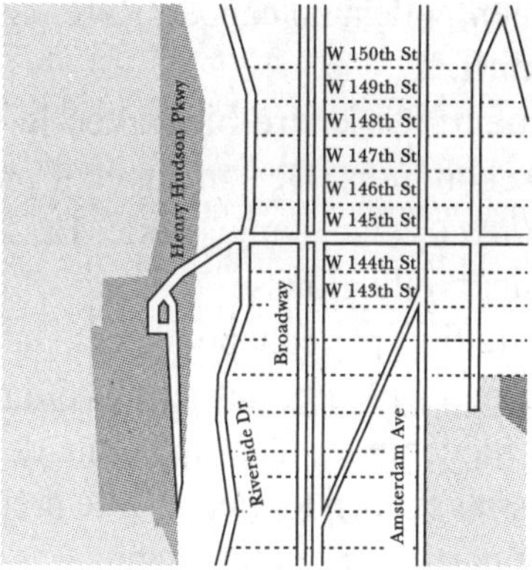


# Trois petits mots

*Nancy Pickard*

Priscilla éclate d'un rire hystérique à l'instant où son médecin lui apprend qu'elle n'a plus que quelques semaines à vivre.

En voyant l'air à la fois consterné et ahuri qui s'affiche sur le beau visage du docteur, elle s'efforce de balayer son inquiétude d'un geste et continue de rire comme une gamine de quatre ans qui aurait entendu la blague *Toc, toc... Qui est là ?* la plus drôle du monde. Or, institutrice en maternelle, elle en connaît un rayon sur les blagues *Toc, toc... Qui est là ?* et sur les gosses de quatre ans.

*Toc, toc... Qui est là ?*

*Pas moi !*

Évidemment, elle a un cancer. Rare, agressif et du genre expéditif.

Évidemment ! Ça cadre bien avec le reste de sa semaine. De son mois. De son année. *Finalement, la mort embellira ma vie*, songe-t-elle. Et, de nouveau, frénétiquement, elle glousse.

Lorsqu'elle finit par échapper à cet état hystérique et qu'elle se met à pleurer des larmes qui ne sont plus de rire, son médecin lui tend une boîte de mouchoirs et un bloc-notes tout en longueur. Elle prend les deux, mais lève le carnet en se mouchant.

« Pour quoi faire ?

— Certains de mes patients dressent une liste de souhaits.

— C'est pas vrai ? » Elle écarquille les yeux et le dévisage. « Vous gardez ce genre de calepins dans votre bureau ? Je n'aimerais pas être à votre place ! L'ultime liste de choses à faire, c'est ça ? Ne pas oublier les bananes, mais pas trop mûres. Passez prendre le linge au pressing, mais pour quoi faire ? En tout cas, inutile d'acheter un gros bidon de lessive. »

Elle rit et pleure en même temps.

« Je ne peux pas mourir, Sam ! » Elle le consulte depuis longtemps ; il la reçoit pour des contrôles réguliers, mais aussi en cas d'urgence. Il l'appelle par son prénom et elle lui a vite fait comprendre qu'elle l'appellerait également par le sien. « Je n'ai pas de contrat obsèques ! »

Il ne rit pas.

« Il n'est pas trop tard pour en souscrire un, avance-t-il, circonspect.

— Enfin, maintenant, ce n'est plus de la prévoyance.

— Exact, répond-il encore plus doucement.

— Marrant, non ?

— Non.

— Si. Parce que je serai la fille qui n'a qu'un seul souhait sur sa liste.

— Lequel ?

— Vivre plus longtemps. »

Elle a l'impression qu'il va se mettre à pleurer.

« Pardon », dit-elle, sincèrement désolée pour lui. D'habitude, son humour est moins mordant, mais la perspective d'une mort imminente la rend caustique. « Ce n'est pas votre faute.

— Ce n'est la faute de personne. » Il secoue la tête et sort un mouchoir pour se tamponner les yeux.

La faute de personne ? Pas si sûr.

Et la pollution qu'elle respire ? Les produits chimiques qu'elle ingurgite ? Et le stress, alors ? Ça ne tue pas, le stress ? On dirait que si, pourtant. Difficile, cependant, de le démontrer à son employeur stressant, ses parents stressants, sa sœur stressante, son petit copain stressant, les parents stressants de la maternelle DayGlow DayCare et leurs mioches gueulards et stressés, les bruits stressants de l'appartement du dessus et son chien stressant, le marchand de hot-dogs stressant qui lui vend ses hot-dogs préférés dans la rue, sans compter les piétons qui la bousculent et les taxis qui la klaxonnent aux intersections.

Et les médecins qui lui apprennent qu'elle va mourir.

Il lui demande alors : « Si les médicaments ne vous aident pas, ou la chirurgie ou la radiothérapie… qu'allez-vous faire du temps qui vous reste, Priscilla ?

— Je n'ai que vingt-six ans, murmure-t-elle, tous rires éteints, désormais.

— Je sais. » Les yeux du médecin se mouillent de nouveau, mais il s'efforce de sourire. « Alors votre liste sera sûrement beaucoup plus drôle que celle que vient de dresser l'une de mes patientes centenaires…

— Centenaire ? répète Priscilla, l'air mélancolique. Dans mes rêves.

— Ce n'est pas si génial. Son vœu le plus cher, c'est du jus de canneberge, alors qu'elle y est allergique. Foncez, Priss. Vous pouvez faire mieux que du jus de canneberge. Lâchez-vous. Qui sait ? La joie pourrait vous guérir. »

Il n'en croit pas un mot.

Elle non plus.

Mais pour tuer le temps les deux prochaines semaines, avant que le temps ne la tue, ça vaut mieux que de se tirer une balle dans la tête. Ce qu'elle explique à Sam qui lui renvoie un rictus.

« Je peux prendre votre stylo ? »

Il lui en tend un et l'observe qui écrit trois mots en haut de la page. Elle les trace en insistant, en repassant tant de fois sur chaque lettre que, de l'autre côté du bureau, il voit les majuscules noires.

Elle lève le carnet vers lui :

DIRE LA VÉRITÉ

Il hausse les sourcils. « Je m'attendais plus à "dévaler des montagnes russes" ou "visiter Paris" ». Il désigne le bloc-notes : « Ça pourrait faire des dégâts.

— Ça pourrait faire du bien », rétorque-t-elle.

Avant qu'elle quitte le cabinet, il lui demande de donner des nouvelles tous les jours.

« Pour la douleur ? Ou pour savoir quand je devrai me rendre en soins palliatifs ?

— Oui », se contente-t-il de répondre avant de l'étreindre.

La jeune femme s'accroche un instant à la blouse blanche. « Merci de m'avoir dit, *à moi*, la vérité », chuchote-t-elle, et elle sort la tête haute.

Elle l'appelle effectivement les jours suivants.

Mais le quatrième matin, la secrétaire du Dr Samuel Waterhouse lui apporte en pleurs le journal du matin. À la lecture de l'article page 5, il comprend que Priscilla ne le rappellera plus jamais.

La nuit précédente, Priscilla Windsor a été poignardée alors qu'elle marchait – elle ne pouvait plus courir – dans la fraîcheur du crépuscule, le long de Riverside Drive. Le lendemain matin, les gainiers du Canada allaient fleurir et se parer de mauve, mais elle ne les admirerait pas. Elle avait espéré repousser la mort assez longtemps pour contempler le printemps. En même temps, elle redoutait de le voir, craignant qu'il ne la remplisse d'un désir insupportable, celui de vivre. La nuit de son meurtre, les bourgeons étaient encore serrés comme les poings de minuscules boxeurs, comme s'ils n'avaient pas voulu lui infliger le plaisir doux-amer de les contempler épanouis.

Les témoins l'ont aperçue qui trébuchait près du parc canin. Ils ont remarqué la personne en survêtement avec une veste à capuche qui se penchait vers elle pour lui porter secours. Ils les ont vus dans les bras l'une de l'autre. Ils l'ont vue qui la redressait, lui tapotait l'épaule, et reprenait sa course. Ils se sont dit : *Oh, quel brave type !* Ils ont souri à ce dos anonyme qui paraissait s'éloigner plus vite désormais. Et lorsqu'il a disparu, ils se sont souvenus de la femme qu'il avait si gentiment aidée et ont reporté leur attention sur elle.

Alors, ils l'ont vue qui vacillait, puis glissait le long du tronc et ne se relevait pas.

« Mon Dieu ! » s'est exclamée une dame, en tirant sur la laisse de son chien.

D'autres promeneurs se sont précipités pour vérifier qu'elle allait bien. Choc devant le sang, horreur face au couteau et confusion quand il a fallu désigner celui qui appellerait les secours. L'Upper West Side de New York est un village et si les badauds ne connaissaient pas personnellement Priscilla, ils avaient envie de l'aider.

« Vous êtes certain qu'il s'agissait d'un homme ? a demandé l'un d'eux alors qu'ils comparaient leurs témoignages. Pour moi, c'était une femme.

— Mais on est tous d'accord : il ou elle était blanc, non ? »

Mais, là aussi, les avis étaient partagés. Grand ou moyen. Trapu ou élancé. Le coupable était-il arrivé après la chute ou l'avait-il provoquée ? Le sweat à capuche : noir, gris, rouge ou bleu marine. Quinze témoins. Plus tard, les policiers ironiseraient : les quinze témoins, regardant dans quinze directions différentes, avaient assisté au meurtre de quinze femmes des mains de quinze assassins. L'un des promeneurs avait même affirmé que deux personnes s'étaient arrêtées pour « aider » la victime.

On disait que ce meurtre avait tout d'un crime gratuit perpétré par un fou. Priscilla s'était trouvée au mauvais endroit au mauvais moment. Et cette gratuité – place publique, nombreux témoins, belle soirée – rendait l'acte d'autant plus terrifiant. En fait, ils se seraient tous sentis plus en sécurité si le tueur avait choisi cette femme *en particulier* et avait prémédité son crime, plutôt que de jeter son dévolu sur la passante la plus facile à poignarder.

Sam Waterhouse se rend rarement aux obsèques de ses patients et éprouve une certaine nervosité en assistant à celles de Priscilla. Lors d'une cérémonie semblable, des années auparavant, on l'avait pris à partie et il préférait éviter que cette scène se reproduise. Le lendemain, les parents avaient porté plainte contre lui. Sam n'avait commis aucune erreur et avait gagné le procès. Mais depuis, il ne souhaitait pas rappeler aux familles endeuillées ses échecs ou, en tout cas, ce qu'elles percevaient comme tels.

L'église bondée de West End Avenue symbolise avec faste le rang social des parents de Priscilla, l'un à la tête d'une célèbre société de courtage (son père) et l'autre d'une fondation caritative encore plus connue (sa mère). Sam s'arrête un instant au fond du temple, puis emprunte l'allée centrale afin de pouvoir se glisser sur un banc au niveau des premières rangées, entre deux couples. Il jette un œil à droite, mais les deux personnes distinguées qui lui ont fait de la place semblent ne pas le voir. En revanche, sur sa gauche, son regard se pose sur une femme âgée, très bronzée, qui lui sourit.

« Docteur Waterhouse, lance-t-elle, vous me reconnaissez quand je suis vêtue ?

— Mrs Darnell », répond-il en souriant, comme s'il n'avait pas déjà entendu cette plaisanterie un million de fois. Bunny Darnell. Mais elle, il évite de l'appeler par son prénom. « Comment allez-vous ?

— Vous le saurez à mon prochain rendez-vous. »

Il sourit de nouveau. Riche comme un plantureux gâteau au chocolat, elle exhibe la minceur de celle qui n'en mange jamais. Deux conditions qui lui permettent d'arborer un sobre ensemble Chanel noir, exquise tenue pour un enterrement.

« Pauvre petite chose », murmure-t-elle.

Elle doit parler de la défunte, se dit-il. Pas de lui-même.

Soudain l'orgue se met à jouer et le service commence.

Pendant toute la cérémonie, tendu, il observe la famille. De sa place, il examine leurs profils. Facile de reconnaître la mère élégante, le père corpulent, âgé d'une petite cinquantaine, et la sœur, l'air moins avenante que Priscilla.

*Ils sont remarquables*, songe-t-il.

Dans l'église bondée, où les pleurs se font discrets, et dans une atmosphère rendue encore plus lourde par la conscience de cette tragédie, ils gardent les yeux secs et le dos droit. Mr Windsor n'a pas passé le bras autour des épaules de Mrs Windsor. La mère ne regarde jamais la sœur. Aucun n'a essuyé de larmes. Difficile d'imaginer qu'on puisse ne pas aimer Priss. Ou bien, inébranlables, ils retiennent un torrent d'émotions, soit ils la détestaient, cette fille, cette sœur, qu'ils viennent de perdre. Sam a déjà observé ce genre d'attitude – à l'hôpital, lors du décès de patients haïs par leur famille.

À la fin du service, Mrs Darnell s'exclame, sans grande discrétion : « Diable ! Je n'ai jamais assisté à un enterrement plus étrange. »

Devant eux, une femme se retourne en lui lançant un regard noir.

« Très curieux, oui », renchérit Mrs Darnell.

Surpris, Sam interroge sa patiente du regard.

« Quoi ? Vous n'avez pas remarqué ? C'est à peine

s'ils l'ont évoquée ! À peine s'ils ont prononcé son nom ! Une fille tellement gentille. Si généreuse, si désintéressée. Et pas un mot. Rien sur son enfance, sur ses études : et pourtant, elle a fréquenté de grandes écoles, croyez-moi. Je vous l'accorde, de nos jours, il y a tant d'obsèques qui se noient dans un océan de larmes et de sensiblerie, mais là, c'était plus sec qu'un désert. On peut faire preuve de retenue sans pour autant donner l'impression qu'on se contrefiche de sa propre fille ! En général, une quinzaine de cousins germains se lèvent pour dire combien ils étaient proches du défunt et pour raconter des histoires de famille dont tout le monde se moque, excepté les principaux intéressés. »

Elle avait raison. Absorbé par ses théories au sujet des Windsor, Sam n'a guère prêté attention à ce qui tenait lieu de cérémonie : une longue litanie de chants, de lectures des Écritures saintes, de prières et le simple hommage bref et guindé d'un prêtre qui n'avait, a priori, jamais vu Priscilla. L'explication arrive avec la suite des potins de Mrs Darnell. « Il ne s'agit même pas de leur paroisse. En tout cas, je vous parie que celle-ci dispose désormais d'une belle donation qui lui permettra de s'offrir de nouvelles robes pour son chœur. Ou autre chose. Mais quel service impersonnel ! Dans ma paroisse, on nous autorise à nous lever et à mentir effrontément au sujet des défunts et pourtant nous sommes épiscopaliens ! »

Ils vont tous deux pour se redresser, suivant le

mouvement de l'assistance, lorsqu'une voix masculine résonne dans l'église. « Attendez ! Attendez ! Je voudrais dire quelque chose ! »

On s'immobilise, le regard fixe. On se dévisage.

« Oh, oh », ricane tout bas Mrs Darnell dont les lèvres s'ourlent d'un sourire perfide.

« C'était un ange ! poursuit l'homme. Personne ne va le dire, que c'était un ange ? Asseyez-vous, asseyez-vous ! Je vais vous raconter ce qu'elle a fait pour moi ! »

« Pakistanais, non ? » chuchote Mrs Darnell.

L'assistance s'affale de nouveau sur les bancs, un peu nerveuse, tout en observant la famille à la dérobée. Sam voit la sœur qui cherche des yeux le maître de cérémonie, mais très vite, elle se met à regarder droit devant elle, comme si sa mère, assise juste à côté, l'y avait obligée. L'épaule gauche du père se soulève brusquement, une fois. Point. Tous trois se figent alors comme des statues.

« Elle m'achetait un hot-dog deux fois par semaine, toutes les semaines depuis un an, continue l'homme dont la voix résonne dans chaque recoin de la nef. Elle disait que je vendais les meilleurs hot-dogs de New York ! Et je la traitais comme tout le monde – je hurlais, je lui criais de se dépêcher, de passer commande et d'avancer. Elle me souriait, je ne lui rendais jamais son sourire. Elle me disait merci, moi pas. Et puis, la veille de sa mort – la veille ! –, elle est venue plus tôt et elle m'a dit… » Sa voix vacille. Il sort un mouchoir et se mouche bruyamment. « Elle m'a dit qu'elle me donnerait cinq mille dollars si j'étais sympa avec mes clients toute la journée. »

Des exclamations de surprise jaillissent dans l'assistance.

« Cinq mille dollars ! » répète-t-il, comme s'il partageait l'étonnement et le scepticisme de l'audience – pourtant il est de notoriété publique que Priss Windsor a jadis fait don de trois millions de dollars, hérités de son parrain.

« Une folle, je me suis dit, confie l'homme. Mais un billet de cinq mille, ça reste un billet de cinq mille, alors je lui ai demandé ce que je devais faire. Et elle m'a répondu que je devais être gentil, que je devais sourire aux clients, être aimable. Que je devais les remercier pour leur confiance et qu'il fallait que je remballe ma hargne ! »

Il secoue la tête. « Des fois, c'est vrai, j'aime pas quand on paie avec de la petite monnaie. Alors, des fois, c'est vrai, je renvoie la mitraille à l'expéditeur. »

Il abrège le reste de l'histoire. Comment elle lui avait donné la moitié de la somme le matin, comment elle avait posé dans l'herbe une couverture sur laquelle elle s'était assise pour l'observer, comment elle lui avait souri, comment elle avait levé son pouce au fur et à mesure que son comportement s'améliorait tout le long de la journée. Et comment, en fin d'après-midi, elle lui avait donné le reste des cinq mille dollars. Alors, il lui avait offert un hot-dog.

« C'était un ange, conclut-il en se tournant vers la

famille dont les visages impassibles n'ont pas frémi. Ce jour-là, elle a changé ma vie. Et ma femme la remercie aussi ! »

On entend des rires vite étouffés.

« Je voulais simplement en parler et dire que j'étais tellement désolé qu'elle... J'étais tellement choqué quand j'ai vu... »

Sa voix s'étrangle et il se rassied. Mais il se relève aussitôt.

« Quelqu'un devait parler pour la défunte ! affirme-t-il. Elle m'a dit : "Soyez bon." Merci. »

Une autre personne se redresse alors. Une femme plutôt jeune.

« Il a raison, Priss était vraiment un ange. Et elle était rigolote. J'ai pris le taxi avec elle deux jours avant son décès. On était à peine montées que le chauffeur s'est mis à écraser son klaxon, c'était horrible. Priscilla s'est penchée vers lui et lui a dit qu'elle lui donnerait cent dollars s'il ne klaxonnait pas une seule fois de la course... »

De brefs éclats de rire jaillissent parmi les utilisateurs réguliers de taxis new-yorkais.

« Et il l'a fait ! Quand nous sommes descendues, il lui a souri et lui a demandé ce qu'elle lui donnerait s'il ne klaxonnait pas le reste de la journée. »

Toute l'assemblée, ou presque, explose de rire, de ce rire chaleureux et tendre capable, d'habitude, de réconforter les proches endeuillés et bouleversés.

« Que lui a répondu Priss ? » la questionne alors un homme.

La jeune femme reprend avec un sourire timide. Les larmes font briller ses yeux. « Elle lui a dit qu'elle et plusieurs millions d'habitants de Manhattan lui offriraient leur gratitude éternelle. » De nouveau, l'audience s'esclaffe. « Alors, il a dit... le chauffeur a dit : "Ça va si je klaxonne parce que quelqu'un n'avance pas au feu ?" Et Priscilla a éclaté de rire et lui a répondu : "Quoi ? Vous croyez vraiment qu'il n'y aura pas quinze voitures derrière vous déjà en train de le faire ?" »

Rires. Applaudissements. Toutefois Sam remarque qu'ils ne viennent pas de la famille. Père, mère, sœur : leurs épaules ne bougent pas ; ils ne se tamponnent pas les yeux. Ce qu'ils refoulent ne veut pas sortir.

Déjà une autre inconnue se lève pour raconter à son tour une anecdote, mais Sam repère Mrs Windsor qui, d'un geste, attire l'attention du prêtre. Elle désigne ensuite l'organiste, manifestant clairement ses intentions. Aussitôt ou presque, la musique atteint des sommets bachiens, étouffant l'hommage dans l'œuf. Les placeurs se postent en hâte vers l'extrémité des rangées et entreprennent de vider l'église de la formidable foule qui se met à s'agiter.

Bouleversé, Sam se rend compte qu'il vient d'entendre ce qui témoigne peut-être de l'ultime souhait de Priscilla Windsor : dire la vérité. Il s'interroge : *Étant donné ce qu'elle a fait avec des étrangers, qu'y avait-il sur sa liste concernant ses proches ?*

« Bon, c'est mieux ainsi, approuve Mrs Darnell au moment de se lever. Même si Maggie n'a pas apprécié. Vous avez vu comment elle a demandé au prêtre d'accélérer le mouvement ? Enfin, au moins nous nous sommes amusés et cette chère enfant en aurait été ravie, j'en suis certaine. Assistez-vous à la réception ?

— Non. Je n'ai pas été invité. Je ne connais pas la famille.

— Balivernes. Donnez-moi votre joli bras et je vous y escorterai comme si de rien n'était. J'imagine que Priscilla était votre patiente… mais j'imagine aussi que vous ne me répondrez pas. Vous nous connaissez mieux que nos époux… Mieux que notre famille. Voire davantage, dans le cas de *sa* famille et ne répétez à personne ce que je viens de vous dire ! »

Sam sourit : « Promis. »

À quelques rangées de la sortie, il parvient à semer Mrs Darnell alors qu'elle le quitte du regard quelques instants, et il se perd dans la foule. Il souhaite retrouver la dernière personne qui s'est levée pour parler, l'inconnue vaincue par Bach.

Robe à fleurs, cheveux bouclés, visage rond.

Il la voit, debout entre deux femmes plus jeunes, et il comprend intuitivement qu'il s'agit d'institutrices. Des enseignantes qui travaillent avec Priscilla dans une maternelle tellement vétuste qu'on ne se bouscule pas pour y inscrire ses enfants. Elles aussi paraissent vieillottes comparées à cette foule si chic. Mais la plus âgée dégage quelque chose qui doit donner aux enfants l'envie de se réfugier dans ses bras.

Pourtant quand Sam l'aborde – « Excusez-moi ? » –, elle n'esquisse pas un sourire.

« Oui ?

— Vous vous êtes levée à l'église.

— Oui.

— Je suis navré que vous n'ayez pu faire votre hommage. Ça vous dérangerait de me dire ce que vous aviez préparé ?

— Qui êtes-vous ?

— Oh, désolé. Je m'appelle Sam Waterhouse. J'étais son médecin.

— Ah. » La femme a l'air fatiguée, tendue et, de près, on a beaucoup moins envie de se réfugier dans ses bras. « Je voulais simplement dire que les enfants fréquentant notre maternelle et leurs parents l'adoraient. Ça nous aurait peut-être attiré de nouveaux clients. Vous avez des petits-enfants ? »

Ses mots durs, ses yeux inflexibles le décontenancent. Et le fait qu'elle lui attribue des petits-enfants.

« J'ai un fils… en primaire.

— Vraiment ? » Le ton badin le vexe. Qu'un homme de son âge ait un enfant si jeune semble amuser l'institutrice qu'il trouve à la fois sans tact et déplaisante. Pas étonnant qu'on ne se bouscule pas au portillon de son établissement.

« Je l'aimais beaucoup, reprend-il à propos de Priscilla. Vraiment beaucoup. Je croyais que vous alliez nous raconter une anecdote plaisante. »

Elle pouffe et dévisage les deux jeunes femmes

présentes à ses côtés. Quand elle se retourne à nouveau vers lui, celles-ci échangent un regard lourd de sous-entendus. « Mon anecdote n'a rien de drôle, rétorque-t-elle. Je l'ai licenciée la semaine dernière. » Elle finit par sourire, un sourire en coin. « Pas forcément la bonne histoire pour des obsèques, non ? Vous êtes médecin. Quelle spécialité ?

— Gynécologie-obstétrique.

— Ah. Je pensais que vous étiez son psychiatre. » Narquoise, elle affiche de nouveau un rictus et s'éloigne.

L'une des jeunes femmes lui emboîte le pas, mais l'autre s'attarde et déclare à voix basse : « Ne faites pas attention. Elle a toujours été jalouse de Priss parce que les enfants et leurs parents l'aimaient plus qu'elle. Et puis, elle lui en voulait.

— Pourquoi ?

— Elle avait passé un savon à des parents. Qui l'avaient bien cherché !

— Quand ?

— Le jour de son décès. » Les larmes emplissent ses yeux. « C'est tellement horrible ! Penser que son dernier souvenir de nous sera d'avoir été virée. Mais j'espère qu'elle savait qu'on la soutenait. Susan… » Par-dessus son épaule, elle désigne du pouce la direction vers laquelle la robe à fleurs a disparu « … ne recadrera jamais les parents parce qu'elle ne veut pas perdre d'argent. Ça nous rend dingues. Les parents que Priss a enguirlandés avaient pour habitude de venir à n'importe quelle heure ou d'avoir deux heures de retard, voire plus ! Pas de coup de fil pour nous prévenir et évidemment ils ne nous demandaient pas notre avis. Aucune considération. Et du coup, les pauvres gamins se sentent abandonnés, même si on leur ment et qu'on ne leur dit pas que leurs parents sont des abrutis.

— Et Priss… Priscilla les a remis à leur place ?

— Exactement ! C'était génial ! Ça les a tellement surpris. Et nous aussi ! Susan a viré Priss sur-le-champ, devant eux, et s'est confondue en excuses, mais ça ne les a pas empêchés de retirer leurs enfants de l'école. J'avais envie de vomir.

— Est-ce que Priss vous a parlé d'une liste de ses derniers souhaits ?

— C'est ce que font les gens qui savent qu'ils vont mourir, non ? » Ses mains volent vers sa bouche. « Oh, non ! Vous croyez qu'elle a eu une prémonition ?

— Non, non. Je…

— En tout cas, elle m'a dit qu'elle avait toujours voulu se les faire. »

Pour Sam, les éléments concordent, en particulier si l'on y inclut les incidents du vendeur de hot-dogs et du chauffeur de taxi.

Il a une autre question à poser à la jeune femme mais quelle que soit sa façon de la tourner, ce sera indélicat. Alors il lui demande simplement : « Pourquoi Priss travaillait-elle dans cette école ? Vous le savez ? »

Un sourire flotte sur les lèvres de l'institutrice. « Vous voulez dire… vu tout ça ? » Son bras droit décrit un arc de cercle en balayant les signes extérieurs de richesse qui les entourent, les vêtements, les brushings, l'adresse même de l'église ou les limousines et les taxis garés le long du trottoir.

« En effet, oui. Mais également… » Il montre la robe à fleurs.

« Elle est adorable lors de l'entretien d'embauche, répond la jeune femme. Tout miel. C'est après qu'elle montre son vrai visage. Et puis, nous n'étions pas au courant pour tout le reste… » Son regard se perd dans la foule. « On pensait que Priss était comme nous. En plus gentille. » Elle sourit de nouveau, tendrement.

« Je savais juste qu'elle avait un diplôme d'éducatrice de jeunes enfants et qu'elle avait besoin d'un boulot, comme tout le monde. Bon, j'imagine qu'elle n'en avait pas *vraiment* besoin, mais qu'elle souhaitait quand même travailler. J'ai une théorie, après avoir vu tout ça… »

Sam penche la tête, comme il le fait pour encourager ses patients à se confier.

« Je crois qu'elle est arrivée à DayGlow DayCare et qu'elle a compris la situation : la propriétaire, une véritable sorcière, son équipe malheureuse et leur effet conjugué sur les enfants. Alors elle a décidé d'essayer de changer les choses. De nous changer. Je pense qu'elle est venue travailler ici parce qu'elle avait un don : près d'elle, on se sentait bien.

— Elle l'avait vraiment, ce don ?

— Oui, c'était évident, affirme la jeune femme. Ça

s'est fait petit à petit. Nous – l'équipe –, on était heureux. Les enfants s'amusaient et apprenaient mieux. Il n'y avait qu'un obstacle, Susan, et certains parents comme ceux auxquels Priscilla avait dit leurs quatre vérités. » Soudain, l'institutrice éclate en sanglots. « Elle va tellement me manquer. »

Si elle avait été sa patiente, Sam l'aurait prise dans ses bras.

Elle ne l'est pas et pourtant il la serre contre lui.

« Vous êtes prêt ? »

Sam se tourne en reconnaissant la voix de Bunny Darnell et répond par l'affirmative.

« Qui était cette mignonne petite chose ?

— Une collègue de Priscilla.

— Ah. » Pour la première fois, son visage et son ton se radoucissent. « Priss était vraiment gentille. » La vieille dame redevient soudain amère. « Je ne comprendrai jamais de qui elle tenait dans cette famille. » Elle lui jette alors un regard en coin. « Oh, je pourrais vous en raconter, des anecdotes.

— Avec plaisir.

— Vraiment ? Je ne vous ai *jamais* entendu parler de vos autres patientes. C'est l'une des raisons pour lesquelles nous allons toutes vous voir, n'est-ce pas ? Vous savez garder les secrets. Alors, paré à descendre du piédestal sur lequel je vous avais mis ?

— Dieu m'en préserve. » Il sourit. « Mais ce n'est pas moi qui jase et je n'en parlerai à personne.

— Ah. » Elle se permet un petit rire. « Exact. En

ce cas, montez dans ma voiture et attention aux surprises. Mon mari sera notre chauffeur »

Mais il n'est pas surpris. Ni par les sombres magouilles du père de Priscilla ni par les salaires princiers que sa mère s'octroyait ou versait à sa petite cour de lèche-bottes plutôt que d'affecter les sommes aux actions menées par l'organisation caritative qu'elle dirigeait. Et même lorsque Mrs Darnell lui confie que Priscilla est tombée enceinte à seize ans, non, Sam ne semble toujours pas surpris.

« Ça ne vous étonne pas ?

— J'étais son gynécologue. Personne n'échappe aux vergetures, pas même les adolescentes.

— Alors vous le saviez. »

Il ne confirme pas.

« Vous avait-elle dit que ses parents l'avaient chassée de chez eux ? *Si vous insistez*, je vous confierai qu'elle est venue me voir pour que je l'aide. Je l'ai abritée. Je lui ai donné de l'argent de poche. Ensuite, que Dieu me pardonne, je l'ai laissée avec ma gouvernante et j'ai fui en Europe. Je suis rentrée une fois la situation revenue au calme. Elle l'a fait adopter, vous savez. Elle a dû se sentir terriblement seule, j'en suis certaine. »

La vieille dame semble heureuse de pouvoir enfin se confier, partager tout ce qu'elle a retenu pendant si longtemps.

« Pourquoi est-elle venue chercher de l'aide auprès de vous ? » lui demande Sam.

La question paraît la surprendre : « Parce que je suis sa marraine. Vous l'ignoriez ? »

Non, il le savait. Raison d'ailleurs pour laquelle il s'est assis près d'elle à l'église. « J'ai dû oublier. »

Il jette un œil sur le mari qui, au volant de la Jaguar, traverse Central Park d'ouest en est.

« Alors… » Sam laisse en suspens sa question maladroite.

Bunny rit. « Vous pensez au parrain ? Celui qui lui a donné trois millions ? C'était George, mon premier époux. Un homme guère généreux. J'ai pratiquement dû le menacer de mort s'il ne la couchait pas sur son testament. Je savais qu'elle n'apparaissait pas dans celui de ses parents. Mais je ne voulais pas la laisser dans le besoin, même si elle n'obtenait pas la somme immédiatement. Alors quand George est tombé malade, je l'ai supplié, et il a abdiqué. Quand il est parti, elle… elle n'était plus fauchée.

— Mais elle a tout distribué.

— J'aurais dû savoir qu'elle le ferait. Elle exécrait ce que ses parents représentaient, y compris l'argent. Elle avait à cœur ce verset de la Bible qui nous donne à tous des cauchemars.

— Lequel ?

— Celui qui dit qu'il est plus dur pour un riche d'entrer au royaume de Dieu que pour un chameau de passer par le chas d'une aiguille. »

Au volant, son mari sourit sans quitter la circulation des yeux.

Sam regarde par la vitre. « Vous pensez qu'elle est au paradis ?

— Je l'espère. À quoi servirait le paradis, si les anges n'y allaient pas ?

— Vous voulez y aller, vous, au paradis ?

— Pourquoi croyez-vous que nous passions toutes nos vacances en Égypte… ? Pour trouver des chameaux nains ! »

Sam s'esclaffe. « Il faudra quand même une très grosse aiguille, non ? »

Pour la première fois, l'époux intervient : « Vous connaissez la Space Needle de Seattle ? L'Aiguille de l'espace… Ça devrait faire l'affaire. »

Sam rit de nouveau. Il apprécie ce couple.

Après une courte pause, il reprend : « Je comprends pourquoi vous ne supportez pas ses parents.

— Des gens méprisables, acquiesce-t-elle. Pas de pitié. Ils n'en ont pas eu pour elle. Je n'en aurai pas pour eux. »

Le mari de Bunny Darnell trouve une place, comme par magie, près de la Frick Collection. Il guide ensuite le trio vers un immeuble, passe devant le concierge et entre dans l'ascenseur qui s'ouvre directement sur un appartement-terrasse.

« Buffet à tribord, précise Mrs Darnell à Sam. Boissons à bâbord. Droit devant, hôtes et hôtesses reçoivent les invités, près des baies vitrées. Voulez-vous qu'on vous raccompagne ?

— Merci. Je rentrerai seul.

— Pas de souci ! Comme disent les jeunes. Mais du reste, je regrette le “Je vous en prie”. Simple, courtois. Qu’est-il devenu ? »

Mais Bunny n’a pas fini de le surprendre. Elle effleure l’épaule de Sam, se hausse sur la pointe des pieds et dépose un baiser sur sa joue.

« Avec un peu de chance, ils ne se souviendront pas de vous », murmure-t-elle.

Il se retourne si brusquement qu’il la déséquilibre, mais il réussit à la rattraper par le coude.

Il s’excuse platement. Les invités lui jettent des regards noirs et s’enquièrent de l’état de Bunny.

Qui le dévisage. « Ne vous excusez pas pour ce que vous avez fait, Sam », déclare-t-elle d’une voix à la fois basse et impérieuse.

Il l’observe fixement tandis qu’elle s’éloigne, puis se tourne vers les fenêtres, hagard.

Lorsqu’il peut de nouveau réfléchir, il se joint à la file des invités qui attendent de parler aux parents. Tout autour de lui fusent les commentaires vantant la vue sur Central Park. Il regarde par-delà les arbres, vers son West Side, le quartier qu’il porte dans son cœur. Que ne donnerait-il pas pour y retrouver sa femme et son fils, une famille heureuse, plutôt que de rester ici, dans l’East Side avec ces gens misérables ?

Lorsqu’un serveur vêtu d’une veste blanche remonte la file en portant des verres de vin sur un plateau d’argent, Sam est tenté. Mais il décline. Il faut rester lucide.

« J'étais son médecin, confie Sam à voix basse.

— Je sais qui vous êtes », répond la mère, glaciale.

Elle aussi avait été sa patiente quelques années plus tôt – jusqu'au jour où elle lui avait amené Priss pour un test de grossesse.

« Puis-je vous entretenir en privé ? » lui demande-t-il.

Elle recule et d'un signe de tête lui montre la fenêtre qui se trouve derrière elle.

« Excusez-moi de vous poser une question indiscrète, mais Priscilla vous a-t-elle parlé dans les jours précédant son décès ?

— Nous parler ? Si vous voulez dire : arriver sans préavis, après nous avoir ignorés pendant des années, alors oui, c'est le cas. Si vous voulez dire : vomir les mêmes paroles indécentes qu'elle avait proférées des années auparavant, oui, c'est le cas. Et j'imagine qu'elle les a également éructées en votre présence, sinon vous ne me poseriez pas cette question. Je dois vous féliciter, docteur. De toute évidence, vous n'en avez parlé à personne. Si vous aviez brisé le secret professionnel, je pense que nous l'aurions su. À mon tour, je vais vous confier *un secret*, docteur : ma fille aînée était une menteuse, malveillante et destructrice, et non la petite sainte regrettée par certains. »

Sam sent sa colère qui monte en même temps que celle de son interlocutrice. Il aurait voulu lui demander si elle savait que sa fille était condamnée. Il s'était dit que Mrs Windsor trouverait peut-être du réconfort en apprenant que le meurtrier n'avait pas privé Priscilla d'une longue vie, d'un mariage, d'une descendance, de nouveaux amis ou de nombreuses années bien remplies. De toute façon, le cancer les lui aurait volés.

Mais maintenant, il n'a plus envie de lui offrir un quelconque réconfort.

Priss avait voulu donner une dernière chance à sa famille. Elle avait dit la vérité. Et, une fois de plus, ses parents avaient fait la sourde oreille, et avaient rejeté leur fille.

Il se penche vers la mère. « Si vous tenez à savoir la *vérité*, Mrs Windsor, j'ai l'ADN du bébé. Il suffit de demander à votre mari de se présenter avec un échantillon de… »

Elle le gifle.

« Hé, attendez ! »

Il interrompt sa marche précipitée vers l'ascenseur et se retourne. Son exaspération a atteint un tel degré que le sang a reflué de son visage. Il se dit que la trace de la gifle doit se voir comme des doigts rouges peints sur sa peau livide.

La jeune femme qui le poursuit ressemble tellement à sa patiente défunte qu'il manque de lâcher : « Priscilla… » Mais tandis qu'elle s'approche, la ressemblance fantastique s'estompe ; plus jeune que Priss, elle paraît cependant plus âgée.

« Ha ! Pendant un instant, vous avez cru que c'était elle, non ? J'ai foutu la trouille à plein de gens aujourd'hui. Trop drôle. Mais vous avez fait quoi pour énerver ma mère comme ça ?

— J'ai dit quelque chose qu'elle n'avait pas envie d'entendre. Vous êtes la sœur cadette de Priss ?

— Oui, Sydney. » De nouveau, elle glousse. « J'espère que vous allez continuer de la vexer, ma daronne. C'est super marrant. Vous êtes qui, au fait ?

— Son docteur.

— Celui de maman ?

— Oui, avant. Mais je voulais parler de votre sœur. »

Sydney affiche un air dégoûté. « Vous savez que si elle n'avait pas balancé tout ce fric, je serais plus riche de trois millions maintenant ?

— Qu'est-ce qui vous fait croire qu'elle vous les aurait laissés ? »

Elle le dévisage : « Depuis quand c'est vos affaires ? »

Comme il ne répond pas, elle arbore un sourire narquois et lève le menton : « Au moins, elle m'a laissé son petit copain. Même si, pour être honnête, je le lui avais piqué un peu avant. »

Sam suit son regard vers un jeune homme brun mollement adossé au mur, la semelle de sa chaussure gauche plaquée contre le somptueux papier peint. Ce pied nonchalant donne à Sam l'impression d'être un vieux grincheux. Et en effet, il ne peut s'empêcher de juger le fiancé. *Aucune manière, aucun respect de la propriété des autres. Ce qui colle avec un petit con infidèle qui se fait draguer par la sœur de sa copine.* Il éprouve de la peine pour Priscilla, avant de se rendre compte qu'elle avait sans doute gagné au change. Le petit copain volé et la sœur voleuse se méritaient l'un l'autre.

« Pourquoi la cérémonie ne s'est-elle pas déroulée dans votre paroisse ? lui demande-t-il.

— Parce que le prêtre aurait peut-être eu un mot gentil pour Priss.

— Ah oui ?

— Elle a déjà eu du pot… ils auraient pu passer par un salon funéraire.

— Tout ça… toutes ces représailles, parce qu'elle était fille-mère ? »

Sydney lui décoche un regard furieux, parfait contre-point à la colère que lui inspire cette famille dans son ensemble.

« Et vous alors ? s'enquiert-il à voix basse.

— Quoi, moi ?

— Votre père…

— La ferme ! Si vous continuez, je vous gifle aussi. »

Sydney tourne les talons si vite que ses longs cheveux balaient les épaules de Sam.

En remarquant les regards hostiles qui se posent sur lui, il avance vers l'ascenseur dans lequel il s'engouffre, drapé dans une royale solitude. Personne n'a voulu descendre avec lui.

Dans la rue, Sam vérifie son téléphone. Sa secrétaire lui a envoyé un message : « Un policier veut vous voir. » Elle ne lui a pas laissé de nom, seulement un numéro qu'il compose immédiatement.

Un homme répond. « Docteur Waterhouse ? Merci de m'avoir rappelé. J'aimerais vous parler du meurtre de Priscilla Windsor. Où êtes-vous ?

— Je viens de quitter la réception qui avait lieu chez ses parents.

— Quelle coïncidence ! J'attends justement au pied de l'immeuble. Par hasard, vous ne seriez pas grand, bel homme, avec une crinière argentée et un costume anthracite très, très élégant ?

— Vous me confondez avec Richard Gere. Je suis de taille moyenne, la cinquantaine, costume noir, cheveux bruns grisonnants.

— Ah, OK. Je vous vois. On ne peut pas tous ressembler à Richard Gere. Mais, franchement, on pourrait vous prendre pour George Clooney.

— Lieutenant…

— Paul Cantor. Tournez à gauche et dix mètres plus loin, vous remarquerez un petit chauve avec un costard bleu que sa femme voudrait balancer à la poubelle. »

Les deux hommes échangent une poignée de main, traversent la rue côté Central Park et trouvent un banc sur lequel ils s'asseyent, dos au parc, visages tournés vers la circulation.

Sans un mot, le lieutenant tend à Sam une feuille arrachée à un bloc-notes avec pour en-tête le nom du gynécologue et les coordonnées de son cabinet. Dessous, on lit « Dire la vérité », puis une liste. Devant chaque entrée, un astérisque.

* ~~Vendeur hot-dogs~~
* ~~Voisine au chien~~
* ~~Chauffeurs de taxi~~
* ~~Sydney/Allen~~
* ~~Parents ignobles~~
* ~~Les autres parents ignobles~~
* Dustin

Toutes les entrées, sauf la dernière, sont rayées, comme si Priscilla s'en était occupée. Elle a continué de dessiner des astérisques jusqu'en bas de la page, mais sans rien écrire à la suite. Soit elle a voulu ajouter d'autres tâches, soit elle a compris qu'il y en avait déjà beaucoup.

« Où avez-vous trouvé cette feuille, lieutenant ?

— Dans sa sacoche. Vous savez ce que c'est ?

— Ses dernières résolutions avant de mourir », répond Sam avant d'évoquer la maladie qui aurait emporté Priscilla si le meurtrier n'en avait décidé autrement.

« Ah, ce qui explique ce qui s'est dit aux obsèques, intervient le policier.

— Je pense.

— Le vendeur de hot-dogs. Incroyable.

— C'était une jeune femme incroyable.

— Cinq mille dollars. J'aurais bien aimé être désagréable avec elle, moi aussi. »

Sam rit.

« Vous avez l'air de l'apprécier, estime le lieutenant.

— Oui. Elle était vraiment gentille.

— Qui aurait pu vouloir la tuer ?

— Quoi ? C'était prémédité ?

— Un témoin a vu un homme en tenue de jogging près de l'immeuble. Adossé, comme s'il l'attendait. Il s'est redressé quand elle est sortie. Et l'a suivie lorsqu'elle s'est mise à marcher. Il a traversé, comme elle, tourné dans la même direction et il est resté sur ses talons. À ce moment-là, il ne paraissait pas dangereux, selon le témoin. Voire tout à fait normal. Mais il traînait en bas de son immeuble et la coïncidence me semblerait extraordinaire.

— Je ne sais pas quoi dire. Euh… c'est… » Le regard de Sam se perd dans la circulation. « C'est horrible. Je ne sais pas qui… »

Le flic hausse les épaules. « J'imagine que ce n'est ni le vendeur de hot-dogs ni le chauffeur de taxi.

— Oui. » Sam jette un œil sur le lieutenant. « J'ai entendu une anecdote que vous ignorez sans doute. Vous vous rappelez la femme qui s'est levée mais n'a pas réussi à en placer une ?

— Il y avait des gens qui sortaient d'un peu partout. J'étais derrière. Laquelle ?

— Robe à fleurs. La quarantaine. Dans les premières rangées.

— Qu'est-ce qu'elle vous a raconté ?

— Elle a licencié Priscilla le jour de sa mort.

— Elle voulait raconter ça ?

— Non. En réalité, elle aurait préféré dire que tous les gamins adoraient Priscilla.

— Alors, pourquoi la virer ?

— Pour avoir dit la vérité. » Sam lui résume la situation, selon les versions données par ses deux collègues.

« Donc, j'imagine qu'il s'agit des "Parents ignobles". Mais qui sont les "Autres parents ignobles" ?

— Les siens, je pense. Ou vice versa.

— Ce qui expliquerait la cérémonie effroyablement impersonnelle. Je n'ai jamais rien vu de tel. Tous ces gens distingués et ne rien apprendre sur elle, en tout cas jusqu'à la révolte des gueux. Des gueux endeuillés.

— Des gueux endeuillés, répète Sam. C'est exactement ça.

— On aurait dit que le père et la mère avaient échoué par mégarde aux obsèques d'une inconnue.

— La mère m'a giflé. »

Le lieutenant écarquille les yeux. « Qu'est-ce que vous avez fait ? Vous leur avez dit combien vous l'aimiez ?

— J'ai fait une suggestion à la mère. Au cas où elle tiendrait vraiment à savoir avec certitude si son mari a abusé de leur fille, j'ai toujours un prélèvement ADN qui pourrait le disculper. Ou pas.

— Une seconde, Doc. Suivez-moi. Vous allez m'en raconter un peu plus. »

En entrant dans le parc, le policier montre la liste. « Qui sont Sydney et Allen ? Vous avez une idée ?

— Sydney… la sœur de Priss. Elle la déteste parce qu'elle a donné trois millions de dollars à une bonne œuvre. Quant à Allen, je suppose qu'il s'agit de son petit copain. Il l'a trompée avec Sydney.

— J'hallucine, grommelle le flic. Je suis content d'avoir trouvé votre nom sur cette liste. » Il rit jaune. « Et ce dernier nom ? Dustin.

— Je ne sais pas », ment Sam.

Au moment où ils s'apprêtent à se séparer, le policier conclut : « Ne vous inquiétez pas. On va retrouver l'assassin. Ce ne sera pas trop difficile avec la vidéosurveillance. »

Le cœur de Sam bondit dans sa poitrine. Cette possibilité le tourmente depuis le début.

Il se force à prendre une voix neutre : « Une caméra ? Dans le parc ?

— Non, de l'autre côté de la rue, en face de son immeuble. »

Pour la première fois, ce jour-là, Sam commence à éprouver un sentiment plus fort que la nervosité, plus redoutable que l'angoisse. Un sentiment qui confine à la peur. Lorsque les deux hommes se serrent la main, il espère que sa paume est moins moite qu'il ne le pense.

À la dernière seconde, il trouve le courage de poser une question : « Vous l'avez regardée ?

— La vidéo ? » Le flic secoue la tête. « Non, mais on m'a dit que c'était exploitable. À plus, Doc. Vous m'avez bien dépanné. Merci. »

Sam tente de calmer sa respiration puis appelle chez lui. Il veut entendre la voix de sa femme, architecte, qui travaille à domicile.

« Ça roule, ma poule ? » C'est leur façon de se répondre au téléphone.

« Bien. Et toi ? Et Eric ? »

Ils avaient un fils de dix ans, la lumière de leur vie.

Il aurait été adopté s'ils avaient emprunté les canaux habituels… si Sam n'avait pas mis les documents adéquats sous le nez de sa patiente, avant de les passer à la broyeuse, une fois signés par Priscilla. Personne ne devait apprendre que son bébé était l'enfant d'un inceste ; dans l'idéal, Eric aurait simplement su que sa jeune mère l'aimait, mais qu'elle n'avait pas pu le garder. Et le temps venu, il se serait posé des questions, mais elle aurait disparu dans les arcanes administratifs. Il n'aurait jamais pu la retrouver, ni connaître son identité, et tout le monde s'en serait satisfait.

Priss l'avait appelé Dustin.

Bien sûr, il était sur sa liste.

Bien sûr, elle aurait voulu le voir une dernière fois avant de mourir, même après cette douloureuse séparation. Cassity, sa femme, avait averti Sam quand il lui avait révélé la maladie de Priscilla. Son épouse, si intelligente, si empathique, s'était immédiatement mise à pleurer et, dans sa voix, il avait entendu du désespoir : « Elle voudra le voir, Sam ! Sa vie sera brisée ! »

*Et les nôtres*, avait compris Sam à cet instant.

D'abord, il avait tenté de se convaincre que rien de mal ne pourrait arriver, que Priscilla ne parviendrait pas à déterrer les informations concernant son fils ;

elle ne possédait aucune copie des documents. Trop jeune, à l'époque, elle ne les avait pas exigées.

Et pourtant… Si elle avait été aussi déterminée qu'il le pensait, elle serait venue le voir, elle lui aurait posé la question funeste : *Où est mon enfant ?*

Que lui aurait-il répondu ? Il aurait pu la mener en bateau, mais elle se serait alors adressée à l'agence d'adoption… qui n'aurait jamais entendu parler d'elle. Il aurait pu lui dire la vérité – il lui avait menti, il avait gardé son bébé pour lui –, mais quelles auraient été les conséquences d'une telle révélation ?

*Peut-être serait-elle heureuse que je l'aie fait ? Peut-être se dirait-elle que c'était pour le mieux ?* Il avait tenté de se persuader lui-même.

Mais était-il prêt à courir ce risque ?

Le risque de perdre Eric ?

Perdre le droit d'exercer la médecine serait un moindre mal. Mais perdre son fils ? En plus de ces deux châtiments, Cassity et lui auraient encouru les foudres de la justice. Enlèvement d'enfant.

« Chéri, reprend Cassity, qui interrompt le cours affolé des réflexions de Sam. Il est toujours à l'école. Tu es tellement préoccupé que tu perds la notion du temps.

— Oui, je réfléchissais. D'ailleurs… il faut que j'y aille. Je vous aime.

— Idem, docteur. »

La femme au chien ne parvient pas à faire taire son fox-terrier.

Il aboie. Sa propriétaire crie. Le chien glapit de nouveau parce que sa maîtresse a hurlé. Et ainsi de suite, aboiements et hurlements, litanie provoquée par un simple coup frappé à la porte.

« Qui c'est ? braille-t-elle derrière son judas.

— La police ! répond la voix d'un homme.

— Oh, pour l'amour de Dieu, tais-toi, Buddy ! »

Elle déverrouille, ouvre d'une main, tout en tenant le chien de l'autre. « Une seconde. Je vais chercher son collier magique pour qu'il se taise. Je crois bien qu'il va falloir le lui laisser en permanence. »

L'homme trapu, boudiné dans son costume bleu, ne bouge pas. Elle prend le petit chien dans ses bras et se précipite vers la minuscule salle à manger. Elle finit par trouver le collier et, à grand-peine, le met autour du cou de Buddy.

« C'est de l'eucalyptus ! apprend-elle au flic. Regardez ! »

Elle réussit enfin à fermer le dispositif et le roquet se rue soudain vers l'entrée, ouvre la gueule pour aboyer… Et s'interrompt brusquement.

« Voyez ? fanfaronne la maîtresse. C'est magique, je vous dis.

— Incroyable ! s'extasie le flic qui se décide à entrer. Pourquoi n'a-t-il pas aboyé ?

— Le collier, il pulvérise de l'eucalyptus ! Et Buddy déteste l'eucalyptus.

— Jamais entendu parler de ça. C'est dingue ! Vous l'avez trouvé où ?

— Ma voisine, la pauvre petite, c'est elle qui me l'a

donné le jour de son assassinat. Vous êtes là pour ça, non ? Pour me poser des questions sur Priscilla ? Elle était adorable. Je sais que les aboiements de Buddy la rendaient folle. Moi aussi, d'ailleurs. Mais elle a découvert ces colliers magiques et m'en a offert un.

— Il faut absolument que j'en achète un pour mon chien.

— Je ne sais rien à propos du meurtre, à part que c'était horrible. Je suis anéantie.

— Elle n'a jamais évoqué de harcèlement ? Elle ne vous a pas raconté qu'elle était suivie ?

— Oh, bon sang, non ! Elle ne m'en a jamais parlé. C'est ce qui est arrivé ? lui demande la voisine sans lui donner le temps de répondre. Mais je vais vous dire ce que je sais. Quand elle est descendue pour m'offrir le collier, elle paraissait nerveuse. Et puis elle m'a confié qu'elle allait faire quelque chose qu'elle ne devrait peut-être pas faire.

— C'est-à-dire ?

— Elle m'a dit qu'elle avait eu un bébé à seize ans et que pour cette raison ses parents l'avaient chassée. Comme il était trop tard pour avorter, elle l'avait fait adopter. Et voilà : elle voulait essayer de le retrouver. C'est tout ce qu'elle désirait, le voir une seule fois avant de mourir et s'assurer qu'on s'occupait bien de lui. Elle m'a dit qu'elle avait un cancer. Ironique, non ? Il ne lui restait plus beaucoup de temps à vivre et un monstre l'a tuée. Il l'a privée de sa seule chance de voir son enfant. C'est tellement triste. Tellement affreux. Quel malheur ! Quelle injustice. Elle était si gentille. Je penserai à elle chaque fois que Buddy n'aboiera pas.

La main tremblante, Sam pose ses clés sur la console ouvragée de l'entrée.

« Cassity ? » Il appelle sa femme. « Je vais me changer. Tu veux venir courir ?

— D'accord ! » répond-elle depuis son bureau.

Quelques minutes plus tard, ils se retrouvent devant la porte et, en guise de bienvenue, elle lui sourit. Un sourire forcé. Depuis le meurtre de Priscilla, il la trouve instable, lunatique. Et ce changement, qu'il lit dans ses yeux et qu'il entend dans sa voix, lui brise le cœur. Il n'y a qu'en présence d'Eric qu'elle retrouve son éclat d'avant.

Grande, athlétique, large d'épaules (elle avait appartenu à l'équipe universitaire de lancer de poids), sa femme a des jambes capables de miracles sur une piste. Elle court toujours comme si une médaille olympique était en jeu.

« Je suis au taquet », affirme-t-elle, malgré sa voix inquiète.

Elle a mis ses chaussures de running, un pantalon et un tee-shirt ; elle a ramené ses longs cheveux noirs en queue-de-cheval sur le sommet du crâne. *Elle est tellement belle*, songe Sam. *En plus d'être une mère merveilleuse*. Ils se sont mariés sur le tard et ont attendu longtemps, des années à la fois infructueuses et pénibles, l'enfant qu'ils désiraient tant. Aucun traitement n'avait fonctionné, mais curieusement leur mariage en était sorti grandi là où tant d'autres en auraient souffert. Il l'aime passionnément, la trouve courageuse et tendre, brillante et admirable. Durant tout ce temps, il s'est senti coupable, car c'est son corps à lui qui faisait défaut. Ainsi, quand ils avaient décidé d'adopter, tant d'années avaient passé que leur âge posait désormais problème pour demander un agrément.

Lorsque le destin lui avait offert une chance de donner à Cassity ce qu'elle désirait tant et, en même temps, de faire ce qui lui semblait une bonne action, Sam l'avait saisie sans hésiter.

Et maintenant, son cœur chavire quand il entend Cassity crier : « Eric, mon chou, papa et moi, on va courir. Et je vais le battre à plate couture comme d'habitude ! Ne va pas jouer chez les voisins sans nous laisser un mot, d'accord ?

— C'est ça, maman ! hurle Eric en guise de réponse. Vas-y, papa !

— Je t'adore ! crie Sam à son tour, le cœur serré. Passe chez les voisins maintenant, comme ça, on n'aura pas à s'inquiéter ! »

Sam se tourne vers Cassity.

« Nouvelle tenue ? »

Elle pivote devant lui : « Tu aimes ?

— Ça te va bien. Et ton vieux sweat à capuche gris ?

— À la poubelle. Où j'aurais dû le mettre depuis longtemps.

— Et le pantalon bleu marine que tu adorais ?

— Avec le sweat ! Trop de trous. Prêt ? »

Elle passe devant lui en trottinant et descend au pied de l'immeuble avant qu'il ait pu refermer la porte à clé. Le temps de la rejoindre, son imagination s'emballe. *Ils vont prendre Eric. Ils vont lui dire la vérité. Comment il est né. Pourquoi il est avec nous. On va le jeter dans les griffes de ces êtres abjects. Je vais aller en prison parce que j'ai enlevé un enfant. Elle va aller en prison parce qu'elle a tué sa mère qui, de toute façon, allait mourir.*

Il ne parvient pas à en vouloir à sa femme.

« On va vers la rivière ? » dit-il en arrivant à son niveau.

La nuit tombe et bientôt de longues étendues de ténèbres viennent s'intercaler entre les lampadaires.

Ce futur tragique ne doit pas se produire. Et, surtout, Eric ne doit pas connaître la vérité. Ni sur son passé ni sur sa famille. Se retrouver seul au monde vaudrait même mieux que de savoir quels actes odieux ont été commis par ses *deux* familles.

Le téléphone de Sam vibre dans sa poche. Il hésite à décrocher, mais obstétricien, habitué à guetter chaque sonnerie susceptible d'annoncer l'arrivée d'un bébé, il finit par s'arrêter et répondre pendant que Cassity court sur place à côté de lui.

« Doc ? C'est encore la police. Vous êtes près d'un ordinateur ? Je vais vous envoyer la vidéo de surveillance et vous allez me dire si vous reconnaissez une des personnes de la liste.

— Lieutenant, je ne les connais pas toutes.

— Vous en connaissez plus que moi.

— Certes. Tout de suite ?

— Oui. Tout de suite, si ça ne vous ennuie pas. Et même si c'est le cas.

— Tu m'attends ? » demande alors Sam à sa femme.

Elle acquiesce tout en continuant de courir sur place.

Le temps que Sam remonte devant son ordinateur, le mail est déjà affiché dans la boîte. Il clique pour démarrer la vidéo. Son cœur cogne dans toutes les cellules de son corps. Si fort. Comme s'il allait exploser.

La qualité est médiocre, mais on distingue clairement une silhouette, vêtue d'un sweat à capuche et d'un pantalon de survêtement, adossée à l'immeuble, les mains coincées entre son corps et la paroi. Le talon du pied gauche posé négligemment contre le mur.

Ce n'est qu'après avoir dit au flic qu'il ne reconnaissait pas cette personne et avoir raccroché qu'il s'effondre sur le tapis, croise les bras autour de ses genoux, enfouit son visage dans ses mains et pleure de soulagement.

Cassity entre à cet instant. En le voyant comme ça, elle se rue vers lui et l'étreint. « Quoi ? Oh, Sam, qu'est-ce qu'il y a ?

— C'était son petit copain. Le petit copain de Priss… c'est lui qui l'a tuée. »

Cassity se laisse tomber par terre à son tour et se met aussitôt à sangloter.

« Dieu merci, ce n'était pas toi, Sam. »

Une semaine s'écoule avant qu'il puisse lui apprendre la vérité, telle que la lui avait confiée le lieutenant. Sydney, la sœur, avait avoué à la police que Priscilla avait quitté son copain devenu effroyablement possessif et jaloux. Alors Sydney avait poussé le garçon dans ses derniers retranchements. Pour le détourner de Priscilla et l'attirer vers elle, elle lui avait parlé des anciens prétendants de Priss, dont elle avait sciemment augmenté le nombre. Et lui avait dit que, selon elle, Priss en fréquentait encore un ou deux… quand ils sortaient ensemble. Alors pour faire sauter le dernier fusible de son ego blessé et de sa rage devenue incontrôlable, elle lui avait soufflé : « Je parie qu'elle ne t'a jamais parlé du bébé qu'elle a eu avec un autre homme… »

Les nouvelles de Nancy Pickard ont remporté plusieurs prix et figurent dans de nombreuses anthologies des « meilleures nouvelles de l'année ». Finaliste des Edgar Awards pour ses nouvelles et trois de ses romans, elle a fait partie du conseil d'administration national de la MWA. Elle est également membre fondatrice et ancienne présidente des Sisters in Crime. Elle vit près de Kansas City. *Un endroit propre et bien éclairé* d'Ernest Hemingway est sa nouvelle préférée. En paraphrasant le titre, elle déclare que cet auteur, avec ses phrases lumineuses et nettes, sa justesse de ton, parvient à évoquer les sentiments les plus purs tout en manifestant une profonde compréhension de la nature humaine.

# HELL'S KITCHEN

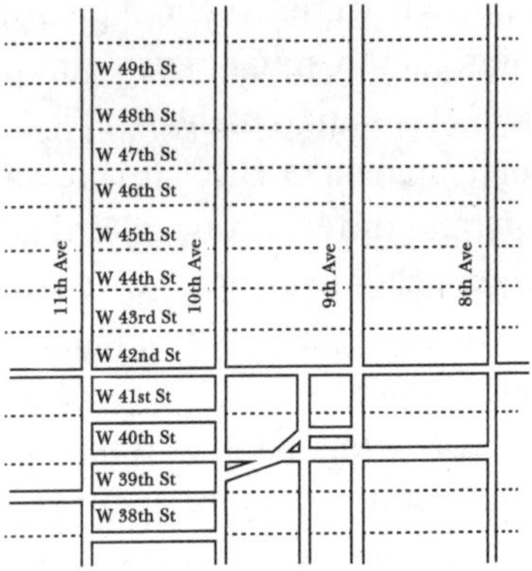


## Éviter le pire

*Thomas H. Cook*

On l'avait trouvée dans l'appartement délabré du Bronx qu'elle occupait depuis dix-sept mois. Un logement en demi-sous-sol qui s'ouvrait seulement sur deux minuscules fenêtres et qu'elle rendait encore plus ténébreux en tirant les rideaux. Il faisait si sombre à l'intérieur que le premier policier arrivé sur place avait dû tâtonner à la recherche d'un interrupteur. Il avait fini par le trouver et découvert alors qu'elle avait dévissé toutes les ampoules y compris celles des plafonniers et du miroir de la salle de bains. Plus tard, les voisins ont affirmé à la police qu'ils n'avaient pas vu le moindre rai de lumière filtrer de son appartement depuis plus d'un mois. Comme si la formidable capacité de destruction qui avait germé en elle tant d'années auparavant avait fini par se métastaser et la dévorer entièrement.

Un certain lieutenant O'Brien m'a révélé les détails les plus sinistres au téléphone. Le plus choquant? L'état de décomposition du corps et le fait que l'odeur ait alerté les voisins. Puis il m'a demandé de le retrouver au commissariat. « C'est la procédure classique, m'a-t-il assuré. Ne vous inquiétez pas. »

Nous nous sommes accordés sur une date, une heure et me voilà de nouveau dans l'obligation d'assumer les problèmes de Maddox. Comme si je ne l'avais pas fait assez souvent.

« Alors, dites-moi, quelle était la nature de votre relation avec cette jeune femme? » Le lieutenant O'Brien entre dans le vif, immédiatement après les salutations d'usage. J'ai à peine eu le temps de m'asseoir sur une chaise en métal devant son bureau. Son ton semble détaché, mais le terme « relation » implique tout de suite quelque chose de louche.

« On l'a recueillie quand elle était petite.

— Petite comment?

— Elle avait dix ans quand elle est venue vivre avec nous. »

Autrement dit vingt-quatre ans plus tôt. Ma famille et moi habitions déjà à Hell's Kitchen quand le quartier avait encore une réputation sulfureuse : sex-shops, hôtels de passe, prostituées sur le retour qui se vendaient au coin de la 46e et de la 8e. Maintenant, on ne trouve plus que des théâtres, des restaurants et des autocars qui vomissent des petits vieux en fauteuil roulant débarqués de leur Connecticut ou de leur New Jersey. Jadis, c'était un village. Un village malfamé. Aujourd'hui ? Un parc d'attractions.

« Avec nous ? » répète le lieutenant O'Brien toujours à la recherche de la petite bête. Avais-je violé la gamine ? Était-ce la raison pour laquelle elle s'était vouée aux ténèbres ? Mais, heureusement pour moi, rien n'est plus éloigné de la vérité.

« Ma femme et moi, et notre fille Lana. Elle avait un an de moins. Maddox a vécu près d'une année avec nous. Nous pensions qu'elle resterait. Lana avait toujours voulu une sœur. Mais, manifestement, nous étions incapables de garder une fille comme ça.

— Comme ça ? C'est-à-dire ? »

J'évite de prononcer le mot qui me vient tout de suite à l'esprit : *dangereuse*.

« Difficile. Très difficile. » C'est ma réponse.

Alors, je l'avais renvoyée à sa mère célibataire et à son frère aîné caractériel et, depuis, je n'y avais pratiquement plus repensé. Spectaculaire retour de flammes.

« Pourquoi est-elle venue vivre chez vous ? me demande O'Brien.

— Je connaissais très bien sa mère, une vieille amie. Son père aussi, mais il est mort quand Maddox avait deux ans. Bref, sa mère avait été licenciée. Comme ma femme et moi n'étions pas dans le besoin, nous lui avons proposé d'héberger Maddox à New York et de lui payer l'école privée que notre fille fréquentait. Dans l'espoir de lui offrir une vie meilleure. »

Sur le visage d'O'Brien transparaît sa pensée, limpide : *Et à la place...*

Et à la place, Maddox a fini à la morgue.

« Vous saviez qu'elle résidait à New York ? » m'interroge le lieutenant.

Je secoue la tête. « Sa mère s'est remariée et a déménagé en Californie. Ensuite, nous nous sommes perdus de vue. Aux dernières nouvelles, Maddox vivait quelque part dans le Midwest. Après, plus rien : nous ignorions ce qu'elle faisait et l'endroit où elle habitait. Dans quoi travaillait-elle, d'ailleurs ?

— Elle était caissière dans un *diner* de Gun Hill Road, dans le Bronx, m'apprend O'Brien.

— Maddox était tellement intelligente. Elle aurait pu... » Je m'interromps une seconde. « Elle aurait pu faire ce qu'elle voulait. »

Les yeux du flic le trahissent. Il a déjà entendu ce genre d'histoires. L'histoire de l'enfant prodige qui gâche une occasion en or.

Je ne peux m'empêcher de lui poser la question qui me taraude. « Comment est-elle morte ? Au téléphone, vous m'avez seulement dit qu'on avait retrouvé le corps.

— Apparemment de malnutrition, affirme O'Brien. Aucune trace de drogue, aucun signe de violence. »

Il continue alors de m'interroger, me demande si j'ai eu des nouvelles de Maddox ces derniers mois, si je connais sa famille, si je sais où elle habite. Il appelle ça la « routine ». Je lui réponds en toute sincérité, bien sûr, et il paraît accepter mes éclaircissements.

Quelques minutes après, il se lève. « Eh bien, je vous remercie d'être passé, Mr Gordon. Comme je vous l'ai dit en vous convoquant, votre nom est apparu au cours de l'enquête.

— Certes, vous me l'avez dit. Mais vous ne m'avez pas expliqué comment il était apparu.

— De toute évidence, elle a parlé de vous. Au moins une fois, précise O'Brien avec un sourire poli. Désolé pour le dérangement, ajoute-t-il en tendant la main. Je suis certain que vous comprenez.

— Bien entendu. » Je me lève à mon tour et me dirige vers la porte. Je suis navré que la vie de Maddox se soit achevée si tôt et si brutalement. Mais je me rappelle également que j'avais mis un terme à l'aide que je lui avais apportée. Parce qu'elle m'y avait forcé.

À cette pensée, une image jaillit dans mon esprit : une petite fille sous la pluie ; elle attend le taxi qui nous emmènera à l'aéroport. Et sa façon de me regarder une heure plus tard tandis qu'elle se dirige vers la rampe d'embarquement, ses lèvres qui articulent en silence le dernier mot qu'elle m'adressera : « Pardon. »

Pardon ? Pour quoi ? Je me le demande maintenant. Parce que, à l'époque, elle avait beaucoup à se faire pardonner.

« As-tu vu son corps ? »

Je secoue la tête. « Inutile. Le concierge l'avait déjà identifié.

— Étrange que ton nom soit apparu comme ça, s'étonne Janice. Étrange qu'elle ait parlé… de toi. »

Ma femme et moi buvons notre traditionnel verre de vin du soir en contemplant la 42e Rue, artère qui n'a plus rien à voir avec ce qu'elle était à l'époque où Maddox vivait avec nous. La nuit tombe et sous notre balcon, au treizième étage, les passants se dirigent vers Broadway. Certains, accompagnés d'enfants, vont sans aucun doute voir *Le Roi lion*.

« Alors, elle est revenue à New York », reprend Janice, absorbée comme toujours, pareille à un philosophe manipulant quelque concept. Un moment plus tard, elle semble frappée par une pensée sinistre. « Jack ? »

Je me tourne vers elle.

« Tu crois qu'elle… nous espionnait ?

— Bien sûr que non », dis-je en avalant une gorgée de vin. Je me carre dans le fauteuil, j'essaie de me détendre. Mais la possibilité évoquée par mon épouse – que Maddox ait pu nous épier en bas de l'immeuble où nous avions tous vécu jadis et où nous vivions toujours avec Janice –, cette éventualité, je la trouve bizarrement terrifiante. Après toutes ces années, était-elle revenue à New York avec, en tête, un désir de vengeance ? Peut-être n'avait-elle jamais cessé de penser à la façon dont je l'avais chassée. À la spirale destructrice qui l'attendait. M'en aurait-elle rendu responsable ?

« C'est assez effrayant d'imaginer qu'elle a pu rôder dans le quartier, insiste Janice.

— On n'en a aucune preuve», dis-je d'un ton assuré, comme si l'absence de tout élément tangible m'avait convaincu. Et pourtant, tout à coup, je visualise Maddox qui m'espionne depuis un affût secret. Son visage spectral et redoutable me lance un regard haineux derrière un palmier en pot.

Janice sirote son verre de vin et clôt les paupières. «Au fait, Lana a appelé. Je lui ai dit pour Maddox.»

Lana, mariée, vit dans l'Upper West Side. Nos deux petits-enfants fréquentent la même école privée hors de prix que Lana et Maddox en leur temps. Lana et sa scolarité sans problèmes. Contrairement à Maddox qui, elle, les collectionnait. On l'avait accusée de vol, de tricherie, de mensonge.

«J'ai prévu de dîner avec Lana quand tu seras à Houston, dit-il.

— Une petite sortie entre père et fille, sourit Janice. Tant mieux.»

Elle inspire profondément. Respiration calme d'une femme qui n'a guère de soucis. Elle aime son travail, s'entend bien avec notre fille. Et notre mariage, ce long fleuve paisible.

Avec Janice, avec une telle femme, m'étais-je dit à l'époque, mieux valait qu'elle en sût le moins possible au sujet du moment où tout avait basculé.

«Lana l'avait pris plus mal que prévu, affirme Janice. Elle voulait une sœur, tu te rappelles ? Et, évidemment, elle a cru que Maddox aurait pu le devenir.

— Lana s'en est bien sortie pour une enfant unique.» J'évite soigneusement d'ajouter la vérité.

Bien plus ténébreuse. Lana, ma fille, avait de la chance d'être encore en vie. Car l'année où nous avions hébergé Maddox avait été particulièrement dangereuse, notamment pour Lana.

« Quelle naïveté de notre part de croire que Maddox pourrait vivre avec nous, ajoute Janice. De croire qu'on pouvait enlever une petite fille à sa mère, à son quartier ou à son école et qu'elle s'adapterait sans problème. » Le regard de Janice coule sur l'Hudson River. « Comment avons-nous pu penser qu'elle nous en serait reconnaissante ? »

Exact. Et je le sais pertinemment. Pendant les neuf premières années de sa vie, Maddox n'avait connu que les difficultés, l'incertitude, les bouleversements. Comment avions-nous pu nous bercer de l'illusion qu'elle ne traînerait pas avec elle le fardeau funeste de son instabilité ?

« Tu as raison, évidemment. » Je termine mon verre. Et grâce à ce simple geste, je m'efforce de chasser l'idée qu'elle était venue à New York habitée par quelque fantasme halluciné où elle m'aurait agressé par surprise, surgissant de derrière un rideau. Et, un sourire malsain flottant sur les lèvres, elle aurait levé vers moi une longue lame acérée.

Et donc, oui, j'essaie de faire comme si cette peur confuse n'était qu'une réaction paranoïaque et compréhensible devant l'apparition de la jeune femme, sans doute venue à New York pour y brûler ses dernières cartouches. La métropole s'offrant telle la réponse démente à une existence devenue à l'évidence de plus en plus instable. Je m'efforce de faire de mes souvenirs un simple épisode, une période pénible de nos vies. Notamment, les visites régulières à la Falcon Academy, suivies d'avertissements lugubres. Si Maddox « ne s'amendait pas », elle serait certainement renvoyée. « C'est ce que tu veux ? » lui avais-je demandé après l'un de ces entretiens. Elle s'était contentée de hausser les épaules. « Je ne peux pas rester tranquille. » Et Dieu sait qu'elle en causait, des ennuis, et en aurait causé davantage. Un fait dont je demeure encore persuadé. Et donc, oui, ce soir-là, je parviens à la chasser de mon esprit à la fin de cette conversation brève, mais troublante, avec Janice. Le soleil se couche sur l'Hudson, l'image de Maddox condamnée à s'éloigner pour rejoindre la pile de ces souvenirs déplaisants qu'on accumule tous en vieillissant.

Et puis, à l'improviste, arrive une petite enveloppe bleue. Elle vient du Bronx et à l'intérieur je trouve un bref message : *Maddox avait quelque chose pour vous*. Signé Theo. Qui propose également de me remettre le legs de Maddox. Si je veux en « savoir plus », il faut que j'appelle ledit Theo pour organiser un rendez-vous.

Je le rencontre dans un bar à vin du quartier, trois jours plus tard. Je dois avouer que je m'attendais plutôt au genre de type qui passe sa vie à pousser de la fonte en prison, arborant ses initiales rasées dans sa chevelure et assez de piercings sur les lèvres, la langue ou les sourcils pour rendre fou un portique d'aéroport. Mon stéréotype de l'engeance criminelle autour de laquelle gravitait Maddox, éternelle Bonnie d'un Clyde minable. Non, au lieu de cela, je tombe sur un jeune homme bien éduqué, dont la voix calme se veut instructive.

« Maddox logeait dans mon immeuble, m'apprend-il après que j'ai décliné mon identité.

— Vous êtes le concierge qui a trouvé son corps ?

— Non, je suis le propriétaire », répond Theo.

Un bref instant, je me demande s'il va me réclamer les loyers impayés de Maddox.

« Nous parlions parfois avec Maddox, continue-t-il. D'habitude, elle n'était pas très loquace, mais de temps à autre, je m'arrêtais pour discuter avec elle dans l'entrée ou la courette. » Il s'interrompt avant d'ajouter : « Elle avait réglé son loyer d'avance et prévenu le concierge qu'elle partait quelque temps. C'est d'ailleurs ce qu'il a cru… qu'elle était partie. Ce qui explique qu'il n'ait pas réagi plus tôt quand il ne l'a pas revue.

— Vous pensez qu'elle l'avait planifiée… sa mort ?

— J'ai l'impression, oui », répond le jeune homme.

*Ainsi*, me dis-je, *elle a bien fini par assassiner quelqu'un*.

Theo pose un magnet sur la table et le fait glisser vers moi. « Voici ce qu'elle vous a laissé. »

« *La Belle et la Bête.* » Étonnant que Maddox ait conservé une telle relique. Et plus étrange encore, qu'elle ait voulu me la léguer. Pour quelle raison ? « Je l'avais emmenée voir ce spectacle avec ma fille.

— Je sais, répond Theo. Le jour le plus heureux de la vie de Maddox. Elle se souvenait que vous lui aviez acheté le magnet et que vous le lui aviez glissé dans la main avant de replier ses doigts dessus. C'était tendre, votre façon de faire, affectueux. C'est ce qu'elle m'a dit. »

Je regarde l'objet sans y toucher. « J'imagine qu'elle vous a dit également qu'elle avait vécu avec nous. »

Il hoche la tête.

« Malheureusement, j'ai dû la renvoyer chez sa mère. » Je joue avec le magnet. « Elle mentait. Elle trichait pendant ses devoirs, enfin, elle essayait. Elle volait. » *Et ce n'était pas le pire.*

Theo semble surpris. Je soupçonne Maddox de l'avoir subjugué, de s'être créé un personnage capable de le manipuler. Elle avait essayé avec moi, mais j'avais compris combien elle était dangereuse et j'avais agi en conséquence.

Je poursuis : « Alors, je l'ai renvoyée. Je reste persuadé que, en réalité, elle a toujours désiré que je la chasse. »

Theo demeure un instant silencieux, puis reprend : « Non, elle aurait voulu rester. »

*À la fin*, me dis-je. *À l'extrême fin, elle l'avait peut-être souhaité.* Mais, en ce cas, elle aurait fait tout ce qui était en son pouvoir pour atteindre cet objectif. Du reste, il s'agissait peut-être de la raison de son acte, cette nuit-là, dans la station de métro.

« Elle était capable de tout », lui dis-je d'une voix ferme.

Une fraction de seconde, je soupèse l'idée de tout raconter à Theo. Mais je ne peux m'y résoudre.

Après une courte pause, il incline la tête vers le magnet. « En tout cas, conclut-il, c'est à vous maintenant. »

« Qu'est-ce que tu vas en faire ? » me demande Janice lorsque je lui montre le magnet *La Belle et la Bête*. Elle affecte ce petit frisson exagéré que je connais si bien. « On dirait une espèce… d'accusation. »

Soudain, tout devient clair. « C'est sa façon de me faire un dernier bras d'honneur. De me faire culpabiliser pour l'avoir mise à la porte. Mais si elle n'a pas pu s'intégrer à la famille, elle ne peut s'en prendre qu'à elle-même. Et à elle seule. » Véhément, je secoue la tête. « Alors, en ce qui me concerne, je vais tout simplement cesser de penser à elle. »

Vœu pieux. J'en suis incapable.

Pourquoi ? Parce que, pour moi, la question n'a jamais été « être ou ne pas être ». Je me préoccupe plutôt de notre faculté d'apprentissage au cours de la vie. Et pour cette raison, je ne peux m'empêcher de me demander si Maddox a saisi un tant soit peu ce que j'avais espéré faire pour elle en l'accueillant dans ma famille ou si elle avait accepté la moindre part de responsabilité dans le fait que j'avais dû y renoncer. Mais maintenant qu'elle est morte, comment poursuivre cette quête ? Où chercher des indices ? La réponse est simple, peu réjouissante, mais simple.

Alors le lendemain, je prends le train pour me rendre dans le Bronx.

Maddox a vécu dans l'un des plus vieux immeubles du boulevard Grand Concourse. J'avais obtenu l'adresse grâce au lieutenant O'Brien qui, manifestement, avait d'autres chats à fouetter que de s'occuper d'une femme morte d'inanition.

Theo traîne dans la cour quand j'arrive. Surpris de me voir, à l'évidence.

« Vous avez déjà loué l'appartement de Maddox ? »

Il secoue la tête.

« Puis-je le voir ?

— Oui », me répond Theo de sa voix posée.

Il attrape une clé dans l'énorme trousseau qui pend au mousqueton accroché à sa ceinture. « On vient nettoyer demain.

— Elle avait un journal ou quelque chose d'équivalent ? Des lettres ?

— Maddox n'avait pas grand-chose », affirme-t-il.

On ne peut plus vrai. Elle vivait chichement. D'ailleurs, en voyant le mobilier terne, sans doute de récupération, j'imagine qu'elle l'avait en grande partie trouvé dans la rue. Au fond de la cuisine, je tombe sur des assiettes ébréchées. Dans la chambre, un matelas à même le sol, à côté de serviettes et de couvertures étalées. Lorsqu'elle vivait avec nous, c'était une petite souillon. Je constate que cette facette de sa personnalité n'a pas changé.

« Le jour dont vous m'avez parlé, dis-je à Theo après ma brève visite de l'appartement de Maddox, le jour où nous sommes allés voir *La Belle et la Bête*. Vous a-t-elle dit pourquoi elle pensait qu'il s'agissait du plus beau jour de sa vie ?

— Non, réplique-t-il en secouant la tête. Non, mais cette journée représentait beaucoup pour elle. »

Je me rappelle très bien « cette journée » et, dans le métro, en rentrant à Manhattan, je me la remémore une nouvelle fois.

Mais ce souvenir ne revient pas seul. Me reviennent également les difficiles semaines précédentes. Elles avaient érodé la confiance que j'avais placée en Maddox. J'avais cru qu'elle s'adapterait à New York, qu'elle réussirait à la Falcon Academy, qu'elle entrerait dans une bonne université, chemin tout tracé vers une vie aussi heureuse et dénuée d'obstacles que celle de Lana.

D'abord, Maddox s'était remarquablement bien comportée, même si, plus tard, j'avais compris qu'elle me manipulait. Elle complimentait Janice sur sa cuisine, Lana sur ses cheveux, moi sur mon talent de joueur de Monopoly. Le premier jour d'école, elle paraissait vouloir s'appliquer, elle semblait fière de son uniforme. « J'ai l'impression d'être spéciale », nous avait-elle dit ce matin-là, avant de dévoiler son sourire éclatant, celui dont elle usait et abusait en toute occasion – comme j'allais bientôt l'apprendre. Je le trouvais sincère. Il ne l'était pas. Mais cette prise de conscience mettrait du temps et ce matin-là, tandis que j'accompagnais Maddox et Lana au car, que je leur faisais signe au moment où il démarrait, j'avais la certitude d'avoir désormais deux filles. Et que toutes deux étaient l'incarnation du bien.

Janice est encore au travail quand je reviens de ma visite lugubre de l'appartement. Je campe déjà sur le balcon, avec mon verre de vin, lorsqu'elle rentre. Le soleil s'est couché. Elle me trouve assis dans l'obscurité.

« Je suis allé dans le Bronx aujourd'hui. Pour voir le logement de Maddox. »

Elle me regarde, pleine de compassion. « Ne crois pas que tu as failli, Jack », répond-elle à voix basse.

Sur ce, elle pivote et se dirige vers la chambre. Depuis mon coin dans l'obscurité, je l'entends qui se déshabille, ôte ses talons élégants, ses bijoux, puis je distingue le son de ses pieds chaussés de mules tandis qu'elle revient sur le balcon, un verre de vin à la main.

« Mais pourquoi y es-tu allé ? » me demande-t-elle.

Je n'ai jamais parlé de ce jour-là, à personne, et je ne vois aucune raison de le faire maintenant. « Par simple curiosité, je crois.

— À quel sujet ?

— Au sujet de Maddox. Pour savoir si, finalement… » Je m'interromps parce que mes mots, soudain, paraissent absurdes. Et pourtant, je n'en trouve pas de plus précis : « Pour savoir si elle est devenue une meilleure personne. »

Janice semble perplexe. « Maddox n'était qu'une gamine quand elle est partie, Jack, s'étonne-t-elle. Ce n'est pas comme si elle avait été… structurée. »

Mais elle n'est pas « partie », comme le dit Janice. Je l'ai chassée et je ne peux m'empêcher de penser que Maddox avait dû savoir pourquoi, avait dû comprendre ce qui, pour moi, était devenu si clair *ce jour-là*.

C'était à la fin d'une période de huit mois pénibles, éprouvants, et même si j'avais acheté les billets pour *La Belle et la Bête*, je savais que mes options s'amenuisaient.

Les problèmes à la Falcon Academy avaient connu une véritable escalade. Maddox avait présenté ses excuses à de multiples reprises en raison des accusations portées contre elle. Elle n'avait jamais eu l'intention de voler le magnifique stylo Montblanc de Mary Logan ; elle l'avait simplement pris pour l'observer de plus près, puis l'avait fait tomber par mégarde dans son sac à dos et non dans celui de Mary : après tout, ils se ressemblaient beaucoup et se trouvaient posés l'un contre l'autre à la cafétéria de l'école.

Elle n'avait pas menti non plus à propos de la feuille de Miss Gilbreath qui contenait les réponses du prochain contrôle d'histoire : elle était tombée de la poche du professeur, Maddox l'avait ramassée et voulait la lui rendre immédiatement, mais l'enseignante arrivait déjà à l'autre bout du couloir et elle l'avait glissée dans sa jupe pour la lui donner à la fin de la journée. Rien de plus naturel, non ? Et pourtant…

Maddox inventait des explications, la plupart assez plausibles. Ce qu'elle savait pertinemment. Et ce qui, selon moi, ne parlait pas en sa faveur. Elle mentait, certes. Elle volait, elle trichait, mais elle le faisait avec une telle intelligence qu'elle s'en tirait toujours avec une sorte de non-lieu. Après tout, était-ce réellement impossible que les réponses tombent du cahier d'un professeur ? En l'écoutant tenter de se disculper, j'avais de plus en plus l'impression de jouer à Gimpel le naïf, dans la fameuse nouvelle d'Isaac Bashevis Singer. Comme Gimpel, allais-je sans cesse me faire berner ? En secret, Maddox riait-elle de ma crédulité, comme les villageois qui se moquaient du pauvre Gimpel ?

Dans les affres de mes réflexions amères sur la personnalité de Maddox, je faisais la queue à la billetterie. Un nouvel élément intervenait en sa défaveur. Maddox et Lana avaient commencé à se chamailler. La chambre qui paraissait autrefois assez grande pour les deux fillettes était devenue, ces derniers mois, le chaudron où fermentait le mécontentement. Disputes sur l'endroit où les habits, notamment les sous-vêtements, se retrouvaient, jetés par terre ou accrochés en vrac. Les miettes, un *casus belli*, au même titre que les bouteilles vides. Lana, la maniaque. Maddox, la souillon. Je devais supporter les cris et les pleurs de Lana, les bouderies de Maddox, mais à chaque débordement, je refusais d'intervenir. « Trouvez une solution, toutes les deux », leur avais-je lancé un jour et je m'attendais à les voir agir en ce sens.

Alors, brutalement, et pour la première fois, la violence ébranla notre foyer.

Une gifle. Point d'orgue d'une longue période

d'animosité entre Lana et Maddox. Les concours de hurlements devenus sinistres murmures en aparté à la table du petit déjeuner et du dîner, observations de plus en plus désobligeantes auxquelles je refusais de prêter attention et qui, *crescendo*, produisaient un bruit blanc continu de chamailleries cruelles. Fini le temps où Maddox complimentait Lana sur ses cheveux et où Lana faisait encore vaguement semblant d'avoir une sœur.

Toutefois, comme le remarquait parfois Janice, elles se comportaient comme bon nombre de sœurs. Ma femme ne s'est jamais entendue avec son aînée et je sais qu'on peut en dire autant d'un grand nombre de fratries. Pourtant, j'avais souhaité que l'harmonie règne dans le foyer et le fait que la relation entre Lana et Maddox soit pour le moins dissonante engendrait chez moi une souffrance persistante. En vérité, ce jour-là, tandis que je faisais la queue pour acheter les billets, je me sentais blessé, peut-être même déchiré par le conflit qui couvait entre Maddox et Lana. Après tout, n'étais-je pas celui qui, altruiste, avait accueilli l'enfant d'un autre et qui, plutôt que d'être récompensé de ses efforts, subissait un chaos quotidien susceptible de mettre son foyer en lambeaux ? Chaos qui, la veille, avait fini par entrer en éruption sous la forme d'un acte de violence.

Si je n'avais pas entendu la gifle, je n'aurais sans doute jamais été au courant. Mais dès que je l'entendis, toutes ces belles théories sur ma non-intervention s'évanouirent alors que ma famille se désintégrait.

La porte de la chambre ouverte, elles étaient assises chacune sur son lit, Maddox les deux pieds par terre, Lana, tête enfoncée dans son oreiller.

Lorsqu'elle la leva, je vis la trace rouge vif qu'avait laissée la main de Maddox sur sa joue.

« Qu'est-ce qui s'est passé ? » les interrogeai-je depuis l'entrée.

Aucune ne répondit.

« Je ne sortirai pas de cette chambre avant de savoir ce qui s'est passé », affirmai-je.

J'avançai vers le lit, m'assis et relevai le visage de Lana pour mieux voir la marque.

Alors, je lançai un regard noir vers Maddox : « On *ne se frappe pas* dans cette famille. Est-ce que tu m'as bien compris ? »

Maddox acquiesça en silence.

« On ne se frappe pas ! » répétai-je en criant.

Maddox murmura quelque chose que je n'entendis pas. Elle baissait la tête. Elle n'osait pas me regarder.

« Quelle que soit la raison », ajoutai-je, furieux.

Elle leva les yeux. Ils brillaient. « Je gâche tout », dit-elle doucement.

Soudain, je compris que je n'y croyais plus. Ni à ses larmes ni à son autodénigrement qui se substituait en réalité à des excuses. *Non*, me dis-je, *tu m'as dupé assez longtemps*. Et sur ce constat amer, je compris brusquement que toutes les accusations qui avaient été portées contre elle étaient vraies. Et toutes ses justifications fausses. Elle s'était jouée de moi comme un arnaqueur de sa victime. J'étais devenu son pigeon.

Et pourtant, malgré tout, je savais que je ne la mettrais pas à la porte.

Non, on pouvait encore aider Maddox. Il nous restait du temps.

Alors, dans un effort pour repartir de zéro, je décidai de calmer le jeu, de lui donner une nouvelle chance, de faire quelque chose avec elle, quelque chose qui parlerait de douceur et de gentillesse, de la capacité humaine à voir par-delà les apparences.

Je pensai alors à *La Belle et la Bête*.

Lana est déjà assise à une petite table dans le coin quand j'arrive au restaurant. Tirée à quatre épingles, comme d'habitude, pas un cheveu qui dépasse. Elle a la belle vie. Un bon travail et un bon mari, deux gentils garçonnets qui semblent adorer leurs parents. De son enfance jusqu'à présent, me dis-je en m'installant, elle a toujours eu ce qu'elle voulait.

*À l'exception d'une sœur.*

Cette pensée me ramène immédiatement à Maddox. Et combien j'avais eu raison de l'exclure du cercle familial.

Je n'évoque pas les dernières nouvelles, forcément, et nous bavardons de tout et de rien pendant le dîner : comment va le boulot, comment vont les enfants, ses projets. Nous avons déjà commandé les cafés, lorsqu'elle me lance : « Maman m'a dit que tu avais beaucoup repensé à Maddox. »

Je hoche la tête. « Oui, c'est vrai.

— Moi aussi, répond Lana. Et surtout à ce jour.

— Le jour où nous sommes allés voir *La Belle et la Bête* ?

— Pourquoi ce jour-là ? » me demande-t-elle, perplexe.

Je hausse les épaules : « Tu penses à quel jour, alors ?

— Le jour où Maddox m'a giflée.

— Ah, ce jour-là.

— En fait, je l'avais provoquée, m'avoue Lana. J'étais gamine et tu sais combien les enfants peuvent être cruels. Je le constate avec les garçons maintenant. Si tu voyais ce qu'ils se balancent ! »

Hésitant, je lui demande : « Que lui avais-tu dit ?

— Je lui avais dit que si elle habitait chez nous, c'est parce que personne ne voulait d'elle, me répond Lana. Sa mère ne voulait pas d'elle. Son frère ne voulait pas d'elle. Et j'ai fini par lui dire que même toi, tu ne voulais pas d'elle. » Elle s'interrompt avant d'ajouter : « C'est à ce moment-là qu'elle m'a giflée. » Lentement, elle lève une main hésitante vers cette plaie depuis longtemps effacée. « Et je le méritais. »

Je me demande si Lana en est venue à culpabiliser elle-même de ma décision. Si c'est le cas, elle a tort. Lana n'avait rien fait qui aurait pu m'orienter vers cette solution. La responsabilité reposait uniquement sur Maddox.

« Maddox devait partir », dis-je d'une voix cassante, toujours trop révolté par le mal que j'avais vu à l'œuvre dans la station de métro pour lui révéler ce qui m'avait véritablement convaincu de la renvoyer.

Maintenant, tandis que Lana sirote son café, je suis frappé par la quiétude qui avait précédé ce terrible moment. La conclusion de *La Belle et la Bête* nous avait bouleversés et, avec les autres spectateurs, nous quittions le théâtre, Lana à ma droite, Maddox à ma gauche. En approchant de la sortie, Lana se précipita vers la vitrine où étaient vendues des babioles tirées du spectacle. Maddox resta à mon côté.

« J'ai bien aimé, souffla-t-elle et en prononçant ces mots elle prit ma main qu'elle tint tendrement. Merci.

— Je t'en prie », répondis-je avec un sourire et, soudain ému, je nourris une nouvelle fois dans mon cœur l'espoir que tout irait bien. Exalté par cette perspective, je me dirigeai vers le comptoir et achetai deux magnets. J'en donnai un à Lana, qui paraissait bien plus intéressée par les tee-shirts, et l'autre à Maddox.

« Merci, répondit-elle d'une voix douce. Je le garderai toute ma vie. »

Elle se tourna alors vers un couple qui sortait de la salle de spectacles. Le père et la mère tenaient chacun la main de leur petite fille.

« C'est ce que je voudrais, souffla-t-elle avec l'air étrange qu'elle prenait parfois, le regard perdu dans le vague, comme si elle se parlait à elle-même. Je voudrais être une enfant unique. »

À ce moment-là, Lana arrivait devant les portes du théâtre. « On peut manger chez Jake, papa ? » me demanda-t-elle.

Nous dînions souvent chez Jake, une pizzéria du

Village, quand nous nous retrouvions Downtown, dans le sud de Manhattan, et que nous n'avions pas envie de nous presser pour rentrer et faire la cuisine.

Je regardai Maddox.

« Ça te va, chez Jake ? l'interrogeai-je d'un air guilleret.

— Oui, » se contenta-t-elle de répondre avec son sourire si désarmant.

Le métro n'était pas loin. Nous nous y rendîmes en traversant la foule habituelle qui hantait Times Square, à cette époque, un curieux mélange de marginaux plus ou moins délinquants et de touristes éblouis.

Dans le wagon, je m'assis avec Maddox d'un côté et Lana de l'autre, j'en ressortis toujours encadré par les fillettes, et me dirigeai vers le restaurant. Pendant le repas, Lana, très animée, évoqua *La Belle et la Bête* tandis que Maddox restait silencieuse, mangeait sa part de pizza, buvait lentement sa boisson, le regard grave, intense, comme si elle ourdissait un complot.

Une demi-heure plus tard, nous avions fini. Comme le restaurant se trouvait près du parc Washington Square, nous nous y promenâmes avant de rentrer. Lana papillonnait, leva les yeux en passant sous l'arc de triomphe, mais Maddox regardait droit devant elle, toujours avec ce même regard grave, intense, que j'avais remarqué à la pizzéria.

« Ça va ? » lui demandai-je. Nous avions repris la direction du métro.

De nouveau, elle me gratifia d'un sourire désarmant. « Ça va », répondit-elle.

Après avoir descendu l'escalier, nous avons franchi les portillons l'un après l'autre, puis emprunté le long quai vers les trains desservant le centre-ville. Nous étions à mi-chemin lorsque j'entendis la rumeur distante de la rame qui arrivait. « Allez, les filles », dis-je en m'ébranlant. J'avançai plus vite que je ne m'y attendais. Je m'en rendis compte en regardant derrière moi.

Le métro n'avait pas encore atteint la station, mais je distinguais ses lumières au fond du tunnel obscur. Une dizaine de mètres derrière moi, Lana et Maddox se mirent à courir. Lana, le long du quai, Maddox à sa droite, à quelques centimètres. J'observai le train, puis les filles et, soudain, je vis Maddox qui jetait un œil en arrière. Elle devait avoir repéré la rame qui jaillissait du tunnel, car, au même instant, elle regarda de nouveau devant elle, se pencha vers la gauche et donna un coup d'épaule à Lana qui vacilla vers les rails avant de retrouver l'équilibre, comme par miracle.

Dans ma tête, j'entendis la voix de Maddox : *Être une enfant unique*.

La petite fille victime des intentions meurtrières de Maddox est devenue une femme, mère de deux garçons, et je n'ai qu'à l'observer à table devant moi pour me rassurer. J'avais bien fait de renvoyer Maddox. Autrement, j'aurais mis Lana en danger. Certains gosses sont capables de choses terribles et dans la station de métro cet incident d'une violence rare m'avait convaincu que Maddox était dangereuse. Elle avait avoué ce qu'elle désirait le plus au monde et tenté, sans scrupules, de l'obtenir. Je n'avais aucun moyen de savoir si elle allait recommencer, mais c'était un risque que je ne voulais pas courir, notamment parce que la victime désignée se trouvait être ma fille.

Alors, je me répète : « Maddox devait partir. »

Lana ne discute pas ce point. « Je me rappelle le jour où tu l'as emmenée à l'aéroport. Il pleuvait et elle portait ce pauvre petit imperméable qu'elle avait en arrivant du Sud. » Elle m'observe. « Tu te souviens ? Avec la capuche.

— Il la rendait encore plus sinistre, affirmai-je d'un ton un peu sec.

— Sinistre ? » Lana me regarde, confuse. « Ce n'est pas le mot que j'utiliserais pour décrire Maddox.

— Alors lequel ?

— Brisée, me répond Lana. Je dirais qu'elle était brisée par la vie.

— Peut-être, mais elle était nuisible.

— Nuisible ?

— Elle avait volé la feuille de réponses à la Falcon Academy. L'un de ses camarades de classe l'avait vue.

— Tu parles de Jesse Traylor ? s'esclaffe Lana. Il vient de se faire coincer par la police. Fraude fiscale. » Elle boit une gorgée de café. « Jesse était un fayot et un rapporteur de première qui aurait fait n'importe quoi pour s'attirer les bonnes grâces du principal. »

Avec prudence, je l'interroge : « Même mentir au sujet de Maddox ?

— Au sujet de n'importe qui », réplique-t-elle. Elle

voit que sa réponse me trouble. « C'est quoi le problème, papa ? »

Je me penche vers elle : « A-t-il menti au sujet de Maddox ?

— Je ne sais pas. » Elle hausse les épaules et, par la fenêtre, regarde deux petites filles devant un cinéma. « Elle s'était excusée, d'ailleurs. Maddox. De m'avoir giflée. Mais pas verbalement. » Se remémorer cet événement semble lui faire plaisir. « En revanche, quand elle l'a fait, j'ai su que c'était sérieux.

— Quand elle a fait quoi ?

— Quand elle m'a donné un coup d'épaule, répond Lana. C'était notre façon de dire qu'on était désolées et qu'on voulait de nouveau être sœurs. » Elle lisse un minuscule pli sur une manche impeccablement repassée. « Après la pizza chez Jake, poursuit-elle. Dans le métro. On courait pour prendre le train et Maddox m'a jeté le regard noir qu'elle me lançait pour plaisanter et puis elle m'a donné un petit coup d'épaule. C'était sa façon de me dire qu'elle était désolée de m'avoir giflée et qu'elle savait que j'étais également désolée pour ce que je lui avais dit. » Lana me regarde d'un air tendre. « Et comme nous étions toutes les deux désolées, tout allait s'arranger. »

Sur ces mots, elle termine son café. « Enfin bref, c'est triste ce qui lui est arrivé. » Elle replie sa serviette et la pose sagement près de son assiette. « Le fait qu'elle n'ait jamais pu se remettre sur pied après son départ. » Elle sourit. « Et qu'elle ait… fini… par s'écrouler. »

Je répète à voix basse : « S'écrouler. »

Peu après, nous nous séparons. Lana retourne à son mari et à ses enfants. Et moi, je reste seul dans l'appartement, car Janice est partie quelques jours.

Je passe la plupart de mon temps sur le balcon d'où j'observe les rues assagies de Hell's Kitchen, mon attention sans cesse attirée par les familles qui se dirigent joyeusement vers les lumières scintillantes de Times Square, pères et mères guidant du mieux possible leurs enfants à travers le labyrinthe mouvant de la foule. Je vois Maddox dans tous les petits visages, me rappelle la douceur de sa main minuscule dans la mienne, son tendre « Merci » pour le magnet qu'elle avait fini par me rendre ; la dernière parcelle d'affection que je lui avais montrée avant de la chasser à jamais de nos vies.

Avait-elle été une menteuse, une tricheuse, une voleuse ? Je l'ignore. M'étais-je complètement mépris sur le petit coup d'épaule qu'elle avait donné à Lana ce jour-là, tandis que les deux fillettes couraient pour ne pas rater le métro ? Encore une fois, je l'ignore. Ce que les enfants perçoivent et se remémorent des années plus tard peut être si différent de ce que les adultes savent… ou croient savoir. Peut-être était-elle déjà condamnée à vivre comme elle avait vécu après notre séparation et à mourir dans cet appartement lugubre, plongé dans les ténèbres. Peut-être que non. Je n'en sais rien. Je sais seulement que pour moi, comme pour tous les parents, l'art d'éviter le pire se pratique à tâtons.

Thomas H. Cook est l'auteur, récompensé par des prix internationaux, de plus de trente livres. Il a été nommé huit fois dans cinq catégories différentes pour les Edgar Awards et son roman *Au lieu-dit Noir-Étang* y a reçu le prix du meilleur roman en 1996. Cook est le seul romancier à avoir remporté deux fois le Martin Beck Award décerné par la prestigieuse Swedish Academy of Detection. Sa nouvelle *Fatherhood* a gagné le Herodotus Prize de la meilleure nouvelle historique. Ses œuvres sont traduites dans plus d'une vingtaine de langues.

## TIMES SQUARE

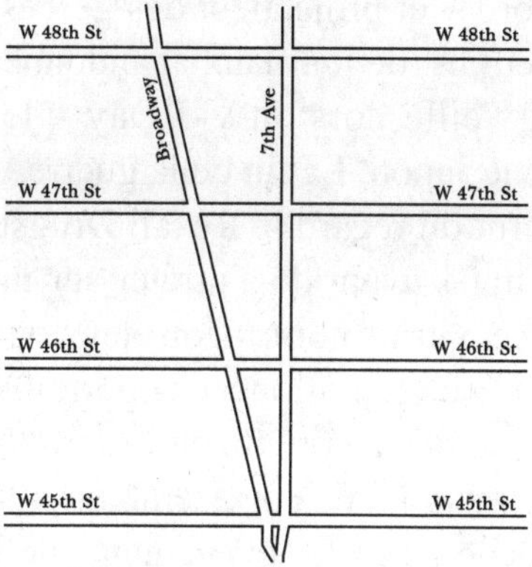


# Le lendemain de la victoire

*Brendan DuBois*

Sept heures du matin, Times Square, New York, le mercredi 15 août. Leon Foss manœuvra précautionneusement son chariot à ordures – équipé de grandes roues et de deux balais – le long du trottoir, au coin de la 7$^{e}$ Avenue et de la 46$^{e}$ Rue Ouest. Il secoua la tête en découvrant l'énorme tas qui les attendait, lui et les autres balayeurs du service de la voirie. Il portait l'uniforme traditionnel des « anges blancs », casquette, veste et pantalon blancs – amidonné, il paraissait neuf – et n'avait jamais vu autant d'ordures. Il en avait jusqu'aux genoux ou presque.

Les véhicules avançaient au pas dans le quartier

– Packard, Oldsmobile, vieilles camionnettes de livraison Ford – et projetaient des gerbes de confettis, de serpentins, de journaux abandonnés dans l'allégresse, la veille, lors du V-J Day – le jour de la victoire sur le Japon. La fin de la guerre.

Il parcourut du regard le Rexall Drugstore, un bar et un restaurant, avant de s'arrêter sur un bistrot, le Spike's Place, vitrine noire, néon éteint en guise d'enseigne, petite entrée renfoncée et porte fermée.

De rares piétons empruntaient les trottoirs jonchés de détritus, mais New York semblait s'accorder un jour de relâche après les événements de la veille, la plus grande fête depuis… en réalité, la plus grande fête aussi loin qu'on s'en souvienne. Et quelle fête ! Dire qu'il en avait manqué chaque seconde. Plutôt que d'y participer, il avait écouté NBC Blue sur sa radio RCA, chez lui, un appartement au deuxième sans ascenseur de Washington Heights ; il n'avait pas eu envie de prendre le métro pour rejoindre les célébrations. Assis dans la minuscule pièce, il avait fumé des Chesterfield en écoutant Truman, son discours-fleuve, sa voix nasillarde, monocorde, et son accent du Missouri. Rien à voir avec l'élégance volubile de Roosevelt. Des mois après sa mort, la voix du grand homme lui manquait toujours… La veille, tandis qu'il fumait en écoutant la radio, son téléphone s'était mis à sonner.

« Leon ? » Une femme.

« Oui, Martha », avait-il répondu à sa sœur. En fond sonore, il percevait le vacarme des machines. Martha travaillait dans une usine d'armement à Long Island. « Comment tu vas ?

— C'est la pause. Je me demande combien de temps je vais garder mon boulot. Tu écoutes la radio ?

— Oui.

— Alors, c'est fini. Bien fini, hein ?

— C'est ce qu'on dit.

— Leon… T'es trop vieux pour tout ça. Laisse tomber. Tout est fini. Je t'en prie, arrête.

— Martha, c'est gentil d'avoir appelé. Mais tu vas prendre du retard sur la chaîne. »

Il avait raccroché, sa Chesterfield au coin de la bouche. Et il avait continué d'écouter Truman.

Le lendemain matin, il se mit au boulot. Il repoussait les détritus du trottoir vers le caniveau où de larges balais mécaniques viendraient les ramasser. Papiers, bouteilles de bière et de gin brisées, exemplaires du *Daily News* et d'autres quotidiens avec leurs éditions spéciales. *Balayer, balayer, balayer.* Encore des bouts de papier. La casquette de cérémonie d'un Marine. Il la souleva, regarda l'intérieur de la visière et vit le nom d'un gosse griffonné à la hâte sur un morceau de carton glissé derrière le plastique. Il avança un peu sur le trottoir et la posa au sommet d'une boîte aux lettres bleu et blanc, au cas où le gamin viendrait la rechercher.

Au cas où.

Balai à la main, il retourna vers son chariot et y trouva un autre employé de la voirie, plus âgé, plus costaud, son uniforme blanc taché, son visage couvert d'un épais chaume noir. Leon imagina que dans sa précipitation pour se rendre au boulot ce matin, le type avait dû oublier de se raser.

« Hé, le salua le balayeur.

— Hé, répondit Leon.

— Bon sang, t'es qui toi ? Tu ne bosses pas ici. Je connais tout le monde. »

Leon inclina son balai et se remit au boulot. « Regarde autour de toi, bonhomme. Il y a plus d'ordures ici que n'importe où dans le monde et il faut bien les virer. » *Balayer, balayer, balayer*. « D'habitude, je bosse à Staten Island. Le patron m'a appelé hier, et m'a demandé de venir à Times Square ce matin. Alors, coucou, me voilà.

— Ah. » Le vieux mal rasé se pencha pour examiner le chariot de Leon, et bon sang, Leon faillit avoir une attaque. Mais le type se releva sans rien remarquer. « Merde, tu viens juste de commencer ?

— Exact. »

L'autre balayeur se remit à pousser son chariot, mais s'interrompit tout à coup. Il se redressa de toute sa taille afin d'embrasser du regard les immeubles impressionnants qui se dressent autour de Times Square. « La plus belle ville du monde, pas vrai ?

— Tu m'étonnes, répondit Leon.

— Écoute-moi bien. Les plus grandes cités ont été bombardées, détruites ou occupées. Londres, Paris, Berlin, Moscou, Tokyo. Une seule n'a pas été touchée. La nôtre. » L'homme cracha par terre. « J'ai passé deux ans dans la défense passive. Avec mon brassard et un casque blanc. Je me suis exercé pour les premiers secours et pour éteindre une bombe incendiaire. Je me suis bu pas mal de bières, aussi. Bon sang, je peux te dire qu'on en a, du bol. Tu sais, je suis pas vraiment croyant, mais on dirait que Dieu nous a épargnés, tu vois.

— Pas faux, répondit Leon en continuant de balayer.

— Avec l'électricité qui remarche, la fin du rationnement et les garçons qui reviennent. Mon garçon aussi… Il était en Belgique, il va rentrer bientôt. Ici, à l'avenir, ça va tout dépoter ! Souviens-toi de ce que j'ai dit ! Dépoter ! »

Leon le dévisagea avec un sourire un peu froid : « Oui. Dépoter. »

Le balayeur haussa les épaules et empoigna son chariot. « À la revoyure, vieux.

— Oui, c'est ça. »

Et lorsque Leon se retourna pour se remettre au turbin, il y avait un homme tapi dans l'entrée de Spike's Place, fumant une cigarette.

Leon se figea un instant. Et reprit le travail.

*Balayer, balayer, balayer.*

Encore des papiers, encore des éclats de verre. Un balai mécanique gronde de l'autre côté du parc. Serpentins, pages déchirées d'un bottin. Un soutien-gorge rose pâle. Puis une culotte rose pâle. Un ensemble ? Peut-être. Il se prit à espérer qu'une jolie fille l'avait ôté dans un moment d'allégresse et de joie. Fini les combats, les morts, les blessés et les prisonniers. Fini les journées interminables dans l'attente d'un appel ou de coups frappés à la porte, d'un télégramme, de la liste des nouvelles victimes dans les journaux. Ces heures sombres étaient enfin derrière eux.

*Balayer, balayer, balayer.*

Il s'arrêta devant Spike's Place, là où se tenait l'homme, toujours la clope au bec. Visage taillé à la serpe, une bonne vingtaine d'années. Une petite trentaine, peut-être. Élégantes chaussures noires vernies, pantalon gris anthracite et blazer bleu marine. Chemise immaculée et cravate classe, feutre chic. Il dévisagea Leon, puis regarda ailleurs. Leon s'appuya sur son balai. « Hé », lança-t-il.

Le type grommela.

« Quelle java, hein ? s'exclama Leon. La plus grande fête de tous les temps ! Vous en étiez ? »

Le mec esquissa un sourire. Ses dents blanches et régulières contrastaient avec sa peau mate. « Non. J'étais à une soirée privée. Mais on a fêté ça.

— Ah, c'est bien, répondit Leon. Plus chic… Plus marrant aussi, je parie, que traîner dans les rues. Ici, on était serrés comme des sardines ! ajouta-t-il avec un geste évocateur. On pouvait à peine avancer. Plein de mecs bourrés. Et des bastons. Et des filles délurées. Dans le futur, quand ils verront les films d'actualité et les photos, ils diront que c'était sensas… et ils oublieront les bagarres, les haleines de coyote, et les ivrognes qui vomissaient sur tes chaussures.

— Oui, sûr. »

Leon se redressa, se remit au travail. *Balayer*. Et s'interrompit.

« Hé, dit-il. Je vous connais. »

Le type avala une taffe. « Non, je crois pas. Je crois pas t'avoir déjà vu.

— Non, non. J'oublie jamais un visage, répliqua Leon. C'est ce que Donna, ma femme, disait, avant de mourir il y a deux ans. J'oublie jamais un visage. »

L'homme ne bougeait pas, l'air vaguement dégoûté. Leon claqua des doigts : « Ça y est ! J'ai déjà vu votre photo quelque part. Vous êtes Sonny Delano. C'est ça ? »

Delano afficha un sourire satisfait. « Quoi, t'es un flic déguisé en éboueur ? »

Leon sourit à son tour. « Vous pensez que je suis flic, mister Delano ? Ha ha, elle est bien bonne… » Il donna un nouveau coup de balai. « Je veux pas vous ennuyer… C'est juste que, bon sang, c'est vous, quoi, mister Delano ! Ces derniers temps, on vous a beaucoup vu dans le journal, vous savez ? Ils vous ont pincé une bonne dizaine de fois et, toujours, vous vous en êtes tiré, j'ai pas raison ? »

Même sourire narquois sur le visage du jeune homme. « C'est vrai. Ni le proc ni les poulets n'ont jamais pu rien faire contre moi.

— Tant mieux », répondit Leon. Il souleva son balai et en frappa le bord du trottoir. « Difficile à croire, non ? Près de quatre ans et maintenant, c'est fini. La guerre. Le traité de paix devrait être signé dans une quinzaine de jours. Marrant, hein ?

— Pourquoi marrant ? »

Leon se pencha de nouveau sur son balai. « Quand on y pense, mister Delano. Avant-hier, si vous étiez un marin ou un troufion jap, vous pouviez être tué en moins de deux. » Leon insista en claquant des doigts. « Maintenant, plus de morts. La guerre est finie. En moins de quarante-huit heures, vous passez de cible à… autre chose. Pareil pour vous, d'ailleurs.

— Hein ?

— Sauf votre respect, mister Delano, vous savez… les affaires dans lesquelles vous trempez… Enfin, les affaires dans lesquelles les flics et les journaux disent que vous trempez. Vendre du sucre et de la viande au marché noir. Voler des pneus. Imprimer des faux coupons de gaz. Il y a deux jours, je parie, les condés devaient encore être sur vos talons. Mais la guerre est terminée. J'ai même lu que, bientôt, on en aurait fini avec le rationnement. Vous serez tranquille. Personne ne viendra plus vous embêter avec toutes ces histoires. »

Sourire en coin, nuage de fumée.

Leon reprit : « Alors. Vous allez faire quoi, maintenant, mister Delano ? »

Delano épousseta l'une de ses manches. « Qui sait ? La guerre est finie, c'est une occase en or pour les débrouillards. Les troufions qui rentrent chez eux, avec un paquet d'oseille dans la poche, ils veulent se marier, faire des gosses, acheter des baraques. Ouais, attends de voir, on va être en plein boum.

— Et vous serez là pour vous faire du fric, pas vrai ?

— Tu m'étonnes. »

Pendant quelques secondes, Leon se remit au boulot. *Balayer, balayer, balayer*. Puis, de nouveau, il fixa Delano du regard. « Vous savez, sauf votre respect, vous avez l'air en forme. En bonne condition physique. Pourquoi ils ont pas voulu de vous ? »

Delano plissa les yeux dont l'expression neutre devint glaciale. « Exempté, éructa-t-il. Déclaré inapte.

— Ah. C'est ce que vous a dit le docteur, hein ?

— Ouais. Le palpitant détraqué. Mais c'est pas tes oignons.

— Désolé. Ma femme disait que je jacte trop. Vous savez, vous avez fait ce que plein d'autres types ont fait, ni plus ni moins. J'ai tort ? Vous avez vu l'histoire, l'année dernière ? Tous les nageurs de l'équipe de Penn State, l'université… ils ont eu un report d'incorporation eux aussi. Pour raisons médicales ! Et voilà. Un système complètement corrompu. Des gars qui partent à l'armée et d'autres qui ont le bras long et restent chez eux.

— Le monde marche comme ça, vieux.

— C'est vrai. »

Leon avança sur le trottoir à coups de balai et laissa Spike's Place derrière lui. Le souffle court. Mal au crâne. Trop de café, de cigarettes et de ruminations l'avaient empêché de dormir la nuit dernière. *Balayer, balayer, balayer*. Puis, il revint vers Spike's Place où Delano patientait toujours. Bien sûr qu'il patientait. Leon y comptait bien.

« Sale boulot ! s'exclama Delano.

— C'est qu'un boulot, répondit Leon en haussant les épaules. J'ai été viré de l'autre parce que j'étais trop vieux, trop lent. Mais je préfère m'occuper. Et j'aime bien me rendre utile. »

Delano grommela.

« Regardez cette ville, reprit Leon. La plus belle du monde. Vous savez pourquoi ça marche ? Parce que, en général, les gens s'entendent bien, ils veillent les uns sur les autres, ils coopèrent. Et pourtant, sûr, ils font des affaires, ils gagnent du fric et construisent des choses, mais j'aime à croire que, pour la plupart, ils sont honnêtes et suivent le droit chemin. Voilà comment ça marche. Et c'est la seule façon. »

L'homme trépignait, l'air impatient, et regardait sa montre toutes les deux minutes. Leon choisit ses mots avec beaucoup de soin : « Et puis, il y a les parasites, les profiteurs, les passagers clandestins, ceux qui montent dans le train en marche, ceux qui récoltent sans rien avoir semé… ou pas grand-chose. Comme ceux qui échappent à la conscription, les arnaqueurs et les voleurs… comme vous, quoi. »

Un éclat meurtrier traversa de nouveau le regard de Delano. « Je te conseille de te remettre au boulot, le boueux.

— Vous avez entendu parler de Bataan ?

— Comme tout le monde !

— Pourtant, ils sont nombreux à l'avoir déjà oublié, répondit Leon, sur un ton cassant. Mon fils y était, il s'est battu pour les Philippins, pour les États-Unis, pour *vous*, mister Delano. Vous n'avez donc aucun sentiment de… oh, je ne sais pas… de gratitude envers ce que lui et des centaines de milliers d'autres ont fait ? Aucun respect ? Aucune culpabilité ? »

Delano expédia son mégot par terre d'une pichenette. « Ramasse ça, l'ancêtre, et fous-moi le camp. J'ai un rendez-vous important ce matin. »

À l'aide de son balai, Leon lui renvoie la cigarette. « J'imagine. Laissez-moi deviner ? Ty Mulcahey, non ? De mèche avec le syndicat des dockers. Il souhaite vous rencontrer parce que, bientôt, des transports de troupes vont débarquer dans ce merveilleux port. Ty et vous, vous voudriez discuter du genre de combines que vous allez monter avec tous ces navires et tous ces soldats qui vont rentrer. »

Delano sortit de l'encoignure. « Comment tu sais ça ? »

Leon sourit en s'appuyant sur son balai. « Vous allez trouver ça drôle, mister Delano. Vous voyez, je ne vous ai pas raconté ce que je trafiquais avant de faire le balayeur aujourd'hui. Je travaillais pour le gouvernement. Le département de la Justice. Quand j'ai commencé, ça s'appelait le Bureau of Investigation, mais maintenant vous, et tous ceux qui écoutent la radio, vous appelez ça le FBI. »

Il se demanda si Delano allait tenter de se faire la malle, mais constata, satisfait, qu'il ne bougeait pas. Il allait se battre.

« Merde… Alors quoi ?

— J'ai des copains au Bureau local et j'ai tiré

quelques ficelles – tiens, comme vous en fait ! J'ai appris que Ty Mulcahey voulait vous voir au Spike's Place. Mais Ty ne viendra pas. Il doit sans doute cuver dans une piaule de Hell's Kitchen. Non, Ty n'avait pas envie de vous rencontrer… mais moi, si. Vraiment.

— T'as rien contre moi. »

Leon se marra. « Merde, m'en parlez pas ! Les autres flics et moi, on vous traque depuis des années… Depuis si longtemps en fait que l'heure de la retraite a sonné pour moi. Comme Tom Dewey et Frank Hogan, les procs. Même le maire LaGuardia vous qualifiait d'ennemi public numéro un de New York, l'année dernière. Il voulait vous la faire à la Lucky Luciano, vous arrêter, vous exiler, mais raté, ça n'a pas marché. Alors, vous êtes là, devant moi, en liberté. Heureux ? »

Camions et voitures passaient dans un grondement. Quelques klaxons résonnaient, joyeux, pour signaler que c'en était fini de la guerre et des morts, de l'attente insupportable et des mauvaises nouvelles.

Leon reprit : « Vous avez perdu votre langue ? Pour de vrai ? Tiens, parlons donc de ce qui est vrai. La dernière fois que mon petit gars m'a écrit… » Et à cet instant, merde, sa voix se brisa, et il s'en voulut de chevroter comme un vieux pleurnichard. « … c'était une lettre qu'il m'avait envoyée juste avant la chute de Bataan. Cette pauvre page, j'ai dû la lire et la relire des milliers de fois au cours de l'année. Et puis plus rien. Alors MacArthur a repris les Philippines et le principal camp de prisonniers a été libéré en janvier. J'ai attendu, attendu, et enfin j'ai reçu un télégramme de la Croix-Rouge. Vous savez ce qu'il disait ? » Delano voulut s'éloigner, mais Leon se planta devant lui. « Il disait que mon Jimmy était mort un mois avant la libération du camp. Un mois. Trente jours, putain ! »

La gorge de Leon se serra de nouveau. « Alors, je vais vous laisser filer. Mais seulement si vous répondez à une question.

— J'ai pas à te répondre, l'ancêtre.

— Peut-être. Mais peut-être aussi que c'est dans votre intérêt de me répondre, fiston. Peut-être que si vous répondez, je vous laisserai et vous pourrez continuer à vivre en parasite. »

Delano tira sur sa veste, refit le nœud de sa cravate tape-à-l'œil. « Vas-y, pose-la, ta question. »

Leon opina. « Depuis Pearl Harbor, depuis ce jour-là, est-ce que vous avez déjà eu des regrets ? Est-ce que vous vous êtes déjà senti coupable ? D'être un profiteur de guerre ? D'avoir laissé des pères ou des fils prendre votre place ? Des pères et des fils qui voyaient mal ou entendaient mal ou avaient les pieds plats, mais qui s'étaient engagés parce qu'ils n'avaient pas vos relations, parce qu'ils n'avaient pas vos combines ? Vous avez déjà culpabilisé ? »

Delano plongea sa main dans une poche intérieure, en sortit un briquet en or et un paquet de cigarettes. Il en alluma une, tira une longue bouffée et reposa les Camel, puis son feu qu'il avait refermé en le faisant claquer.

« Non, répondit-il d'un air satisfait. Pas une seule seconde. Je suis vivant et ces types sont morts. Ça me suffit. »

Leon hocha de nouveau la tête, repartit vers son chariot et plongea la main dans les ordures. Il en tira un sac en papier froissé – ce même sac que le vieil employé mal rasé de la voirie avait heureusement négligé – et en sortit un Colt 45, modèle 1911, équipé d'un silencieux vissé au bout du canon.

« Mauvaise réponse », répliqua Leon en visant la poitrine de Delano.

Brendan DuBois vit dans le New Hampshire. Récompensé par de nombreux prix, il a écrit vingt-quatre romans et plus de cent quatre-vingts nouvelles, notamment une série consacrée à Lewis Cole. Ses récits courts ont paru dans *Playboy*, *Ellery Queen's Mystery Magazine*, *Alfred Hitchcock's Mystery Magazine*, le *Magazine of Fantasy & Science Fiction*, et de nombreuses anthologies. Ses œuvres ont remporté deux fois le Shamus Award des Private Eye Writers of America et ont été nommées trois fois aux Edgar Awards de la MWA. Il est également champion du jeu Jeopardy ! Plus d'informations sur le site BrendanDuBois.com.

EMPIRE STATE BUILDING

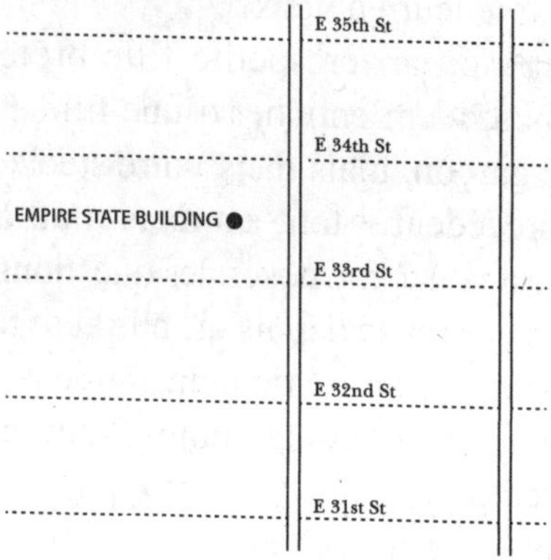


# Bienfaiteur en série

*Jon L. Breen*

En guise de préambule : je m'appelle Sebastian Grady, je suis centenaire, mais toujours vert. Mon adresse actuelle : Plantain Point, une maison de retraite sur la côte californienne où la plupart des résidents ont bossé dans le showbiz. Pour vous donner une petite idée, on surnomme encore le président de notre association « Top Banana », comme dans la comédie musicale des années 1950... Et pourtant, la plupart des acteurs de vaudeville sont déjà morts.

Comme vous pouvez vous en douter, j'ai vu de nombreux jeunes vieillir et la génération actuelle ne semble pas pressée de devenir adulte. Inutile de me demander si je leur en veux.

Evan est mon arrière-petite-fille préférée. Je ne m'attendais pas à m'enticher d'une fille qui porte un prénom de garçon, mais dans votre siècle – le mien, c'était le précédent – tout est dans tout. Et inversement. Elle est venue me poser des questions, alors que je ne l'avais pas revue depuis qu'elle était toute petite. Elle préparait un exposé de généalogie pour l'école. J'étais le seul ancêtre disponible. Pourtant, une fois le devoir rédigé et noté, elle est repassée. On dirait qu'elle apprécie ma compagnie.

Selon les standards actuels, elle est plutôt mûre pour son âge, seize ans. À certains égards, elle est représentative de sa génération constamment connectée à tout matériel portable accessible permettant de communiquer, mais elle n'en est pas moins intelligente et elle utilise rarement « tu vois » en guise de ponctuation. Elle mène une vie sociale active – parfois même avec des amis en chair et en os –, elle fait du sport, obtient de bonnes notes, adore les énigmes et les défis. Son cerveau ne se repose jamais. Je parierais sur elle sans hésitation lors d'une compétition de sudoku.

Au cours de sa dernière visite, assis sur le balcon au septième étage, nous regardions l'océan Pacifique. Comme nous avions épuisé les sujets concernant la famille et les événements récents, je lui ai dit d'un ton détaché (mais avec une arrière-pensée) : « J'ai une énigme pour toi, petite.

— Génial. C'est quoi ?

— Une liste de phrases. J'aimerais que tu te penches dessus, que tu me donnes leur signification, leur origine et leur point commun, au cas où. Tu peux utiliser Internet et Giggle ou Garble, enfin ton truc, là. Ça ne devrait pas te prendre trop longtemps. »

Elle m'a gratifié de ce grand sourire qui dévoile son appareil dentaire, ce sourire qui me fera toujours fondre. Elle sait que je suis moins ignorant que je ne le parais. Elle avait huit ans quand elle m'a appris à utiliser Internet ; j'ai un ordinateur et il y a le wifi à Plantain Point.

« Il y a un rapport avec tes enquêtes ?

— De quoi parles-tu ?

— Papy, je sais que tu es un détective amateur.

— Ça n'existe pas. Sauf dans les livres.

— Tu oublies que j'ai lu tes Mémoires. »

Uniquement ceux publiés. Quant aux inédits, j'espère qu'elle ne tombera jamais dessus. Ou alors quand elle aura un peu plus de bouteille.

« Bon d'accord, tu m'as eu. Il y a *bien* un mystère associé à cette liste et je te dirai tout quand tu en auras identifié chaque élément. »

De ma main toujours ferme, je lui ai passé le tirage papier impeccablement imprimé.

*Le Massachusetts se trouve loin de New York.*
*Elle ira courir le marathon.*
*Tu ne fais même pas la différence entre un obstacle et un green.*

*Impossible de lutter contre le froid, même avec du fric !*

*Elle s'est trouvé un mari, mais pas le sien.*

*Ce n'est pas le point culminant.*

« Ça te dit quelque chose ? lui ai-je demandé.

— Non, rien du tout. Tu me donnes combien de temps ?

— Avant que je meure, ce serait bien.

— Papy, tu exagères !

— Fais-le et je te raconterai l'histoire la plus incroyable que tu aies jamais entendue. Une histoire vraie.

— Je reviendrai avec les réponses demain », m'a-t-elle promis. Et je savais qu'elle réussirait. Entre-temps, je laissai mon esprit dériver vers ce siècle où je me sentais encore chez moi.

Maintenant que j'ai franchi la barre des cent ans, mon vieux pote Danny Crenshaw ne me semble plus si extraordinaire. Lui n'a pas dépassé les quatre-vingt-quatorze. Pourtant la dernière fois que je l'ai vu, en 1978 – l'année de sa mort – il paraissait aussi heureux et occupé que par le passé.

Notre première rencontre datait de la fin des années 1920. Il faisait partie de ces vedettes de Broadway attirées vers l'ouest par l'avènement du parlant. Un petit mec, nerveux, énergique, qui interprétait toujours des personnages plus jeunes que lui. Du reste, physiquement, il ne changeait pas. Malgré ses multiples talents – Danny jouait la comédie, chantait, dansait, écrivait des chansons –, Hollywood ne savait comment l'employer et il avait le mal du pays.

« Seb, me dit-il un jour à la cantine du studio, tu as entendu la nouvelle à propos de l'Empire State Building ? On va lui coller un mât d'amarrage pour les dirigeables. Ils pourront embarquer et débarquer des passagers à 1 250 pieds au-dessus de la rue.

— Ça me paraît complètement crétin. Et le vent alors ?

— Ils ont tout prévu.

— Bon », répondis-je.

Bien sûr, en fin de compte, ça n'a jamais marché, mais des types plus malins que moi y avaient cru.

« Seb, il faut que je rentre à Broadway. Je veux jouer pour des gens que je vois et que j'entends, pas pour une bande de techniciens de studio. Et j'aimerais admirer cet immeuble. »

Le temps que King Kong emmène Fay Wray au sommet de la folie d'Al Smith et qu'il y soit liquidé par des biplans, Danny, de retour à Gotham City, comptait bien y rester. Les années suivantes, je lui rendais visite dès que mon boulot me conduisait dans la « Big Apple ». Je le voyais sur scène quand il bossait et chez lui quand il se détendait. D'habitude, je voyageais pour le compte de Classic Pictures, mon principal employeur à l'époque, et lorsque je me retrouvais seul – sans avoir à bichonner un acteur pourri gâté –, je séjournais dans un hôtel pas vraiment luxueux où le studio bénéficiait de réductions.

De là, je pouvais marcher jusqu'à l'Hotel McAlpin, beaucoup plus chic, au coin de Broadway et de la 34e Ouest, où Danny résidait en permanence depuis des décennies. Les suites des étages supérieurs s'avéraient suffisamment somptueuses pour s'aligner sur son succès, mais s'il avait choisi cet endroit, c'était surtout pour la vue dont il jouissait sur l'Empire State Building, situé un peu plus haut dans la rue.

Il faisait beau à Manhattan, en ce début 1946, lorsque je me rendis à pied de mon hôtel au McAlpin. En traversant le cœur du Garment District, le quartier de la confection, j'esquivais les énormes présentoirs poussés sur les trottoirs par des employés new-yorkais pressés. À l'instar des taxis, ils parvenaient à se faufiler dans le chaos pour atteindre leur destination. Sans un accroc.

Bâti en 1912, le McAlpin était, au moment de son ouverture, le plus grand hôtel du monde. Si le hall haut de trois étages, décoré dans un style Renaissance italienne, flanqué de marbre et de fresques représentant des femmes pareilles à des joyaux, s'avérait impressionnant, la vision la plus éblouissante restait néanmoins le Marine Grill, au sous-sol, où Danny, qui n'était sur aucun spectacle pour le moment, m'avait invité pour un déjeuner tardif. Les propriétaires choyaient ce pensionnaire si célèbre. Pas de doute, je trouvai le repas excellent. Mais je ne me souviens que des huîtres – Danny adorait les huîtres, une autre chose qui lui manquait sur la côte Ouest. La salle aux plafonds incurvés se parait d'ocres et de terre de Sienne et je n'oublierai jamais les fresques spectaculaires consacrées à l'histoire du port de New York. La représentation d'un transatlantique à quatre cheminées m'impressionna particulièrement.

« Il est là depuis l'ouverture ? demandai-je.

— Oui, je crois, me répondit Danny.

— Par hasard, ça ne serait pas le *Titanic* ? Quelle ironie ! *Titanic*, 1912.

— Je pense qu'ils ont démarré en 13, après une inauguration réservée aux célébrités à la fin 1912. Et, t'inquiète : c'est le *Mauretania*. »

Tandis que nous mangions, Danny évoqua l'avion militaire qui, perdu dans le brouillard, s'était écrasé sur son cher Empire State Building l'année précédente. Il s'extasia également sur le show produit par Belasco qu'il allait créer un peu plus tard.

« David Belasco ?

— Non, Elmer. David est mort. Je te le présenterai après. Elmer, bien sûr. »

À la fin de l'après-midi, nous montâmes dans la suite de Danny où il m'apprit qu'il avait invité des amis à passer pour me rencontrer, moi, le visiteur venu de Hollywood la Clinquante. Sa femme tenait également à me saluer. Elle allait rentrer d'une minute à l'autre. Le nombre d'épouses qu'avait eues Danny Crenshaw (quatre ou cinq, je crois) n'avait rien d'étonnant dans le show-business. Plus inhabituel, en revanche, à la fin de sa vie, il paraissait encore les adorer toutes et, à ma connaissance, elles éprouvaient le même sentiment à son égard.

Celle-là s'appelait Mildred et, a posteriori, je pense que c'était peut-être elle qu'il a aimée le plus. Alors qu'elle le rendait fou. À l'instar de toutes les femmes de Danny, elle était adorable, et comme la plupart elle était plus grande que lui. Sa caractéristique la plus frappante ? Une crinière poil de carotte. Pourtant ses manières douces contrastaient avec les stéréotypes généralement associés aux rousses. Elle entra dans la suite, cet après-midi-là, en portant des sacs de courses et, à l'évidence, elle ne s'attendait pas à trouver de la compagnie. J'imagine toutefois qu'en connaissant Danny elle devait être habituée à ce genre de surprises. Élégante, elle était habillée et coiffée à la mode de l'époque : chapeau à large bord, fleuri devant avec un nœud derrière, épaulettes, gants, pochette, tailleur cintré et jupe moulante tombant sous le genou, escarpins à sangles. Elle me salua cordialement et, peu après, les invités se mirent à arriver.

Le premier, un type élancé à petite moustache. Étant donné la simplicité chaleureuse avec laquelle Danny et Mildred l'accueillirent, j'eus l'impression qu'il passait souvent. « Seb, je te présente Jerry Cordova, lança Danny. Mon vieux partenaire des *Déjeuners en folie*.

— Des quoi ? demandai-je.

— Des *Déjeuners en folie*. Comme dans *Le Cabaret des étoiles*. On sortait de nos théâtres pour divertir les ouvriers des usines d'armement et des chantiers navals pendant leur déjeuner.

— J'étais payé des clopinettes, affirma Jerry. Mais

Danny, lui, l'a fait gratos, uniquement pour l'effort de guerre.

— Quel crétin, hein? fit Danny en lui lançant un clin d'œil.

— Les vedettes travaillaient gratuitement, m'expliqua Jerry. Moi, je ne suis pas une vedette.

— Un de ces jours, tu seras le nouveau Gershwin ! »

Arriva bientôt mon vieux pote, Rosey Patterson, un agent de théâtre. Du fait de notre rôle de baby-sitters d'acteurs, nous avions été indirectement impliqués dans une affaire de meurtre qui avait endeuillé Manhattan au début des années 1930. Moins ramassé que Danny, mais tout aussi énergique, il trépignait, piaffait. Je me souviens d'avoir pensé que me retrouver avec eux allait mettre mes nerfs à rude épreuve. Rosey m'embrassa, comme on le fait dans le showbiz, et voulut immédiatement me parler d'un polar qu'il venait de lire. Mais il y avait deux grands types derrière lui dans l'entrée et je crois qu'il n'en a jamais eu l'occasion.

Le plus âgé, musclé comme un culturiste, attrapa ma main avant de m'être présenté et lança : « Alors, c'est vous, Seb ? Le contact de Danny à Hollywood. Je suis Elmer Belasco. » Il désigna le plus jeune. « Et voici mon bon à rien de gamin, Arthur.

— Pas totalement bon à rien, affirma Arthur. Je viens d'être papa. D'une petite fille. Mais je n'ai plus de cigares, désolé.

— Vous êtes parents avec David Belasco? leur demandai-je.

— Quand ça nous arrange, répondit Arthur. Dans les années 1920, au moment où papa bossait pour Flo Ziegfeld, il s'est dit que ce nom l'aiderait.

— En fait que dalle, l'interrompit Elmer. Ça m'a plutôt desservi.

— En le voyant, Ziegfeld a davantage pensé à Sandow. Le culturiste… », expliqua Rosey.

Manifestement, Mildred avait l'habitude de ces rassemblements spontanés. Elle savait qu'on buvait, qu'on bavassait, qu'on se donnait des nouvelles et qu'on rebuvait – incroyable ce qu'on picolait à l'époque ! Ce qui avait commencé en fin d'après-midi risquait de se prolonger.

C'est Jerry Cordova qui transforma la réunion en soirée. À certains égards, il ressemblait à feu son idole George Gershwin. S'il entrait dans une pièce et qu'un piano s'y trouvait – or Danny Crenshaw n'aurait pu s'en passer –, on lui demandait de jouer. Si personne ne l'en priait, il jouait quand même, et chantait d'une voix flûtée, un peu à la Cole Porter. Peu après son arrivée, il s'assit devant le clavier, par habitude, comme si on l'avait invité uniquement pour cette raison. Peut-être était-ce le cas, d'ailleurs.

Arthur Belasco avait vingt-deux ans. Il commençait à se faire un nom comme acteur à Broadway, même si son paternel clamait sur tous les toits qu'il n'avait aucun talent. Père et fils se critiquaient sans cesse, les insultes pleuvaient, parfois assez blessantes. Mais il ne fallait pas les prendre au sérieux. Probablement.

« Il fallait bien que je reprenne le flambeau, déclara

Arthur. Mon vieux a insisté. Il m'a dit que la fac de médecine ne menait à rien.

— Exact, il fera moins de dégâts sur scène qu'au bloc », rétorqua Elmer. Le duo semblait bien rodé et tout le monde considérait leur vif dialogue comme une succession de plaisanteries sans conséquence. Tout le monde, sauf Mildred, qui paraissait peinée chaque fois que fils ou père lançait une pique.

Des années plus tard, Danny dirait de Mildred : « C'était la personne la plus douce, la plus gentille que Dieu ait placée sur terre. Imagine une grande dame hiératique dénuée de tout sens de l'humour qui serait sortie avec un bouffon comme moi aussi longtemps qu'elle. Mildred avait du cœur, une profonde empathie, mais elle ne distinguait pas les nuances. »

Ce jour de 1946, j'en avais été témoin. Jerry Cordova se lança dans « Who Cares ? », un morceau tiré de *Of Thee I Sing*, écrit par les frères Gershwin en pleine Dépression. Mildred apprécia son interprétation et se joignit aux applaudissements.

« C'était magnifique, Jerry, déclara-t-elle, mais j'ai toujours détesté cette chanson.

— Mon Dieu ! J'ai offensé notre hôtesse, répondit-il.

— Non, ne soyez pas idiot. J'aime la musique, mais je ne supporte pas les paroles. Elles sont méchantes, froides… mesquines.

— Comment ça, Mildred ? s'enquit Rosey Patterson.

— Tu n'aurais pas dû demander », intervint Danny.

Mildred s'expliqua : « C'est ce vers en particulier : "On se fiche que les banques fassent faillite à Yonkers". De nombreuses banques ont fait faillite pendant la Dépression. Il a fallu la guerre pour en sortir. Quand j'entends ça, je pense à tous les gens que j'ai connus, et même aux inconnus, qui avaient placé leur argent et ont tout perdu. Comment peut-on se ficher des banques qui ont fait faillite à Yonkers ou n'importe où ailleurs ?

— Je vais tenter une explication, répliqua Danny qui affecta une expression de douleur surjouée. Poupée, les gens dans cette chanson tentent de s'en sortir, comme nous tous à l'époque. Seul le pouvoir de l'amour les aidera. Quoi qu'il se passe, ils y arriveront parce qu'ils sont amoureux. C'est le sujet de la chanson. D'ailleurs, on appelle ça une chanson d'amour, tu piges ? Ça n'a rien à voir avec ceux qui ont perdu du fric à cause des faillites.

— Oui, mais ce n'est pas bien de traiter ce sujet à la légère, c'est tout, rétorqua-t-elle. Vous nous jouez autre chose, maintenant, Jerry.

— Attends une minute… Il faut que je repasse toutes les paroles dans ma tête », ironisa le pianiste.

Tout le monde s'esclaffa. À l'exception de Mildred – ce qu'elle faisait rarement – mais, hôtesse avisée, elle ne doucha pas leur enthousiasme et finit par improviser un dîner, grâce au traiteur du coin, quand à la nuit tombée il devint clair que personne ne comptait partir.

Je suis certain que nous avons abordé de nombreux

sujets ce soir-là. Avons-nous effleuré l'après-guerre, la bombe, nos relations avec l'Union soviétique, les perspectives pour les anciens combattants, la cote de Truman, les Yankees, les Giants et les Dodgers? Sans doute. Mais comme nous gravitions tous autour de Broadway... on a surtout parlé de Broadway. Tennessee Williams reproduirait-il un jour le succès de *La Ménagerie de verre*? Les opinions divergeaient, mais la plupart n'y croyaient pas. Comment le nouvel *Hamlet* de Maurice Evans rivaliserait-il avec ses prédécesseurs? Rosey Patterson affirma que personne ne dépasserait Barrymore, mais Danny défendit l'interprétation de Gielgud et Mildred cita Leslie Howard. Qui était le plus grand compositeur de comédies musicales à Broadway? Jerry se fit l'avocat loyal de Gershwin, tandis que d'autres évoquèrent Jerome Kern ou Richard Rodgers, et qu'Elmer Belasco provoqua l'assemblée entière en plaidant pour Kurt Weill. Et Adele Astair avait-elle réellement plus de talent que son petit frère, Fred? Danny n'en démordit pas, soutenu par les anciens, mais lorsqu'il assura que Gummo était le Marx Brother le plus drôle, personne ne le prit au sérieux.

Ce jour-là, néanmoins, pour des gens de théâtre, un sujet paraissait inévitable. Je me souviens d'avoir été surpris qu'on ne l'aborde qu'après avoir ingurgité deux ou trois cocktails.

« Alors, j'imagine quc vous avez tous entendu parler de Claude Anselm », lança Rosey.

Tous acquiescèrent.

« Que s'est-il passé exactement ? demanda Arthur Belasco. Il a vraiment été assassiné ?

— Les journaux disent qu'il a été agressé, répondit Rosey. Dans une ruelle sombre, au milieu de la nuit. Il devait voir un de ces artistes d'avant-garde qui crèchent au Chelsea Hotel avec la bohème de Greenwich Village.

— Anton LeMaster, avança Danny. Anselm voulait qu'il conçoive un nouveau décor pour sa prochaine production. Il pensait que son style surréaliste collerait à son concept novateur.

— Et surtout, affirma Rosey, il travaillait pour pas cher.

— Oui, ce vieux Claude lui aura fait des promesses. Il aura joué sur l'ego surdimensionné de l'artiste et son portefeuille famélique. J'imagine qu'on aura prévenu LeMaster qu'Anselm était un beau salopard et qu'il a refusé la proposition. En tout cas, à moins de deux blocs de Chelsea, Claude s'est fait tabasser à mort.

— Le pauvre homme, s'indigna Mildred. Je sais de quoi il était capable, mais, tout de même !

— Ici, personne ne le regrettera », affirma Jerry Cordova qui se mit à jouer la mélodie de « I'll Be Glad When You're Dead, You Rascal You », en nous épargnant toutefois l'imitation de Louis Armstrong.

« L'homme le plus détesté de tout Broadway, renchérit Danny.

— Dans le peloton de tête, en tout cas, modéra Rosey. Qui arnaque mes clients, m'arnaque moi. Et il ne se contentait pas d'arnaquer les acteurs. Il arnaquait les bailleurs de fonds, les auteurs, les directeurs de théâtre – et il s'en sortait toujours. J'imagine qu'il voulait ajouter un scénographe à sa collection de trophées.

— Je croisais Anselm au golf, intervint Elmer Belasco. Dieu merci, je n'ai jamais eu l'occasion de jouer avec lui.

— Trop bon pour toi ? plaisanta Arthur. Papa peut envoyer sa balle à un kilomètre, mais vous devriez voir la surface de ses clubs.

— Hé, pourquoi tu n'irais pas apprendre ton texte au lieu de faire le malin avec les grands ?

— Qu'est-ce que tu crois ? Je connais déjà toute la pièce.

— C'est vrai, trancha Elmer. Il a une mémoire photographique. Il pourrait incarner Hamlet au débotté s'il l'avait lu la veille. Anselm était un aussi mauvais golfeur que le gosse acteur. Il jouait vraiment mal, mais, pour une raison ou une autre, il persévérait. Je crois qu'il se cherchait des adversaires encore plus nuls que lui. Ou qui avaient un mobile pour faire semblant de l'être.

— Dommage qu'un braqueur anonyme ait eu sa peau, médita Danny. Ils sont nombreux à Broadway, ceux qui auraient bien voulu avoir l'honneur de le buter.

— Je vois déjà les nécrologies dans tous les journaux demain, ironisa Rosey : "Les lumières de Broadway vacillent sous le coup de la mort effroyable d'un homme de théâtre aimé de tous." Et ils se débrouilleront pour citer un tas de pleureuses… qui se réjouissent en secret. »

Elmer opina : « Les ordures trépassent, mais la caravane des affaires passe.

— J'ai une idée, lança Rosey avec une étincelle inquiétante dans le regard. Supposons que je suis le type qui lui a réglé son compte. Pour venger mes clients et toutes les autres victimes de ce salopard. Pas de témoin. Et j'ai brouillé les pistes en faisant croire à un braquage qui a mal tourné.

— Félicitations ! s'exclama Jerry qui entama "For He's a Jolly Good Fellow".

— Qu'est-ce que tu veux dire ? » lui demandai-je. Rosey adorait qu'un faire-valoir lui donne la réplique.

« Il est mort, certes, mais ce n'est pas suffisant. J'aurais envie de revendiquer mon crime.

— Pour griller dans la confortable chaise électrique qu'on vient d'installer à Sing Sing ? l'interrogea Danny.

— Non. Ce serait une revendication anonyme. Disant qu'il a été exécuté au nom de Broadway et de tous les artistes dont il a piétiné les vies et les carrières.

— Mais une fois cette mission accomplie, crois-tu que tu pourrais t'arrêter en si bon chemin ? s'enquit Arthur Belasco.

— Bonne question, intervint Danny. Je peux te suggérer les noms de pas mal de vermines appartenant à notre belle corporation théâtrale qui en auraient mérité autant. »

Je n'avais guère participé à la conversation, n'étant pas moi-même un initié de Broadway, mais je décidai de poursuivre dans cette veine noire. « Rosey, c'est une idée séduisante, mais réfléchis bien. Dans les romans, les assassins qui se croient trop malins commettent toujours la même erreur. Un classique. Ils en rajoutent, ils en font des tonnes, et le super détective les retrouve au dernier chapitre. Pourquoi donner délibérément un indice te reliant au crime ? »

Rosey haussa les épaules. « Pas de risque avec des lettres anonymes aux flics ou à la presse, si ? Je me trouverais un surnom. Le Vengeur des coulisses ?

— Non, laisse ça aux journaux, ils en dégoteront un meilleur, répliqua Danny.

— Jack l'Éventreur s'est baptisé lui-même, fis-je remarquer.

— Concentrons-nous sur ce qui est important, Rosey, reprit Danny. Qui choisirais-tu comme prochaine victime ? »

Mildred était restée silencieuse pendant tout l'échange. Elle leva soudain les mains, en signe de reddition. « Mes amis, je déteste ce genre de conversation. Pourrions-nous changer de sujet ? Allez, Jerry, joue-nous quelque chose. »

Jerry se lança dans un pot-pourri tiré de la comédie musicale *Show Boat*. Fin de la discussion.

Le lendemain matin, un message sibyllin rédigé en majuscules apparut dans les petites annonces de tous les quotidiens du soir et, à l'époque, ce n'est pas ce qui manquait à New York : « TU NE FAIS MÊME PAS

LA DIFFÉRENCE ENTRE UN OBSTACLE ET UN GREEN. » À ce moment-là, personne ne savait ce que signifiait cette phrase pour le moins nébuleuse. Personne ne soupçonnait non plus qu'il y avait un lien avec la mort de Claude Anselm.

Et le temps de faire le rapprochement, trois autres salopards de Broadway avaient déjà été butés.

Comme prévu, Evan est arrivée le lendemain avec les réponses. Lorsque j'ai plaisanté au sujet de ses deux visites consécutives, quand je lui ai dit qu'il faudrait l'embaucher au même titre que les infirmières, les animateurs et les chiens de thérapie, elle a levé les yeux au ciel, l'air impatient.

« J'ai répondu dans l'ordre que tu m'as fourni. Est-ce qu'il est important ?

— Pas vraiment. Mais vas-y quand même.

— OK. "Le Massachusetts se trouve loin de New York." J'ai mis du temps à la décoder, celle-là. Je n'arrivais à rien avec les distances entre les villes de l'État du Massachusetts et New York, mais ensuite je me suis souvenue d'un truc classique quand on utilise un moteur de recherche. Pour avoir l'expression exacte, il suffit de mettre des guillemets. Là, c'était facile. C'est un vers tiré d'une chanson, "Lizzie Borden", écrite par Michael Brown. Papy ? Lizzie Borden, c'était bien une célèbre meurtrière ?

— Beaucoup de gens le pensent, si tant est qu'un meurtrier puisse être célèbre.

— À ce moment-là, je me suis dit que toutes les

phrases devaient avoir un rapport avec des assassins, mais non. Puis j'ai deviné. Elles sont toutes tirées de vieux spectacles de Broadway. J'ai relevé d'autres détails, ne sachant pas ce que tu trouverais important ou pas et je t'ai fait un tableau. » Elle m'a tendu une feuille de papier.

LE TABLEAU D'EVAN

| CITATION | MORCEAU | SPECTACLE | COMPOSITEUR | CHANTEUR | DATES/NOTES |
|---|---|---|---|---|---|
| « *Le Massachusetts se trouve loin de New York.* » | « Lizzie Borden » | *New Faces* de Leonard Sillman, 1952 | Michael Brown | Ensemble | Royale Theatre, 16 mai 1952-28 mars 1953 |
| « Elle ira courir le marathon. » | « A Pretty Girl is Like a Melody » | *Ziegfeld Follies* de 1919 | Irving Berlin | John Steel (ténor) | Première le 16 juin 1919, New Amsterdam Theatre, 16 juin-6 déc. 1919* |
| « Tu ne fais même pas la différence entre un obstacle et un green. » | « Mr Gallagher and Mr Shean » | *Ziegfeld Follies* de 1922 | Musique : Al Shean Paroles : Ed Gallagher et Bryan Foy (non crédité) | Gallagher et Shean (duo comique) | New Amsterdam Theatre, 5 juin 1922-23 juin 1923** |
| « Impossible de lutter contre le froid, même avec du fric ! » | « The Cradle Will Rock » | *The Cradle Will Rock* | Marc Blitzstein | Howard DaSilva | Windsor Theatre, 3 janv. 1938 ; Mercury Theatre, 28 fév.-2 avril 1938*** |
| « Elle s'est trouvé un mari, mais pas le sien. » | « The Ballad of Jenny » | *Lady in the Dark* | Musique : Kurt Weill Paroles : Ogden Nash | Gertrude Lawrence | Alvin Theatre, 23 janv. 1941-30 mai 1942 |
| « Ce n'est pas le point culminant. » | « Come Up to My Place » | *On the Town* | Musique : Leonard Bernstein. Paroles : Betty Comden et Adolph Green | Nancy Walker | Adelphi Theatre, 28 déc. 1944-2 fév. 1946 |

* Suspendu pendant un mois à cause de la grève du syndicat des acteurs.
** Le duo avait déjà joué la chanson dans un spectacle de variétés.
*** Mis en scène par Orson Welles. Lors de la première représentation, les acteurs ne jouent pas sur scène, mais dans la salle.

« Très bon travail, Evan, très sérieux. Que penses-tu des chansons ? »

Elle a fait une grimace. « J'ai lu les paroles de la plupart. Dans le morceau de Gallagher et Shean, un personnage ne connaît pas le golf et son partenaire se moque de lui – alors qu'il croit, lui, que ça s'appelle du tennis sur gazon. Sérieux, les gens trouvaient ça drôle à l'époque, papy ?

— Il fallait y être, ai-je répondu en haussant les épaules.

— Bref, tu comptais me parler quand du Bourreau de Broadway ?

— Comment tu sais ça ? » J'étais abasourdi, mais elle m'a vite rappelé pourquoi je n'avais aucune raison de l'être.

« Tu crois vraiment que je pouvais chercher ces paroles sur Google et ne pas voir qu'elles étaient les indices dans une affaire de tueur en série ? La référence apparaît pour chaque résultat.

— Donc je suppose que tu en connais déjà tous les détails.

— Non, je voulais te rapporter la liste aujourd'hui et je me suis dit que tu pourrais m'en apprendre plus qu'Internet sur ces meurtres.

— Un compliment de prix. Bon, alors, voilà. » J'ai commencé par la description de la fête impromptue dans la suite de Danny Crenshaw. Ensuite, je lui ai brièvement raconté les autres assassinats.

« La deuxième victime s'appelait Monique Floret. Je ne l'ai pas connue. D'après ce qu'on disait, c'était une femme magnifique, mais une bien piètre actrice. Elle affectait parfois un accent français, alors qu'elle venait du New Jersey. D'ailleurs, je ne me souviens plus de son vrai nom. Bref, à Broadway, elle était surtout connue comme briseuse de couples.

— Bizarre comme loisir, s'est étonnée Evan. Tu crois que ça peut durer longtemps ?

— Dans le cas de Monique, assez, oui. Un soir, elle est allée danser au Savoy Ballroom à Harlem. Une chouette salle, Evan, très classe, où ont été inventées des danses comme le lindy hop et le jitterbug. Pendant un certain temps, c'était la seule boîte mixte de Harlem. Le Cotton Club recevait un public blanc, mais n'accueillait pas les Noirs à bras ouverts, sauf sur scène. Le Savoy, en revanche, acceptait tout le monde. Il y avait de la musique en permanence, deux scènes et deux big bands qui jouaient en alternance. Durant les années 1930 a eu lieu la fameuse « bataille des orchestres » entre celui de Chick Webb et celui de Benny Goodwin, orchestre blanc contre orchestre noir. Mais ils jouaient pour un public mélangé qui aimait la musique et se fichait de la couleur des musiciens, du moment qu'ils étaient bons.

— Donc, Monique a été assassinée au Savoy ? est intervenue Evan, qui, comme toujours, préférait entrer dans le vif du sujet rapidement.

— Non. C'était bien cette nuit-là, mais plus tard. De nombreux témoins l'ont vue danser, mais ils ignoraient si elle était accompagnée en repartant ou si elle était seule ce qui, la connaissant, semble improbable.

On a dit qu'elle s'était suicidée en se jetant sous un métro. Mais, le même jour, avant sa mort donc, les petites annonces publiaient le message suivant : "ELLE S'EST TROUVÉ UN MARI, MAIS PAS LE SIEN." Ceux qui l'ont lu ont cru à une campagne de pub. Créative et subtile. Personne n'a évoqué l'idée d'un meurtre, encore moins la police.

— Et le troisième ? s'est alors enquis Evan.

— Xavier Esterhazy, metteur en scène à la mode, célèbre pour la promotion canapé qu'il pratiquait à grande échelle avec des aspirants à la célébrité. Des deux sexes, d'ailleurs. Une sorte d'image miroir de Monique Floret. Il s'était fait un tas d'ennemis et pas seulement en raison de ses mœurs. On l'a retrouvé mort de froid dans une congère après le grand blizzard de Noël 1947. Dans son cas, l'annonce parue dans les quotidiens affirmait : "IMPOSSIBLE DE LUTTER CONTRE LE FROID, MÊME AVEC DU FRIC !"

— Il y a un laps de temps important entre chaque victime.

— Oui et la suivante meurt seulement à l'été 1949. Ned Spurlock, un producteur miteux. Il avait connu quelques petits succès, mais il était surtout réputé pour gagner de l'argent en survendant des parts dans les spectacles et en empochant la différence quand ils faisaient un flop.

— C'est possible ?

— Oui, mais idem : combien de temps cela pouvait-il durer ? On lui a tiré dessus alors que le bureau du procureur enquêtait déjà sur lui. Son corps a été retrouvé dans l'un de ces présentoirs à vêtements que j'avais l'habitude d'esquiver quand je traversais le Garment District. Cette fois, le meurtre paraissait évident, mais on n'a jamais récupéré l'arme du crime. Affaire classée. Et l'annonce ce jour-là : "ELLE IRA COURIR LE MARATHON."

— Pour les autres, je vois le rapport. Un golfeur nul, une voleuse de mari, et le mauvais temps pour la congère. Mais pour celui-là, quel est le lien ? Un lien avec le marathon de New York ? Ma copine Gwen a couru trois marathons à L.A. et voudrait le faire, mais sa mère l'en empêche. Est-ce qu'on a retrouvé son corps sur le trajet de la course ?

— Non. Le marathon de New York n'existe que depuis les années 1970. Mais l'un des flops lucratifs de Ned Spurlock était une comédie musicale qui se terminait loin de New York et s'appelait *Boston Marathon*.

— Et la police ne soupçonnait rien à l'époque ?

— En tout cas, elle n'a jamais admis qu'elle avait un tueur en série sur les bras. Mais un spécialiste des faits divers a fait le lien vers 1950. Il a publié un livre et a trouvé un bon surnom : le Bourreau de Broadway. Malheureusement, la moitié des détails sont faux. C'est un bouquin lamentable, ce qu'à Hollywood on aurait appelé une série Z, mais le surnom est resté et cette affaire apparaît toujours au chapitre des non résolues.

— Attends, papy. Et les deux citations qui manquent ?

— J'y viens. Mais, d'abord, il faut que je te raconte une autre visite chez Danny Crenshaw. »

Après cette histoire, chaque fois que j'allais rendre visite à Danny dans sa suite de l'Hotel McAlpin, on parlait de l'affaire. Fin 1951, le Bourreau de Broadway venait de faire un rappel et nous avons connu notre conciliabule post mortem sans doute le plus intéressant. Danny, toujours très occupé, bossait désormais pour la télévision. Il râlait sans cesse et prétendait que le direct à la télé conjuguait les pires défauts du théâtre et du cinéma. Pourtant, il en profitait bien.

« Seb, me dit-il, tu te souviens de la petite fiesta au moment du premier meurtre ? »

Sa femme – je ne sais plus laquelle – glissa la tête dans le salon. Elle s'appelait Suzy. Blonde, mignonne, à la mode des années 1950, une fille hilarante. En tout cas, de l'avis de Danny. « Hé, je peux me joindre à vous, les garçons ? J'adore parler de meurtres.

— D'accord, bébé, répondit-il. Mais c'est du sérieux.

— Je sais être sérieuse, promit-elle.

— J'ai une petite théorie au sujet de ces assassinats, reprit Danny. Tu te souviens des invités, Seb ?

— Oui, je crois.

— Tu es toujours en contact avec eux ?

— Non. C'est Rosey Patterson que je connaissais le mieux et ça fait des lustres que je ne l'ai pas vu.

— Rosey me rendait dingue, déclara Danny. Toute cette énergie, ça me tapait sur les nerfs. »

Je souris. Danny avait souvent le même effet sur ses interlocuteurs.

« Bref, ils sont toujours dans le coin. Rosey court moins dans tous les sens qu'avant, mais il a des clients très friqués. Elmer Belasco a pris sa retraite, mais, à ma connaissance, il est en parfaite santé. Son fils Arthur a fini par écouter les conseils de son père et a renoncé à la comédie. Il est passé en coulisses. Aux dernières nouvelles, il bosse sur la préparation d'un spectacle de cabaret avec de jeunes inconnus. Jerry Cordova travaille pour un label musical et je le croise de temps en temps à des soirées. Il fait toujours son numéro à la Gershwin. Quant à Mildred…

— Pauvre Mildred, soupira Suzy. Comment a-t-elle fait pour te supporter, je me le demande encore.

— Vous la connaissez ? m'enquis-je.

— Évidemment, répondit Suzy. On se retrouve à l'occasion pour déjeuner et échanger des potins. Parfois, on se dit que toutes les ex-femmes de Danny devraient se réunir. Elles élargiraient leur horizon. On est combien maintenant, Danny ?

— Tu n'es pas mon ex, poupée. Tu ne le seras jamais.

— Et Mildred, elle devient quoi ? l'interrompis-je.

— Elle est devenue philanthrope, ironisa Danny. Son nouveau mari pourrait acheter et revendre ma boîte une bonne centaine de fois. Mais attends, j'en arrive aux faits. Souviens-toi, on parlait de la mort d'Anselm et quelqu'un a évoqué à quel point il jouait mal au golf. La première annonce a été publiée le lendemain de cette conversation. Ensuite, il y a eu trois meurtres supplémentaires et trois messages. Et chaque fois, l'annonce paraissait juste après le crime, pas deux jours plus tard. Donc, elles devaient être envoyées avant... Qu'est-ce que tu en conclus, Seb ? »

Je pressentais où il voulait en venir, mais je préférais l'entendre le dire. « Je ne sais pas. D'après toi ?

— Les meurtres du Bourreau de Broadway ont été imaginés ici même. Voilà. J'ignore qui a tué Anselm. Peut-être un ennemi à lui. Peut-être que c'est bien un vol qui a mal tourné. Mais quelqu'un, lors de cette soirée, a eu l'idée d'assassiner, pour la bonne cause, des salauds œuvrant dans la grande famille du théâtre. Il a placé les annonces dans les journaux, qu'il soit l'auteur du crime originel ou non, et a continué dans la même veine. Et apparemment, il s'est fait plaisir. Quelqu'un, dans cette suite, ce jour-là, a recyclé cette idée et l'a faite sienne. Peut-être Jerry. Ou Elmer. Ou Arthur. Ou Rosey. » Il se mit à sourire. « Peut-être moi. Ou toi. Ou Mildred.

— Non, pas Mildred, intervint Suzy. Elle t'aurait tué, toi.

— Oui, sûrement. » Danny semblait obsédé par cette affaire. Il s'était même mis en tête de vérifier les alibis de tous les suspects présents chez lui. Comment s'y était-il pris, je n'en sais rien. Mais sa théorie ne tenait pas la route : d'après ses propres renseignements, personne n'avait pu commettre les assassinats. Elmer et Rosey se trouvaient à l'étranger au moment du meurtre de Floret. Difficile de voir comment Mildred aurait pu liquider Esterhazy et, de toute façon, je ne l'imaginais pas dans le rôle d'un tueur en série. Arthur séjournait à Londres quand Esterhazy est mort. Jerry travaillait en Floride lorsque Spurlock a passé l'arme à gauche. Quant à moi, je n'avais pas quitté Hollywood. Danny n'évoqua pas ses alibis. Pendant un instant, je me demandai s'il n'allait pas avouer. Non. Raté.

Danny prenait son activité de détective très au sérieux. Pas moi. Je doutais même de l'existence du Bourreau de Broadway. Pourtant, qu'un opportuniste puisse avoir placé des annonces si pertinentes avant les faits me laissait pantois. À moins qu'il ait eu des pouvoirs de divination.

Ce jour-là, peut-être au moment où nous échafaudions nos théories, le Bourreau exécutait sa cinquième victime à Cape Cod. Justin Gentry, un acteur vieillissant, jadis idolâtré par les femmes, particulièrement connu pour réussir à faire virer tous ceux – comédiens, machinistes, metteurs en scène, costumières et autres – qu'il avait dans le nez. Il avait même essayé de mettre à la porte l'auteur de l'une de ses pièces. Mort dans un accident de bateau. Mais alors que signifiait l'annonce parue dans le journal : « LE MASSACHUSETTS SE TROUVE LOIN DE NEW YORK » ?

« Ainsi, dis-je à Evan, s'est achevée la carrière du Bourreau de Broadway. D'après ce que j'en sais, en tout cas.

— Mais, ce n'est pas fini. Et la dernière ? "Ce n'est pas le point culminant." Qui est mort sur ce morceau ?

— Pour autant que je sache, personne.

— Mais pourquoi tu l'as mis sur la liste, alors ?

— Parce qu'il reste un détail. »

Danny ne faisait plus de théâtre, mais continuait un peu à la télé, lorsqu'il disparut en 1978. Au même moment, des investisseurs transformaient son hôtel préféré, le McAlpin, en immeuble de rapport. Au moins, il ne verrait pas, une dizaine d'années plus tard, le Marine Grill détruit pour être remplacé par un magasin Gap. Lors de l'une de nos dernières conversations, Danny remarqua que Ned Spurlock pouvait avoir inspiré le personnage de Max Bialystock dans le film de Mel Brooks *Les Producteurs*. Avec un Bialystock plus drôle et moins malveillant que l'original. Danny ne vécut pas assez longtemps pour voir la comédie musicale avec Nathan Lane, mais il avait apprécié la performance de Zero Mostel au cinéma.

La vie continua et, pendant des années, le Bourreau de Broadway me sortit de la tête. Ma vie était un tourbillon. J'étais plus actif à quatre-vingts balais qu'à soixante-dix. Il y a deux ans, j'étais centenaire et je coulais des jours heureux à Plantain Point. Je me suis remis à penser à notre fascination commune pour ces meurtres. Je songeai alors à engager un détective pour les résoudre. En guise d'exercice purement intellectuel, bien entendu. Et c'est ce que j'ai fait, en quelque sorte.

J'ai rassemblé des indices qui m'ont permis d'élaborer une théorie bancale, mais que je trouvais plutôt convaincante. En revanche, je n'aurais persuadé personne et elle n'aurait pas tenu trois secondes devant un tribunal. En outre, tous mes suspects de cette antédiluvienne soirée new-yorkaise étaient morts. Quoique. Pas vraiment. Arthur Belasco, le fils d'Elmer, avait eu une belle carrière en tant que producteur à Broadway – honnête, devrais-je ajouter – dans le dernier quart de mon siècle. Il était toujours actif, toujours vigoureux – pourquoi un jeunot de quatre-vingts ans ne le serait-il pas ? – et il était venu en Californie pour faire la promotion de ses Mémoires récemment publiés. À Plantain Point, de nombreux pensionnaires appartenaient au showbiz et j'ai proposé à notre juvénile et dynamique directrice des animations, qui cherchait sans cesse une échappatoire à ses responsabilités gériatriques, de contacter l'équipe d'Arthur. Peut-être pourrait-il nous rendre visite lors de son séjour californien, faire une petite causerie, vendre et dédicacer quelques livres. Quand j'ai appris qu'il était arrivé à l'hôtel, je l'ai appelé pour l'inviter.

Certaines personnes changent moins que les autres avec les années et, malgré les rides, je reconnaissais le gamin effronté âgé de vingt-deux ans que j'avais rencontré en 1946. Il s'est souvenu de moi, lui aussi, alors que nous ne nous étions jamais revus. Il a jeté un œil sur toutes les babioles du showbiz qui décoraient mon salon, me confiant qu'elles lui rappelaient tant de choses. Toutefois, en sirotant un verre de Rémy Martin XO, c'est un souvenir précis que je voulais lui remémorer.

Lorsqu'il a remarqué une photo dédicacée de Danny Crenshaw dans ma galerie des canailles, j'ai lancé, l'air de rien : « Je suis sûr que tu te souviens de la petite soirée chez Danny, en 1946 ?

— Comme si c'était hier. À l'Hotel McAlpin. Devenu les Herald Towers maintenant. Ils ont arraché toutes les fresques extraordinaires du restaurant. Elles décorent une station de métro désormais. On peut pas lutter contre le progrès, pas vrai ?

— Si, mais il n'est pas dit qu'on puisse gagner. Tu as parlé de cette soirée dans tes Mémoires ?

— Non, il n'y avait rien d'assez croustillant. Alors, la scène a disparu au montage, comme vous dites à Hollywood. On l'avait évoquée, pourtant, avec ma fille Eleanor. Elle m'a aidé à écrire le bouquin et je m'en souvenais tellement bien que j'avais pu la reconstituer presque mot pour mot et l'enregistrer. Il ne manquait rien.

— Si mes souvenirs sont exacts, Eleanor était bébé à cette époque. Elle a repris le flambeau alors ?

— Mieux que ça. Elle est meilleure actrice que moi, comme mon père me le rappelait constamment. Elle fait de la télé, du théâtre, des films.

— Au sujet de la soirée chez Danny : je sais que tu as une excellente mémoire, mais je doute que tu te souviennes de toutes tes conversations et de toutes les fêtes auxquelles tu as participé depuis la Seconde Guerre mondiale.

— Non, mais celle-là était inoubliable. Notamment la discussion entre Danny, sa femme et Jerry Cordova au sujet du morceau de Gershwin. Cette scène a beaucoup plu à Eleanor.

— Tu crois qu'Eleanor ou toi, vous pourriez m'envoyer une transcription de tes notes ? J'en aurais besoin.

— Bien sûr. Avec plaisir. Mais pourquoi, Seb ?

— Parce que je pense que c'est le moment où ton père et toi avez imaginé les meurtres du Bourreau de Broadway. »

Arthur Belasco a écarquillé les yeux, puis froncé les sourcils. Il a regardé tout autour de lui, comme un animal traqué. Puis il s'est mis à ânonner, la voix lourde de menaces. « Seb, j'ignore ce que tu sais ou ce que tu crois savoir. Mais si tu espères sortir vivant de cette entrevue, on va devoir trouver un arrangement. » Il a porté la main à la bosse qui déformait la poche de sa veste.

« Tu ne t'en tireras pas comme ça ! ai-je répliqué. Tu ne vas pas me descendre chez moi.

— Il y a d'autres méthodes, lança-t-il et une lueur de folie embrasa ses yeux. Je sais de quoi je parle, n'est-ce pas ? »

J'ai essayé de garder mon sérieux le plus longtemps possible. Avant d'éclater de rire. « Ton père avait raison. Tu es vraiment un mauvais acteur. »

Il s'est esclaffé à son tour et a sorti une pipe de sa poche. « Tu m'as cru un peu, quand même ?

— Une seconde, peut-être, ai-je consenti.

— Moi aussi, je t'ai cru une seconde. J'ai entendu parler des théories loufoques de Danny. Il était peut-être sur quelque chose. Mais mon père et moi ? Des meurtriers ? Plutôt tiré par les cheveux, non ? En tout cas, je suis heureux que tu n'y croies pas vraiment.

— Oh, mais si, répliquai-je. Arthur, toi et moi n'ignorons pas qu'après toutes ces années, les chances de te faire inculper pour une série d'assassinats dont la police n'admet même pas l'existence sont proches de zéro. Et je ne peux fournir aucune preuve devant une cour de justice. On sait aussi que, quoi que je dise, tu n'as rien à craindre de moi et que tu n'as aucune raison de sortir ton flingue et de me descendre en ce bel après-midi. Mais je serais ravi que, entre nous, tu reconnaisses ta culpabilité et que tu me dises comment tu as fait.

— Tu as du cran, a-t-il rétorqué en prenant toujours mes paroles à la plaisanterie. D'abord, donne-moi tes preuves.

— OK, alors voilà. Primo, les chansons. Deux d'entre elles apparaissent dans des productions des *Ziegfeld Follies* et on sait que ton père travaillait pour Ziegfeld à cette époque.

— Ouais. Et donc ?

— Attends... La plupart des morceaux, sauf celui d'Irving Berlin, ont été composés par des mélodistes peu connus de Broadway. Ni Gershwin, ni Porter, ni

Rodgers, ni Kern. Mais Shean, Blitzstein et Brown. Pourtant, une des chansons est signée Kurt Weill et, selon ton père, il s'agissait du plus grand auteur de Broadway.

— Philo Vance comme Charlie Chan aurait rejeté cet argument dans un roman.

— D'accord. Mais prenons la question des alibis. Elmer n'aurait pas pu commettre tous les meurtres. Toi non plus. Mais *à vous deux*, vous auriez pu. Elmer et toi, vous passiez votre temps à plaisanter sur le passage du flambeau familial. Il t'a peut-être demandé également de participer à son petit projet ?

— Oh, s'il avait été un tueur en série, probablement. Il était très famille, mon père. Tu as autre chose ?

— L'indice au sujet de Ned Spurlock, le marathon. Le rapport n'est pas aussi évident que les autres. Mais Ned Spurlock et Elmer Belasco ont travaillé tous deux sur une comédie musicale qui a fait un flop. Elle s'appelait *Boston Marathon*.

— Je m'en souviens. D'ailleurs, elle n'a pas été plus loin que Boston.

— Elmer avait peut-être été victime de Ned ?

— C'est vrai, il le haïssait. Mais ça reste un peu léger.

— Et ça le restera, mais je t'ai gardé le meilleur pour la fin. Le vers à propos du Massachusetts et de New York est extrait de *New Faces*, spectacle monté en 1952, consacré aux nouveaux talents de cette année-là, dont la première a eu lieu en mai. Fin 1951, lorsque Justin Gentry a été assassiné, tu travaillais sur un spectacle de cabaret censé révéler de nouveaux talents. Ça n'était pas *New Faces*, par hasard ?

— Si. Je suis très fier d'avoir participé à cette production. Quelle distribution incroyable ! Paul Lynde, Eartha Kitt, Carol Lawrence, Alice Ghostley, Mel Brooks. Mais où veux-tu en venir ?

— Un peu de patience… Avant la première, au stade des répétitions, qui pouvait connaître les paroles de cette chanson sur Lizzie Borden à part quelqu'un qui bossait sur ce spectacle ? Celui qui a passé le message annonçant le meurtre de Spurlock devait travailler sur cette production, avant la première.

— Pas mal, Seb, je dois l'admettre. Mais tu brasses de l'air. Sais-tu pendant combien de temps ce morceau est resté en gestation avant la première ? L'auteur le chantait peut-être depuis des années à des soirées de Broadway. Même Jerry Cordova aurait pu la jouer, à ce que je sache.

— D'accord, c'est pure spéculation, mais je n'essaie pas de convaincre un jury. Je cherche seulement à satisfaire ma propre curiosité. Alors, pourquoi ne veux-tu pas admettre que c'est toi ? Toi et ton père ? »

Arthur secoua la tête. « Navré de te décevoir, Seb. Chouette théorie. Rosey Patterson l'aurait adorée. Mais mon père et moi ne sommes pas les assassins ». Après un silence, il ajouta avec un sourire narquois : « On aurait pu le faire, pourtant. Et ça n'aurait pas été un crime, mais un service rendu à la nation. Tu te souviens du bouquin d'O. J. Simpson ?

— Quand il dit qu'il n'a pas tué sa femme, mais explique que, s'il avait été coupable, il aurait procédé comme le meurtrier ?

— Exactement. Pour le plaisir, je vais puiser dans mon imagination et te la jouer à la O. J. Simpson.

— Commençons par Claude Anselm.

— Papa aurait agi seul. Si tant est qu'il fasse partie de la série et que ce ne soit pas un *braquage* qui a mal tourné, comme tout le monde le pense. Papa ne pouvait pas blairer Anselm. Il avait travaillé avec lui, savait comment il fonctionnait. Il aurait pu le suivre, le tuer et quitter les lieux du crime sans être soupçonné. Mais mettons que je l'aie appris. Peut-être que je l'ai vu juste après l'assassinat, que j'ai remarqué quelque chose qui m'a convaincu de sa culpabilité. Peut-être qu'il se débarrassait d'une arme. Disons… un club de golf ensanglanté. Donc, je le force à avouer et il me persuade de garder le secret. Naturellement, ça ne me pose aucun problème moral. Et puis, le petit discours de Rosey nous inspire. Papa l'a déjà fait. Pourquoi ne pas recommencer, surtout si je lui viens en aide ? Le lendemain, on passe le message sur Anselm et le golf. Pas difficile de placer des annonces anonymes en ce temps-là. Ensuite, on se lance un défi plus complexe. On prédit le meurtre dans les journaux avant de le commettre. Peut-être avais-je envie de montrer réellement à papa que j'étais un vrai acteur. Que je pouvais jouer à effrayer quelqu'un, le tuer sans remords, et couvrir mes traces. Hé, chouette histoire ! J'aurais aimé incarner un tel personnage. Voyons, qui est le suivant ?

— Monique Floret.

— Ah, oui, cette garce. Je me serais débrouillé seul. J'aurais modifié mon apparence pour ne pas être reconnu. Facile pour un acteur. “Même un mauvais”, aurait dit papa. Grimé en Noir ? Non, je n'aurais pas pris ce risque à Harlem. Mais une moustache, une autre coupe de cheveux, une touche de gris pour me vieillir. J'aurais été au Savoy, j'aurais dansé avec elle sur la musique des différents orchestres…

— Comment aurais-tu su qu'elle se trouvait au Savoy ?

— J'aurais pris rendez-vous avec elle par téléphone en utilisant un pseudo, j'aurais balancé quelques noms de célébrités pour qu'elle me prenne pour un gars du métier, j'aurais prétendu pouvoir faire évoluer sa carrière ou quelque chose du genre et j'aurais glissé que ma femme ne me comprenait pas. Monique n'aurait pas résisté. Elle a essayé de piéger mon père une fois. Tu le savais, non ? Ma mère en serait morte, mais il s'en est tiré avant que ça ne dégénère. Alors, on serait partis tous les deux du Savoy, on aurait marché, le temps que je trouve la bonne occasion, et j'aurais fini par la pousser sous le métro.

— Pas très discret à cette heure de la nuit. Ça paraît risqué.

— Une fois embarqués dans ce plan, tu crois qu'on se serait inquiétés des risques ? De toute façon, s'il y avait eu du monde, j'aurais pu agir plus tard. Il fallait que je le fasse cette nuit-là, tu sais. L'annonce allait passer. On ne paie pas la publicité d'un spectacle pour l'annuler.

— Esterhazy ?

— Papa s'en serait occupé. Je n'étais pas en ville à ce moment-là. Esterhazy adorait les récits d'espionnage. Papa l'aurait appelé, lui aurait donné un rendez-vous secret dans la chambre miteuse d'un hôtel borgne et il serait arrivé en moins de deux, sans prévenir personne. J'ai appris à utiliser certains médicaments pendant mes brèves études de médecine – une compétence bien pratique lorsqu'il s'agit de faire croire à une mort naturelle. J'aurais participé au meurtre en expliquant à papa comment procéder. Il l'aurait drogué, l'aurait transporté par la sortie de secours et enterré dans la neige avant qu'il ne se réveille. Cause du décès : hypothermie.

— Trop dur pour un homme de l'âge de ton père.

— Seb, souviens-toi combien il était costaud. Et Esterhazy avait la taille d'un jockey.

— Et pour Spurlock ?

— C'est plus compliqué, hein ? Tué avec une arme à feu, qu'on n'a jamais retrouvée, les flics savaient qu'il s'agissait d'un meurtre. Bon sang, comment s'y serait-on pris ?

— Alors, tu sèches ?

— Non, non, une minute. Marrant, pas vrai ? Pour Spurlock, on aurait agi ensemble. Encore une fois, papa aurait pu arranger un rendez-vous secret, peut-être dans un hôtel, près du Garment District.

— Le McAlpin ?

— Le geste aurait eu du panache, je l'admets, mais on aurait plutôt choisi bas de gamme, moins clinquant. Voyons voir… J'achète un présentoir et je le remplis de manteaux longs afin de pouvoir y cacher le corps. Je le camoufle derrière l'hôtel près des poubelles. Entre-temps, papa se charge de buter Spurlock, le fait descendre par un escalier de service et m'aide à planquer le cadavre. On aurait essayé de le pendre au portant, mais ça n'aurait sans doute pas marché. Quiconque aurait poussé les vêtements aurait remarqué la différence de poids, donc il fallait que le meurtrier et son complice s'en occupent. Les présentoirs pullulent dans le quartier, alors on serait passés aussi inaperçus que l'Homme invisible de Chesterton. Donc je l'ai déplacé, j'ai cherché un endroit où je pourrais disparaître vite fait et j'ai abandonné le portant pour que les flics le trouvent et se mettent à cogiter. Papa n'aurait eu aucun mal à se débarrasser du flingue.

— Ce qui nous laisse Gentry. »

Arthur me gratifia cette fois d'un grand sourire narquois. « Il te faudrait une séance de spiritisme pour ce meurtre-là. Je n'étais pas dans le coin. Donc mon père a dû s'en charger seul. Disons juste que c'était un marin expérimenté, encore affûté, malgré son grand âge. Il aurait pu trouver une solution. Voilà, tu as toutes tes réponses. C'est ce que nous aurions fait… si nous étions coupables.

— Mais vous ne l'êtes pas.

— Bien sûr que non.

— Alors, maintenant, toujours théoriquement, si vous aviez commis tous ces crimes, avec autant de succès, sans être soupçonnés, pourquoi vous arrêter en si bon chemin ?

— Bon sang, mais je n'en sais rien. Peut-être en avions-nous préparé davantage qui n'ont pas abouti. J'imagine qu'il y en a plusieurs que nous n'avons pas réussi à commettre en toute sécurité.

— Sécurité pour qui ?

— Pour les innocents. Nous, nous n'avons jamais été en sécurité. Et c'est aussi ce qui nous excitait. On aurait voulu en faire un dernier en hommage à Danny, dont la soirée avait inspiré cette vague de crimes. Quelle meilleure idée que de balancer une de ces ordures du haut de l'Empire State Building pour qu'il s'écrase tout en bas ? Difficile à mettre au point cependant, et notre victime aurait pu emporter un piéton avec elle. Ce qui aurait fait de nous des meurtriers et non des bienfaiteurs publics, n'est-ce pas ? Mais si nous avions réussi à programmer le crime de l'Empire State Building, nous aurions préparé une excellente annonce, tirée de *On the Town*. Quand le marin, pendant sa permission de vingt-quatre heures à terre, lit dans son vieux guide touristique que c'est à la Woolworth Tower qu'on a la meilleure vue sur la ville et que la chauffeuse de taxi lui fait remarquer : "Ce n'est pas le point culminant."

— Si tout s'était déroulé ainsi, tu crois qu'on aurait pu vous démasquer ?

— Ni les flics ni aucun journaliste spécialisé en faits divers, c'est certain.

— Et quelqu'un de plus proche ? Ta fille Eleanor. C'est une personnalité de Broadway, après tout.

— Elle a joué les jeunes ingénues, les femmes fatales, puis les mères avant d'incarner des vieilles. Elle connaît toute l'étendue de notre duplicité. Pas mal ce mot "duplicité", comme dans *La Chatte sur un toit brûlant*. Ça ne l'aurait pas choquée et elle ne nous aurait pas dénoncés. Si tout ça s'était produit, entendons-nous. Veux-tu me servir un autre verre de brandy, s'il te plaît, Seb ? »

Nous nous sommes séparés en bons termes ce jour-là. Arthur avait-il indirectement avoué les meurtres du Bourreau de Broadway ou n'était-ce qu'un jeu pratiqué par deux vieilles canailles pour passer le temps ? Arthur est mort depuis. Il me semblait si bien portant, si vigoureux ce jour-là à Plantain Point. Aucun des invités de Danny n'est encore en vie. À part moi.

Mais si toute cette histoire n'a fait que permettre de créer un lien entre mon arrière-petite-fille préférée et moi… tant mieux. Evan s'est intéressée à la musique qu'on jouait bien avant sa naissance, écoutait les albums des interprètes originaux sur l'appareil moderne qu'elle trimballait sans cesse, elle est devenue plus curieuse et s'est mis à apprécier les big bands, le swing, le jazz. C'est ce que j'avais espéré lorsque je lui avais demandé d'enquêter sur ces vieilles rengaines.

Et un matin, dans l'un de ces quotidiens imprimés de moins en moins lus, j'ai vu la notice nécrologique d'un banquier de Wall Street, Edgerton Makepeace. Il avait les mains couvertes de sang depuis la crise, mais, évidemment, il n'avait jamais été inquiété. Il ne boxait pas dans la même catégorie que Bernie Madoff, mais pas loin. Il avait financé des productions à Broadway, mais surtout, des gens du spectacle avaient perdu un paquet de fric à cause de lui. Bref, il était mort noyé dans l'East River lors d'une visite de South Street Seaport, une sorte de parc d'attractions centré sur l'histoire nautique du XIX^e^ siècle qui disposait d'une flotte de vieux navires. Une idée m'a traversé l'esprit : le retour du Bourreau, nouvelle génération. La fille d'Arthur Belasco qui l'avait aidé à rédiger ses Mémoires, Eleanor. Peut-être avec un complice. Mais, très vite, j'ai écarté ce soupçon.

Pourtant, le même jour, Evan est passée me voir. Elle était particulièrement excitée.

« Papy ! C'est devenu viral ; ça a été twitté et retwitté à fond…

— Traduction, s'il te plaît ?

— C'est partout sur Internet et personne ne sait d'où ça vient.

— Quoi ?

— "ON SE FICHE QUE LES BANQUES FASSENT FAILLITE À YONKERS !" »

Deux romans de Jon L. Breen ont été finalistes du Gold Dagger Award. Il est aussi l'auteur de plus de cent nouvelles. Il a notamment publié *The Threat of Nostalgia and Other Stories*. Critique et éditorialiste pour *Ellery Queen's Mystery Magazine* et *Mystery Scene*, il a remporté deux Edgar Awards pour ses essais. Habitant en Californie du Sud, il adore néanmoins New York.

CHELSEA

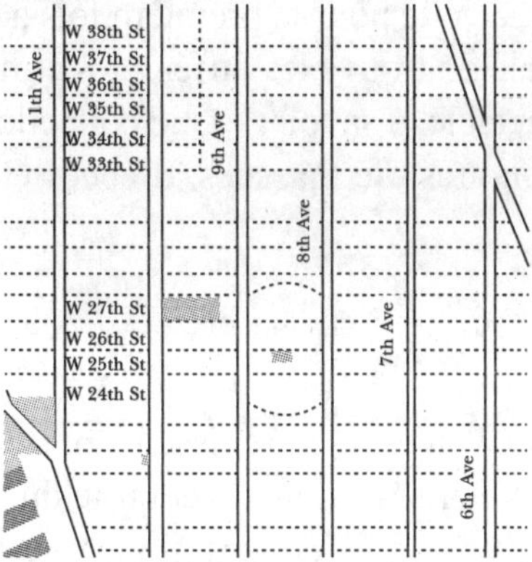


# Piégé ! (mystère en un acte)

*Ben H. Winters*

**DÉCOR**

Studio L : salle de répétition anonyme dans un dédale de salles de répétition anonymes, connu sous le nom de Meyers-Pittman Studio Complex, situé au quinzième étage d'un grand immeuble quelconque de Chelsea, au bout d'une longue avenue, deux blocs au sud du bureau de l'autorité portuaire. Des miroirs sur tous les murs ; bande adhésive au sol ; tables et chaises rassemblées pour représenter l'emplacement du mobilier sur le vrai plateau.

En avant de la scène à droite, la table des accessoires

et toutes sortes d'armes. On répète le polar d'Ira Levin *Piège mortel*, joué pour la première fois à Broadway, et sur la table on trouve les différentes armes requises pour le spectacle, à savoir: « Une collection de pistolets, de menottes, de massues, d'épées et de haches d'armes. »

**PERSONNAGES**

PATRICK WOLFISH, le régisseur, porte des bottes noires, des vêtements noirs… et broie du noir. Assis, l'air mauvais, les bras croisés, il incarne ce mélange de maestria et de maladresse en société, apanage des techniciens.

ELSIE WOODRUFF, metteuse en scène, jeune, intelligente. Quand les autres parlent, elle opine, fronce les sourcils, elle semble jauger leurs idées sur une échelle allant de une à quatre étoiles. Et lorsque c'est elle qui parle, elle fait de grands gestes, comme si elle devait constamment diriger tout et tout le monde.

LEWIS CANNON, la cinquantaine, incarne Sidney Bruhl. Porte des lunettes de soleil à l'intérieur et une cigarette derrière l'oreille. Il parle lentement, avec une autosatisfaction égocentrique qui siérait mieux à une star beaucoup plus importante que lui.

MARCUS VOWELL, le jeune et bel acteur jouant le jeune et bel auteur Clifford Anderson. Théâtral, même pour un acteur de théâtre. Plutôt viril, bras musclés, mâchoire carrée, mais très maniéré. Absolument délicieux… pendant trente secondes.

LIEUTENANTE MA WONG, officie dans les rangs de la brigade criminelle du New York City Police Department. Son approche rationnelle contraste radicalement avec le n'importe quoi qui l'entoure.

## PIÉGÉ !

*Le rideau se lève sur la LIEUTENANTE WONG, debout, l'air pensif, près de la table des accessoires. Elle tourne une page de son carnet. Peu après, une deuxième rampe de lumières s'allume, à l'arrière-scène, et éclaire PATRICK WOLFISH, assis sur une chaise. Ses bras ostensiblement croisés expriment son irritation, son mécontentement. Dialogue très impressionniste, comme si tous deux s'adressaient directement au public.*

WONG : « Piège mortel. » C'est une pièce ?

PATRICK : Oui. C'est une pièce. Sur un meurtre. En fait, c'est une pièce sur une pièce sur un meurtre. « Un jeune auteur envoie sa première pièce à un auteur plus âgé qui a dirigé un atelier auquel le jeune auteur a assisté. » C'est la description de la pièce dans la pièce, mais elle apparaît de la même façon dans la pièce. Les deux s'appellent *Piège mortel*. Mise en abyme. Le rebondissement – en réalité, le premier rebondissement…

WONG (*lève une main*) : Je voulais juste confirmer qu'il s'agit bien d'une pièce de théâtre.

PATRICK : Oui. C'est une pièce.

WONG : Ce qui explique donc les armes.

PATRICK : Oui. C'est dans les indications scéniques.

« La pièce est décorée de fausses fenêtres en carton et d'une collection de pistolets, menottes, masses, épées et haches d'armes. »

WONG : Vous pouvez citer entièrement la pièce ?

PATRICK : C'est mon boulot.

WONG : Vous êtes le régisseur ?

PATRICK : Oui. C'est mon boulot de connaître le texte. Et aussi d'organiser et de gérer les répétitions, d'assurer un environnement de travail à la fois sécurisé et productif, de…

WONG (*lève une main*) : Je voulais juste confirmer que vous étiez le régisseur.

PATRICK : Oui.

WONG : Et vous avez déjà travaillé avec le producteur Otto Klein par le passé ?

PATRICK : Neuf spectacles au compteur.

WONG : Il n'y en aura pas d'autres. Mr Klein a été battu à mort, vous vous rappelez, Mr Wolfish ? Son corps a été retrouvé ce matin coincé entre le distributeur de friandises et… (*Elle se réfère à ses notes.*) le distributeur de boissons Dr Pepper.

PATRICK : Exact. Oui. Je sais.

(*WONG fouille dans sa poche et en extrait un portable.*)

WONG : Et vous savez ce que c'est ?

PATRICK : Un portable.

WONG : Le téléphone de Mr Klein. Voulez-vous lire ce message, s'il vous plaît ?

(*Elle soulève l'appareil à hauteur d'yeux ; PATRICK se penche pour déchiffrer l'écran minuscule.*)

PATRICK : Mais… Mais je n'ai pas envoyé ça. Pourquoi j'aurais envoyé ça ?

WONG : Je me pose exactement la même question.

PATRICK : Je ne l'ai pas envoyé. Sérieux. J'ai perdu mon portable hier.

WONG : Où ?

PATRICK : Ici. Pendant la répète !

WONG : Bien. Donc quelqu'un, avec votre téléphone, a envoyé un texto à Mr Klein lui demandant d'arriver une heure plus tôt ce matin. C'est ce qu'il a fait et ce quelqu'un l'a tabassé avant de déposer son cadavre derrière le distributeur de Dr Pepper. Mais ce n'est pas vous, parce que (*vérifie ses notes de manière ostentatoire*) vous avez perdu votre téléphone. Hier.

PATRICK (*se lève*) : Oui. Oui ! Enfin, manifestement je ne l'ai pas *perdu*. Manifestement, on me l'a volé. Le meurtrier !

WONG : Voulez-vous vous asseoir, s'il vous plaît ?

PATRICK (*toujours debout*) : Demandez à mon mari. Demandez à Peter ! Quand je suis rentré chez moi après la répétition, hier soir, j'ai fouillé partout pour retrouver mon foutu téléphone. Demandez-le-lui !

WONG : Très bonne idée. Où est-il en ce moment ?

PATRICK : En ce moment ? Il travaille. Il est acteur.

WONG : Il répète ?

PATRICK : Non, non. Il ne… il ne joue pas dans un spectacle en ce moment. Il avait un plan pour *Honeymoon in Vegas*, malheureusement le chorégraphe le déteste.

WONG : Alors, où est-il ?

PATRICK : Il joue dans le métro. Il chante du Gilbert et Sullivan.

WONG : D'accord. Je vais envoyer quelqu'un le chercher et on pourra régler cette histoire. (*Elle sort son téléphone et passe un coup de fil.*)

PATRICK : Écoutez, lieutenant. Lieutenant. Je n'ai tué personne.

WONG : En ce cas, vous êtes libre de partir.

PATRICK : C'est vrai ?

WONG : Asseyez-vous, s'il vous plaît.

*Les lumières baissent sur PATRICK qui s'assied à contre-cœur, mais continuent d'illuminer WONG qui, après avoir murmuré ses instructions au téléphone, tourne son attention vers l'arrière-scène, à gauche, où des projecteurs trouvent MARCUS VOWELL, très agité, sur les nerfs.*

MARCUS : Je peux… je peux… non, mais, je *ne peux pas* y croire. Mort ? Klein est *mort* ? Il ne peut *pas* être mort. Je veux dire, j'ai l'impression qu'il est là, en ce moment même.

WONG : En réalité, Mr Vowell, nous attendons toujours la camionnette du coroner. Mr Klein est bien là, dehors, derrière le distributeur de boissons, si vous tenez à le voir.

MARCUS : Oh, mon Dieu, non merci. Je ne pourrais pas le supporter. C'est tellement, tellement triste, et tellement, tellement dérangeant. Je ne connais personne qui soit mort. Mon ami Rigoberto était gravement malade et il était *certain* d'avoir le cancer. Il nous a fait ses adieux, l'un après l'autre, et le docteur lui a dit qu'il s'agissait d'une indigestion et qu'il fallait davantage mâcher la nourriture. Il était moins une. Quelle frayeur.

WONG : Mr Vowell, qui était présent à la répétition hier ?

MARCUS : Hier, hier… Voyons voir. Nous avons répété la scène 2 de l'acte II. Une si belle scène. Sidney fait sa grande tirade, puis regarde Clifford et conclut : « Je n'ai plus rien à dire. À vous. » Alors Clifford, c'est moi, je joue Clifford – quel rôle ! –, je réponds : « J'espère que vous aurez pitié d'un si beau visage. » J'adore cette réplique. Je l'adore ! Quelle pièce !

WONG : Jamais vue.

MARCUS : Ah.

WONG : Je ne vais pas beaucoup au théâtre.

MARCUS : C'est dommage.

WONG : J'ai vu *Le Roi lion*.

MARCUS : Ah ! Quelle merveille ! Un chef-d'œuvre !

WONG : Hein ? Des lions ? Qui chantent ? Je n'ai pas accroché. Alors qui était présent à la répétition hier ?

MARCUS : Bien, bien, bien, bien. D'accord. Moi, évidemment, plus Lewis Cannon, il joue Sidney. Vous le connaissez.

WONG : Non.

MARCUS : OK, d'accord… C'est un acteur. Et puis Patrick Wolfish, bien entendu, c'est le régisseur. Et Elsie, qui met en scène, et Mr Klein. Le producteur n'a, de toute évidence, pas besoin d'assister aux répétitions, mais lui restait toujours. Vraiment toujours.

Et maintenant, il est mort – je n'arrive pas à y croire – c'est tellement, tellement…

WONG : Triste, oui, vous l'avez déjà dit. Marcus, avez-vous reçu ce message hier soir ?

(*Elle soulève le téléphone, comme précédemment.*)

MARCUS (*lit, surpris d'abord, puis horrifié*) : Non. Attendez – *attendez*. Oh, mon Dieu. Patrick a tué Klein ! Patrick l'a tué ! C'est tellement *dingo* ! Il l'a assassiné ? C'est le régisseur ? Mais pourquoi ?

WONG : Bonne question. Vous savez pourquoi Mr Wolfish aurait pu vouloir tuer Mr Klein ?

MARCUS : Non ! Klein était génial. Un homme merveilleux ! Merveilleux ! Tout le monde l'adorait. *Tout le monde.*

(*Les lumières baissent sur MARCUS qui sanglote et, sur l'avant-scène, à droite, nous découvrons ELSIE WOODRUFF.*)

ELSIE : Un monstre. Un vrai monstre. Si je devais faire une liste des personnes les plus détestables du monde, je commencerais par Klein, puis le type de l'église qui a manifesté aux obsèques de ce soldat parce que Dieu abomine les homosexuels. Ou peut-être que Bashar el-Assad serait le deuxième. Et le type de l'enterrement en troisième. Mais Klein serait, sans aucune hésitation, le premier.

WONG : Donc vous êtes heureuse qu'il soit mort, miss Woodruff ?

ELSIE : Je n'ai pas dit ça. La mort, c'est nul, quoi. Mais je ne retire rien. Rien. C'était un mauvais producteur et ce n'était pas quelqu'un de bien.

WONG : Pourquoi, alors, avez-vous choisi de travailler avec lui ?

ELSIE : Ah, lieutenant, vous avez déjà entendu parler de ce qu'on appelle le fric ? C'est tout fin, vert et vous en avez besoin pour acheter des choses. Je vis dans un appartement sans ascenseur de Williamsburg qui me coûte 2 000 dollars par mois. J'ai besoin de travailler. En outre, j'adore cette pièce. Klein était un crétin, mais une reprise *off* Broadway de *Piège mortel* est une idée en or. D'autres ne partagent pas cet avis.

WONG : Ah ? Et qui sont ces personnes ?

(*Les lumières s'éteignent sur ELSIE et s'allument sur PATRICK, qui grommelle.*)

PATRICK : Je n'ai jamais caché mon opinion. Reprendre *Piège mortel* est une erreur. C'est un des vieux coups de cœur de Klein, mais aucune chance qu'un public actuel s'y intéresse.

WONG : Et pourquoi ?

PATRICK : D'un, c'est daté. Copie carbone ? Machine à écrire électrique ? Téléphones fixes ?

WONG : Vous pensez que le public actuel ne sait pas ce qu'est un téléphone fixe ?

PATRICK : Si, évidemment. Mais ça date la pièce. Ça la rend étouffante, pesante. J'en ai parlé à Klein. Qu'on fasse quelque chose qui compte. Je lui ai dit, vous voulez faire un thriller ? Montons Martin McDonagh. Ou du Belber. Pourquoi pas Sarah Ruhl ? On avait qu'à monter *Hamlet*, bordel !

(*Lumières de nouveau sur ELSIE.*)

ELSIE (*lève les yeux au ciel*) : Parce qu'il pense que

les références ne sont pas datées dans *Hamlet* ? Les « viandes cuites pour les funérailles », lieutenant, vous en avez mangé quand la dernière fois ? Et vous avez souvent fait « sauter l'ingénieur avec son propre pétard » ?

WONG : Quoi ?

ELSIE : Vous voyez bien. Et, entre nous, ça ne m'étonne pas que Patrick l'ait tué.

WONG : Je ne l'ai pas accusé.

ELSIE : Quoi ?

WONG : Et *vous*, pensez-vous qu'un différend artistique constitue un mobile suffisant pour un meurtre, miss Woodruff ?

ELSIE : Non. (*Se sent soudain acculée.*) Pourquoi ?

WONG (*tourne une page de son carnet*) : Comment définiriez-vous votre relation de travail ?

ELSIE : Avec Klein ? Pourquoi ? Qu'est-ce qu'on vous a raconté ?

(*Les lumières s'éteignent sur ELSIE et s'allument sur LEWIS CANNON. Il regarde par-dessus ses lunettes de soleil, comme s'il partageait un grand secret.*)

LEWIS : Est-ce qu'ils s'entendaient bien ? Non, madame, ils ne s'entendaient pas bien. Certainement pas. J'en ai vu, des frictions sur les plateaux durant toutes ces années, mais, là, c'était le pompon. Vraiment le pompon.

WONG : Excusez-moi, un instant. Vous vous appelez bien Cannon, correct ?

LEWIS (*incrédule*) : Euh, oui ? C'est une plaisanterie, n'est-ce pas ? (*Observe WONG.*) Non ? Dingue. C'est embarrassant. Pour vous, évidemment. Embarrassant pour *vous*. Mais d'accord. C'est pas grave. Oui, je m'appelle Lewis Carlin Cannon. J'ai gagné des Obies. J'ai remporté des Drama Desk Awards. (*L'observe de nouveau.*) Vous n'en avez jamais entendu parler. J'en suis *horrifié*. Écoutez, trésor, l'année dernière je jouais Nicely-Nicely.

WONG : Qu'est-ce que c'est ?

LEWIS : *Blanches colombes et vilains messieurs* ? Repris par la compagnie Roundabout ? (*Se met à fredonner.*) « I got the horse right here… » Non ?

WONG : Je n'aime pas le théâtre.

LEWIS : Ah non ?

WONG : Quand je vois une pièce, je me dis que si les acteurs jouaient vraiment bien, ils passeraient à la télé.

LEWIS : Prudence, ma chérie. Dans le coin, c'est vous que quelqu'un pourrait bien avoir envie de tuer bientôt.

WONG : Bref. Vous m'avez dit que la relation de Mr Klein avec la metteuse en scène miss Woodruff était plutôt tendue.

LEWIS : Tendue. Ce n'est pas le mot. Je dirais brutale. C'était – laissez-moi vous raconter : une fois, je travaillais au Public avec Tony – Tony Kushner, bien sûr –, nous répétions et je lui donne quelques suggestions…

WONG : Excusez-moi. (*WONG décroche son téléphone.*) Allô ?

LEWIS : Et George – George C. Wolfe, bien sûr – s'énerve en raison de cet aparté et là, la situation *s'envenime*…

WONG : Excusez-moi, Mr Cannon, une seconde…

LEWIS : Et là Strichie arrive – Elaine Stritch, bien sûr, que j'appelais Strichie…

WONG : Maintenant, je vous demande de vous arrêter, merci.

(*WONG écoute son téléphone pendant un instant tandis que les lumières s'éteignent sur LEWIS et se posent sur PATRICK.*)

WONG : Mes hommes ont du mal à trouver votre mari. Pouvez-vous nous donner une description ?

PATRICK : Un mètre quatre-vingt-cinq, barbu, il chante « Pauvre petite bouton d'or » sur la ligne A. Je pense que vous allez réussir à le dénicher.

WONG : On fait de notre mieux, monsieur.

(*Les lumières s'éteignent sur PATRICK tandis que WONG se tourne vers ELSIE.*)

ELSIE : Notre relation n'était pas exécrable. Il avait une mauvaise influence, OK ? Et c'est tout.

WONG : Que voulez-vous dire par « mauvaise influence » ?

ELSIE : Quand il se trouvait là, tout se passait mal. Il se tenait derrière moi alors que j'essayais de diriger les acteurs, il faisait du bruit, il s'agitait. Les acteurs sont de petites choses. Fragiles. Il faut les guider avec douceur, comme des poneys. Je disais « C'est parfait, tu y es presque… » et Klein, derrière moi, tirait sur son cigare éteint et portait sur le système de tout le monde. Il sabotait ce spectacle. Mais quand une pièce fait un four, le producteur, lui, s'en sort et va en financer une autre. Mais le metteur en scène ? Le metteur en scène, c'est le capitaine. Et le capitaine coule avec le navire.

WONG : Donc, ça n'allait pas terrible, le spectacle ?

(*ELSIE ouvre la bouche pour répondre quand les lumières passent sur LEWIS.*)

LEWIS : Exact. Un désastre ! Raison pour laquelle j'ai essayé de m'éclipser.

WONG : Excusez-moi ?

LEWIS : Je n'ai jamais connu un tel fiasco et pourtant j'ai joué dans une comédie musicale qui s'appelait *Fiasco !* qui parlait d'un fiasco… et qui a fait un fiasco. Bien qu'Alan – Alan Cumming, bien sûr…

WONG : Mr Cannon ?

LEWIS : Alan avait apporté son éternelle joie de vivre dans son rôle. Sutton et lui…

WONG : Mr Cannon ? Que voulez-vous dire par vous « éclipser » ?

LEWIS : Ah. Rien. J'ai eu une nouvelle proposition. Une belle opportunité.

WONG : Et que voulez-vous dire par « essayé » ?

(*Les lumières se déplacent vers MARCUS qui s'étrangle.*)

MARCUS : Oh, bon sang, mais *c'est bien sûr* ! J'avais oublié ! Oui, il a reçu un appel – en plein milieu de la répétition. Lundi, peut-être ? Mardi ? Il a sorti son téléphone et… oh, mon Dieu, c'est Lewis. Lewis Cannon a tué Klein ! Ce *monstre* !

(*Les lumières se déplacent vers ELSIE.*)

ELSIE : Ouais. Oui. J'étais présente quand il a reçu ce coup de fil. On était au milieu de la scène de la crise cardiaque à la fin de l'acte I. Drame, émotions à fleur de peau… et le téléphone de Lewis qui sonne. Et il *répond.* (*Soupir.*) Les acteurs. Je vous raconte pas.

WONG : Au contraire, racontez-moi, je vous en prie.

ELSIE : Il est au téléphone, et ses yeux s'écarquillent de plus en plus, et à cet instant-là on sait qu'il va raccrocher et dire un truc complètement égocentrique, totalement narcissique. Voilà, c'est comme ça.

(*Les lumières se déplacent vers PATRICK.*)

PATRICK : Il m'a dit (*imite très bien Lewis*) : « Trois mots, les amis : Gypsy. Broad. Way. »

WONG : Vous avez réagi comment ?

PATRICK : Je lui ai répondu que Broadway, c'est en un seul mot et, ensuite, j'ai dit : « Au boulot, tout le monde. »

(*Les lumières se déplacent vers ELSIE.*)

ELSIE : Après la répétition, il est allé voir Klein qui, bien entendu, l'a très mal pris. Il a refusé que Lewis revienne sur son contrat. Refus total. Il se tenait là, debout, il tirait sur son cigare puant et répétait : « Non, non, absolument pas. » J'ai dit à Klein de le laisser aller jouer Goldstone. Il massacrerait la pièce s'il se sentait menotté, sans mauvais jeu de mots. (*Observe WONG.*) Les menottes ? Dans la pièce ? Mon Dieu… le fait est que Klein pensait que la célébrité de Lewis – bien qu'extrêmement mineure – serait vendeuse.

(*Les lumières reviennent sur LEWIS, qui ôte ses lunettes et fixe WONG l'air torve.*)

LEWIS : D'accord. J'avoue. Je voulais filer en douce. Et je me suis énervé. Est-ce que ça veut dire que je l'ai tué ? Alors tout à coup, je me transforme en Sweeney Todd ? (*Pause.*) Un assassin ? Dans une pièce ? Vous voyez ? OK. Laissez tomber.

(*Lumières sur MARCUS, de nouveau sur les nerfs, au bout du rouleau.*)

MARCUS : Je veux dire, non, je ne peux pas y *croire*. C'est *dingo*. D'abord, c'est le régisseur caractériel et maintenant c'est la star de Broadway sur le déclin. C'est comme si *tout le monde* avait tué Klein !

(*Les lumières reviennent sur ELSIE.*)

ELSIE : Vous savez à quoi ça me fait penser ? À ces thrillers joués à Broadway ! *Hantise. Le crime était presque parfait. La Souricière.* Levin rendait hommage au genre avec *Piège mortel.* Quelqu'un est tué, le public découvre des indices tout le long de la pièce, mais la solution se révèle toujours plus compliquée qu'il n'y paraît. Et il y a toujours un policier. Un peu lent et sans grand intérêt. Sans vouloir vous vexer.

WONG : Pas de problème.

(*Lumières sur LEWIS.*)

LEWIS : Hé, puis-je vous faire une petite suggestion, maintenant, lieutenante Wong ? Vous voulez savoir qui a tué ce type : commencez peut-être par la personne qui a littéralement prononcé ces mots : « Je pourrais tuer ce type. »

WONG : Et qui était-ce ?

(*Lumières sur MARCUS qui sanglote, lève les yeux et marque une longue pause avant de parler.*)

MARCUS : Oui. Techniquement oui. Oui, techniquement, je l'ai dit. Mais pas comme ça. Je ne l'ai pas dit, genre : « Je *vais* le tuer ! » Je l'ai dit, genre : « Je *pourrais* le tuer ! » Genre : « Tu m'exaspères ! » Vous n'avez jamais dit à quelqu'un que vous aviez envie de le tuer ?

WONG : Non.

MARCUS : Mais sûrement, on l'a dit à *votre* propos.

WONG : Excusez-moi ?

MARCUS : Rien. Laissez tomber ! Je n'ai pas tué Mr Klein. Je ne l'ai pas tué. Je ne pouvais pas !

WONG : Parce que… ?

MARCUS : Parce que… Parce que…

WONG : Oui ?

MARCUS (*bondit de sa chaise*) : Parce que je l'*aimais*. Et il m'aimait aussi. Il ne pouvait pas le dire, lieutenante, mais il m'aimait. C'était évident, chaque fois que je le regardais dans les yeux. Il me disait « Bonjour, Marcus », mais son cœur chantait « Je t'aime, je t'aime, je t'aime ! ».

WONG : Intéressant.

MARCUS : Intéressant ? Je mets mon âme à nu et tout ce que vous trouvez à dire c'est « Intéressant » ? N'êtes-vous pas humaine, lieutenante ? N'avez-vous point de cœur ? Cet homme et moi partagions une passion clandestine, qui couvait en notre sein comme des braises ardentes et tout ce que vous trouvez à dire, c'est « Intéressant » ?

WONG : Très intéressant.

MARCUS : Oh, pour l'amour du Ciel.

WONG : Asseyez-vous, s'il vous plaît ? (*MARCUS obéit, lentement, tandis que WONG consulte ses notes.*) J'avais cru comprendre que Mr Klein était marié.

MARCUS : Oui. Exact. « Marié. » Avec une « femme ». Son « épouse » est « maquilleuse » et elle « voyage fréquemment ».

WONG : Dois-je prendre ces guillemets pour la marque de votre scepticisme ?

MARCUS : Il ne l'avait révélé à personne, voilà ce que je dis. Il est resté caché au fond du placard, tout au fond avec les affaires de ski. C'est rageant. Allô ? Le XXIe siècle est arrivé, Mr Klein ! Vous travaillez dans le show-business, Mr Klein ! Même pas à la télévision. Mais bien dans le *théâtre*. On est à New York ! Quartier de Chelsea ! Allez-y, Mr Klein, osez être gay !

WONG : Donc, le fait est que vous lui avez avoué votre amour et qu'il l'a repoussé.

MARCUS : Je crois. Si vous ne vous intéressez qu'aux « faits », alors, oui.

WONG : Excusez-moi. (*WONG sort son téléphone qu'elle porte à son oreille un instant.*) Bien. Bien. OK, d'accord.

MARCUS : Quoi ? Que se passe-t-il ?

(*Durant la scène suivante, les diverses rampes lumineuses se mêlent pour éclairer le plateau et nous retrouvons les personnages, au même endroit. WONG tourne son attention vers celui qui l'avait attirée en premier lieu, PATRICK, tandis que les autres regardent.*)

WONG : Bien, nous l'avons trouvé.

PATRICK : Peter ? (*Soulagement visible.*) Dieu merci.

WONG : Et… il n'a jamais entendu parler de votre téléphone perdu.

PATRICK : Quoi ?

WONG : Peter a expliqué à mon agent que vous aviez votre téléphone sur vous hier soir. Il prétend que vous avez envoyé et reçu des messages toute la soirée.

PATRICK : Quoi ? Mais c'est… c'est impossible.

MARCUS : Oh, mon Dieu ! Patrick a tué Klein ! *Encore.*

PATRICK : Mais… mais, non. Je ne l'ai pas tué. Je n'ai jamais tué personne. Mon téléphone… on me l'a volé…

WONG : C'est ce que vous dites.

ELSIE : Je vais écrire la pièce du siècle.

LEWIS : Alors le mystère est résolu ? On peut partir maintenant ?

WONG : Pas tout de suite.

ELSIE : La trame est classique, d'accord, mais les producteurs vont adorer. Petite distribution. Pas de décors ou presque…

(*PATRICK bondit vers la table des accessoires et s'empare d'une hache d'armes.*)

PATRICK : Vous n'irez nulle part !

ELSIE : … Dénouement surprenant.

WONG (*imperturbable*) : Je croyais qu'il s'agissait uniquement d'accessoires.

PATRICK : Pas tous. Mes recherches m'ont appris qu'une fausse hache d'armes coûtait presque aussi cher qu'une vraie. J'ai également acheté de vraies menottes sur un site d'enchères, plutôt que de payer le prix fort pour des fausses. (*L'air menaçant, il agite la hache devant WONG.*) Je suis un bon régisseur.

WONG (*sort son arme de service*) : Posez votre arme, s'il vous plaît. J'ai appelé les renforts, ils seront là dans une minute.

PATRICK : Mais je ne l'ai pas tué ! Pour quoi faire ? C'était mon pigeon !

WONG : Votre quoi ?

LEWIS : Oui, qu'est-ce que tu veux dire ?

PATRICK : Ça veut dire que je le vole depuis des années, bande de nazes.

WONG : Quoi ?

PATRICK : Pourquoi je l'aurais tué alors que je l'escroque depuis tout ce temps ?

ELSIE (*prend des notes*) : Oh, c'est magnifique.

MARCUS : Du vol ! Oh, mon Dieu ! Patrick est un voleur ! Un escroc ! Hmm. Finalement, c'est mieux qu'assassin.

WONG : Vous feriez bien de vous expliquer, Mr Wolfish.

PATRICK : Qu'est-ce que vous voulez que je vous dise ? Je lui ai donné des fausses factures. J'ai piqué du liquide. Pendant des années. Des années ! Klein est un abruti, un inconscient, et j'en ai profité pendant près de quinze ans ! Pourquoi croyez-vous que je voulais qu'il produise un spectacle qui rapporte ? Peter et moi, on vient juste d'acheter une maison à Hudson, bon Dieu. Si Klein est mort, comment je vais payer le crédit ?

(*Une voix joyeuse, tonitruante, retentit dans les coulisses.*)

KLEIN : C'est vrai, ça ! Comment ?

(*La porte de la salle s'ouvre à la volée. Entre* OTTO KLEIN, *radieux. Il boit un Dr Pepper.*)

KLEIN : Hein, comment ?

LEWIS : Ça alors !

ELSIE : Nouveau rebondissement…

(MARCUS *court vers* KLEIN *et l'enlace avec ferveur.*)

MARCUS : Tu n'es pas mort ! Pas mort ! C'est incroyable. Il n'est pas mort, regardez tous.

KLEIN : Non, en effet, fiston. Mais j'ai la nuque en compote. (*À* WONG.) La prochaine fois que je meurs, rappelle-moi de le faire dans un hamac.

WONG : Pigé.

PATRICK : Mais… mais… je ne comprends pas…

KLEIN : Évidemment. Mais ça fait longtemps que je t'ai à l'œil, Patrick. Je voulais juste t'entendre avouer ! Et, plus important, il fallait que je t'enregistre sur mon téléphone. (*Il lève son iPhone en souriant.*) Tes prochains aveux, tu les feras devant un juge.

PATRICK : Et… Mais… (*Il pivote vers* WONG.) Les flics n'ont pas mieux à faire que de participer à ce genre de… de… comédies ?

WONG : Je n'en sais rien. Je ne suis pas flic. Je…

ELSIE : Attendez ! Oh ! Attendez ! Laissez-moi deviner ! Vous êtes sa femme !

(*Wong et Klein s'étreignent.*)

Elsie : J'adore !

Marcus : Corrigez-moi si je me trompe. Pas gay du tout ! Hétéro et marié à une fausse flic ! J'adore cette… ah !

*Il crie au moment où Patrick passe à l'attaque. Il jette sa hache et, furieux, bondit vers Klein. Klein et Wong s'écartent afin de se protéger, mais Lewis cueille Patrick en douceur d'une gauche à la pointe du menton, s'empare des menottes sur la table, les attache aux poignets de Patrick et finit par s'asseoir sur lui. Applaudissements généraux.*

Elsie : Waouh.

Marcus : Bravo !

Klein : Bien joué, Lewis. Bien joué et merci.

Wong (*raccroche son téléphone*) : La vraie police sera là d'un moment à l'autre.

Klein : Bien. Très bien ! Bon sang, tout a fonctionné comme sur des roulettes.

Patrick : C'est pas juste. C'est pas juste, enfin ! On m'a piégé. Piégé !

Elsie (*à Lewis*) : Mais attends ? Tu es un flic en civil ou quoi ?

Lewis : Non. Tu plaisantes ? Non ? Tant mieux. Ça vient de la pièce *Harlem Streetlights*, que j'ai jouée avec la compagnie LAByrinth à Bank Street en – bon sang, c'était en 92 ou en 94 ? (*L'histoire ne les intéresse déjà plus, ils bâillent, sortent leur portable.*)

Bref, Stevie – Stephen Adly Guirgis, bien sûr, mais je l'appelle Stevie – a choisi ce rôle pour moi et m'a dit que dans l'intérêt de la vraisemblance…

(*Le rideau tombe, mais il continue de pérorer.*)

**FIN**

*Dédié à Erik Jackson, homme de théâtre.*

Ben H. Winters a remporté un Edgar Award et un Philip K. Dick Award pour son roman *Dernier Meurtre avant la fin du monde* (Super 8 Éditions). Il a également écrit *Sense and Sensibility and Sea Monsters*, œuvre parodique apparaissant dans les best-sellers du *New York Times*, ainsi que *The Secret Life of Ms. Finkleman*, un roman pour jeunes adultes nommé aux Edgar Awards. Un de ses derniers romans, *Underground Airlines* (ActuSF), a obtenu le Grand Prix de l'imaginaire 2019. Dans une première partie de sa carrière, Ben H. Winters a été parolier et librettiste. Il vit à Indianapolis. Plus d'infos sur son site BenHWinters.com.

# WALL STREET

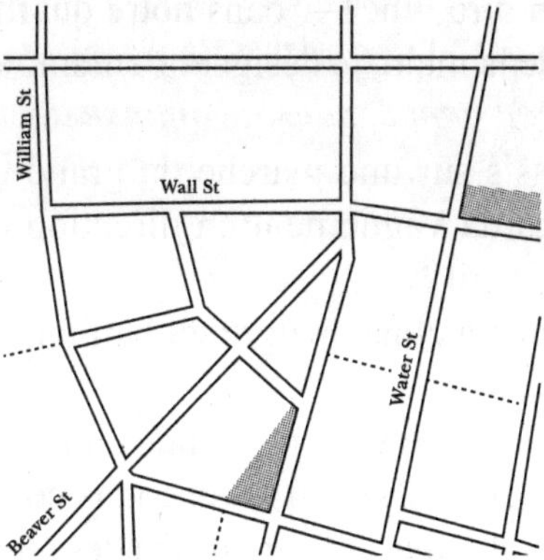


## Wall Street rodeo

*Angela Zeman*

« Mr Emil Bauer, j'espérais bien vous trouver ici. Surtout aujourd'hui. »

J'avais touché un bossu à midi. Par accident, bien sûr. La politesse m'interdirait d'effleurer à dessein l'un de ces pauvres bougres. En outre, tout le monde sait que la chance n'arrive que par la grâce d'un contact fortuit. Comprenez donc mon état d'excitation ! Peu après, j'avais croisé par hasard le petit James, ici présent, qui avait brandi un billet de cinq dollars juste devant moi ! Ne me dites pas qu'il ne s'agit pas de chance ! Alors, je les ai escortés jusqu'ici, lui et son bifton. Jusqu'au repaire d'Emil.

« Je vous présente mon ami, nouvellement arrivé, pourrait-on dire – hé ! –, dans notre quartier. » D'un moulinet de la main, je désignai l'enfant. « Mr James Conner. »

Emil, assis sur une marche du grand escalier de pierre, regarda vaguement en direction du garçon. « Quel âge a-t-il ? »

Le gamin s'inclina, malgré ses haillons. « Huit ans, monsieur.

— *Ach*. Bien élevé », murmura Emil, en grondant comme un vieux chien. Il se rencogna contre l'imposant piédestal qui trônait au milieu des marches en se tortillant sur son postérieur. Il déchira au passage le fond de son antique pantalon sur le ciment grossier. J'ignore ce qui me surprit le plus, de la révérence de l'enfant ou du grognement d'Emil.

Emil se racla la gorge et s'adressa à moi : « *Ach !* Mr Nick le Mariole ! Comment allez-vous ?

— Nick tout court, s'il vous plaît. Comme vous pouvez le constater. Trop aimable. »

Je répliquai d'un ton sec et montrai les dents en guise de sourire. Mais Emil voyait trop mal pour saisir ma véritable expression. Je *détestais* ce surnom donné par une canaille que j'avais préféré rayer de ma mémoire. De la jalousie, un point c'est tout. Je respirai lentement pour me calmer et parvins à adoucir mon rictus.

« *Ach*, Mr James ! » Le vieil Emil zyeuta le petit garçon, puis son regard tomba sur le billet de cinq qu'il lui présentait dans sa paume tendue. « Pour moi ? » Il ne chercha pas à s'en emparer. Ses mains noueuses restèrent recroquevillées sur le pommeau de la vieille canne coincée entre ses genoux. L'argent avait réveillé un vague souvenir et, clignant de ses yeux chassieux, Emil oublia notre présence. Le fric avait cet effet sur lui. Un billet de cinq ou un penny, aucune différence, son esprit dérivait vers le passé et les jours meilleurs.

J'avais prévenu le gosse qu'il ne fallait pas s'en alarmer. Je fronçai les sourcils. Il n'avait effectivement pas *l'air* inquiet. Peut-être m'avait-il cru ou peut-être… « Bonhomme… t'es *certain* que t'es pas un Murphy ? On dirait bien pourtant. »

Il haussa les épaules, fuyant mon regard. Signe qu'il mentait, sûrement. Je l'observai, je tapai les briques du bout du pied. Hmm. Un Murphy lui avait assurément légué cette rousseur caractéristique. Sa mère, peut-être. Des milliers de Murphy hantaient les cages à poules, comme des bernacles sur une barge. Dieu du ciel. Valait mieux que je me tienne à carreau. Aucune somme d'argent ne valait le risque de se mettre un Murphy à dos. Je frissonnai.

Moi-même, bien que je ne sois pas irlandais – Dieu m'en garde ! –, j'ai déjà passé de misérables nuits dehors. Ce dont je tire la meilleure de mes qualités : l'acceptation de tous les hommes, qu'importe leur condition. En plus, James, qui m'avait juré ne pas être un Murphy, avait du fric. Et pas moi. Raison pour laquelle je m'étais efforcé de faire sa connaissance et de l'attirer vers Wall Street.

« Est-ce que cette histoire vaut un billet de cinq ? » me demanda James avec, je dois l'admettre, une morgue admirable pour un enfant de huit ans. Manifestement, il s'était déjà fait escroquer. Sa paume rampait vers la sécurité de sa poche de jean.

Je feignis de le regarder avec mépris : « Cynique ? À ton âge ? Tss, tss !

— Je te connais pas ! » rétorqua-t-il.

Serais-je moins enclin à la bonté, j'oserais même dire que le mouflet avait éructé. Je tapotai sa mignonne petite tête ronde, avant de m'essuyer les mains sur mon pantalon. La vermine grouille dans notre New York adoré, notamment au printemps.

Je lui attrapai le bras, le forçai à déplier ses doigts moites, puis tendis sa paume vers Emil. « Ça vaut cinq biftons rien que pour le faire démarrer, murmurai-je à James. Fais-moi confiance. » Je caressai mon bouc hirsute, tout en m'interrogeant sur la moralité de cette situation : un parfait étranger demandant à un petit garçon de lui faire confiance ? J'avais été un petit garçon, moi aussi. L'écho ironique de la voix de ma mère résonne encore en moi : « Mais pas aussi futé que celui-ci. » Ah les mères ! Qu'est-ce qu'elles y connaissent ? Je tressaillis soudain, comme si son fantôme rôdait non loin, un rouleau à pâtisserie à la main.

Il fallait amener le vieil Emil à se détendre. Un peu d'argent de poche. Pas courant, à l'époque. Sauf chez ces gros lards qui portaient des épingles de cravate serties de diamants, davantage enclins à vous dépouiller qu'à vous aider. Une belle bande de grippe-sous.

« Écoutez, Emil. Le garçon voudrait entendre l'histoire de la serveuse aux patins à roulettes. N'est-ce pas, James ? » Le gamin hocha la tête, l'air intrigué, en répétant : « … Patins à roulettes ? »

(*Ferré !…*) Je me tamponnai le coin de l'œil de mon mouchoir et essuyai la larme que je versais sur la crédulité de ce brave petit chenapan. Oooh… Puis je rangeai le tire-jus hors de vue. Je n'ai jamais compris le succès infaillible des patins à roulettes. Ahurissant.

« Tu ne le regretteras pas ! » Forçant la main à Emil, je me ruai sur la marche près de lui. Il aimait s'asseoir en bas de Federal Hall où, pour oublier son âge, il piquait du nez au pied de la statue du père de la nation. Pas de la mienne, certes, mais qu'est-ce que je peux y faire ? George Washington, recouvert de bronze pour l'éternité, à la grande joie des pigeons. Dans sa position, Emil pouvait placer son dos arthritique sur le piédestal réchauffé par le soleil et garder l'œil (et le bon) sur la Bourse, de l'autre côté de la rue.

« Emil travaillait là. (Je désignai Wall Street.) Avant sa – hum – retraite anticipée. »

James lorgna d'un air désapprobateur le vieil homme dont la masse imposante drapée d'un tweed élimé paraissait accrochée pour l'éternité au piédestal qui soutenait George. « Pourquoi t'as pris ta retraite si tôt, Emil ? » Sa voix juvénile semblait un peu trop rauque pour un gamin de son âge. *Intéressant. Serait-il possible qu'il fume ? Non. Je me refuse à le croire.*

Après un instant de silence, Emil répondit : « Pour savourer l'expérience inoubliable d'un congé de trente ans, cher James. Près du fleuve. Parce que l'air y était plus sain. »

James et moi échangeâmes un regard. Je n'étais pas né de la dernière pluie. Quant au petit, il ne le croyait pas non plus.

Alors que j'ouvrais la bouche pour supplier James de laisser couler, il lança : « Sing Sing ? »

Emil opina.

« T'as carotté combien ? »

Emil haussa les épaules. « Je ne m'en souviens pas. Je suis vieux, maintenant.

— Pauvre bougre. »

Je pivotai et articulai silencieusement à l'attention de James : « *Trois cent mille.* » James plissa les yeux. Il me répondit à son tour sur le même mode : « *Il a pris trente piges pour ça ?* » Je fis la grimace : « *Il a fait danser le mauvais cheval.* »

Du haut de ses huit ans, même debout, James ne nous dépassait pas, alors que nous étions assis. Trois silhouettes de pauvres hères recroquevillées autour d'un brasero sous la neige fondue. « C'est tellement chaleureux ! m'exclamai-je. D'être tous les trois, hein James ? Je peux t'appeler Jamey ? » Emil se détourna comme indisposé par ma question. Avec des yeux de merlan frit, James hocha la tête et accepta – sans doute l'appât du gain.

Je me penchai vers Jamey. « Soyons bien clairs, chuchotai-je l'air mauvais, s'il se souvient de la planque, je serai ravi de te rembourser ton billet de cinq. Le reste m'appartient. *À moi*. Pigé ? »

Il me gratifia d'un hochement de tête. Ou plutôt de menton. De ce menton perché au bout d'un petit cou si fragile.

« On verra », rétorqua-t-il.

J'aurais pu le mordre. Mais la fortune sourit à Jamey et Emil intervint soudain :

« *Ach !* Tout le monde veut connaître l'histoire de cette pauvre patineuse », constata Emil de sa voix haut aiguë, un peu enrouée. Il fit claquer ses lèvres sèches et me dévisagea. Il évalua l'épaisseur de mon portefeuille au diamètre des trous qui ornaient mon pardessus, car il soupira aussitôt et détourna le regard. « *Ein bißchen Bier*, ça ne serait pas de refus. »

Je ne pouvais le nier, un peu de bière nous aurait réchauffés. Ma barbe dégoulinait comme une serpillière mouillée. Guère élégant.

« Temps d'avril », murmurai-je.

Emil carra son arrière-train de façon plus confortable sur les marches, avant de caler ses genoux entre ses bras. Il laissa sa canne tomber sur le large trottoir en contrebas. James bondit pour aller la ramasser, mais je secouai la tête. « C'est le grand jeu d'Emil », chuchotai-je derrière ma main.

Jamey, perplexe, me regarda une fraction de seconde. Il se déplaça afin de donner plus d'espace à Emil si jamais le jeu en question devait commencer. Pas bête, le gamin.

Je connaissais la combine d'Emil et c'était, je crois,

l'une des nombreuses raisons pour lesquelles il passait ses journées sur les marches, adossé au président Washington. Banquiers et courtiers ont beau être arrogants, ils sont aussi pleins aux as. Si, par mégarde, ils trébuchaient ou, mieux, tombaient carrément sur la canne d'Emil, ils se mettaient à cogner du poing et du pied le pauvre vieux, coupable d'avoir attenté à leur dignité. La dignité, cet organe des plus délicats. Enfin… jusqu'à ce que Taureau décide d'interrompre le spectacle et fasse vider ses poches à la victime, unique méthode avérée pour soulager Emil. Alors Taureau faisait décamper le pigeon avant de partager le butin. D'ailleurs, quand on parle du loup…

Une ombre gigantesque nous enveloppa.

« Hé, Taureau, le salua Jamey.

— Ah ! Hé ! Vous vous connaissez. Quelle surprise ! » fis-je de ma voix la plus enjouée.

Jamey me lança un regard condescendant. « Tout le monde connaît Taureau. »

Et il parlait bien de celui que nous avions devant les yeux, dont je reste à peu près persuadé qu'il est humain, contrairement à l'autre qui pèse dans les sept mille livres et est inanimé, bien qu'il paraisse prêt à charger : le sabot enfoncé, les naseaux frémissants, les cornes de bronze inclinées, menaçantes. Les touristes adorent cette sculpture, le *Taureau de Wall Street*. Son créateur, l'artiste Arturo Di Modica l'avait installée devant la Bourse pendant la nuit de Noël, l'an dernier, comme un cadeau sous un gros sapin. La mairie avait exigé le déménagement du « cadeau ». Mais le visiteur, et surtout ses dollars, a toujours raison. J'avais entendu dire que la ville avait refusé d'acheter le Taureau de Di Modica. Néanmoins, afin de contenter le vacancier, elle le déplacerait – l'œuvre, pas le sculpteur – à Broadway, tourné vers le nord, en face du petit Bowling Green Park. Bref, on les appelait tous les deux « Taureau », lui et le bronze… oui… à cause des ressemblances de certains de leurs attributs… Je n'en dirai pas plus en si charmante compagnie.

Emil frissonna quand le soleil se coucha soudain, puis leva la tête et constata qu'en réalité Taureau lui cachait la lumière. Le visage d'Emil rayonna de plaisir. « Taureau, mon garçon ! Assieds-toi ! » (Comme si Taureau pouvait replier sa masse imposante pour se percher sur l'une de ces étroites marches. Parfois Emil est un peu lent.) « J'allais justement raconter l'histoire des patins à roulettes à ces deux gentlemen ! »

Taureau hocha la tête, comme positivement émerveillé. Il crispa les commissures de ses lèvres minces, donnant l'impression qu'il cherchait dans ses souvenirs de jeunesse comment sourire. « Ah ouais ? C'est une chouette histoire. Tu vas l'adorer, Jamey. Pas de problème si je me rapproche pour l'écouter moi aussi ? »

Le Taureau était énorme, d'où son surnom. C'était le flic de Wall Street. Le NYPD, la police de New York – mort aux vaches ! –, organise une rotation pour tous les autres postes, mais, allez savoir pourquoi,

Taureau, lui, n'avait jamais changé de secteur. Peut-être parce qu'il allait bientôt partir à la retraite ? Simple intuition. Son nom lui allait comme un gant. Si par mégarde quelque chose ne lui plaisait pas, il se contentait de l'écrabouiller. Il n'avait jamais porté la main – ni le poing – sur moi, je vous le promets. Mais, comme d'autres, Taureau ne pouvait se passer des histoires d'Emil. Raison pour laquelle, j'imagine, il ne s'éloignait jamais à plus de dix mètres du vieux. Touchant, n'est-ce pas ?

Taureau, manifestant une tendresse rare, tapota l'épaule d'Emil. « Merci, mais je dois rester debout, Emil. Au cas où. Tu sais. Le devoir. »

C'est cela, oui… Taureau – l'ange gardien de Wall Street – aux aguets, sur le qui-vive, prêt à pourchasser les parapluies envolés, paré à renseigner les touristes égarés.

Emil hocha la tête avec une compassion sincère. « Le devoir d'abord, Taureau, toujours. *Ach*, que Dieu te garde. »

Je détournai la tête, soudain ravi d'avoir oublié de déjeuner.

« Bon, ça suffit. J'ai encore un tas de corvées qui m'attendent. »

Je haussai les sourcils. Jamey imposerait-il ses exigences ? À Emil ? À moi ? Le mioche a des *cojones*. La fierté gonfla ma poitrine.

Jamey croisa les bras, le billet toujours froissé à la main. Il se planta sur ses jambes maigrichonnes et leva le menton. Le gosse ne rigolait pas.

Taureau arqua les sourcils. Et se fendit d'un clin d'œil à destination de Jamey. « Il est sérieux, Emil. Jamey livre les vêtements reprisés par sa mère aux filles des clubs. Comme ça le spectacle ne s'arrête jamais. »

Emil sourit à Jamey. « J'y viens, fiston. T'es un bon gars. »

Je tapotai l'épaule du gamin. « Tout va bientôt s'éclaircir. Fais-moi confiance. » Oh, bon sang, comme je déteste cette phrase. « Donne le billet à Emil. »

D'abord, il rechigna… puis capitula. S'il n'avait pas eu huit ans, j'aurais eu les jetons de le doubler. Heureusement, il *n'avait que* huit ans.

Emil prit le billet et le renifla.

Je me raclai la gorge. « C'est un bifton, Emil. Pas de la bouffe. »

Emil dodelina de la tête. « L'habitude. Une autre époque. » Il gloussa, tendit ses longs bras, remplit ses poumons d'air et commença. Enfin. « *Ach so*, cette jeune femme…

— Il y a un bail, hein, Emil », l'interrompis-je.

Taureau me lança un regard noir. Pas grave. Il fallait bien mettre ce brave Emil sur la voie.

« *Ach*, oui. Il y a longtemps. Quarante ans, je pense. Elle s'appelait Rose. À cause de ses cheveux, je suis certain que *toi*, tu me comprends, insista-t-il à l'attention de Jamey qui opina en repoussant des yeux ses ignobles mèches rousses. Cette jeune femme était une vraie dame, crois-moi, mais comme nous tous, il lui fallait bien faire des trucs dans l'espoir de mettre un peu de beurre dans les épinards. Et elle les faisait. Elle travaillait dans un cabaret, mais au lieu de marcher, elle se déplaçait en patins à roulettes. C'était la mode à cette époque. »

Jamey s'étrangla. « Vraiment ? J'aurais aimé voir ça ! »

Emil se pencha en avant et attrapa l'une des mains de Jamey. « Un bon garçon comme toi, je ne lui mentirai pas. » Il se carra de nouveau en arrière et soupira. « Un jour, elle, euh… elle est morte. »

Je faillis tomber par terre. « Elle n'est pas *morte*. Elle s'est mariée d'abord. Avec vous. Vous vous souvenez, Emil ? »

Emil m'observa, les yeux dans le vague, un long moment. Puis, il revint à lui. « *Ja*. Tu as raison. L'adorable Rose consentit à m'épouser. Elle ôta ses patins et travailla à la maison. Tous deux, nous souhaitions avoir un garçon. » Sa voix s'éteignit. Le chagrin, sans doute. « Comme ce bel enfant…

— Et vous en avez eu de nombreux, n'est-ce pas ? » lui soufflai-je. De nouveau, Taureau me regarda de travers. Je levai les mains, lui signifiant ainsi qu'il fallait bien guider le vieux. Taureau acquiesça. Il connaissait l'existence du magot perdu au fond de la mémoire d'Emil et savait que je le savais. Alors, il resta aimable et attendit la suite de l'histoire.

« Comment s'appelaient vos fils, Emil ? » Ça nous aiderait peut-être, s'il s'en souvenait.

« Mmm… » Emil contempla le bout de ses pieds. Il cogitait. En tout cas, je l'espérais.

« Walter ? proposai-je.

— Non, pas Walter. Giselle, c'était l'aînée.

— C'est un nom de fille », affirma Jamey, catégorique. Il m'observa. « Je m'en doutais.

— Oui, en effet, admit Taureau, qui me donna un léger coup de pied. En fait, Emil n'a eu que des filles. »

Amer, je brossai la terre du bas de mon pantalon. « Que dalle ! Et comment tu le saurais ?

— Bien sûr que Taureau le sait ! » rétorqua Emil en me lançant un regard noir. Qui disparut bientôt. Et lorsque Taureau soupira, je compris que la mémoire d'Emil avait de nouveau déraillé.

« Désolé d'en avoir parlé », dis-je à Taureau. Et j'étais sérieux.

Taureau déplaça de nouveau sa masse et murmura à l'intention d'Emil, « Alice », ce qui le galvanisa : « *Ach, ja !* Alice, mon adorable Alice. »

Il sourit à Taureau, qui intervint : « Elle était adorable, oui. Tu te rappelles quelqu'un d'autre ? »

Emil inspira bruyamment. Il faisait un véritable effort de mémoire pour plaire à Taureau. « Vvv… hum… Vanessa. *Ja.* Mon adorable Vanessa, elle aimait danser, comme sa mère. » Ce souvenir l'égayait manifestement.

Taureau changea de nouveau de pied. « Alors, Emil, combien de filles avez-vous eu la chance d'avoir avec Rose, hein ?

— C'était il y a si longtemps, répondit le vieux en secouant la tête. Sept petites filles. Des petites filles avec de jolis cheveux roux et de belles robes. Elles avaient toujours besoin de chaussures. Leurs pieds, ils grandissaient tout le temps. Comme elles, d'ailleurs. » Il soupira. « Elles étaient sans cesse fâchées contre moi. Elles avaient toujours besoin de collants et de livres d'école que je ne pouvais pas leur payer... Et voilà pourquoi j'ai travaillé pour eux. Là-bas. » Il inclina la tête vers la Bourse. « J'étais un très bon comptable », ajouta-t-il l'air soudain grave.

OK. On allait quelque part. Je me raclai la gorge. « J'en suis certain. Et maintenant, vos filles sont charmantes, de charmantes femmes adultes. N'est-ce pas, Emil ? » *Subtil. Toujours en douceur. Je suis fier de moi.*

Mais Emil haussa les épaules. « Je ne sais pas...

— Bien sûr que si, intervint Jamey en inclinant la tête. T'es leur papa, tu les as élevées et puis tu les as mariées à un autre type qui leur achète des robes et à grailler. Et puis, tu as eu des petits-enfants. »

Je fixai Jamey : « T'es plein de surprises, fiston. »

Emil plissa sa vieille bouche ridée. Quelque chose le gênait. Je me lançai, dans l'espoir d'obtenir les *bons* souvenirs, ceux que nous voulions entendre. « Bref. Maintenant, comme le disait Jamey, vos charmantes filles sont mariées à de beaux messieurs... » Je dus m'interrompre au moment où Taureau lâchait une quinte de toux qui ressemblait curieusement à un rire. Il finit par se calmer, le visage empourpré. « Terminé ? » m'enquis-je poliment. Il opina. J'en revins à Emil. « Donc, elles sont toutes mariées, n'est-ce pas ?

— Je ne sais pas. » Emil haussa les épaules.

Jamey s'approcha. « Pourquoi tu ne sais pas ? C'est ta famille. Pas vrai ? »

Emil lança un regard apeuré vers Taureau et tenta d'attraper sa canne avec ses grandes mains agitées de spasmes. Jamey la ramassa et la lui tendit. Emil s'en empara, furieux. « J'en sais rien, parce que j'en sais rien. Si je le savais, alors – *ach !* – alors je saurais ce que Nick et Taureau veulent entendre. Et moi, j'ai pas envie de me rappeler ! »

Taureau et moi essayions de le faire taire, mais Jamey ne lâchait pas l'affaire. « T'habites pas avec ta famille ? »

Emil se tourna et sa tête tremblait violemment. « Non, non. J'en sais rien.

— Alors qui s'occupe de toi ? T'es propre, tu ne vis pas dans la rue, c'est clair. Et regarde-moi tout ce gras. Quelqu'un te nourrit. Qui ? »

Les yeux écarquillés, Emil observait Jamey. « Je ne sais pas. » En chancelant, il s'efforça de contourner le mouflet.

Mais Jamey planta son petit corps sec devant lui. Les grognements d'Emil ne lui faisaient ni chaud ni froid. Ses paroles résonnèrent sinistrement. « Écoute. On jette pas sa famille. Tu m'as l'air en forme pour un ex-taulard. Ta famille a dû te reprendre. C'est bien pour ça qu'on en a une, de famille, me dit toujours m'man. »

Emil se figea soudain, les yeux rivés au gamin. Il n'avait jamais porté de lunettes, mais je reste persuadé qu'il en avait besoin. « Ta mère dit ça ? »

Jamey opina avec vigueur.

« Tu as… tu as… un papa ? » demanda Emil à Jamey.

Jamey inclina la tête. « Sûr. Tous les enfants ont un papa quelque part. C'est ce que m'man dit en tout cas.

— *Ach*, il ne vit pas sous le même toit que vous, alors ? »

Jamey secoua sa crinière hirsute. Un non, supposai-je.

« Il est trop occupé, dit m'man. Je crois qu'il est parti. En fait… je crois qu'il s'est barré. C'est mieux pour m'man, je veux dire. Et pour nous.

— Nous ? s'enquit Emil.

— Moi et mes frères », acquiesça Jamey.

Emil se reposa sur sa canne. Il tremblait, sa canne tremblait, mais, en dépit de tout ce tremblement, il paraissait cogiter. Je me précipitai à son côté pour lui toucher le coude.

« Emil. »

Il ôta son bras en vitesse, mais ne bougea pas. D'accord. Peut-être qu'il réfléchissait encore.

« Mr James, lança-t-il soudain. Pourrais-je venir chez vous un jour ? »

Jamey parut surpris, mais haussa les épaules. « Sûr. À l'heure du dîner. M'man en fait toujours pour un régiment. L'habitude, qu'elle dit. »

Et tandis que Taureau et moi, interdits, les observions, les deux, bras dessus bras dessous, remontèrent Wall Street vers l'est. J'aurais tellement voulu les suivre, mais comment semer le beau bébé qui m'escortait ?

Alors, immobiles, debout, nous les avons regardés jusqu'à ce qu'ils tournent vers le nord dans une rue perpendiculaire et disparaissent.

« Eh bien, Taureau. Ravi de vous avoir revu. »

Taureau m'a toisé avec un grand sourire. « C'est ça », m'a-t-il dit en décampant. Le devoir. J'imagine.

J'ai attendu jusqu'au moment où Taureau m'a semblé trop loin pour me remarquer et j'ai foncé pour essayer de rattraper Emil et Jamey. J'ai exploré toutes les petites rues. Rien. Nada. Merde ! Que dalle.

Le lendemain matin, aucun bossu secourable en vue. Ni de fric, d'ailleurs. Je battais le pavé devant un club de strip-tease – calme à cette heure du jour – en mijotant une nouvelle combine. Je conservais dans un coin de ma tête l'idée que la chance pouvait me sourire à nouveau.

Au même moment, le sifflement d'un oiseau à l'agonie vrilla mes tympans sensibles – et je reconnus le thème d'une comédie musicale. Jamey apparut, juste derrière moi, les lèvres ourlées. Dans ses bras, il tenait un énorme sac de vêtements – la corvée du matin qu'il accomplissait pour sa mère, me suis-je dit.

Il ne s'arrêta pas. Manifestement, le cher enfant ne m'avait pas vu. Je bondis en brossant la poussière sur le fond de mon pantalon. « Jamey ! Jamey, fiston ! » Il s'immobilisa, me reluqua, pivota et m'attendit. « Yo, Nick », dit-il.

Il me fallut un moment pour desserrer les dents. « Cher enfant. Je suis tellement désolé qu'Emil n'ait pas terminé son histoire de la jeune femme aux patins à roulettes. Ah, peut-être… peut-être pourrions-nous réessayer aujourd'hui ?

— Pourquoi ? T'as trouvé du fric quelque part ? » se moqua-t-il.

Je le dévisageai. Il ne bougea pas. Je ne bougeai pas. Il avait l'air bizarre, une étrange étincelle brillait dans son œil. Nous nous taisions l'un et l'autre. Et puis, il soupira. « Faut que j'y aille, Nick. Désolé. » Il se mit à reculer, inclina la tête en guise d'adieu, tourna les talons et reprit sa marche guillerette dans la 42e Rue.

Soudain, il pivota et cria : « Mr Emil ne viendra pas à Wall Street aujourd'hui.

— Pourquoi ça ?

— Ça t'économisera un voyage inutile. Mr Emil a trouvé, euh, des endroits plus intéressants. Tu vois ?

— Non, je vois *pas* ! » Je tournai le dos au gamin. *Évidemment que je vois. Je vois très clair*.

Je lâchai un soupir et me dirigeai vers l'est. On dit que les bords du fleuve sont paisibles. Qui dit ça ? Ah, oui. Emil. Il devait y avoir un fleuve près de Sing Sing. Je ferais aussi bien de me calmer. Parce que c'était couru : Emil, à l'instar du dangereux Taureau (en chair ou en bronze, choisissez celui qui vous convient), aurait déserté Wall Street. Je suis pas né de la dernière pluie ; soudain tout était devenu clair… enfin, quand j'avais vu Jamey. L'expression sur son visage l'avait trahi, et j'avais pigé, comme l'on dit dans la langue du peuple.

Tandis que je m'asseyais au sommet de la digue, les jambes pendantes, et que je regardais les minuscules remorqueurs aux couleurs vives qui poussaient et tiraient les monstrueuses barges tout le long de l'East River, je me remémorai soudain le premier indice que j'avais laissé filer. Ces cheveux roux. J'avais ignoré ma propre intuition, pas très avisé ! Le second : l'étrange (en ce qui me concernait) érudition de Taureau au sujet des filles d'Emil. Le troisième… dans le désordre… Emil déclarant que s'il se rappelait sa famille, il serait obligé de « savoir » ce que tout le monde voulait qu'il se remémore. *Ça*, c'était de l'indice !

Et encore pire : Jamey disait que sa « m'man » pensait qu'une famille devait faire des efforts, *même avec un ex-taulard*. Ce pauvre Emil en avait été anéanti…

Mais ma première erreur ? La chance en caressant le bossu… elle était destinée à Jamey. Le petit-fils d'Emil. L'un des nombreux petits-fils d'Emil, je parie. Rose avait, sans nul doute, transmis à ses filles sa magnifique crinière rousse et Emil avait dû voler pour les entretenir toutes. Et, grâce à Jamey, Emil avait fini par découvrir qu'il serait de nouveau le bienvenu dans sa famille.

Je me levai, brossai derechef mon pantalon, et déambulai vers les superbes navires à voiles ancrés non loin. Je laissai la douce brise et la vue me remettre d'aplomb. Mais je m'interrogeais : quelle fille Taureau avait-il épousée ? Et lorsque Emil se « rappellerait » pour le bien de son admirable et aimante famille, en ces temps difficiles, où il avait planqué son butin, Taureau le dénoncerait-il ?

Dans mes rêves.

Angela Zeman affirme que l'esprit ne meurt jamais dans ses récits, mais que les autres formes de vies doivent se défendre elles-mêmes. Son œuvre explore de nombreux genres. En 2012, Otto Penzler (Mysterious Press) a republié son premier roman, *The Witch and the Borscht Pearl*, ainsi qu'un recueil de nouvelles dans le même univers. Elle a écrit dans *Alfred Hitchcock's Mystery Magazine* et diverses anthologies. Elle est membre de la Mystery Writers of America, de l'International Thriller Writers, des Private Eye Writers of America et de l'International Crime Writers' Association/North American Branch. Vous en apprendrez davantage sur Angela Zeman et son œuvre grâce au site AngelaZeman.com.

ALPHABET CITY

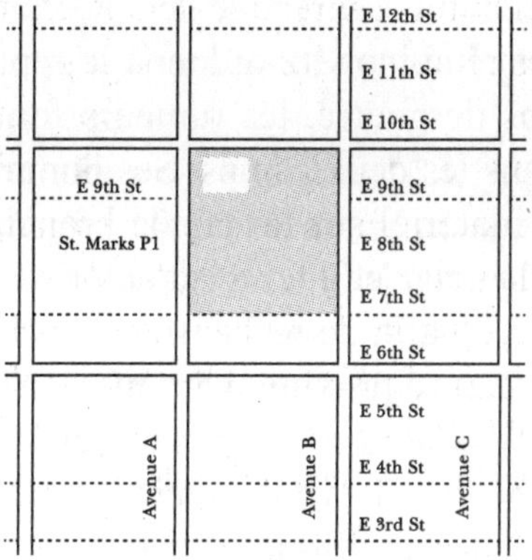


# Copies conformes

*N. J. Ayres*

« Ces salauds mettent nos uniformes ! Et ils envoient nos troupes dans la mauvaise direction ! »

Les voix ne voyageaient guère loin sous le couvert des arbres et le vacarme assourdissant des explosions. Le sergent Sam Rabinowitz observa le deuxième classe Jacobs qui sautait de la Jeep et fonçait vers lui pour répéter son avertissement. « Attends ! » gueula Rabinowitz.

« C'est un chauffeur qui vient de me le dire ! » Isadore Jacobs avait été assigné sur une position avancée afin de surveiller un carrefour avec un autre MP, policier militaire. La mission de leur section :

diriger les troupes alliées au sud de la ville belge de Bastogne.

Le sergent Rabinowitz ordonna le repli. Il savait qu'en temps de guerre, les rumeurs font office de stratégie dans les deux camps. Ses hommes avaient rangé leur matériel sur un tas de branches brisées par-dessus la neige et il les avait autorisés à lever les capots des Jeep afin de réchauffer leurs boissons en posant les quarts à proximité des moteurs.

Rabinowitz s'assit près de Maroney, le radio, sur un gros rocher bas. Les communications avaient plutôt bien fonctionné jusque-là : parasites, cinq mots, puis deux, puis parasites, puis plus rien. Tandis que Maroney officiait, Rabinowitz sortit la baïonnette du fourreau accroché à sa ceinture, préleva un morceau de salami qu'il gardait dans son sac et l'offrit à Maroney avant de s'en couper une tranche.

L'humidité avait fini par gagner l'intérieur de la botte de Rabinowitz. L'engourdissement calmait presque la douleur, signe que l'engelure n'allait pas tarder. Il s'efforçait de ne pas y penser. Pendant sa progression le long du front qui s'étirait sur près de cent trente kilomètres, la section avait souffert de blessures bien plus graves que des orteils enflés. Pour d'évidentes raisons géographiques, on en parlerait plus tard comme de la bataille des Ardennes.

Le soldat Mike Kelley rattrapa le groupe qui revenait d'une « expédition pisse », accompagné par un troufion qu'il n'avait jamais vu. Le biffin lui avait dit qu'il avait été séparé de sa section sur le front.

Le sergent Rabinowitz l'interrogea, obtint des précisions, puis tourna de nouveau son attention vers le radio.

Rabinowitz entendit alors le soldat Kelley qui offrait au nouveau la moitié de son quart de café. Il le remercia avec un sourire et tapa le fond du gobelet en prononçant une phrase. Une seule phrase et ce fut la fin. « Au cul. »

« Au cul » au lieu de « cul sec ».

Le soldat Jacobs ne jurait jamais. C'était un bon juif orthodoxe. Et pourtant… Après avoir maîtrisé la taupe boche, l'avoir dépouillée de son treillis volé, lui avoir lié les poignets et les chevilles, Izzy et Mike Kelley l'escortèrent à une dizaine de mètres du campement et le firent s'asseoir sur un tronc couché. Alors le sergent Samuel Rabinowitz visa le cœur du Schleuh avec le Colt Commando .38 qui avait appartenu à Alfred Herschel Rabinowitz lors de la Première Guerre mondiale. Izzy, qui trépignait, jura soudain, regrettant de ne pas avoir pu accomplir le sale boulot. Le Führer lui-même avait ordonné que tout soldat ennemi capturé, revêtu de l'uniforme allemand, soit exécuté sur-le-champ. On ne fera pas deux poids, deux mesures, affirma le sergent Rabinowitz. Les membres de sa section vaquèrent à leurs occupations, mais dans leurs yeux brillait une lueur de peur inédite.

Cinq ans plus tôt, seulement, Sammy Rabinowitz et Mike Kelley s'asseyaient dans la chambre d'Izzy pour écouter des 78 tours d'Eddie Condon, le guitariste de jazz, et assembler des maquettes d'avions. Des gosses de quatorze ans, nés à moins de six semaines d'écart. Mike prétendait qu'Eddie Condon était sourd d'une oreille, Izzy qu'il était cinglé. Alors, comment aurait-il pu jouer ainsi ?

Sammy montait le B-17 Forteresse volante offert par son oncle, celui qui avait la tremblote. Il lui avait également réservé une belle surprise en lui donnant le dernier numéro de *Model Airplane News*. Les autres garçons, jaloux de la chance de Sammy, auraient à peine osé en tourner les pages. Izzy l'avait balancé au-dessus d'un exemplaire défraîchi d'*Air Trails*, sur le lit, près de la table de bridge.

Izzy et Mike Kelley, eux, n'avaient que des planeurs à construire. Izzy avait raconté à Sam qu'ils avaient trouvé les boîtes dans la ruelle, derrière le magasin de jouets de Mr Gessel, sur Orchard Street. Mike secoua la tête à l'intention de Sam sans qu'Izzy le remarque. Ce n'était pas la première fois que leur copain piquait un truc.

L'appartement se trouvait au quatrième sans ascenseur. La fenêtre de la chambre ouverte brassait un peu d'air. Les ennuis commencèrent, cet après-midi-là, quand la mère d'Izzy revint plus tôt de son travail à la blanchisserie de l'Avenue B. Lorsqu'elle ouvrit la porte de la chambre de son fils, sentit l'odeur qui y régnait et vit les bouteilles disposées sur la table, elle devint complètement dingue. Sur les étiquettes, elle avait lu *Airplane Dope*. Loin de comprendre qu'il s'agissait d'une marque de colle, elle fit le lien avec ce qui avait conduit le batteur de Benny Goodman en taule, Gene Krupa – ou quelque chose comme ça –, bref celui qui avait les paupières lourdes et lâchait souvent une baguette en plein milieu d'un morceau.

Izzy, assis de l'autre côté de la table, sortit en dernier et reçut une volée de baffes. Même la cavalcade des gosses dans l'escalier ne parvint pas à masquer le vacarme de Mrs Jacobs qui mettait à sac la pièce où, faute de place, dormait également la sœur d'Izzy, couchée à ses pieds. Lorsqu'ils atteignirent le trottoir, Sammy vit deux flacons de verre étincelant fuser de la fenêtre d'Izzy, comme portés par les gémissements haut perchés de cette *meshuga* de femme.

Les mioches coururent vers Tompkins Park où ils se jetèrent dans l'herbe en rigolant. Enfin, jusqu'à ce que Sammy Rabinowitz ironise stupidement : « La mère d'Izzy est bête à manger de la colle. La mère d'Izzy est bête à manger de la colle ! » Il le répéta plusieurs fois entre deux fous rires.

Alors Izzy, bien entendu, se sentit dans l'obligation de lui en coller une. Et Sammy répliqua, mais, plus vif, il transforma le nez et les lèvres d'Izzy en une pulpe rouge et enflée. Peut-être le moment était-il venu. Peut-être ne pouvaient-ils plus passer outre leurs différences. Toujours est-il que de ce jour, Isadore Jacobs et Sammy Rabinowitz s'étaient évités et, quand ils se croisaient à l'école ou dans la rue, échangeaient des injures.

Le central 7, dans le Lower East Side, avait beau être le deuxième commissariat le plus petit de Manhattan, il se trouvait dans le quartier et Sam – âgé de dix-neuf ans – aimait patrouiller pour veiller sur les vieux, les commerçants et les gosses qui jouaient trop tard, à la nuit tombée. Son père y avait été flic. Un cousin plus âgé aussi. Tous deux dans les années 1920.

Le paternel de Sam était mort à trente-neuf ans, quand lui en avait seize. Après l'enterrement, sa mère avait dit à l'une de ses tantes qu'elle aurait voulu partir avec Arnie, qu'elle ne pouvait vivre sans lui. À ces mots, Sammy, qui était assis dans un coin sombre, releva sa tête qu'il avait jusqu'ici enfouie dans les mains. Sa mère avait remarqué son regard. « Oh, non, Sammy, s'était-elle reprise. Ce n'est pas ce que je voulais dire. Je ne te laisserai jamais ! Pas avant très longtemps, que Dieu m'en garde. »

Il lui revenait désormais de rapporter de l'argent pour mettre un peu de beurre dans les épinards. Sa mère, couturière, avait un problème de jambes et ne pouvait rester assise très longtemps. Sam travaillait comme livreur pour tous les commerçants du quartier. Les années passaient et, curieusement, il ne fut pas appelé. Il ne s'engagea pas non plus. Il voulait être policier, point final. Héros et protecteurs devaient aussi servir parmi les civils, pas vrai ?

Mais depuis peu, chaque fois que Sam-le-flic Rabinowitz entrait chez Katz's Deli au coin de Houston et de Ludlow, non seulement il voyait les affiches des vedettes de cinéma et de théâtre, mais il s'attardait également sur un panonceau. Et le message pénétrait lentement dans sa conscience : « ENVOYEZ UN SALAMI À VOTRE GARÇON DANS L'ARMÉE. » Pendant ses rondes, il continuait d'y penser.

Tout le long du mur de l'épicerie, derrière le comptoir, pendaient les salamis, longs et courts, gras et maigres, au bout de leur boyau, même durant le rationnement. Il existe toujours un moyen de contourner les restrictions, notamment quand on habite dans la bonne ville. Les odeurs de pastrami et de corned-beef, et les hot-dogs sur le gril attiraient les badauds qui passaient sur le trottoir sans même se douter qu'ils avaient faim. Et en novembre 1944, Sammy acheta quatre salamis, les rapporta chez lui et exigea de sa mère qu'elle les envoie à la troupe. « Quoi ? l'interrogea-t-elle. Et comment je m'y prends, moi ? »

Le lendemain après-midi, au cours de sa patrouille, il finit par se décider. Il vit Izzy Jacobs et Mike Kelley derrière la vitrine d'un café, où tous deux dévoraient une charlotte. Mike gardait toujours la cerise au marasquin pour la fin.

Sam entra, attrapa une chaise et s'assit les bras posés sur le dossier. Comme s'ils avaient quitté le lycée la veille, il lança « Salut, les gars » et il regarda sa montre. « À trois heures, je m'enrôle dans l'armée. Qui me suit ? »

Ni Izzy ni Mike n'avaient de murs à peindre, de marchandises à livrer ou de machines pour ressemeler les chaussures. Difficile de trouver du boulot à cette époque. Les patrons embauchaient les femmes, à des rémunérations inférieures à celles des hommes qu'elles remplaçaient. Malgré tout, elles s'en contentaient, pour une fois qu'elles touchaient une paie. Bref, Sam n'eut pas de mal à les persuader. Et les trois gosses partirent vers la caserne.

À Camp Gordon, leur lieu d'entraînement, au sud-ouest d'Augusta en Géorgie, les jeunes recrues tombèrent sur un autre gamin du quartier, Tino Caruso, qui habitait une maison au coin de l'Avenue D et de la 6e avec vue sur l'East River Park. Seul endroit où l'on n'entendait pas le vacarme des mioches qui jouaient à la balle contre les escaliers ou au base-ball, et des gamines avec leurs marelles. Sam se souvenait encore du jour où avec son bâton il avait expédié une petite balle Spaldeen en caoutchouc si fort qu'elle avait brisé la fenêtre du sous-sol en face de chez Izzy : *home run* direct. Mais le bruit du verre cassé et le hurlement venu de l'intérieur les avaient tous fait fuir vers l'Avenue C. Les gosses zigzaguaient entre les voitures, les conducteurs écrasaient leur klaxon. Marrant, mais de temps en temps, Sam préférait marcher seul dans le parc… ou accompagné d'une fille.

Ils achevèrent avec succès l'entraînement au combat dans le corps de la police militaire. Sam passa sergent en raison de son expérience – bien que brève – de policier. Izzy et Mike s'en sortirent bien également. Tino Caruso s'avérait plus lent : dernier à la course d'obstacles ou dernier à rendre ses devoirs écrits. Ils demandèrent à être déployés ensemble et, à leur grande surprise, réussirent à obtenir ce privilège.

Le troisième jour, au sud de Bastogne, le sergent Samuel Rabinowitz progressait péniblement à travers plus de soixante centimètres de neige à côté du soldat Caruso. On connaît la neige à Manhattan. Mais ici, le froid le glaçait jusqu'aux os et les explosions continuelles, le sifflement des mitrailleuses et le rugissement des moteurs au-dessus d'eux – les Stukas allemands cachés par le manteau blanc des nuages – le faisaient également frissonner. L'ennemi avait du carburant pour prendre l'air tandis que les nôtres attendaient sur le tarmac, réservoirs vides. Un peu plus tard, on sut que les Boches bilingues vêtus de leurs uniformes volés avaient pour mission non seulement de perdre les convois en les envoyant dans de mauvaises directions et de couper les lignes de communication, mais également de faire des razzias sur les lignes de ravitaillement les plus importantes : wagons, camions, entrepôts.

Un jour où Sam et Tino avançaient péniblement le long d'une route à peine visible, ils tombèrent sur un rocher assez haut où ils allaient pouvoir s'arrêter et souffler. Juste avant de l'atteindre, on entendit un craquement et quelque chose effleura la joue droite de Sam. Il l'essuya du revers de son gant, vit Caruso trébucher puis retrouver l'équilibre et lui montrer une trentaine de mètres plus loin, dans un arbre, ce qu'il avait déjà compris être le repaire d'un tireur embusqué. En moins de deux, ils réduisirent le Schleuh en bouillie. Lorsque Tino se retourna pour le remercier, Sam sut ce qui lui avait frôlé la joue : une bonne partie du nez de Caruso.

Caruso survécut, évidemment. Comme tous ceux du Lower East Side. À la fin de la guerre, ils retournèrent dans leur quartier. Sam habitait toujours avec sa mère. Il l'aidait et économisait pour l'avenir. Quel qu'il soit. Il retrouva son insigne au Central 7, ce qui ne fut pas le cas de tous les anciens flics revenus de la guerre.

Il en était reconnaissant, certes. Mais, agité, tourmenté, il ne pouvait s'empêcher de repenser à ce moment. Dans les forêts enneigées de Belgique, il avait ordonné qu'un soldat ennemi, portant un uniforme de MP volé, soit exécuté. Exécuté, parce qu'il avait donné de mauvaises indications, parce qu'il avait inversé des panneaux routiers pour égarer les Alliés. Sam espérait évidemment ne jamais avoir à reprendre une telle décision. De toute façon ici, lors des patrouilles, à pied ou en voiture, il se contentait de passer de longues journées à glisser des amendes sous des essuie-glaces et à signer des déclarations d'accident.

Tant de choses avaient changé. Toutes les conversations tournaient autour des conflits sociaux. Avec les piquets de grève des dockers syndiqués, des centaines d'employés se retrouvaient sur le carreau. Quinze mille liftiers refusaient d'appuyer sur les boutons qui desservaient appartements et bureaux. À leur tour, les équipages de remorqueurs se mirent en grève. La situation dégénérait entre Irlandais et Italiens, et personne ne savait plus pourquoi. De plus en plus de juifs abandonnaient leur charrette à bras, après avoir percé dans le commerce, et déménageaient vers des banlieues plus chics.

Et la petite criminalité s'épanouissait… si l'on peut dire. Le *district attorney* s'efforçait de la combattre à grand renfort de policiers en civil, chargés d'écraser la prostitution, les lotos clandestins, le trafic de stupéfiants. Mais, pour l'instant, Samuel Rabinowitz se contentait de sa ronde, marquait à la craie les pneus des véhicules garés pour vérifier qu'ils ne dépassaient pas la durée de stationnement autorisée et tenait à l'œil les rares vauriens qui rôdaient en quête d'un quelconque larcin à accomplir.

Une année passa. Et la majeure partie d'une autre. Il revint à la synagogue après l'avoir désertée pendant longtemps. Très longtemps. Il y trouva une fille nommée Ruth. Elle l'aimait. Il essaya de l'aimer en retour.

Un après-midi, ils s'assirent au Katz's Deli. Leur commande arriva, lorsqu'ils remarquèrent Izzy et sa sœur, deux tables plus loin. La sœur, bon sang, qu'est-ce qu'elle avait changé. Elle avait quoi ? Dix-sept, dix-huit ans maintenant ? Sally. Elle s'appelait Sally. Et l'affichette : « ENVOYEZ UN SALAMI À VOTRE GARÇON DANS L'ARMÉE » n'avait pas été retirée. Jaune, juste au-dessus des cheveux châtains bouclés de Sally Jacobs, pareille à une couronne.

Sam, en compagnie de Ruth, passa leur dire bonjour. Izzy les invita à sa table et ils apportèrent leur plateau. Pendant tout le repas, Sam oublia la présence de Ruth.

Mais Ruth, elle, s'en rendit compte. Après coup, elle s'était plainte. Et elle était partie.

Moins d'une semaine plus tard, Sam et Sally se promenaient ensemble, faisaient du lèche-vitrine. Un dimanche, ils allèrent voir *Le Mur invisible*, film dans lequel un journaliste de New York, Philip Green, devient Phil Greenberg afin de mieux comprendre l'antisémitisme. Sam et Sally en débattirent. Jamais elle ne pourrait feindre d'être quelqu'un d'autre, lui, au contraire, affirmait que la fin justifie les moyens.

Bien entendu, même s'il ne le lui avoua pas, il pensait au faux MP dans la forêt au sud de Bastogne, assis fièrement sur un tronc couché, droit comme un i, menton relevé, ses lèvres qui remuaient en une prière muette adressée à Dieu ou au Führer. Assis pour que Sam, le nouveau soupirant de Sally, Sammy Rabinowitz, puisse braquer le canon d'un flingue sur sa poitrine de jeune Allemand et lui faire exploser le cœur.

Sam, en civil, prenait le petit déjeuner dans l'un de ses cafés préférés, en dehors de ses heures de service. Il dévorait un bagel au cream cheese, lanières de saumon et oignons, servi avec deux variétés de légumes au vinaigre. Il attrapa le journal qui traînait sur une chaise et le parcourait quand Izzy et Mike

Kelley entrèrent à leur tour. Sam croisait rarement d'anciennes connaissances. Et là, cela faisait deux fois qu'il voyait Iz la même semaine.

Sally lui avait confié que son frère n'approuvait pas leur liaison. « Izzy est bizarre parfois », s'était-elle contenté de lui dire. Iz pensait que Sam se la coulait douce. Trop douce – la mort prématurée du père de Sam ; Sam se démenant pour trouver n'importe quel boulot afin d'aider sa mère. Décidément trop douce, quand il avait été grouillot dans une boucherie miteuse.

Mike se dirigea vers sa table. Il arborait encore sa coupe en brosse et ses reflets roux faisaient bel effet au-dessus de son corps athlétique. Le pantalon au pli toujours impeccable et la chemise d'un blanc aveuglant. « Ils te laissent patrouiller ? demanda-t-il. Ils savent pas que t'es bon qu'à foutre la merde ? » Pas drôle, mais Mike essayait.

« Parfois, on lâche la bride au chien, rétorqua Sam. Ça roule, ma poule ? » Mike répondit qu'il vendait des fourrures au magasin de son oncle dans le quartier de Stuyvesant.

Izzy, voûté comme il était, ressemblait à Sad Sack, le personnage de bande dessinée. Il observait la une du quotidien que Sam tenait toujours dans la main gauche. « Me dis pas que tu lis ce torche-cul ? »

Sam haussa les épaules sans daigner répliquer.

Izzy se renfrogna. Il s'adressa à Mike : « Viens, on prend à emporter. On a des trucs à faire. »

Une fois la commande empaquetée, Izzy jeta à Sam

un regard censé le faire bondir, mais cela lui aurait demandé trop d'énergie pour la dose de caféine qu'il avait bue. Quant au bon vieux Mike, au moins, il avait silencieusement articulé un « Désolé ».

Sam replia le journal et le posa sur la table voisine. Le titre bien en vue. C'était la première fois qu'il jetait un œil sur *The Daily Worker*, la feuille de chou communiste qui avait mis sens dessus dessous tant de familles et brisé tant d'amitiés.

Quand ils se revirent, la fois suivante, Sally lui dit combien son frère était de mauvais poil après leur rencontre au café. « À cause du journal que tu lisais, précisa-t-elle.

— Il croit que ce n'est pas sérieux entre nous, c'est tout. J'irai lui parler. Il rentre quand ? » Izzy vivait toujours avec leur mère, mais avait déménagé au rez-de-chaussée. Le lendemain, lors de sa pause déjeuner, Sam sonna à sa porte.

Izzy l'entrebâilla, s'immobilisa soudain et lança : « Tire-toi de là, sale communiste. » Il se pencha vers la gauche et Sam repéra entre les gonds l'éclat d'un objet jaune. La porte s'ouvrit davantage et Izzy exhiba sa vieille batte de base-ball.

« Elle est en sécurité avec moi, Izzy.

— Tu tiens à tes genoux ? T'aimes bien parader dans ton uniforme de flic ? Je vais te dire un truc. Marche à l'ombre. Et repars dans la direction d'où t'es venu. »

Sam sortit, par égard pour la mère d'Izzy. Assise sur le canapé vert devant la fenêtre qui donnait sur la rue, elle retenait le rideau de dentelle. D'après Sally, le médecin avait diagnostiqué une dépression. Quant à leur père, il vivait sa vie, deux appartements au-dessus. Les cheveux de Mrs Jacobs pendaient en mèches grises sur son col. Deux profondes rides de tristesse lui barraient le coin des lèvres.

Six mois plus tard, Sam fut transféré au Central 9. Il poursuivit les patrouilles, mais sur une zone plus étendue. S'il continuait ainsi, lui avait-on dit, il obtiendrait bientôt un vrai travail d'enquêteur, avec une petite augmentation. Dès le début, il avait émis ce souhait, mais il faudrait peut-être attendre près d'une année.

Pourtant, désormais, chaque fois qu'il se rendait dans la salle de réunion du Central 9, il chantait la dernière chanson à la mode « Buttermilk Skies » ou « Prisoner of Love ». Et quand il allait voir Sally dans l'appartement qu'elle partageait avec une amie, et que l'amie s'éclipsait, il essayait d'interpréter « Till the End of Time » à la Dick Haymes. Bref, il était heureux.

Sally avait déniché un boulot d'opératrice téléphonique et bien qu'elle s'en soit voulu de quitter sa mère, elle en avait assez de dormir sur le canapé et avait besoin d'un peu de temps pour elle. Elle habitait à douze blocs à peine et, comme Izzy n'avait pas déménagé, il n'y aurait pas de problème. Pour amuser Sam, elle contrefaisait des voix d'opératrices et lui racontait des histoires à dormir debout. Une nuit, après une séance d'imitation, il lui lança : « Tu vas me faire devenir chèvre, si tu ne m'épouses pas. » Première fois qu'il le lui disait.

« Devenir chèvre ? Très imagé », lui répondit-elle en éclatant de rire. Il fallut deux autres demandes en mariage pour qu'elle accepte.

Le supérieur de Sam l'appela. Un caïd, Harry Gross, avait mis le grappin sur des dizaines de commerçants et de tenanciers de bar. « Si on ne l'arrête pas maintenant, il va finir par devenir maire avant qu'on ait eu le temps de dire ouf. »

Marrant. Sam s'esclaffa. Pourtant, ça n'avait rien d'impossible. Le sergent confia ensuite à Sam qu'il allait être muté. « L'inspecteur Brian Hirsch du service des enquêtes a besoin d'hommes pour pincer ce mec. Il y a des tests écrits et une période probatoire, bien sûr, mais ensuite, ça roule. » Hirsch avait remarqué Sam pendant une descente sur des lotos clandestins. Deux commissariats y avaient participé et Rabinowitz se trouvait être l'un des deux flics chargés de canaliser la foule. Hirsch avait apprécié son comportement et son dossier, une fois lu. Sam ne connaissait pas l'inspecteur, mais il remercia le sergent, tout en lui faisant part de ses regrets. Et lorsqu'il sortit du central, il envoya un baiser vers le ciel.

Les semaines passèrent vite. Sam réussit les tests haut la main ; et pourquoi pas ? Il s'en vanta auprès de Sally. Ils évoquèrent un mariage dans les prochains mois.

L'inspecteur Hirsch se pencha sur le bureau encombré utilisé par toute la brigade. Il ressemblait au père de Sam avec sa calvitie galopante et ce qu'il restait de cheveux tellement gominés qu'ils paraissaient bleus ; des yeux noisette pouvant démasquer n'importe quel secret enfoui au plus profond de l'âme ; et des paluches qui n'auraient pas détonné chez un catcheur.

« Pots-de-vin, déclara Hirsch. Trop de nos gars ont les mains sales. Je ne sais pas pour toi, mais moi, je ne me suis pas accroché un insigne sur la poitrine pour que des criminels me graissent la patte. Tu me suis ? »

Oui. Facile.

« Un de ses hommes de main, un de ses *ganefs*, aide Harry Gross quand il lui faut devenir très persuasif, si tu vois ce que je veux dire. »

Sam acquiesça, puis demanda : « Pétages de rotules, tabassages en règle ? J'en passe et des meilleures ?

— À coups de poing, de couteau, à coups de genoux dans les joyeuses, répondit Hirsch. Mais ni Gross ni ce type ne se salissent les mains. Ils ont des gorilles. Un de ces quatre, pourtant, un client va caner et Gross et ses sbires seront candidats à une petite séance de chaise électrique. J'aimerais lui envoyer un message avant qu'il ne prenne trop le melon. Bref, le *ganef* en question bosse pour Gross ; il porte des écharpes et des chapeaux mous pour cacher son visage. Les indics l'ont repéré parce qu'on dirait de la cire. Son nez n'a jamais la même taille. Parfois, c'est le tarin de Jimmy Durante, parfois un confetti.

— Attendez. Un type avec un faux nez?

— Oui. Il… »

Sam articula lentement : « Tino Carlo Caruso. » L'inspecteur Hirsch l'interrogea : « Tu le connais?

— Ça se peut. »

Pas Tino, merde ! Pas le Tino qui s'était retrouvé accroché à l'entrejambe pendant les classes parce qu'il avait glissé sous les barbelés plutôt que de passer par-dessus. Était-ce la guerre qui l'avait changé ? Le tireur embusqué ? Ou Tino avait-il toujours été limite et Sam n'en avait pas pris la mesure parce qu'ils n'étaient pas du même quartier ? Des flics qui touchent des pots-de-vin, c'est une chose. Mais l'histoire de Tino lui laissait un goût amer. Comme si Sam lui-même en était responsable ou, plutôt, en *avait été* responsable, sur cette route belge, lors de cet hiver au froid mordant. Ce jour funeste où Sam lui avait dit de garder un gant pressé contre son visage jusqu'à ce qu'ils trouvent un toubib. Tino avait-il été sauvé… pour ça ?

Petit accroc dans le plan de Hirsch : Sam connaissait Caruso. Donc, il n'agirait pas sous couverture.

Sam para à toute éventualité. Il souleva de la fonte, il courut et étrenna même le nouveau sac de frappe de la salle de gym. Il avait appris le corps à corps pendant ses classes, le combat à mains nues à l'école de police, et pourtant, tous les dimanches, il payait trois heures de cours à un instructeur de Chinatown qui lui enseignait le *bagua*, art martial chinois basé sur les mouvements de huit animaux. Ses favoris ? Le lion et le serpent. Grâce à une coordination et des réflexes excellents, il gravit rapidement tous les niveaux.

Un samedi matin, Sally parvint à le convaincre d'aller à la nouvelle synagogue sur la 14e Rue, celle qu'Izzy venait de rejoindre. Sam feignit d'apprécier les psalmodies du *hazan*, ainsi que le très jeune rabbin et toutes ces petites dames qui le trouvaient tellement beau. Difficile, pourtant, d'entendre quoi que ce soit, quand, cinq rangées devant lui, Izzy chantait à tue-tête et priait pareil à un fou furieux. Sam ignorait si Izzy l'avait vu.

Puisque Sally, depuis qu'elle prenait des cours au City College, devait réviser, Sam et elle se bécotèrent en vitesse dans la voiture qu'elle regrettait déjà d'avoir achetée, et il la raccompagna chez elle.

Dimanche, il monta dans le bus pour se rendre au magasin de pneus où bossait Izzy. Sam, qui connaissait bien la rue, se faufila entre les véhicules garés un peu partout pour s'en approcher discrètement. Izzy, dehors, signait le reçu d'un livreur qui avait apporté un pneu, qui reposait maintenant contre la jambe d'Izzy. Une fois le livreur reparti, Izzy apporta le pneu près de la voiture la plus éloignée de l'entrée et le planqua dans le coffre qu'il referma avant de se retourner, aux aguets. Sam attendit qu'Izzy rentre dans la boutique pour lui emboîter le pas.

Quand Sam ouvrit la porte du local, un mécanicien sortait de l'atelier et demandait à Izzy si le pneu avait été livré. Izzy répondit par la négative. L'employé repartit en grommelant.

Alors Izzy se retourna vers l'entrée et remarqua Sam. « Tu oses venir ici ? »

Sam attendit un instant et répondit : « Pourquoi tu fais ça, Iz ? »

Izzy baissa la tête, contempla ses orteils, puis releva les yeux et fixa Sam. « Ta gueule, la sainte-nitouche.

— Iz, Iz. Si tu as besoin d'oseille… je peux…

— Venant de toi, jamais.

— Arrête tes conneries, Iz !

— Ce n'est peut-être pas ce que tu crois.

— Permets-moi d'en douter », répliqua Sam.

Avait-il raison ? Et si Izzy devait vraiment livrer le pneu et que le mécano attendait un autre modèle ?

Un client entra. Sam traîna devant les tableaux muraux et les étiquettes de pneu. L'homme paya le reliquat de ce qu'il devait et demanda à Izzy de remercier son patron pour l'ardoise. Quand il sortit, Izzy resta derrière le comptoir. « J'ai une question, lança-t-il.

— Vas-y, répondit Sam.

— T'es un rouge, oui ou non ?

— Écoute, Izzy, tu te plantes et tu le sais. Parfois il y a des choses sur lesquelles on n'a pas prise. Sally et moi, on s'aime. Vraiment. Ça fait près d'un an… non : sept mois, deux semaines et trois jours que je sais que c'est elle. Je voudrais que tu sois mon témoin, Iz. Tu le ferais pour nous ? La veille de la Saint-Valentin. Comme ça, d'après Sally, je n'oublierai pas notre anniversaire de mariage. Dis, tu veux bien, Iz ? »

Izzy devint livide. Il se pencha et sortit de sous la

caisse un cric graisseux qu'il posa lentement sur le comptoir. « Et ça, t'en dis quoi, sergent ? »

« Sergent » prononcé avec un tel mépris dans la voix… Comme un mauvais acteur. Et Sam s'y connaissait en mauvais acteur depuis que Sally l'emmenait voir des pièces dans les quartiers nord, afin qu'ils puissent se cultiver.

Comme ce soir.

Ce soir, Sally et lui prendraient le métro et avaleraient un hot-dog chez un marchand ambulant, avant d'assister à la représentation d'*Annie du Far West*. Après, ils traîneraient un peu dans le quartier, histoire de trouver un café sympa et de boire un verre. La mère de Sam avait aidé sa fiancée à coudre une robe. Il n'avait pas eu le droit de la voir et, dans le métro, Sally tenait un grand châle serré tout contre elle. Lorsqu'ils descendirent de la rame et qu'elle ouvrit l'étoffe de couleur crème, il manqua défaillir. La robe dénudait les épaules, pinçait la taille, s'épanouissait jusqu'aux hanches avant qu'une cascade rubis ne tombe juste au-dessus des genoux. Elle portait également des escarpins noirs ornés de roses rouges en soie.

Après la pièce, ils mangèrent un cheesecake dans le quartier avant de repartir à pied vers le métro. Loin au-dessus des lumières de la ville, les étoiles scintillaient dans l'air pur. Sam aurait voulu invoquer la nuit et la prier de se prolonger au-delà des dix heures qu'elle était censée durer. Pourtant lorsqu'il vit la borne d'appel d'urgence de la police, à moins d'un mètre dans une ruelle, sur le chemin du métro, il s'excusa. Il devait téléphoner. Hirsch appréciait que ses hommes l'appellent.

« Il faut que tu y ailles, c'est ça ? lui demanda Sally quand elle le vit revenir. Vas-y, mon chou. Je peux rentrer seule.

— Non. Je ne raterais mon baiser d'adieu sur le pas de ta porte pour rien au monde. »

Il s'efforça de se montrer enjoué, mais le cœur n'y était plus. Devant chez elle, il l'embrassa avec passion, et quand elle fut rentrée, il se dirigea de nouveau vers le métro. Et prit la direction de la scène de crime : le vieil immeuble de l'Avenue C où logeaient la mère et le frère de Sally. Il ignorait ce qu'il s'y passait précisément, mais plus tard elle l'apprendrait, mieux ce serait.

Numéro 216.

L'inspecteur Hirsch se fraya un chemin sur le trottoir, puis sur le perron, interdit d'accès par un cordon de police. Il montra sa carte au planton, vit Sam qui approchait et l'attendit. D'autres flics tenaient les curieux à distance, ainsi qu'une locataire qui revenait de son travail de nuit. Dans la rue, on ne voyait plus que des voitures de patrouille.

À l'intérieur, c'était autre chose. À l'intérieur, le parquet était inondé de sang. Abat-jour et tableaux en étaient constellés. Une grande tache rouge s'étalait sur le dossier du canapé vert clair près de la fenêtre où Mrs Jacobs retenait les rideaux de dentelle la dernière fois que Sam l'avait vue. Les napperons blancs avaient disparu de la têtière et de l'accoudoir du fauteuil.

Le corps d'Izzy gisait dans la cuisine. Le photographe prenait en gros plan son visage. Des clichés du V sanguinolent gravé au couteau qui reliait la commissure des lèvres à la pommette. L'inspecteur Hirsch n'ignorait pas qu'en prison on réserve ce genre de traitement aux minables, aux balances. Marquer ainsi un cadavre lui paraissait « dégueulasse ». « Tu notes, Rabinowitz ? »

Sam venait à peine de franchir le seuil ensanglanté de l'appartement, son carnet à la main. Sa tête bourdonnait, comme pleine d'ouate. Les yeux humides ? Bien sûr que non. La gorge serrée, pleine de bile ? Surtout pas.

Iz. Le base-ball. Les maquettes d'avions. Le soldat Isadore Jacobs, compagnon d'armes. Izzy, son futur beau-frère. Comment était-ce possible ? Sam pensa immédiatement à Sally. Comment allait-elle le supporter ? Il la retint dans son esprit comme il l'aurait tenue dans ses bras, comme s'il pouvait lui transmettre sa force. Que Dieu vienne en aide à Sally si elle l'apprenait de quelqu'un d'autre que lui.

L'inspecteur Hirsch escorta Sam vers la chambre en lui montrant des traces à hauteur de coudes. « Il la portait. Regarde les marques sur le sol. » Il désigna des traînées noires. Cette pauvre Mrs Jacobs mettait toujours des chaussures noires à lacets.

Dans la chambre, d'un signe du menton, Hirsch

indiqua le lit où Mrs Jacobs gisait, sur le ventre. Sa tête pendait sur le côté comme si elle cherchait quelque chose par terre. Sam vit son visage de profil et le reconnut, malgré les cheveux roux qui l'encadraient. Grâce à sa fille Sally, Mrs Jacobs avait lentement remonté la pente et depuis la dernière visite de Sam, elle se pomponnait et s'était même fait teindre les cheveux.

L'inspecteur Hirsch appela Sam et Sam s'exécuta. Il s'approcha des jambes de Mrs Jacobs. Il savait ce qu'il devait examiner, mais s'y refusait. À l'aide de sa lampe torche, Hirsch éclaira le flanc de la mère de Sally où des contusions rouge pâle s'étaient formées sous les traces de sang et d'excréments.

Sally, en chemise de nuit, fit entrer Sam et sa tante qui vivait à Brooklyn. Le regard de Sally passa de l'un à l'autre. Inutile de parler, elle se prépara au pire. Ils l'escortèrent vers le canapé et s'assirent à ses côtés. Alors ils lui racontèrent et, chacun leur tour, ils la bercèrent comme une enfant. Comme l'enfant qu'elle était redevenue.

Sam s'était enfermé dans un bureau, un placard vaguement aménagé, où les policiers écrivaient leurs rapports dans le calme. L'inspecteur Hirsch avait ordonné qu'on ne le dérange pas. Sam devait noter le nom de chaque personne qu'Isadore Hadwin Jacobs avait connue de la maternelle jusqu'à la patrie des Boches.

On avait informé le père d'Izzy, bien entendu, et il devait passer le lendemain au commissariat pour être interrogé, mais Sam doutait qu'il fût impliqué.

Sam avait demandé plusieurs fois à l'inspecteur Hirsch d'envoyer quelqu'un prendre des nouvelles de Mike Kelley. Pour s'assurer qu'il allait bien. *Mais, après tout, pourquoi n'irait-il pas bien ?* s'interrogeait-il. Parce qu'il ne pouvait s'empêcher de les associer tous les deux. Mike et Izzy. Izzy et Mike.

Sa mère étant partie au mariage d'une amie d'enfance en Floride, Sam put accueillir Sally chez lui ce soir-là. Ils se couchèrent dans le même lit. Elle parla, elle pleura. Ils se levèrent et il lui fit à manger. Ils discutèrent et ils se recouchèrent… et parlèrent encore. Dans la chambre de Sam, il y avait un store qui portait une entaille, sur le côté, comme une morsure. Impossible de se rappeler comment elle était arrivée là. L'ombre grimaçante de la lune qui s'y projetait semblait se moquer de lui. Ils s'endormirent. Un baiser de Sally le réveilla et bientôt, il entrait en elle en s'excusant aussitôt, « Pardon, pardon ». Mais elle chuchotait, « Non, mon amour. Je voulais que tu le fasses, je le voulais. »

Elle se leva et gagna la salle de bains. En revenant se coucher, elle vit qu'elle saignait. De nouveau, il s'excusa. Cette fois, elle ne répondit pas.

Malgré lui, il se rendormit. Alors que l'aube se découpait à travers le store déchiré, il sentit le souffle tiède de Sally, puis ses lèvres contre les siennes

« Serre-moi encore, Sammy. Il faut que tu me serres fort ou je ne pourrai pas vivre. »

La douleur éprouvée lorsqu'on se sent impuissant se révèle souvent pire que celle dont on souffre réellement. Comme assister à l'agonie d'un être cher, plutôt qu'à la sienne. Chaque jour qui passait sans apporter de réponse aux meurtres d'Izzy et de sa mère bouleversait Sam. Mais il devait accomplir son devoir de flic et consacrait le reste de son temps à Sally. Alors, il harcelait les enquêteurs du Central 7, jusqu'au moment où il les soupçonna de tout faire pour ne pas lui répondre. Il y avait vu Mike Kelley et avait essayé de lui parler, mais Mike se contentait d'entrer et de sortir, aussi froid qu'un bâtonnet de glace.

Un mois, jour pour jour, après les meurtres, deux types furent flingués au beau milieu d'une salle de jeu dans un sous-sol de la 13e Rue Est. Un homme de main et un client. Quant au proprio, il perdit un doigt, arraché par une balle. Il affirma avoir su dès le début qu'il s'agissait de mafieux rejouant le Massacre de la Saint-Valentin. Ces pourris, selon ses termes, qui portaient de faux uniformes, avaient prétendu vouloir perquisitionner son tripot. « J'ai repéré leurs chaussures sales qui descendaient les marches. Et puis il manquait un bouton à la veste d'une de ces ordures. Jamais vu ça chez nos flics. » Un truand fier des policiers du NYPD. Il avait sorti un fusil à pompe – déchargé – de son râtelier et leur avait ordonné de se tirer. Il aurait mieux fait de s'abstenir.

L'inspecteur Samuel Rabinowitz et un stagiaire, qui dessina la scène de crime à l'aide de gabarits en forme de flèches, de pièces ou de corps, rédigèrent le rapport. Sam demanda au propriétaire s'il avait d'autres souvenirs. « Oui, derrière, dans l'escalier, il y avait quelqu'un. Coupe en brosse et cheveux roux. Très pâle, comme un albinos. Qui gueulait pendant que le tireur me faisait les poches et que Jimmy gémissait par terre. Je l'aimais, ce Jimmy, c'était comme un fils pour moi. Je vais en faire de la chair à pâté, de ces mecs. »

Mike Kelley était-il le seul roux coupé en brosse de tout Manhattan ? Évidemment, non. Mais Sam suivit son instinct.

D'abord il trouva l'adresse du magasin de fourrure de l'oncle paternel de Mike. Puis, lors d'une patrouille, il s'écarta au petit trot de son itinéraire classique. Quand il arriva devant la boutique, Mr Kelley appuya sur un interrupteur pour débloquer la porte : trop de vols à la tire, lui expliqua-t-il. Mike était dans la réserve ; il allait le chercher.

Mike et Sam s'entretinrent, coincés entre deux portants remplis de fourrures. Le nez de Sam le démangeait. Il avait à peine ouvert la bouche, que Mike, après s'être assuré que son oncle ne pouvait les entendre, lui dit : « Pas ici, Sammy. » Il lui donna rendez-vous au parc de Tompkins Square. « L'orme géant au milieu ? Celui à moitié mort, tu sais, bouffé par les insectes ? Neuf heures. Il fera nuit. »

Sous un lampadaire, dont la lumière se mêlait à celle de la pleine lune, Sam observa les bottines de Mike tandis que les deux hommes s'asseyaient sur un banc. « Très chic, vieux.

— Modèle Pampa, ça coûte un bras, ouais. »

Sam allait également faire un commentaire sur la chemise de Mike, quand celui-ci le devança et évoqua la sienne. « Style hawaïen maintenant ? Classe. Ça marche, la police, non ? »

Tous deux hochèrent la tête et regardèrent deux ombres de l'autre côté du chemin. Une fille et un gars qui se bécotaient sur la pelouse. « Tu devrais pas aller les séparer ? demanda Mike. Ah, non, tu ne portes pas ton insigne.

— Mike. Tu veux me dire quelque chose ?

— J'y étais pas.

— T'étais pas où ?

— La fusillade dans la salle de jeu. Quelqu'un m'a dit qu'on avait vu un rouquin. C'était pas moi. Je suis au courant, c'est tout.

— Tu as croisé Tino Caruso récemment ? »

Mike se leva et fila vers le sentier. Tout à coup, il se mit à effectuer des sauts sur place, boxant dans le vide. Il appela Sam et lui demanda de le rejoindre en gloussant bêtement.

Sam s'approcha de lui, l'attrapa par le col et le ramena sur le banc. « Izzy ? Qu'est-ce qui s'est passé avec Izzy ? T'es au jus. Je sais que t'es au jus. »

Le visage de Mike était brillant, couvert des fines gouttelettes de sueur estivale. Ses cils pareils à de pâles sourires. Mais il ne souriait pas. Il baissa soudain la tête et l'enfouit dans ses mains, sanglotant en silence.

Sam finit par lui tirer les vers du nez. Tino Caruso avait fait buter Izzy. La mère n'aurait pas dû y passer. Quand Mike avait appris que Mrs Jacobs avait été violée en plus d'avoir pris une balle dans la tempe, il avait disparu pendant deux jours. Plus tard, il avait prétexté être tombé d'un trottoir, s'être assommé et avoir terminé à l'hosto. Ce qui expliquait les hématomes qu'il s'était faits, en réalité, dans une ruelle en se tapant la tête contre un mur. D'où également, les yeux au beurre noir. « Moi aussi je vais y passer, il sait que je t'ai parlé.

— Il ne vit pas dans le quartier ?

— Dans le nord, près de Stuyvesant. Il est blindé maintenant, avec toutes ses arnaques. Il travaille pour un gros poisson, Harry Gross. Mais il met des affaires de côté, pour lui.

— Comment tu t'es foutu là-dedans, Mike ?

— La fusillade sur la 13e, il m'a forcé à y assister. Je te jure que je ne savais pas ce qui allait se passer.

— Et pourquoi Izzy ? Pourquoi lui taillader le visage ?

— C'est pas Tino.

— Je m'en fous. Je veux le responsable. Son nom ?

— Il s'appelle Jambon. Izzy a bavé sur la nouvelle carrière de Tino. Quelqu'un en a parlé à un mec. Et ce mec était une balance. Il l'a raconté à Tino. J'ai tellement peur, Sammy. Qu'est-ce que je vais faire ?

— Disparaître dans la nature, Mike, tu le sais bien.

— Aide-moi, Sammy. Je suis foutu. » Il s'écroula alors sur les genoux et se mit à pleurer silencieusement. Sam l'entraîna plus loin, le serra dans ses bras, lui dit que tout irait bien. Du pipeau, à l'évidence. Tout avait changé. Plus rien ne serait pareil.

Sam raccompagna Mike dans la rue. Au moment des adieux, Mike crut voir la voiture de Jambon qui passait lentement. Jambon, le sbire de Tino. Celui qui avait tailladé Izzy. Celui qui avait peut-être joué au con avec Mrs Jacobs. Mike grogna et se détourna, juste à temps pour vomir dans l'herbe.

Quand Mike se releva, Sam lui tendit son mouchoir. « Viens avec moi. »

Il l'emmena au commissariat. L'inspecteur Hirsch parvint à convaincre le capitaine de mettre Mike à l'abri, dans le Queens, le temps qu'il témoigne et dénonce ses complices.

Quand Hirsch souleva sa clope du cendrier, comparée à ses doigts, elle ressemblait à un cure-dents. Sam lui enviait ses mains, de vraies armes. Il évoqua les confidences de Mike Kelley : le massacre du tripot clandestin était un message adressé par Tino au reste du monde.

« Tino a le QI d'un moineau. J'aurai pas de mal à le retrouver. Son bras droit s'appelle Fishel Gross, le neveu de Harry, le mafieux. Une ordure – on le surnomme Jambon. On va leur faire croire que je marche dans les combines de Tino. On le piège, on le serre. »

Intraitable, l'inspecteur Hirsch exigea de Sam qu'il reste en dehors de cette histoire tant qu'une équipe ne serait pas constituée. « Pour l'instant, la seule chose que tu doives faire c'est te calmer. » Sam sortit de la réunion avec une grosse boule dans le ventre. Il aimait Hirsch. Il aimait son boulot, ses frères d'armes, son insigne. *Fais pas ça*, se répétait-il.

Grâce à Mike, il connaissait déjà les habitudes de Tino. Le jeudi, après avoir dîné dehors, il rentrait chez lui, appelait une fille, lui faisait son affaire et la renvoyait avant minuit pour s'endormir en lisant un *comics* de Captain America, sa radio Magnavox branchée sur WMCA. Réglé comme un coucou suisse. La seule qualité de Tino, se souvint Sam.

L'air suffoquant forçait tous les habitants à ouvrir leurs fenêtres. Sam étudia l'immeuble afin de localiser celle de Tino. Il grimpa par l'escalier de secours, face nord. Certains locataires bloquaient les guillotines à l'aide de cales en bois. Pas Tino. Il devait se sentir invincible, imagina Sam. Pas de rideau, pas de voile, il entra dans la chambre.

N'importe qui aurait pu s'emparer de l'arme de Tino laissée sur la table de nuit. Sam la glissa dans sa ceinture, se pencha pour poser une main sur la bouche du truand, mais eut un mouvement de recul. Tino dormait avec son faux nez… Une prothèse affublée de lunettes à la Groucho. Manquaient juste les sourcils en pagaille. La portait-il en charmante compagnie ? Peut-être que les filles aimaient ça ?

Sam se reprit, couvrit la bouche de Tino qui se

réveilla aussitôt. Il le fit s'asseoir sur une chaise. Tino, en caleçon, se cachait la poitrine, comme s'il n'avait jamais connu les douches de l'armée. Sam se percha au bord du lit, le flingue posé sur la jambe, et décida de ne pas balancer tout de suite ce qu'il avait sur le cœur : « C'est pas ton nez que tu as perdu là-bas, Tino. C'est ton âme. »

Il n'y avait pas que la cicatrice de la balle sur le visage de Tino. Ses joues présentaient les stigmates d'une opération ratée, d'où le teint cireux qui attirait les quolibets.

« T'en sais rien, dit Tino.

— J'en sais assez. Sam se leva, se dégourdit les jambes et lui fit face. Est-ce que tu as toujours été un pauvre type, Tino ? Sans la guerre, est-ce que tu aurais tué un pote et violé une vieille ?

— J'ai rien fait ! » Le regard de Tino dévia une fraction de seconde.

Une ombre qui se dévoile, le battement d'une aile. Comme cet avertissement mystérieux au cœur de la forêt belge qui lui avait permis de devancer le tireur embusqué.

Ainsi, là, dans la chambre de Tino, l'avertissement vint de nulle part. Sam se posta dos au mur.

Lorsque Fishel « Jambon » Gross, en chaussettes et caleçon, entra avec son pistolet brandi à hauteur de poitrine, Sam lui attrapa l'avant-bras et fit tomber l'arme avec la crosse de son revolver de service. Puis il tordit le bras du colosse pour le mettre à genoux et repoussa son flingue du pied. Mais ce n'était pas pour rien que Jambon portait ce surnom. Il était costaud et têtu comme un cochon.

Tino titubait, essayait d'enfiler un pantalon et un pull-over, cherchait un nez de rechange dans le tiroir supérieur de la commode tandis que Sam luttait pour mettre Jambon à terre. Il ne voulait pas tirer afin d'éviter qu'une balle perdue traverse le mur ou le plafond. Il parvint à lui expédier un coup de pied sur le côté du genou, Jambon s'écroula et Sam lui passa les menottes. À Jambon, qui gémissait face contre terre, Sam déclara : « *Nana korobi, ya oki* », et, abandonnant le japonais : « Tombe sept fois, mais relève-toi huit fois… Mon cul ! »

Il s'adressa alors à Tino, toujours près du placard : « C'est soirée pyjama chez toi ? Dommage pour lui. Y a une femme, aussi ? Une autre surprise ? » Tino secoua la tête. Sam escorta les deux hommes dans le salon et leur indiqua les chaises. Jambon s'y rendit à clochepied en grognant de douleur. Soudain, en dessous, les voisins se manifestèrent. D'autres, au même étage, frappèrent contre le mur pour exiger le silence.

Sam parcourut la pièce du regard et remarqua un téléphone. Il prit son arme dans la main gauche et souleva le combiné. Mais à peine commença-t-il à composer le numéro qu'en un éclair Jambon réussit à passer ses bras menottés autour de Sam et à le ceinturer.

Jambon, malgré la douleur, parvint à attirer Sam vers la chambre… et la fenêtre grande ouverte. Le flic tenta de le faire trébucher, mais – ironie du sort – sa rotule disloquée et la marche qu'elle lui imposait l'en empêchèrent.

Au même moment, sous les yeux de Sam, Tino se levait de sa chaise, ouvrit la porte en silence, regarda derrière lui et ficha le camp.

Jambon, tenant toujours Sam tel un bouclier humain, tomba à la renverse par la fenêtre. Ils heurtèrent l'escalier de secours et Sam profita du choc pour se tortiller et libérer ses bras. Jambon se releva avec difficulté. Toujours menotté, il joignit les mains comme une masse et frappa Sam qui para le coup et profita de cet élan pour faire passer l'armoire à glace par-dessus la rambarde. Un impact sourd se fit entendre quand il heurta le sol. Puis le miaulement de chats en chaleur et, au loin, une sirène.

Les policiers trouvèrent le second corps de l'autre côté de l'immeuble, où l'escalier menant au toit avait servi à escorter un Tino Caruso désabusé vers une fin peu glorieuse.

Il n'y avait rien de sérieux dans les disputes entre Sally et Sam au sujet des prénoms. Honora avant Isadora ou Isadora avant Honora. Sally finit par l'emporter. Ce serait Honora, comme sa mère : Honora Isadora Rabinowitz. Et à la maternité, elle confia à l'infirmière que son prochain enfant, un garçon sûrement, s'appellerait Aaron Samuel ou Aaron Alfred Samuel Rabinowitz.

La brassée de saule blanc liée par un ruban rose, cadeau de l'inspecteur Hirsch, trônait sur le rebord de la fenêtre dans un vase transparent. Les rayons de soleil ricochaient sur le verre et jaspaient le plafond et les murs. Lorsque l'infirmière passa pour donner ses médicaments à Sally, elle apprécia l'air serein des parents. « Heureux comme des chats dans une crémerie. » C'était vrai, et ça le resterait, malgré les hauts et les bas, pendant cinquante longues années de félicité.

N. J. Ayres, finaliste des Edgar Awards pour un récit apparaissant déjà dans une anthologie présentée par Mary Higgins Clark, *The Night Awakens,* en 2000, a publié trois thrillers scientifiques – mettant en scène une ancienne strip-teaseuse de Las Vegas, Smokey Brandon – un recueil de poésie et de nombreuses nouvelles. Pendant plus de vingt ans, Noreen Ayres a écrit et révisé de complexes manuels techniques pour des sociétés de génie civil en Alaska, en Californie, au Texas et dans l'État de Washington. Plus d'informations sur NoreenAyres.com.

UPPER EAST SIDE

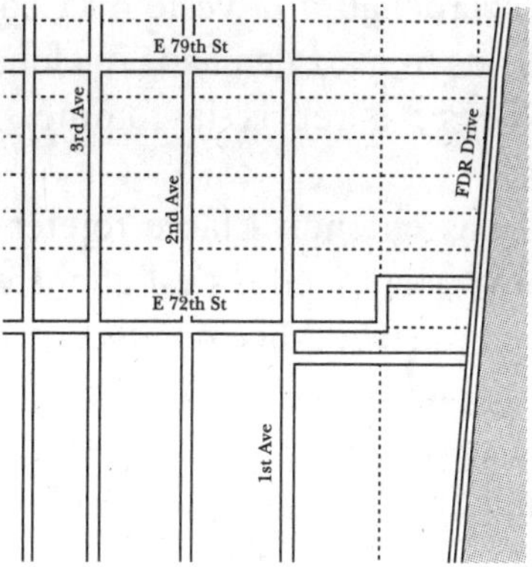


# Poil de carotte

*Margaret Maron*

« Elles sont jumelles ? »

La première fois qu'Abby a entendu cette question, elle avait huit ans, comme Elaine. Toutes deux jouaient à escalader la sculpture d'Alice au pays des merveilles dans Central Park. C'était en juillet et elle se souvenait encore de la chaleur du champignon de bronze sur ses jambes nues, du soleil qui se reflétait dans les longs cheveux lisses d'Elaine tandis qu'elle poussait Abby du coude pour arriver la première au chat du Cheshire.

« Ne bouscule pas ta sœur, est intervenue KiKi.

— C'est pas ma sœur », a marmonné Elaine.

KiKi s'est retournée vers une jeune mère dont le gamin s'accrochait à la veste du Chapelier fou. « Pardon ? Vous m'avez demandé quelque chose ?

— Vos filles ? a repris la femme. Elles sont jumelles ? »

KiKi n'a pas entendu Elaine rejeter ce lien de famille. Abby, quant à elle, s'est attardée près de la chaussure en bronze d'Alice pour écouter la réponse de KiKi.

« Elles se ressemblent, n'est-ce pas ? La blonde est bien à moi, mais la rousse… c'est la fille de mon fiancé. »

Abby a pleuré quand papa le lui a annoncé.

« Une belle-mère ? Comme Cendrillon ?

— Ne sois pas bête, Abby, a-t-il répliqué. Elle ne va certainement pas te faire frotter le parquet ou te demander de t'asseoir dans les cendres. Tu vas adorer KiKi et elle est déjà prête à t'aimer. En plus, tu connais Elaine. Elle est dans ton école. Une nouvelle mère *et* une nouvelle sœur. C'est chouette ! »

Chouette ? Elle connaissait à peine Elaine. Abby n'avait que trois mois de moins qu'elle, mais comme son anniversaire tombait en octobre, elle avait dû attendre d'avoir presque six ans pour entrer à l'école. Bref, à Clymer School, Elaine avait un an d'avance.

« S'il te plaît… » Elle a supplié tante Jess, la sœur aînée de papa, la femme qui s'était occupée d'elle à la mort de cette mère dont elle ne se souvenait plus. Elle a senti que son petit monde allait être bouleversé. Une

belle-mère. Une demi-sœur. Un nouvel appartement.
« Je veux rester avec toi.

— J'aimerais bien, mon chou, mais ton papa souhaite créer un nouveau foyer pour vous deux. En plus, tu déménages de l'autre côté du parc, dans l'East Side, pas sur l'île de Pâques. On se verra dès que tu en auras envie. »

Pourtant, plus tard ce soir-là, couchée, malheureuse, incapable de dormir, Abby a entendu tante Jess qui disait : « Fais attention… Que KiKi ne la traite pas comme Poil de carotte, en plus de jouer à la marâtre, façon Cendrillon. »

Papa a ri. « Difficile de te le promettre, Jess : Abby a vraiment les cheveux poil de carotte et KiKi est sa belle-mère.

— Tu vois parfaitement ce que je veux dire, Daniel. Avec un boulot si prenant, tu oublies parfois que tu as une fille.

— Raison de plus. Ça lui fera du bien d'avoir KiKi. Et puis Kiki aime la vie de femme au foyer.

— En es-tu vraiment sûr ? Où étaient sa fille et son mari quand vous vous retrouviez pour vos petites soirées intimes ?

— Je ne daignerai même pas te répondre, Jessica, et si tu veux continuer à voir Abby, je te demanderai de garder tes opinions sur KiKi pour toi. »

« Elles sont jumelles ? » a demandé la conseillère nuptiale quand KiKi est arrivée au premier rendez-vous avec Elaine et Abby. Son divorce prononcé, le mariage prévu à la fin de l'été, en toute intimité, se déroulera en petit comité. Elle n'a invité que les filles.

« On dirait des jumelles, n'est-ce pas ? » a répondu KiKi, mais le sourire complaisant s'adresse à Elaine qui s'est immédiatement intéressée à un voile en organza violet. Du haut de ses huit ans, Abby a déjà compris que la couleur jure avec celle de ses bouclettes rousses. « J'espère que ça ne te dérange pas, mon chou ? Entre sœurs, on doit apprendre à faire des compromis. »

Sauf que les compromis semblent toujours avantager Elaine plutôt qu'Abby.

KiKi lui a expliqué pourquoi son papa et elle devaient déménager de leur vieil appartement confortable de West Eighties vers un immeuble moderne de l'East Side. « Ce ne serait pas juste que papa et toi vous veniez dans mon petit appartement. Et ce ne serait pas juste qu'Elaine et moi, on emménage avec ta tante. Trop de souvenirs pour tout le monde. C'est beaucoup mieux de créer de nouveaux souvenirs tous ensemble, tu ne crois pas ? »

Quant à Elaine, elle sait s'y prendre également. La première nuit, dans le nouvel appartement, elle a tracé une ligne imaginaire en plein milieu de leur chambre. « La fenêtre m'appartient, a-t-elle affirmé. Et tu n'as pas le droit de regarder dehors. »

Abby s'en fiche. La vue sur la paisible rue bordée d'arbres et de tours modernes ne l'intéresse pas. Pire, elle lui fait même regretter le charme canaille de l'Upper West Side.

Lorsque tante Jess a discrètement tenté de la sonder, Abby a dû admettre que KiKi faisait de son mieux pour être impartiale. « Mais comme Elaine en fait toujours des tonnes, c'est plus facile pour moi de laisser tomber. Et la plupart du temps, ce n'est pas grave. »

Bientôt, pourtant, a surgi le problème des cheveux d'Abby, si épais qu'elle ne réussit pas à les brosser seule. KiKi a perdu patience en s'efforçant de les démêler. Alors, à l'automne, deux semaines après la rentrée, elle a emmené Abby chez le coiffeur pour lui faire couper ses belles boucles poil de carotte. Quand ils ont vu le résultat, tante Jess était furieuse et papa a fusillé KiKi du regard.

« Si c'est comme ça, a rétorqué KiKi, quand ils repousseront, *c'est toi* qui les lui brosseras tous les matins. »

Première dispute.

Trois ans plus tard, personne ne leur demande plus si elles sont jumelles.

Abby a onze ans, ses cheveux, devenus auburn, sont toujours aussi épais, bouclés et courts. Quant à ceux d'Elaine, une véritable cascade dorée, elle pourrait presque s'asseoir dessus. Elle porte son premier soutien-gorge, s'intéresse déjà aux garçons et regarde d'un air méprisant la poitrine plate d'Abby. Aucun gamin de Browning, le collège privé, n'a encore essayé de la toucher à cet endroit comme ils le font avec Elaine. Et Elaine glousse et tapote gentiment leurs mains baladeuses. Avec l'adolescence, ses hanches s'arrondissent aussi – un peu trop aux yeux de KiKi qui bannit bientôt toutes les sucreries de la maison.

« S'il n'y en a plus, affirme-t-elle, personne ne sera tenté. » L'air chagrin, elle souligne d'un doigt sa propre taille irréprochable. Elle-même résiste à la tentation depuis sa puberté et il est maintenant temps pour Elaine d'apprendre cette leçon. Avec le diététicien de Clymer School, ils ont concocté des menus spéciaux pour son déjeuner et son goûter. Pourtant, à la grande frustration de KiKi, les quelques kilos en trop de sa fille ne disparaissent pas, malgré les exercices que lui impose son entraîneur personnel.

Et si Elaine ne peut en manger, alors personne d'autre n'en mangera, même si Abby a hérité du métabolisme de son père. D'ailleurs, ce nouveau régime ne plaît pas à papa. Parfois, il se lève pour dévorer de la glace en pleine nuit.

« N'en parle pas à KiKi ! » demande-t-il à Abby quand ils vont, en douce, déguster un sundae caramel au Serendipity.

« Promis », répond-elle alors. Quand il s'agit de secret, elle reste muette comme une tombe. Elle n'a même jamais dénoncé la cachette de Dragibus dans le placard d'Elaine.

« Heureusement, tu as aussi hérité de mon cerveau », se réjouit papa tandis que dans la pièce voisine la tempête fait rage entre Elaine et KiKi au sujet d'une mauvaise note. « Je ne pourrais pas payer deux profs particuliers. »

Abby obtient des résultats si remarquables qu'on lui a demandé d'aider des élèves plus jeunes à apprendre à lire. Toutefois, à l'automne, alors qu'elle commence à peine avec une nouvelle, l'un des enseignants la prend à part. « Assure-toi que Whitney garde bien son bonnet en laine. Et ne touche pas sa tête. »

Lorsque Abby lève des yeux interrogateurs, le professeur murmure : « Poux. Mais tu n'as pas à t'inquiéter. Tant que tu fais bien attention en t'asseyant à côté d'elle pendant la lecture. »

L'année précédente, il y avait eu une brève épidémie de poux à Clymer. Dans l'espoir de limiter la panique avant que les parents s'intéressent à d'autres collèges pour filles, Chapin ou Spence, la directrice avait mandaté un médecin. À l'aide d'une présentation PowerPoint organisée dans la grande salle, il avait affirmé que ce genre de bestioles ne pouvaient sauter de tête en tête sans contact physique et qu'il n'y avait rien de sale ou de honteux au sujet de ces créatures. « Parents de Clymer, j'espère que vous encouragerez vos filles à montrer leur bienveillance envers leurs camarades contaminées, avait souhaité la directrice. Les poux ne respectent rien. Ni les privilèges ni la richesse. »

Les parents de Clymer connaissent bien la richesse et, chez eux, les privilèges sont de naissance. Les frais de scolarité exigés par cette école dépassent ceux de nombreuses universités, alors quand, une semaine plus tard, Elaine se gratte la tête, KiKi est horrifiée et papa outré. « Bon sang, KiKi ! Quarante-cinq mille dollars l'année et il y a des poux ? »

Il n'est pas homme à s'occuper des araignées dans la baignoire ou des cafards dans la cuisine, et l'état d'Elaine l'angoisse. Malgré les protestations indignées de KiKi, il envoie immédiatement Abby dans le West Side, chez tante Jess, jusqu'à ce qu'Elaine soit débarrassée de ses poux.

Abby sait qu'elle n'en attrapera pas tant qu'elle ne partagera pas la brosse d'Elaine ou ses couvre-chefs, mais, trop heureuse, elle ne le contredira pas. Surtout que papa vient dîner avec elle au moins deux fois par semaine. Comme avant. Et puis, quand elle l'embrasse pour lui dire au revoir, elle voit bien qu'il n'a pas tellement envie de partir.

Halloween arrive et passe, puis il laisse Abby revenir dans ce qu'elle appelle toujours le nouvel appartement. Elle sait tout des séances d'épouillage fastidieuses à l'aide du peigne à dents fines qui durent plus de deux heures, seul moyen pour ôter les lentes des racines, à moins de les prélever une à une à la main.

« Trois cents dollars la séance, grommelle papa à tante Jess. Et avec ses cheveux si longs, il en faut au moins trois.

— KiKi ne peut pas s'en occuper ? demande tante Jess.

— Je refuse qu'elle touche ces bestioles. Et si elle en attrapait ? » Il frémit rien que d'y penser.

Pourtant à Thanksgiving, KiKi continue de trouver des poux dans les cheveux d'Elaine alors même qu'elle jure n'avoir pas emprunté de bonnet ni de brosse et de ne pas avoir touché la tête d'une autre élève pendant les séances photo avec ses camarades de classe qui désormais ne l'invitent plus à dormir chez elles.

Papa menace de porter plainte contre le salon de coiffure qui a traité la première infestation et son patron accepte d'offrir de nouveaux soins, si Elaine se coupe les cheveux. Cette fois, ses colères ne suffisent pas et ses longues tresses dorées, quoique pouilleuses, croiseront les ciseaux du coiffeur dans l'après-midi.

« En fait, je suis certaine que tu es ravie de partir », affirme KiKi, aigrie, tandis qu'Abby ferme son sac à dos et qu'Elaine, couchée sur l'autre lit, se gratte la tête en pleurnichant bruyamment. « Enfin, avec un peu de chance, tu pourras passer Noël ici. » Abby ne répond pas.

Les prises de bec incessantes entre les deux adultes les fatiguent tous. Les usent. Papa balance entre le dégoût et l'indignation à cause des poux, et les factures de KiKi qu'il paie lui-même n'aident pas à le rasséréner. Abby l'a entendu accuser KiKi de l'avoir épousé pour son argent. KiKi, quant à elle, hésite aussi entre son désir de protéger Elaine et sa colère envers papa.

« Ton père déraille complètement. Je sais qu'Elaine et toi avez eu vos différends, mais si tu n'as pas peur d'en attraper pourquoi agit-il comme si c'était la peste ? »

Abby s'arrête à la porte. « Je suis désolée, KiKi », déclare-t-elle avant de l'embrasser, événement rare, et d'appeler l'ascenseur.

« J'espère que vous serez là tous les deux à Noël, affirme tante Jess pendant que papa termine d'installer une guirlande autour de l'arbre.

— Ne le dis que si tu le penses vraiment », répond son frère d'un air grave.

Le nouvel appartement n'a plus rien de la maison du bonheur ces derniers temps. Bizarrement, les poux d'Elaine ont migré sur la tête de KiKi et papa dort sur le canapé de peur d'en attraper.

Néanmoins, la fureur de KiKi paraît finalement avoir eu raison des parasites et, papa vient chercher Abby à l'école le jour des vacances d'hiver et lui apprend que les poux ont complètement disparu. Ils vont passer Noël dans l'East Side.

Abby hoche la tête et lui tend son sac à dos. « Il faut que je dise au revoir à l'une des petites que j'aide », lui lance-t-elle avant de se ruer à l'intérieur du bâtiment.

Heureusement, les écolières les plus jeunes n'arrivent pas toutes à enfiler leur manteau ou à mettre leur écharpe, et elles apprécient de recevoir un petit coup de pouce. Et, tandis que tout le monde discute du père Noël et des cadeaux qu'il va apporter, personne ne remarque le temps que passe Abby avec Miranda Randolph, une habituée de l'épouillage, qui fera sa deuxième séance le lendemain.

Abby transfère précautionneusement trois poux adultes et plusieurs lentes dans le petit pilulier qu'elle porte sur elle depuis le début de l'automne. Avec un peu de chance, son cadeau de Noël pour papa sera la goutte d'eau qui fera déborder le vase qu'elle remplit depuis si longtemps.

Margaret Maron a écrit une trentaine de romans et deux recueils de nouvelles, dont la série des Deborah Knott, en partie publiée par J'ai lu. Son œuvre a été récompensée à de multiples reprises. Elle a été présidente des Sisters in Crime et de la Mystery Writers of America, qui l'a nommée Grand Master en 2013. En 2008, elle a reçu le North Carolina Award, plus haute distinction de cet État accordée à un civil. Margaret Maron est dédédée en 2021.

## SUTTON PLACE

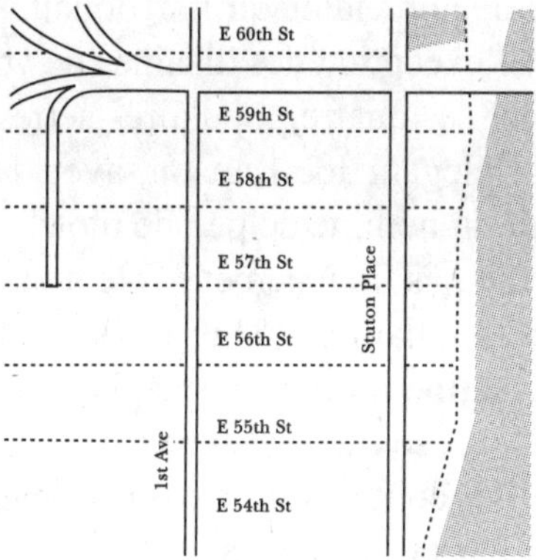


# Mort subite à Sutton Place

*Judith Kelman*

Ce soir-là au Café Aurore, il y avait au menu des escalopes milanaises, trois meurtres, une arrestation de trafiquants de drogue, et un casse réalisé par l'audacieux voleur de pierres précieuses « Diamond Slim ».

Reuben Jeffers, un reporter au teint cireux du tabloïd quotidien en ligne *A-List*, griffonnait des notes sur un carnet à spirale. Ses yeux plissés se promenaient entre le carnet et son iPad. « Super idée, Joe ! J'adore vos livres. Je saute dessus dès leur sortie. » Jeffers avait promis de se faire petit comme une souris lors de cette vénérable réunion mensuelle d'auteurs de romans policiers new-yorkais de premier plan, mais pour l'heure c'était plutôt un éléphant dans un magasin de porcelaine qu'il évoquait.

« Ah. » À l'exception des dizaines de volumes que comprenaient ses quatre populaires séries aux héros récurrents, l'élégant Joe Ranson, avec sa mâchoire d'acier, était un homme de peu de mots.

Le reporter, pas franchement. « Je dois dire que ce personnage de Diamond Slim est sans doute votre meilleure création à ce jour. Imaginez, un voleur si mince qu'il peut se cacher à la vue de tous. Se glisser dans des failles comme un rayon de lumière. Il devra être généré par ordinateur au cinéma, pas vrai ? Ou sur fond vert ? Ne me dites pas. En tout cas, génial. Quand avez-vous trouvé l'idée ?

— En 82. »

L. C. Crocker, avec sa queue-de-cheval et ses lunettes, baissa les yeux sur son nez aquilin. Il n'aimait guère Jeffers, qui avait placé sa dernière enquête en tête de la rubrique d'*A-List* intitulée : « Le pire du crime ». La parodie sur YouTube, « L. C. Crocker, le nabot de la peur », était devenue virale. Toutefois, Colleen O'Day, l'étoile la plus brillante de leur firmament, avait demandé à L. C. d'enterrer la hache de guerre (et pas, comme il l'avait malicieusement suggéré, dans le crâne du reporter) et de l'autoriser à faire un article sur le groupe. Il était presque impossible de refuser quelque chose à Colleen.

« Rappelez-vous, Jeffers. Tout ce que nous sommes susceptibles de dire sur nos travaux en cours doit rester confidentiel. »

Le reporter arma son index et tira une balle imaginaire. « Bien sûr, L. C. C'est pigé.

— Et rangez ce fichu téléphone ! Pas de tweets, pas de statuts Facebook. *Capisce ?*

— Pigé.

— J'adore la série des Diamond Slim, Joe. J'ai hâte de lire celui-là. » Stephanie Harris, une affable agente du FBI qui s'était reconvertie dans le récit de faits divers, leva les yeux du fatras de taches de sauce et de morceaux de gressins pour regarder la présence royale de l'autre côté de la table. « À vous maintenant, Colleen. Vous nous avez manqué ! Sur quoi travaillez-vous en ce moment ? »

La grande dame répondit par un chuchotement de conspiratrice. « Vous vous rappelez l'affaire Bitsy Grainger ?

— Vaguement », dit Tony Baker, espiègle auteur d'histoires d'horreur à vous donner des cauchemars.

L. C. tapota la table de ses doigts recourbés. « Cette psychiatre à qui un de ses patients a glissé de la strychnine dans son chaï latte ?

— Ça, c'était le docteur Betty Barringer. Bitsy Grainger, c'est la jeune femme qui a disparu au début des années 1970.

— Désolée, ça ne me dit rien », fit Tonya Finerman, une charmante jeune fille de vingt ans et quelques.

Spielberg avait posé une option sur son roman *Dans l'os* et elle avait touché une avance à sept chiffres.

« Évidemment, renâcla Jeffers. Vous n'étiez pas

née dans les années 1970. C'est de l'histoire ancienne, au fond.

— C'est possible, dit Colleen. Mais l'histoire, ça peut être fascinant, en particulier les histoires pleines de trous. En l'absence d'un récit complet, nous remplissons les cases vides. C'est la nature humaine. Je crois que c'est aussi une des raisons pour lesquelles beaucoup d'entre nous sont attirés par l'écriture.

— Magnifiquement dit, lança Stephanie.

— Pigé. Je ne vais pas vous chercher des crosses, madame O'Day, surtout pas à vous qui squattez en permanence le sommet de la liste des best-sellers du *Times*. Mais pourquoi cette affaire ? Pourquoi maintenant ? » Le reporter fit tournoyer son stylo et réclama un autre bourbon Maker's Mark. « Pourquoi vous ?

— Ce ne sont pas des questions auxquelles il est facile de répondre, monsieur Jeffers. Bitsy était une amie à moi, donc bien sûr j'ai été affreusement bouleversée lorsque ça s'est produit, et sa disparition m'a hantée pendant de nombreuses années. Mais avec le temps, l'aiguillon de la douleur et du souvenir s'émousse. Puis en octobre dernier, après cette tempête de neige terriblement précoce, je me suis remise à penser à l'affaire, à la tourner et à la retourner dans ma tête.

»Une nuit, Bitsy Grainger m'est apparue en rêve. Elle était prise dans un blizzard féroce, voûtée dans un manteau camel élimé. La fourrure qui doublait la capuche cachait son visage, à l'exception des yeux. Mais selon la logique biaisée des rêves, je l'entendais clairement, malgré la distance qui nous séparait. “Aidez-moi ! Quelqu’un ! Je vous en prie !” J’ai crié en retour, et essayé de l’atteindre, mais la tempête ne cessait de me faire reculer. J’étais impuissante. J’ai été réveillée par le son de mes propres hurlements. J’avais la gorge à vif, le cœur qui battait à tout rompre. Il m’a fallu plusieurs secondes pour faire la différence entre ce rêve affreux et la réalité. Mais une fois que la brume du sommeil s’est dissipée, j’ai réalisé qu’il y avait une chose que je pouvais faire. Je pouvais écrire un livre sur Bitsy Grainger et résoudre enfin le mystère de sa disparition.

— Vous voulez dire imaginer ce qui aurait pu se passer, dit Jeffers.

— Bien sûr, j’en aurais eu la possibilité, si nécessaire. J’écris de la fiction, après tout. Mais j’étudie l’affaire depuis des mois, et j’ai découvert ce qu’il est advenu d’elle.

— Sans déconner ? Ou bien vous essayez de faire le buzz ? » Jeffers leva son stylo et lâcha un petit rire. « Vous êtes maligne. Alors quelle est l’histoire que vous avez trouvée ? Qui est cette Bitsy Grainger ? Déjà, c’est quoi, ce nom, “Bitsy” ? On dirait un de ces chiens croisés ridicules : un poobrador ou peut-être un cockapoo. »

Colleen l’ignora comme elle l’aurait fait d’une mauvaise odeur. Elle reprit le fil de son récit sans prendre acte des gribouillis de Jeffers. « Bitsy était une femme adorable, à tous points de vue. Lorsqu’elle a disparu, la presse a envahi le quartier de Sutton

Place, où vivaient les Grainger. Ils se sont mis à rôder dans les buissons. À fouiller les poubelles. Un reporter s'est fait passer pour un réparateur de la compagnie de gaz pour s'introduire dans la maison. Un autre a essayé de soudoyer la gouvernante. Le mari de Bitsy a fini par se planquer pour leur échapper. Ils n'avaient pas de limites, pas de respect. Ils se comportaient comme si tout était permis.

— Sauf votre respect, dit Jeffers, tout *est* permis. Je suis sûr que je n'ai pas besoin de vous rappeler le droit à l'information.

— Et je suis sûre que moi, je n'ai pas besoin de vous rappeler le droit au silence, dit L. C. Alors bouclez-la, bon sang, OK ? Continuez, ma chère Colleen. Vous disiez…

— Je n'arrivais pas à comprendre. Comment une jeune femme brillante et talentueuse, qui avait tout pour elle, pouvait-elle disparaître sans laisser de trace ? Cela défie les probabilités, la logique, et même les lois de la physique. »

Et Colleen O'Day commença son récit.

« J'ai rencontré Bitsy deux ans avant les événements. Mon mari, James, était interne au New York Hospital ; il avait des horaires impossibles. Nous vivotions dans un minuscule appartement sur la 55e Rue et la Première Avenue. J'avais toujours rêvé de devenir écrivain, mais à cette époque, je doutais que ce rêve pût jamais se réaliser. Tout ce que j'envoyais me revenait avec des lettres de refus types. Tous les éditeurs utilisaient des mots différents, mais le message était toujours le même : “Chère madame, merci de nous avoir adressé votre précieux bébé. Malheureusement, nous le trouvons banal et inacceptable, et nous vous le renvoyons tout froissé et couvert de taches de café.”

» Notre véritable bébé, Sam, n’avait que quelques mois, et le pauvre était affligé de terribles coliques. Son sommeil était entrecoupé et il hurlait comme un beau diable chaque fois que j’essayais de le reposer dans son berceau. C’était à l’air frais qu’il était le plus heureux ; alors je le sortais tous les jours à la première heure dans un porte-bébé. Nous marchions pendant des heures, des kilomètres et des kilomètres.

» La plupart du temps, je me dirigeais vers l’est. La ville était en pleine tourmente à l’époque, avec une économie désastreuse et un taux de criminalité en hausse. On ne comptait plus les récits d’agressions, de fusillades, de cambriolages, de viols. En comparaison, Sutton Place ressemblait à une oasis de sécurité et de calme. Des gratte-ciel imposants. Des maisons de ville élégantes. Des hôtels particuliers somptueux et des jardins parfaitement entretenus bordaient les rues étroites entre Sutton et l’East River. De charmants petits squares étaient perchés au pied du pont de la 59e Rue. Des gens s’installaient là, sur des bancs en bois, pour lire, regarder passer les bateaux, prendre le soleil.

» Tôt, lors d’une douce matinée d’automne, je suis partie avec Sam, comme d’habitude. Nous avions fait quelques centaines de mètres lorsqu’un vent glacé s’est soudain levé. Le ciel s’est empli de nuages menaçants, déchirés par la foudre. La pluie s'est mise à tomber, les grosses gouttes éparses ont vite laissé place à une formidable averse. Surprise, j'ai dévalé les marches et cherché à m'abriter sous l'avant-toit voûté d'une maison de ville, mais il n'y avait pas moyen d'échapper à la pluie battante. J'avais trop peur pour frapper. Il était tellement tôt. J'imaginais que les propriétaires engourdis de sommeil, en entendant du bruit, allaient me prendre pour une intruse. Je les voyais se munir d'un pistolet chargé et s'avancer avec raideur, sans bruit, vers la porte…

» Sam s'est réveillé en sursaut et s'est mis à hurler. J'ai fait de mon mieux pour le calmer, mais il était inconsolable. Et qui aurait pu le lui reprocher ? Il s'était vu fourguer une mère désespérément incompétente, le pauvre petit. Pourquoi n'avais-je pas écouté la météo ? Pourquoi n'étais-je pas équipée ? Qu'est-ce qui ne tournait pas rond chez moi ? Juste à ce moment-là, la porte s'est ouverte et Bitsy Grainger est apparue, dans une robe de chambre en soie blanche. Elle était pieds nus, sans maquillage, ses cheveux cuivrés en bataille, mais elle n'en était pas moins d'une beauté à couper le souffle. Pâle, les lèvres pleines, et les yeux les plus remarquables : d'un gris de pierre de lune, avec un imperceptible reflet bleu.

» Sa maison était magnifique, elle aussi. Des tapis d'Orient scintillants, des compositions florales blanches et fraîches dans d'imposants vases de cristal, du mobilier ancien, de sublimes œuvres d'art classique. À quelques rues seulement de notre petit appartement encombré et miteux, nous avions atterri dans un autre monde. Malgré l'heure indue, elle s'est montrée incroyablement accueillante. "Oh là là. Vous êtes trempés. Entrez. Dépêchez-vous. Vous allez attraper la mort." Elle s'est hâtée de nous trouver des serviettes, des vêtements secs et même un minuscule body bleu exactement de la taille de Sam. C'était pour le fils qu'ils espéraient avoir un jour, a-t-elle expliqué avec un sourire évasif, plein de fossettes.

» La pluie s'était calmée entre-temps, mais Bitsy a insisté pour que je reste prendre un café. Sur l'îlot en granit noir de la cuisine trônait une impressionnante machine rouge émaillée et chromée. Il suffisait d'appuyer sur un bouton pour que le moulin écrase les grains de café, fasse couler de l'eau chaude, et dispense un riche espresso coiffé de mousse. Avec un vif plaisir, elle m'a raconté que son mari, Harold, avait commandé l'appareil pour lui faire une surprise, connaissant sa passion pour le cappuccino. Je crois même que je n'avais jamais entendu parler de cappuccino à l'époque, mais il était délicieux, saupoudré de cannelle et de chocolat en poudre. "C'est divin, pas vrai ?" a-t-elle dit. C'était l'une de ses expressions favorites.

» La matinée, de désastreuse, était devenue délicieuse. Quelle chance n'était pas la mienne ! D'avoir miraculeusement rencontré cette inconnue. D'avoir trouvé refuge contre l'orage dans son domicile sublime. Pour couronner le tout, à l'instant où Sam a posé les yeux sur elle, il a arrêté de pleurer comme par magie. Il s'est mis à glousser, à roucouler, tout miel et sourires. Le coup de foudre fut réciproque : Bitsy était sous le charme elle aussi. "Regarde-toi, monsieur L'Important. Un gros tas de sucre, voilà ce que tu es."

» Par la suite, pendant des mois, Sam et moi, nous avons vu Bitsy presque tous les jours. Elle nous rejoignait quand nous nous baladions dans le quartier, toujours avec des cappuccinos dans des gobelets jetables, un pour elle et un pour moi. "Eh bien, regardez un peu qui est là ! Salut, beau gosse ! Comment va mon petit bourreau des cœurs, aujourd'hui ?"

» C'était facile de parler avec elle ; elle était drôle, ouverte d'esprit et ne prenait pas de grands airs. À voir son apparence et sa façon de vivre, on aurait cru qu'elle était née avec une cuillère en argent dans la bouche. En fait, c'était la fille du pasteur d'un trou perdu du Mississippi. Un nuage passait dans ses yeux pierre de lune lorsqu'elle racontait les étés de son enfance. La chaleur étouffante zébrée de moustiques affamés. "Myrtle n'est guère plus qu'un lieu-dit. Une station-service, un feu rouge. Une pauvre petite église minable avec à peine assez d'âmes perdues pour la remplir. Facile à trouver, néanmoins – roulez droit vers nulle part et tournez à gauche. Ce n'était pas l'endroit idéal pour une fille comme moi qui aimait s'amuser, et pas qu'un peu. Bien sûr, maman et papa ne voyaient pas les choses du même œil : il fallait me concentrer sur mes études, l'église et le ménage. Je me défilais de ces trois tâches pour sortir avec mes amis : des garçons tatoués avec des grosses Harley et des filles rêveuses comme moi, qui croyaient avoir tout compris à l'âge de seize ans."

» Elle m'a raconté qu'elle était tombée amoureuse de Ray Adlen, un mec de dix-neuf ans bien bâti qui avait laissé tomber ses études. Il lui avait juré son amour et promis d'être avec elle pour l'éternité. Il disait qu'ils étaient comme fiancés, ce qui faisait que tout leur était permis.

» Bitsy se représentait parfaitement l'avenir. Elle allait épouser Ray. Ils vivraient dans une grande ville comme New York, Paris ou Waukesha, et elle deviendrait chanteuse. Ou alors elle jouerait dans des comédies musicales comme *Petit Déjeuner chez Tiffany,* ou bien elle chanterait dans un groupe. Peut-être les deux. Et bien sûr, elle ferait des disques, comme Annette Funicello. Elle avait toujours eu la plus belle voix du lycée, toujours été choisie pour jouer le premier rôle féminin dans la pièce de fin d'année. Ray adorait tout ce qui avait des roues, et il était doué pour la réparation de moteurs. Il aurait un garage et une concession automobile. Ils gagneraient plein de fric. Ils feraient tout ce qui leur chanterait.

» Lorsqu'elle était tombée enceinte, son père n'était pas tombé à genoux pour prier, comme il disait toujours qu'il fallait faire quand on avait des ennuis. Il avait chargé sa Remington Woodmaster et était parti à la recherche de Ray. Menaçant de lui faire sauter la cervelle si jamais il faisait mine de s'approcher à nouveau de Bitsy. Mais elle était prête à tout pour revoir Ray. À la moindre occasion, elle composait son numéro de téléphone, mais personne ne décrochait. Leurs amis n'étaient d'aucun secours. Non, ils n'avaient pas vu Ray. Aucune idée de ce qu'il pouvait bien fabriquer. Dès qu'ils auraient de ses nouvelles, ils lui diraient de la rappeler. "Je me suis dit qu'ils avaient peur de papa, m'a expliqué Bitsy. Presque tout le monde avait peur de lui. Le dimanche, quand il faisait son sermon, même les petits bébés se figeaient et le regardaient avec les yeux écarquillés."

» Mais elle était sûre que Ray reviendrait la chercher. Après tout, il avait promis. Ils s'enfuiraient, l'enfant naîtrait et… lancez la musique, lancez le *happy-end* hollywoodien ! Les parents de Bitsy la gardaient pour ainsi dire prisonnière dans la maison. Son père la forçait à frotter encore et encore le linoléum défraîchi, comme pour effacer la souillure de son âme. Il lui faisait constamment des sermons, invoquant les feux de l'enfer et le soufre, la force de l'esprit et la faiblesse de la chair. Sa mère ne disait rien. "Maman avait un regard vide. Tout ce qu'elle faisait, c'était rester assise sur la balançoire du porche dans sa robe bleue délavée, en fredonnant cette chanson qu'elle adorait : *Moon River, wider than a mile…*"

» Bitsy devait fuir. Elle vola cinquante dollars dans la réserve secrète que sa mère cachait derrière les gombos surgelés, et fit sa valise. Dès qu'elle le put, elle prit ses affaires et s'échappa. Ce soir-là, elle était sûre que Ray serait au bord du ruisseau, où tous ses amis se retrouvaient par les jours de chaleur comme celui-là. Et il était bien là, derrière un massif de buissons, en train de faire avec Wanda, la meilleure amie de Bitsy, ce que font les fiancés.

» La suite n'était pas très claire. D'une manière ou d'une autre, Bitsy se retrouva dans un car Greyhound à destination de New York. Le lendemain soir, elle arriva au terminal animé de Port Authority avec le cœur brisé, un terrible mal de ventre, et nulle part où aller. Elle attirait les salopards comme les chiens attirent les tiques, pour reprendre son expression. Heureusement, elle avait désormais suffisamment de présence d'esprit pour éviter de leur tomber dans les bras. Elle se glissa dans la première église qu'elle trouva sur son chemin et se recroquevilla entre deux rangées de bancs. Plusieurs heures passèrent ainsi, puis elle fut réveillée par une douleur déchirante. Du sang partout. Le hurlement des sirènes à l'approche bourdonnait dans l'air. Des inconnus la hissèrent sur un brancard et la transportèrent précipitamment aux urgences de St. Luke's. Bitsy crut qu'elle était en train de mourir, punie pour ses péchés comme l'avait prédit son père. Elle n'avait jamais entendu parler de fausse couche.

» Une fois que ce fut terminé, une assistante sociale de l'hôpital vint la trouver avec une foule de questions. Quel âge avait-elle ? Où se trouvaient ses parents ? Où habitait-elle ? Avait-elle une assurance ? Quel genre ? L'instinct de Bitsy lui dicta d'inventer une histoire. Elle affirma qu'elle avait dix-neuf ans, même si tout le monde disait qu'elle ne faisait pas son âge. Son mari était parti avec son unité de réserve de l'armée (ce que Ray faisait parfois). Il serait rentré d'ici quelques jours. En attendant, un ami nommé P. J. Clarke allait s'occuper d'elle au 915, 3e Avenue. Bitsy avait repéré ce nom et cette adresse en lisant une petite annonce pendant son interminable trajet en bus pour New York. Ils avaient bien l'assurance de l'armée, mais c'était son mari qui avait la carte. Elle promit d'appeler dès que possible pour leur fournir les numéros dont l'hôpital avait besoin.

» Par miracle, l'assistante sociale la crut. Elle continua d'inventer toutes les histoires dont elle avait besoin pour éviter de se faire prendre et renvoyer chez ses parents. Quoi qu'il arrive, retourner à Myrtle était hors de question. Son père la tuerait. Ray ne l'aimait plus. Peut-être ne l'avait-il jamais aimée. Elle traîna un peu, se fit quelques dollars, et trouva ici et là des âmes charitables pour l'héberger. Elle découvrit toutes sortes de choses dans les poubelles et dans la rue : de la nourriture, des gants, même un épais pull-over en laine verte avec un bonhomme de neige en relief sur le ventre. Elle imagina les gros rires de ses amis s'ils l'avaient vue là-dedans, mais elle chassa vite cette idée. Ils n'existaient plus. Et sa ville natale non plus.

» Une semaine après Noël, un soir, elle s'aventura dans un bar bruyant pour échapper au froid. Les gens buvaient et riaient, des couples se formaient. Dans l'ombre, au fond, un barbu maigrichon en chemise de travail jouait sur une sorte de petit clavecin usé. Après "Stardust", il enchaîna avec la chanson préférée de sa mère : *Moon River, wider than a mile...* Bitsy s'approcha lentement du piano. Une foule de choses lui traversaient l'esprit : la solitude, la nostalgie, le poids écrasant de ses rêves brisés. Elle ne réalisa qu'elle était en train de chanter tout haut que lorsque le gérant, un homme au physique nerveux du nom de Chas selon son badge, s'approcha. Elle eut peur qu'il la jette dehors, voire qu'il appelle la police. Au lieu de ça, il déclara qu'il aimait bien sa voix. Cherchait-elle un boulot ? Sa chanteuse habituelle ne s'était pas présentée, et il l'emploierait avec joie. Ah, quel sourire rayonnant lui arrachait ce souvenir : "Divin, pas vrai ?"

» À partir de là, les choses avaient changé rapidement. Bitsy avait tout pour elle : la beauté, et elle comprenait vite. Elle perdit son accent traînant, et apprit à bouger et à jouer pour le public. Un jour, je l'ai persuadée de me faire une démonstration. Sam est parti d'un grand rire de bébé quand elle a fait son regard lascif et pris sa voix rauque. Elle se constitua un public. Au bout d'un certain temps, elle put laisser tomber les colocations et se louer un appartement. Les choses s'enchaînèrent, et à un peu plus de vingt ans, elle chantait au Plaza et dans des soirées huppées. Elle avait ses entrées pour des événements fabuleux, un placard plein de robes de soirée somptueuses, et pléthore de prétendants. Bitsy avait peine à croire à ce qu'il lui arrivait, et encore plus à le comprendre.

Elle avait l'impression d'être Cendrillon, et restait persuadée que le rêve se briserait aux douze coups de minuit. Elle était éblouie par sa bonne fortune, mais convaincue que celle-ci ne pouvait pas durer.

— Et là, pfuit ! » fit Jeffers, mimant l'envol d'un oiseau imaginaire.

L. C. imita son geste. « Pfuit. » Mais tragiquement, le reporter ne disparut pas.

Jeffers le gronda. « Enfin, L. C. La dame essaie de raconter son histoire. Continuez, Colleen… Que s'est-il passé ensuite ?

— Bitsy rencontra Harold Grainger à une projection privée. L'attraction fut immédiate, mais elle rechignait à engager une relation. Il avait plusieurs dizaines d'années de plus qu'elle, il était veuf, avec un fils adulte et une fille. Depuis Ray, elle avait du mal à faire confiance à quiconque. Elle s'inquiétait de la différence d'âge et du poids de leurs passés respectifs. Mais par-dessus tout, elle s'inquiétait du gouffre gigantesque qui séparait leurs deux mondes. Bitsy avait dit à Harold d'où elle venait, et de quel milieu, mais il ne semblait pas prendre ça au sérieux. Un jour, c'est sûr, il réaliserait qu'elle n'était, comme annoncé, qu'une paysanne ombrageuse, et passerait à autre chose.

» Harold lui fit la cour. Ils devinrent amis et, finalement, davantage. À l'époque où j'ai rencontré Bitsy, ils étaient mariés depuis trois ans. Ils avaient eu un mariage de rêve au Carlyle et une lune de miel sur un yacht privé au large de la côte dalmate. En cadeau de mariage, Harold avait acheté la maison de Sutton Place et engagé un des meilleurs décorateurs pour la meubler. Bitsy décrivait tout cela avec le ravissement perplexe d'une enfant qui a *vraiment* reçu un poney pour Noël.

» J'adorais les moments que nous passions ensemble. Mais comme il arrive souvent, nos chemins se sont séparés. En grandissant, Sam a guéri de ses coliques et s'est mis à dormir comme un ange deux fois par jour. J'écrivais pendant ses siestes et, miracle des miracles, j'ai commencé à recevoir des éditeurs des mots d'encouragements au lieu des lettres de refus types. À la suite de quoi j'ai enfin réussi à placer un texte, une nouvelle dans *Ellery Queen*.

» Le tuteur de James à l'hôpital a accepté le poste de chef de département à UCLA. Il nous a sous-loué son trois-pièces ensoleillé à Turtle Bay pour une bouchée de pain. Je continuais de guetter Bitsy lorsque je promenais Sam en poussette, mais nous nous croisions rarement. Quand ça se produisait, nous nous saluions rapidement. On se répétait qu'il fallait qu'on se voie, mais ça ne s'est jamais fait. Quelques mois plus tard, j'ai trouvé un carton d'invitation sous notre porte. Dans l'enveloppe, il y avait également un mot de l'écriture élégante de Bitsy. Des voisins organisaient une fête en l'honneur de Harold, et elle voulait que nous venions. Les Broughton vivaient dans le plus grand hôtel particulier de Sutton Place, une maison géorgienne en brique de trois étages qui avait été construite pour Anne, la fille de J. P. Morgan, le célèbre banquier.

» James et moi, nous avons hésité. Devions-nous nous y rendre ? Parmi les amis millionnaires de Harold, nous allions dénoter. Nous n'avions rien de satisfaisant à nous mettre pour côtoyer des individus parés de tenues haute couture et de bijoux Harry Winston. Mais après tout, Bitsy m'avait fait don de son amitié. Elle s'était montrée incroyablement gentille avec moi et le petit Sam. Comment pouvions-nous décliner son offre ?

» Ma sœur Maureen et son mari Frank avaient fait un malheur dans l'immobilier. Elle a insisté pour que j'emprunte sa robe préférée, une robe à fleurs évasée Oscar de la Renta. Maureen m'a également prêté des chaussures assorties et une minaudière Judith Leiber en forme de rose rouge. Et James était mon prince, follement classe dans son smoking de location. La soirée était exceptionnellement douce pour un début avril, avec une légère brise qui sentait le lilas. Des serveurs en veste blanche proposaient du champagne et des canapés dans le jardin qui donnait sur l'East River. D'énormes péniches tirées par des remorqueurs avançaient lentement entre des hors-bords qui filaient à toute vitesse. La balustrade basse en fer forgé qui entourait la propriété était garnie de lumières minuscules. Un quatuor à cordes jouait une musique des plus charmantes : le "Double concerto" de Brahms, le "Canon de Pachelbel", et "L'Empereur" de Haydn. C'est incroyable, comme les détails me sont restés gravés dans la tête. La disparition de Bitsy a figé cette soirée dans le temps.

» Les enfants de Harold étaient là. Trey ressemblait à son père, en plus rude et plus insolent. À son bras, il promenait une blonde, en minirobe de lamé et talons aiguilles miroitants, qui mâchait du chewing-gum. La fille de Harold, Marissa, est arrivée toute seule, en jean, chemise blanche froissée et bottes de cow-boy. Ils se sont tous deux montrés glacials et méprisants : un cas typique de ressentiment filial. J'observais cet environnement étranger et les espèces exotiques qui y évoluaient lorsque j'ai repéré Bitsy qui contemplait le fleuve à l'ombre d'un chêne majestueux. J'ai hésité, me disant qu'elle avait peut-être envie d'un moment de solitude, mais quelque chose m'a attirée vers elle.

» Quand je lui ai demandé si elle allait bien, elle s'est tournée et m'a fixée de ses yeux pierre de lune. "Tu as tellement de chance d'être écrivain, Colleen, a-t-elle dit. Tu as le pouvoir de décider de la direction que prennent tes histoires." Je lui ai expliqué que ce n'était pas entièrement vrai. Bien sûr, je pouvais imaginer et tester des possibilités. Mais les histoires doivent avoir du sens, de la cohérence, de la crédibilité et une logique interne. J'avais beau être écrivain, je ne pouvais pas me contenter de divaguer tout mon soûl, pas si j'avais l'intention de produire des textes publiables que les lecteurs puissent accepter. Et parfois, je sèche. Je ne sais pas du tout ce qui va suivre, je n'ai même pas une vague idée de dénouement. Jusqu'à ce que ça se débloque. »

Jeffers gloussa. « Rien de tel qu'un gros chèque au bout de l'arc-en-ciel pour retrouver l'inspiration, pas vrai, Colleen ? »

L. C. le fit taire d'un coup d'œil assassin.

« Peu après, on nous a invités à rentrer dans la maison pour le dîner. Bitsy m'a serrée dans ses bras, ce qui n'avait jamais été son genre. Et elle m'a murmuré à l'oreille : "Dieu te garde, mon amie. Dieu vous garde, toi et ton petit Sam chéri." Puis elle est partie à la recherche de Harold.

» Au moment de nous asseoir à table, James et moi, nous avons reçu un appel paniqué de Rachel, la babysitter de Sam. Elle avait tourné le dos pendant quelques instants, et le bébé avait fait une chute. J'entendais ses cris de douleur dans le fond. Avec James, nous nous sommes dépêchés de rentrer à la maison pour l'emmener aux urgences de Lennox Hill. Ils l'ont minutieusement examiné, ont refermé la coupure sur son front avec de la colle cutanée, et nous ont renvoyés chez nous. Tout allait bien. Ou c'est ce que nous croyions.

» Le lendemain, en fin de journée, Harold a appelé chez nous. Il était dans tous ses états. Est-ce que j'avais eu des nouvelles de Bitsy ? Est-ce que j'avais une idée d'où elle pouvait bien se trouver ? Il ne l'avait pas vue depuis minuit, la veille. Après le dîner, les hommes s'étaient retirés dans la bibliothèque pour boire du cognac et fumer des cigares. Au bout d'un certain temps, Bitsy avait passé la tête par la porte pour dire au revoir. Elle était fatiguée. Elle allait se coucher. Lorsque Harold était monté à son tour, environ une heure plus tard, la porte de leur chambre était fermée. Ne voulant pas déranger Bitsy, il avait dormi dans la chambre d'amis. Quand il s'était réveillé le lendemain matin, elle avait disparu. Leur chambre était exactement dans l'état où ils l'avaient laissée après s'être habillés pour la soirée. L'emballage et l'étiquette de sa robe de soirée Halston en mousseline de soie rouge étaient froissés sur le sofa en velours. Des pots de maquillage, pinceaux et atomiseurs de parfum en cristal avec pompons sur le bouchon jonchaient la coiffeuse. Personne n'avait dormi dans le lit. J'ai essayé de le rassurer. Peut-être était-elle partie se promener et avait-elle perdu la notion du temps. Bitsy adorait marcher. Mais au fond de moi, je savais que quelque chose n'allait pas.

» Trois jours plus tard, l'affaire a fait la une des journaux : "La femme du millionnaire disparaît." L'article était illustré par une photo de leur mariage : le visage radieux de Bitsy, ses yeux pierre de lune fixés sur un avenir ouvert. Une énorme enquête a suivi. Des affichettes ont été placardées partout : *Avez-vous vu cette femme ?* Harold a offert une récompense de 100 000 dollars pour toute information contribuant à la faire revenir saine et sauve.

» Sa disparition a donné lieu à d'interminables spéculations. Peut-être avait-elle été assassinée, son corps jeté dans l'East River et charrié jusqu'à la mer par les courants mauvais. Peut-être lui avait-on diagnostiqué une maladie incurable, et était-elle partie se cacher pour mourir seule. Peut-être s'était-elle enfuie avec un autre homme, ou s'était-elle retrouvée mêlée à une entreprise criminelle. Certains ont émis la théorie qu'un admirateur obsessionnel l'avait kidnappée. Pourquoi sa beauté, son talent et son mariage providentiel n'auraient-ils pas fait quelques jaloux ? On a épilogué sur une addiction cachée, une dépression, voire un suicide. Mais les semaines, puis les années se sont écoulées, sans qu'une demande de rançon, un cadavre, une lettre de suicide, une seule piste crédible se fasse jour.

» Avec le temps, l'affaire a été reléguée aux dernières pages des journaux puis, finalement, a cessé de faire parler d'elle. Quelques années plus tard est sorti un livre au sujet de sa disparition, *Petite Fille perdue*. L'auteur affirmait que Bitsy s'était enfuie avec le charismatique leader d'une secte et qu'elle vivait coupée de la société dans les Adirondacks. Les enquêteurs n'ont trouvé aucune preuve de l'existence de ladite secte, et aucun élément pour appuyer cette théorie alambiquée. Manifestement, l'auteur avait espéré se faire du fric sur une histoire à sensation. Néanmoins, les articles au sujet de sa publication ont relancé la machine. Pendant un certain temps, Sutton Place a dû accueillir, de mauvaise grâce, un nouveau cirque médiatique. Mais heureusement, une fois le livre discrédité, l'enthousiasme est retombé de lui-même.

» Je comprenais que Harold ait décidé de se tenir à distance. Pendant longtemps, j'ai évité le quartier, moi aussi. Puis un matin, pendant que Sam était à la maternelle, je me suis forcée à marcher jusqu'à Sutton Place pour retourner voir leur maison. Quelqu'un entretenait la demeure. De la sauge et des gueules-de-loup fleurissaient dans les jardinières. Le gazon était tondu ; les haies taillées. Les fenêtres en verre au plomb étincelaient. Quand j'ai jeté un œil à l'intérieur, j'ai eu le choc de découvrir que tout était inchangé. Au bout du couloir voûté qui menait à la cuisine, j'ai aperçu la précieuse cafetière de Bitsy. Une tasse en porcelaine était posée sous le bec verseur, comme si elle s'apprêtait à préparer une tasse de son cappuccino adoré. Toutefois, le vide était palpable. Personne ne vivait là. Plus maintenant.

» Quelques semaines plus tard, James a terminé son internat. Il a intégré un cabinet de médecine interne à Greenwich, dans le Connecticut, et nous avons déménagé là-bas. Mon premier roman est passé complètement inaperçu, mais le deuxième est devenu un best-seller. Knopf m'a offert un contrat pour trois livres avec une avance plus importante que tout ce que j'aurais jamais osé imaginer. Nous avons versé un acompte pour la maison de Lake Avenue. Notre famille a continué de s'agrandir. Après Sam et notre fille Lillian, nous avons eu les jumelles, Lucy et Patsy, et enfin Robert, notre petit dernier. C'était une période animée, exténuante, mais aussi pleine et joyeuse. Je n'en regrette pas une minute.

» Une fois que toute la couvée a eu quitté le nid, James et moi avons acheté l'appartement de Riverside

Drive. J'étais emballée à l'idée d'avoir un pied-à-terre à Manhattan et nous voulions une vue sur le fleuve, mais chaque fois que notre agent me suggérait une annonce dans l'East Side, je refusais. Je voulais garder mes distances avec Sutton Place. Et c'est ce que j'ai fait – jusqu'à l'automne dernier. J'avais accepté de faire un discours à un gala au bénéfice de Literacy Partners. C'est mon attachée de presse qui avait tout arrangé. Jusqu'à ce que je me retrouve en route pour y aller, je ne savais pas du tout que l'événement devait se tenir dans un penthouse au bout de la rue où Bitsy vivait autrefois. Nous avions compté large à cause de la neige, et nous sommes arrivés quelques minutes en avance. J'ai demandé au chauffeur de faire le tour du quartier au ralenti. Et j'en ai été heureuse. L'éviter n'effaçait pas la réalité. La disparition de Bitsy était un fait tragique. Il valait mieux pour moi l'affronter qu'essayer de faire comme s'il ne s'était pas produit. Peu de temps après, l'affaire s'est mise à me préoccuper, et j'ai réalisé que j'avais besoin d'écrire à ce sujet.

» Je ne suis retournée à Sutton Place qu'une fois complètement immergée dans l'histoire. Entre-temps, je m'étais rendue à Londres pour y rencontrer l'associé de Harold, Richard DeWitt, et en France pour y voir son frère Gregory. Plusieurs des amis de Harold ayant pris leur retraite en Floride, j'ai passé deux semaines à Palm Beach et Key Biscayne. Les enfants de Harold vivaient dans les quartiers résidentiels de Beverly Hills. Ils ont tous deux plus de soixante ans.

Trey est deux fois divorcé, avec deux filles adultes, et il est fiancé à une actrice très jeune et très belle. Marissa et sa compagne, une artiste du nom d'Eloise, possèdent une galerie d'art sur Rodeo Drive. Cela faisait de longues années qu'ils n'avaient pas vu Harold, l'un comme l'autre. Après la disparition de Bitsy, il s'était installé au Costa Rica où il avait vécu une vie simple dans un isolement relatif. Voici dix ans, une crise cardiaque l'a foudroyé et il est mort sur le coup. Il a laissé tous ses biens à une fondation dédiée à la préservation des forêts tropicales caribéennes. Trey et Marissa ont engagé des poids lourds du barreau pour débouter le testament, mais ils ont perdu.

» Ma dernière étape, ça a été la ville natale de Bitsy. Myrtle, dans le Mississippi, est un minuscule hameau. Cinq cents habitants. Tout le monde sait tout sur tout le monde, et se faisait une joie de parler. Le père de Bitsy était mort des années auparavant, mais j'ai rencontré des membres de la congrégation baptiste dans laquelle il prêchait autrefois. Le révérend Yudis avait toujours aimé le whisky, qu'il buvait – naturellement – à des fins thérapeutiques. Il s'était mis à picoler encore plus lorsque Bitsy s'était enfuie. Un soir, après quantité de verres de trop à la Gus's Tavern, au volant de son pick-up il avait percuté de plein fouet une Kia transportant une famille avec deux petits garçons. Aucun survivant.

» J'ai discuté avec un dénommé Brent Gregorio. Il dirigeait la ferme de soja qui était dans sa famille depuis six générations. Il était allé au lycée avec la mère de Bitsy, Jenny Lou. C'était vraiment un crève-cœur, ce qu'il était advenu d'elle, disait-il : un ignoble poivrot pour mari, une vie de malheur. Quelques années après le départ de Bitsy, Jenny avait disparu. On avait retrouvé son corps des semaines plus tard, flottant dans le ruisseau. Le coroner avait déclaré qu'il s'agissait d'une noyade accidentelle, mais monsieur Gregorio était persuadé qu'elle s'était suicidée. Une certaine Bobbi-Jo Cline, prof d'anglais à la retraite, qui avait eu Bitsy comme élève au lycée de Western Union, se rappelait une fille jolie et appréciée de tous, mais étrangement sérieuse par moments. Deux des meilleures amies d'enfance de Bitsy, Nora Bea Strang et Clara Addison, l'ont décrite dans les mêmes termes. Tout à coup, sans raison, Bitsy pouvait devenir morose, alors que l'instant d'avant elles étaient en train de s'amuser. Elles ont toutes les deux les cheveux gris et des petits-enfants. Seule Bitsy était restée figée dans le temps. »

Jeffers griffonnait plus vite maintenant, s'arrêtant par intermittence pour mettre les mains sous la table et taper quelque chose sur l'iPhone qu'il avait maladroitement caché sur ses genoux.

« À ce stade, j'avais épuisé toutes mes pistes sur Myrtle. Le matin où je devais prendre mon vol pour rentrer, une certaine CeeCee Allen m'a appelée sur mon portable. Elle avait entendu dire que j'étais en ville et que je posais des questions sur Bitsy. Elle était partie s'installer à Jacksonville des années plus tôt, mais elle avait fait les trois heures de route pour me voir. J'ai accepté de la rencontrer au *diner* et j'ai ajourné mon vol. CeeCee avait beaucoup de choses à dire, et pas des plus agréables. Son fils Ray était tombé amoureux de Bitsy au lycée, et ils étaient sortis ensemble. CeeCee avait toujours su que cette fille était une moins-que-rien. Elle avait essayé de faire entendre raison à Ray, mais il s'était laissé aveugler par l'emballage affriolant. Il était tellement gentil! Mais une fois que cette "petite traînée" l'avait plaqué, il était parti en vrille. Il était tombé dans la drogue. S'était mis à voler pour financer son addiction. Par la suite, sa vie n'avait été qu'allers-retours derrière les barreaux. Une semaine après sa dernière libération conditionnelle, en 2004, il s'était fait abattre lors d'une bagarre dans un bar. Laissant une femme et quatre enfants. C'était la faute de Bitsy. Le fait qu'elle fût sortie de la vie de Ray depuis le lycée n'y changeait rien. Les gens voient ce qu'ils ont envie de voir.»

Jeffers poussa un gloussement. «M'en parlez pas.

— Le récit commençait à prendre tournure. Je savais que le livre allait fonctionner, mais je n'étais pas satisfaite. J'avais besoin de retourner dans la maison de Bitsy. Les lieux peuvent recéler des secrets de toute première importance, si on sait les observer. Mon assistante, Erin, est une championne de l'investigation. Elle m'a aidée à éplucher les actes de propriété du Downtown Manhattan. La demeure des Grainger a changé de mains six fois. Il y a trois ans, elle a été vendue aux propriétaires actuels: Caroline et Ryan Matthews. Au cours de la semaine suivante, j'ai laissé plusieurs messages sur leur répondeur pour leur demander s'ils accepteraient une courte visite. J'avais juste besoin de revoir les pièces du rez-de-chaussée, c'est tout. Mais ils n'ont jamais répondu. J'ai compris, bien sûr. Pourquoi auraient-ils voulu voir leur domicile associé à un événement si tragique ?

— Pigé. Mauvais pour la valeur de la propriété ; bien s'ils voulaient devenir une étape dans une visite guidée de New York destinée aux amateurs de curiosités macabres, dit Jeffers.

— Si vous continuez comme ça, c'est votre nom qui figurera sur cet itinéraire », lui envoya L. C. avec un regard noir.

Stephanie intervint : « Vous avez fini par réussir à les joindre ? Vous avez pu revoir la maison ?

— J'ai laissé un dernier message pour les inviter à appeler mon éditeur. Graham pourrait confirmer que j'étais un auteur reconnu, pas une déséquilibrée. Mais toujours pas de nouvelles. Alors je me suis résignée à me passer de la visite pour terminer mon livre. À la place, j'allais me promener dans le quartier, et glaner le peu que je pouvais apercevoir de l'intérieur depuis la rue. Et c'est ce que j'ai fait jeudi dernier. J'avais rendez-vous pour déjeuner avec une vieille amie au Felidia. Quand nous nous sommes séparées, je me suis dirigée vers Sutton Place. Pendant que je parcourais cette courte distance, le ciel s'est assombri et il s'est mis à bruiner. Debout de l'autre côté de la rue, j'ai observé la maison. Il y avait un ours en peluche vautré face contre terre dans une des jardinières. Une double poussette était appuyée contre la rambarde de l'escalier. La pluie se faisait plus drue, mais je le remarquais à peine. J'ai ressenti le besoin de m'approcher davantage et j'ai traversé la rue.

» Lorsque j'ai posé le pied sur le trottoir, un petit lutin aux cheveux roux s'est précipité dehors pour sauver l'ours et la poussette. Une femme. Quand elle m'a repérée, elle a sursauté comiquement. “Oh mon Dieu ! Vous êtes Colleen O'Day ? — Oui. Veuillez excuser mon intrusion.” J'ai reconnu que je n'aurais pas dû venir alors qu'elle n'avait pas répondu à mes messages. C'était chez elle, et c'était son droit le plus strict de refuser d'ouvrir sa maison à une inconnue. Elle a fait une moue. “Vous avez appelé ? Je n'ai pas eu le message. Mais vous êtes la bienvenue, bien sûr. Entrez, je vous prie.” Elle a posé l'ours en peluche sur un rocking-chair pour enfant en érable et largué la poussette dans le fond du couloir. “Je m'appelle Caroline Matthews, madame O'Day. Quel bonheur de vous rencontrer ! Vous êtes mon écrivain préféré de tous les temps ! Vous vouliez visiter notre maison pour un nouveau roman ? Ce serait un véritable honneur !”

» Je ne lui ai pas menti, mais je suis restée vague. J'étais en train d'écrire une histoire sur une affaire non résolue des années 1970. Je comptais en situer une partie dans une maison de ville comme celle-ci, mais les détails caractéristiques et l'adresse exacte seraient modifiés. Elle a déclaré qu'elle serait ravie de m'aider. Paradoxalement, c'était *elle* qui se confondait en excuses. "Vraiment désolée pour le malentendu, a-t-elle dit. Notre nounou habituelle a une pneumonie, donc c'est notre ancienne nounou qui nous donne un coup de main. C'est elle qui a dû prendre vos messages. Elle range les affaires dans les endroits les plus bizarres : sous l'évier, derrière la table à langer. Nounou Beth a toujours été un peu dispersée pour ce genre de choses, tête en l'air. Mais elle est formidable avec les enfants. Imaginez Mary Poppins, mais américaine et âgée. En plus, elle fait partie de la famille. Croyez-le ou non, c'était la nounou de mon mari. Elle est en train de donner son bain au petit Sammy en haut. Jamais vu un bébé qui mange si salement ! Imaginez Jackson Pollock, mais avec du yaourt et de la purée de petit pois. D'ailleurs ça me fait penser que je ferais bien de monter avec l'ours Boo Boo, sinon il ne voudra jamais s'endormir pour sa sieste. Je vous en prie, madame O'Day. Faites comme chez vous. Regardez partout, à votre guise."

» Tout avait changé. Leur mobilier était moderne : des "egg chairs" Saarinen bleu azur, et le fameux canapé rouge sur le modèle des lèvres de Mae West. La maison débordait d'un joyeux bazar : des jouets partout, des grilles de sécurité posées au pied de l'escalier. Ils avaient trois petits garçons, dont les deux plus grands étaient à la maternelle. J'entendais le bébé qui gloussait et les bruits d'éclaboussures. Dans le fond, nounou Beth fredonnait une mélodie familière que je n'ai pas reconnue. Comme Bitsy aurait été contente d'avoir une maison si pleine de vie et d'exubérance ! J'imaginais très bien ce qu'elle aurait dit : *C'est divin, pas vrai ?* Mais c'était tout. La maison n'a provoqué chez moi aucune illumination soudaine. J'ai remercié Caroline Matthews du bas de l'escalier, et je suis partie.

» Je m'apprêtais à héler un taxi, mais j'ai eu une autre idée. J'ai longé la rue pour passer devant ce qui était autrefois la maison des Broughton, où j'avais vu Bitsy pour la dernière fois. Un an après sa disparition, la famille avait fait don de la propriété aux Nations unies. Depuis, c'est la demeure du secrétaire général. Les fenêtres du minuscule box de sécurité du NYPD placé devant étaient en verre teinté. J'ai tourné pour échapper à ces yeux invisibles. Et là je me suis figée. À travers une haie de troènes japonais, j'ai aperçu le jardin. La vue m'a renvoyée au soir de la réception. J'entends les accords fantomatiques du "Canon de Pachelbel" par-dessus le grondement sourd d'une péniche ; le cliquetis cristallin des rires et des flûtes de champagne. Un léger parfum de lilas chevauche la brise soyeuse. Des invités élégants se mélangent sous la lune presque pleine. Je remarque Bitsy qui se tient à l'écart dans l'ombre, observant les flots. Elle se retourne et me fixe de ses yeux fascinants. *Tu as tellement de chance d'être écrivain, Colleen.* Elle s'avance et m'étreint. Et brusquement, tout s'illumine. La réponse était là depuis le début.

— Hein ? Je ne comprends pas, fit Jeffers d'un air renfrogné.

— Par chance, un taxi s'est approché, continua Colleen. J'ai appelé mon beau-frère en route. Ma sœur Maureen a perdu sa bataille contre la leucémie il y a un an, et ce pauvre Frank est affreusement déprimé. C'est tout juste s'il mange, il ne sort presque jamais. J'avais du mal à me retenir, mais je ne voulais rien dire, même à Frank, avant de m'être assurée que ma théorie était juste. Je lui ai dit que, pour mon livre, j'avais besoin de voir quelque chose qui appartenait à Maureen et il m'a fait signe d'aller dans leur chambre. Frank n'a pas eu le courage de se séparer des affaires de Maureen. Tout est resté tel qu'elle l'a laissé. J'ai trouvé immédiatement ce que je cherchais. Et c'était là, noir sur blanc. »

Jeffers se gratta derrière l'oreille. « Je ne pige toujours pas.

— Lorsque Bitsy m'a serrée dans ses bras ce soir-là, elle a glissé un mot dans la poche de la belle robe de Maureen. Et il était toujours là, jauni par le temps. Je n'oublierai jamais les mots : *Je ne peux plus supporter les mensonges. Je ne suis pas à ma place, et je ne le serai jamais. Il faut que ça se termine maintenant, ce soir. J'ai étudié les courants. Le fleuve m'emmènera où il me faut aller. Dis à Harry que je suis désolée, s'il te plaît. Dis-lui que je n'avais pas le choix.* »

L. C. prit une brève inspiration. « Elle s'est suicidée ? Waouh. Je ne m'y attendais pas du tout. »

Jeffers écarquilla les yeux. « Bitsy Grainger s'est butée ? Vous êtes sûre ?

— Au moins, nous savons enfin ce qui s'est passé. » Colleen leva son verre de vin. « À Bitsy Grainger. Elle a pris la seule route qu'elle entrevoyait pour mettre fin à ses souffrances. Qu'elle repose en paix. »

Toute l'assemblée se joignit à ce chœur solennel : « À Bitsy Grainger. »

Jeffers se leva brusquement. « Excusez-moi un instant. L'appel de la nature.

— C'est confidentiel, Jeffers. Vous m'entendez ? » Mais le reporter se dépêcha vers les toilettes, tapant à toute vitesse. L. C. siffla de dégoût. « Ce tordu véreux. Il va tweeter la fin de votre histoire. Il va poster ça dans toute la création et affirmer que ça vient de lui. Je vais aller les jeter dans les toilettes, lui et son fichu téléphone. »

Colleen posa une main sur la sienne. « Ce n'est pas grave, L. C. Vraiment. Laissez tomber.

— Mais c'est un salopard, paresseux et vicelard, sans la moindre éthique. Il se moque de ce qu'il vole ou de qui il blesse.

— Et il aura ce qu'il mérite : condamné à vivre avec lui-même à perpétuité. »

Le lendemain matin, Colleen se couvrit en prévision du froid et prit un taxi pour Sutton Place. Elle fit une dernière balade dans le quartier de Bitsy puis se dirigea vers la charmante pâtisserie qu'elle avait découverte sur la Première Avenue. Leur cappuccino était extraordinaire.

Elle se jucha sur une chaise de bistro à une toute petite table dans le fond et passa sa commande : la boisson préférée de Bitsy et un croissant. Puis elle sortit son iPad mini de son sac en tissu.

Le scoop de Reuben Jeffers avait récolté la une de l'*A-List* du jour. « Le mystère de la Belle Disparue résolu ! » L'article racontait tous les détails que Colleen avait espéré y voir : l'enfance de Bitsy à Myrtle, dans le Mississippi ; la trahison de Ray Adlen et la dégringolade qui s'était ensuivie pour lui ; l'installation de Harold au Costa Rica et le procès de ses enfants contre les termes de son testament. Pour couronner le tout, ils avaient inclus une fausse réplique de la lettre de suicide que Colleen avait affirmé avoir trouvée. Jeffers avait gobé son histoire dans son intégralité et l'avait recrachée sans la moindre vérification. Malgré son manque de scrupules, il aurait dû se méfier. Après tout, Colleen écrivait de la fiction.

Mais il n'y avait pas de retour en arrière possible. L'article de Jeffers, c'était prévisible, serait reposté à perpétuité, et emmagasinerait ainsi le poids qui aujourd'hui tient lieu de vérité.

La commande de Colleen était prête. Elle vérifia l'heure pour s'assurer que c'était bien le bon moment, paya puis sortit.

Près du coin de la rue, une vieille femme se recroquevillait pour résister au froid dans un manteau camel à capuche. Visiblement, elle était sans domicile. « Vous pouvez m'aider, s'il vous plaît ? Vous pouvez… »

Colleen s'approcha. « Tenez, mon amie. Pour vous. » Elle lui tendit le croissant et le cappuccino.

La femme prit le gobelet dans ses deux mains et but une gorgée. Ses yeux ridés se plissèrent de plaisir, mais Colleen aperçut quand même un éclat de gris pierre de lune.

« Dieu vous garde, mon amie, dit la vieille femme, prenant une nouvelle gorgée. C'est divin, pas vrai ? »

Judith Kelman est l'auteure d'une quinzaine de romans, de trois livres-documents, de dizaines de nouvelles, et de centaines d'articles et reportages pour des publications de premier plan. Ses œuvres ont été primées de nombreuses fois. En 2008, elle a fondé Visible Ink, un programme d'écriture au sein du centre de traitement du cancer Memorial Sloan Kettering. Cette initiative permet à tous les patients intéressés de bénéficier des bienfaits de l'expression écrite grâce à l'aide individuelle d'un conseiller littéraire bénévole. Son dernier roman, *La Petite Fille en haut de l'escalier*, est paru chez Payot et Rivages en 2008. Elle vit à New York.

HARLEM

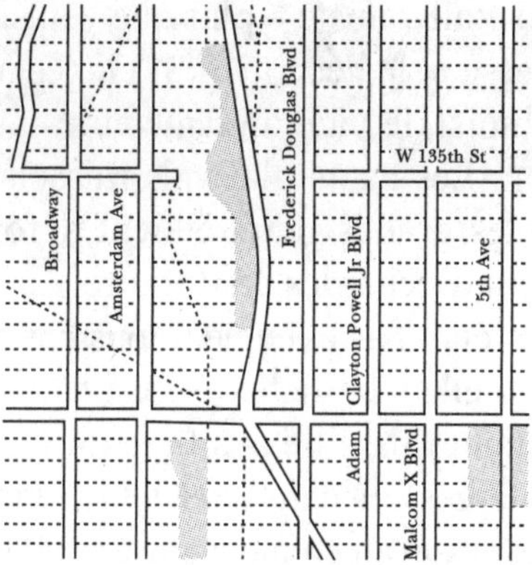


# Dizzy et Gillespie

*Persia Walker*

Une splendeur déchue. C'est ainsi que je décrivais l'appartement de maman. Enfin, c'est ce que je disais dans mes moments de générosité. Le reste du temps, je disais que ce n'était qu'un vieux tas de ruines. Mais maman l'adorait. Elle adorait ses sept grandes pièces qui partaient toutes du couloir central comme les branches d'un arbre. De hauts plafonds, du parquet, une chambre de bonne. Pas vraiment de séjour, mais un vrai salon et une salle à manger avec des fenêtres qui allaient presque du sol au plafond. Ça en jette, hein ?

À sa construction, en 1910, l'immeuble était destiné à des gens fortunés. Mais cela, c'était avant, et à présent, il était vétuste – plus que vétuste. Il respirait la tristesse et la déception. Il empestait la poussière et le moisi, le vieil amiante et les nuisibles en putréfaction. Les hauts plafonds ruisselaient d'eau immonde, les grands murs étaient déformés et le parquet plein d'échardes était traître.

Maman n'était pas aveugle à tous ces problèmes. Simplement, elle s'en fichait. C'est là qu'elle vivait depuis quarante ans. Elle avait grandi à l'époque de la Grande Dépression dans une vieille ferme délabrée biscornue et elle avait connu la misère et la faim. Bien décidée à faire son chemin, à quinze ans, elle avait quitté la Virginie et pris un car Greyhound jusqu'à New York. C'était en 1932, en ce temps-là, le pays se débattait encore dans les difficultés et une jeune fille de couleur qui n'avait pas même été au lycée n'avait quasiment aucune chance de s'en sortir. Elle était allée travailler comme bonne à Long Island chez de riches Blancs. C'était rare, mais il lui arrivait de parler de leurs magnifiques demeures. Et parfois je me demandais si la grandeur déchue de l'appartement lui rappelait ces maisons où elle avait travaillé. Peut-être qu'à ses yeux, le parquet terne était encore brillant et les murs croulants solides comme des rocs.

Maman avait quatre-vingt-dix ans. Elle vivait à Harlem depuis plus de soixante-dix ans et elle était toujours aussi fière d'être là, dans la Mecque légendaire des Noirs. Beaucoup de Noirs de Harlem retournaient dans le Sud, où la vie était plus calme et l'argent ne filait pas aussi vite. Mais cela, maman ne voulait pas en entendre parler. Elle estimait encore qu'on ne pouvait vivre ailleurs qu'à Harlem.

Elle était particulièrement fière d'habiter Hamilton Heights. C'était un quartier historique où couraient des rangées de demeures imposantes et de maisons mitoyennes en pierre. Il abritait une population multiethnique d'acteurs, d'artistes, d'architectes, de professeurs et d'autres intellectuels non conformistes. Et le fait est que certains endroits étaient charmants.

« C'est un des plus beaux quartiers de New York », disait maman.

Je lui répondais alors : « Je ne me plains pas du quartier. Juste de cet immeuble. »

Évidemment, c'était un mensonge éhonté. Car ni l'un ni l'autre ne me plaisaient.

West Harlem avait été quasiment oublié par l'embourgeoisement qui avait touché Central et East Harlem. Ou du moins notre coin. Le quartier qui s'étendait de la 135e à la 145e Rue, entre Broadway et Amsterdam ? Il était d'une tristesse ! Des propriétaires radins, des immeubles décrépits. Il y avait deux ou trois bons restaurants sur Broadway, mais ils n'allaient sûrement pas tarder à mettre la clé sous la porte. En ce qui concerne les trafics de rue, les choses s'étaient calmées, mais on avait parfois l'impression qu'ils étaient devenus souterrains.

Et puis il y avait l'autre Hamilton Heights.

Magnifique. Convent Avenue, Hamilton Terrace, Sugar Hill : c'étaient des endroits sublimes, mais ils l'avaient toujours été. Jusqu'à une époque récente, ils figuraient parmi les secrets les mieux gardés de Harlem. Malgré la présence d'une institution aussi célèbre que City College sur Convent Avenue, juste à côté, Hamilton Terrace, par exemple, passait inaperçue. C'était une enclave oubliée. Une ville à part. Même l'air qu'on respirait là-bas n'était pas le même.

Là-bas. C'est en ces termes que j'y pensais. Il y avait là-bas. Et puis il y avait ici, où les gens avaient du mal à tenir le coup.

« Eh bien, va-t'en si ça ne te plaît pas », disait maman.

Et je soupirais. Parce que nous savions toutes les deux que je ne le pouvais pas. Ni sans emploi, ni sans elle. Je rêvais de gagner suffisamment d'argent pour nous sortir toutes les deux de là, mais elle ne voulait pas partir.

« C'est chez moi, disait-elle. Quand je mourrai, ce sera chez toi et tu pourras en faire ce que tu veux. Mais pour l'instant, c'est à moi et je n'en partirai que le jour où je quitterai ce monde.

— Ne dis pas ça.

— Pourquoi ? Il faut bien que ça arrive un jour, disait-elle avant d'ajouter avec un sourire triste : Il faut bien. »

Elle avait le cœur fragile – fragile mais déterminé. Sur l'échocardiogramme, on le voyait hésiter, puis palpiter légèrement et battre, hésiter, palpiter légèrement et battre. Cela stupéfiait ses médecins et m'inquiétait. Maman, elle, était simplement déconcertée. Parfois, je l'entendais pleurer dans sa chambre. Pourquoi devait-elle continuer à vivre alors que la plupart de ses amis étaient partis ? Pourquoi ?

Ce n'était pas seulement le fait de se sentir abandonnée. Mais de ne pas pouvoir faire ce qu'elle aimait. Plus maintenant. Elle ne pouvait plus recevoir, inviter des gens à dîner. Elle qui était célèbre pour sa tarte aux patates douces. Elle en avait offert à diverses occasions à tous les voisins de l'immeuble, le plus souvent pour leur souhaiter la bienvenue, pour une heureuse nouvelle, ou juste pour les réconforter. Elle adorait faire la cuisine et descendre au supermarché. Mais depuis quelque temps, elle n'en avait plus la force. Elle avait pris l'habitude de rester des heures dans sa chambre, dans le noir.

Je mettais cela sur le compte de l'appartement. Il était en train de la tuer.

Ce n'était pas seulement la saleté, la puanteur et les cafards. Ce n'était pas seulement le plafond de la salle de bains qui s'effondrait immanquablement tous les six mois en faisant tomber une pluie répugnante de pierres, de plâtras et de bois pourri.

C'étaient les souris.

Ah, les souris !

Elles étaient partout. On les entendait galoper dans les murs, on les voyait cavaler sur le parquet. Le salon leur servait d'autoroute. Un soir, je me reposais sur le canapé et j'ai posé un verre d'eau par terre. L'instant d'après, une souris y buvait, dressée sur ses pattes. Un jour, maman a laissé une tarte aux patates douces à refroidir sur la cuisinière. Elle a tout juste eu le temps de se retourner pour laver une spatule dans l'évier, qu'elle a aperçu une souris qui fonçait vers la tarte. Pour tracer, elle traçait ! Mais elle a pilé sec en voyant ma mère. La souris et ma mère se sont défiées du regard. Qui allait réagir le plus vite ?

Ma mère a été rapide, mais la souris encore plus. Elle avait à peine levé la spatule pour l'aplatir que la souris s'était déjà carapatée. Direct dans la cuisinière, paraît-il, en passant par un brûleur. « Cette crapule a sauté dans un four encore chaud comme si c'était chez elle. Du coup, je me suis demandé ce qui pouvait bien se cacher d'autre là-dedans. »

Elle m'a raconté l'histoire pendant le dîner. Ce soir-là, la tarte aux patates douces avait atterri à la poubelle et nous avons mangé des conserves.

Dépitée, je lui ai dit : « Si tu ne veux pas déménager, occupe-toi au moins des souris. »

Elle savait où je voulais en venir.

« Hors de question que je prenne un chat. Je déteste les chats. Je les déteste. Ils mettront pas les pattes chez moi.

— Mais…

— C'est chez moi. Chez moi ! Tu entends ? Pas de chats, j'ai dit. »

La question était réglée.

Jusqu'au jour où Martin Milford a emménagé. À l'époque, bien sûr, on ne le connaissait ni d'Ève ni d'Adam. Un matin, les murs de l'appartement s'étaient soudain mis à vibrer et des flots de souris à cavalcader derrière les cloisons. Un bruit de scie circulaire résonna dans toutes les pièces. J'avais du mal à dire si cela venait d'en haut ou d'en bas. Au début, j'ai essayé de ne pas prêter attention à ce vacarme, mais c'est devenu si infernal au fil des heures que j'ai décidé d'aller voir. Je suis montée à l'étage du dessus. Il ne s'y passait rien de spécial, alors je suis descendue au rez-de-chaussée. La porte de l'appartement du dessous était ouverte et j'ai vu quelqu'un qui faisait des gros travaux de rénovation.

Ce quelqu'un, c'était Martin Milford. Un grand type dégingandé, avec des yeux d'un bleu délavé, des cheveux blonds fins et une petite barbe clairsemée, des airs de hippie sur le retour. Il était en vieux tee-shirt et jeans tout poussiéreux et démolissait un mur à la scie électrique. En me voyant, il s'est arrêté et a ôté son masque de protection. Il m'a serré la main avec un sourire après que je me suis présentée. J'étais venue râler, mais il s'est montré tellement aimable que j'en étais désarmée. Il m'a aussitôt parlé de lui.

Il était photographe, il a dit, free-lance. Il venait de l'autre côté de la 96e Rue.

Encore un, je me suis dit. Un de ceux qui jugent que Harlem n'est pas suffisamment bien pour eux, jusqu'au jour où une perte d'emploi ou de revenus les obligent à revoir leurs positions.

« Écoutez, ai-je dit en montrant la scie, vous…

— Je suis tellement content d'avoir trouvé cet endroit. Ça faisait un sacré bout de temps que je cherchais.

— Je comprends, mais…

— J'ai été à la rue quelque temps. Quand j'ai eu l'appart, je n'en revenais pas. Jusque-là, je n'avais pas eu trop de chance, vous voyez ce que je veux dire ? »

Je voyais très bien. J'avais du mal à joindre les deux bouts, j'enchaînais les jobs alimentaires pour survivre. Nous étions au plus fort de la soi-disant Grande Récession et je gagnais à peine de quoi couvrir les dépenses.

« Écoutez…, j'ai répété.

— J'ai vendu la Harley pour réunir l'acompte. » Il a secoué la tête. « J'aurais jamais cru en arriver là. C'est juste que c'était devenu si difficile…

— Je sais, je sais. » J'avais du mal à rester en colère. « Mais écoutez, je voulais vous…

— Le propriétaire m'a dit qu'il me ferait un prix si je prenais l'appart en l'état. Il y a un peu plus de boulot que je pensais, mais ça me plaît. Le salon va être super pour installer le studio. »

J'ai jeté un coup d'œil à son couloir. Toutes les portes étaient ouvertes. Le soleil entrait à flots. Il y avait déjà refait le parquet. Les nouvelles lattes luisaient dans la lumière de fin d'après-midi. Il fallait avouer qu'il faisait du beau travail, comme j'aurais aimé en faire chez nous. Je l'ai regardé. Il avait l'air plutôt gentil et je savais ce que c'était d'avoir des rêves.

« Il y a encore beaucoup de travail ?

— Non, j'ai quasiment fini. Je devrais avoir bouclé d'ici une semaine environ. Pourquoi ? »

Je me suis contentée d'un vague geste de la main. « Ça ne fait rien. »

La rénovation n'a pas duré une semaine, ni deux, ni trois, mais quatre. Carrément un mois entier.

J'ai bien essayé de lui parler une fois ou deux, mais il se montrait de moins en moins compréhensif. « Le bruit nous rend dingues, je lui disais. On a des nuages de poussière qui s'infiltrent entre les lames du parquet. Sans compter les souris. Il n'y a pas que nous que le bruit rend dingues. Les souris aussi. On en a partout.

— C'est tout de même pas de ma faute si vous avez des souris.

— J'ai dit que…

— Je sais ce que vous avez dit. Ce n'est pas à vous de me dire ce que je dois faire chez moi. Je ne vais pas arrêter les travaux de rénovation pour vous. »

Je m'étais promis de garder mon sang-froid, aussi je me suis retenue et je suis restée polie. « Écoutez, je n'ai pas envie de discuter. Dites-moi combien de temps ça va encore durer ?

— Le temps qu'il faudra », a-t-il répliqué en me claquant la porte au nez.

Je savais qu'il n'avait pas d'autorisation pour les

travaux qu'il effectuait et j'ai envisagé de le dénoncer plus d'une fois. Les inspecteurs de la Ville l'auraient forcé à arrêter vite fait. Si ça avait été le propriétaire, je l'aurais balancé dans la seconde. Mais on ne fait pas ça à un autre locataire. Pas à Harlem. Les locataires doivent toujours se serrer les coudes.

Maman et moi, nous avons donc supporté en silence tous les désagréments liés au bruit – et aux souris. Manifestement, les travaux de Milford les faisaient littéralement grimper au rideau. Leur population avait doublé. On entendait couiner les bébés. Je suis allée acheter de la mort-aux-rats, mais maman m'a interdit de l'utiliser. Les souris l'avaleraient et iraient mourir dans un petit trou. Et leurs petits cadavres en décomposition empesteraient tout l'appartement.

Misère !

Nous n'avons même pas pris la peine de mettre des pièges. On avait déjà essayé. Soit les souris s'en désintéressaient, soit – et c'était là le pire – elles se faisaient bel et bien prendre mais ne mouraient pas sur le coup. On entrait dans la cuisine au milieu de la nuit et on tombait sur des souris agonisantes. Ce qui nous obligeait à les tuer nous-mêmes, maman et moi. Très peu pour elle et, quant à moi, n'en parlons pas.

J'ai insisté encore une fois pour qu'on prenne un chat. Mais maman était inébranlable. Non, non et non !

Jusqu'au jour où elle a trouvé une souris dans sa chambre, qui jouait sur ses draps.

Et là soudain, ce n'est pas un mais deux chats qu'elle a voulus.

Le lendemain, je suis allée les chercher dans un refuge. Dizzy et Gillespie. Ils étaient incroyablement mignons. Vifs. Et qui plus est, affamés : en quelques jours, les souris avaient disparu. Ça me convenait parfaitement.

Maman aussi, ça lui convenait. Mais à Milford, non. On n'a pas tardé à sonner à notre porte. Milford avait l'air épuisé. « Que se passe-t-il ? » lui ai-je demandé.

Des souris, a-t-il expliqué. Pas seulement quelques-unes, mais des hordes, dans son appartement.

« Elles ont envahi la penderie de ma chambre, les placards de la cuisine. L'autre jour, j'en ai trouvé une morte dans la baignoire. Et hier, j'étais en pleine séance photo dans le salon, et une souris est passée sur le pied de ma cliente. Qui est partie illico et refuse maintenant de me payer.

— Je suis désolée pour vous, mais…

— Du coup, je me demandais si vous faisiez quelque chose… » Il a baissé la tête et écarquillé les yeux. J'ai suivi son regard et vu Dizzy et Gillespie qui montaient la garde à mes pieds et le fixaient.

« Des chats ! s'est écrié Milford.

— En effet.

— Il faut vous en débarrasser.

— Pardon ?

— Je dis qu'il faut vous débarrasser de ces… ces choses. »

J'étais sidérée par son culot.

« Pas question. Ce sont les chats de ma mère et ils ne bougeront pas d'ici. »

Et le fait est qu'à présent, c'étaient bien ses chats. Si j'avais insisté pour les adopter, c'est à elle qu'ils s'étaient attachés. Et réciproquement. C'est maman qui avait eu l'idée de les appeler Dizzy et Gillespie, en hommage au grand musicien de jazz des années 1940. C'est contre elle qu'ils se blottissaient pour dormir, la nuit. C'est elle qu'ils aimaient et de toute évidence, elle les aimait. Elle avait retrouvé la force de parcourir le couloir pour aller à la cuisine. Elle n'était plus capable de rester debout pour préparer les repas, mais elle donnait tout de même à manger à ses chats en faisant toute une histoire, sous prétexte qu'elle devait les « nourrir comme il faut ». Après quoi, elle venait s'installer avec moi dans le salon et les regardait jouer et faire des bêtises. Elle riait en battant des mains ! Disparue, sa peur des chats.

« Ils sont pas croyables, disait-elle. Si mignons, et malins avec ça ! Ils comprennent tout ce que je dis ! »

Nous avions essayé tous les médicaments possibles et imaginables pour faire baisser la tension de maman ; ils s'étaient révélés inefficaces ou avaient provoqué des effets secondaires. Avec Dizzy et Gillespie, elle était retombée à la normale en moins d'une semaine. Entre les facéties qui la faisaient rire, les ronronnements qui lui calmaient les nerfs et l'assurance de pouvoir dormir dans un lit exempt de souris, ces chats lui avaient apporté plus de joie et de santé que je ne l'aurais jamais cru possible.

Alors, non. Nous n'allions pas nous en débarrasser.

« Pourquoi ne pas prendre des chats vous-même ?

— Jamais de la vie ! »

Milford dit qu'il allait en parler au propriétaire.

« Allez-y, ai-je dit. Il s'en fiche. Ça lui évite de payer un dératiseur. »

Sur ce, j'ai refermé la porte et copieusement gratté Dizzy et Gillespie derrière les oreilles.

Maman a voulu savoir ce qu'il se passait.

« Tu m'avais dit qu'il était gentil », m'a-t-elle dit quand je lui eus expliqué la situation.

J'ai haussé les épaules.

« Il avait l'air, oui. »

Elle a soupiré. « S'il est comme tous ceux qui viennent s'installer à Harlem ces derniers temps, alors… » Elle n'a pas achevé sa phrase.

« Alors quoi ? Tu n'es pas en train de me dire que tu veux déménager ?

— Non. Je parle d'eux. C'est eux qui doivent partir. »

Deux jours plus tard, Milford était de retour. C'est maman qui a ouvert la porte.

Du couloir, je l'ai vu s'incliner en lui tendant un bouquet de fleurs. « Je suis désolé, a-t-il dit. Je ne sais pas ce qui m'a pris. Je n'aurais jamais dû dire ça. »

Maman a accepté ses excuses et les fleurs. Après son départ, elle s'est tournée vers moi et m'a lancé :

« Tiens, tiens. Il n'est peut-être pas si méchant après tout.

— Arrête, maman. Tu sais aussi bien que moi ce qui s'est passé.

— Le propriétaire lui a dit ses quatre vérités.

— Évidemment. »

Les jours suivants ont été tranquilles. J'ai chassé Milford de mon esprit et me suis remise à chercher du travail. Je me faisais moins de souci pour maman. Son état de santé s'était stabilisé. Sa dépression avait disparu. Elle n'arrêtait pas de parler de Dizzy et Gillespie – ils étaient si mignons, si intelligents, c'étaient les meilleurs chats du monde.

Et puis un jour, je suis revenue d'un entretien tout aussi inutile que les autres et j'ai trouvé maman assise dans le salon, Dizzy dans les bras. J'ai tout de suite su que quelque chose n'allait pas. Dizzy était totalement immobile et Gillespie miaulait, installé à ses pieds.

« Maman ? » Je lui ai posé la main sur l'épaule.

« Elle est partie », a dit maman.

Dizzy avait sa petite gueule ouverte et le corps tout tordu. Elle avait dû mourir dans d'atroces souffrances.

« Qu'est-ce qui s'est passé ?

— Je sais pas. » Elle a levé la tête vers moi et le chagrin que j'ai lu dans ses yeux m'a serré le cœur.

« Elle était en pleine forme, joyeuse, toute fringante, et d'un coup, elle a eu une espèce de crise. Et puis elle s'est mise à vomir et avant que j'aie pu faire quelque chose, elle était… comme ça. »

Dizzy était si petite qu'elle rentrait dans une boîte à chaussures.

« Ne la jette pas à la poubelle, a dit maman.

— Je ne ferais jamais ça. Je l'emmènerai chez le véto demain.

— On ira ensemble.

— D'accord. »

Mais le lendemain, quand je suis repassée chercher maman, elle n'était pas en état d'aller où que ce soit. Elle était assise dans sa chambre et, cette fois, c'est Gillespie qui était sur ses genoux.

La mort de Dizzy l'avait bouleversée, mais celle de Gillespie l'a terrassée. Elle avait le cœur brisé.

Je ne comprenais pas. « Deux chats en bonne santé ne meurent pas comme ça. » Je lui ai demandé si elle voulait que le véto fasse une autopsie, mais elle a refusé. « Laisse, ça va comme ça. »

J'ai acquiescé, mais c'était plus fort que moi. J'ai demandé à la vétérinaire ce qui leur était arrivé. Elle n'a eu qu'un mot :

« Strychnine. »

Autrement dit, de la mort-aux-rats.

J'étais dévastée. C'était ma faute. J'ai dit à maman : « Ils ont dû trouver celle que j'avais achetée. Je suis vraiment désolée. Je croyais avoir tout rangé. Mais j'ai dû en laisser traîner. »

J'espérais me faire gronder, mais elle est restée là sans rien dire, recroquevillée sur son chagrin. Les deux jours suivants, elle est retournée s'asseoir dans l'obscurité de sa chambre.

« Ça fait deux fois que ça m'arrive, a-t-elle dit. Ça n'arrivera plus jamais, fais-moi confiance. »

Elle a refusé de m'expliquer ce qu'elle voulait dire par là. Elle m'a juste demandé d'évacuer tout ce qui avait appartenu aux chats.

« Je ne crois pas que ce soit une bonne idée, ai-je dit. Même si Dizzy et Gillespie sont morts, leur odeur peut sans doute éloigner les souris, en tout cas quelque temps. »

Mais sa décision était prise. « Débarrasse-moi de tout ça. Tout. Et puis nettoie l'appartement de fond en comble. »

Je me suis exécutée.

Il ne fallut pas plus de trois jours pour que les souris reviennent. Maman avait replongé dans la dépression et sa tension avait grimpé en flèche.

Le médecin était inquiet. « Si on ne fait rien… » Il a laissé le silence combler le vide. « Et ça peut aller vite, très vite. »

J'ai essayé de la convaincre de reprendre deux chats, mais elle n'a rien voulu entendre.

« Non, a-t-elle dit en secouant la tête. Jamais plus. »

Je ne savais pas quoi faire, alors je l'ai prise dans mes bras. « Ça va aller, maman. Ça va aller. »

Nous avons passé plusieurs secondes ainsi enlacées dans sa chambre. Puis elle a murmuré quelque chose que je n'ai pas compris.

« Quoi ? »

Sa voix était enrouée. « C'est ma faute, a-t-elle dit. C'est ma faute s'ils sont morts.

— Quoi ?

— C'est moi. »

J'ai secoué la tête. « Que racontes-tu ? »

Elle n'a pas répondu.

Soudain, j'ai compris. J'ai mis la main devant ma bouche, horrifiée. Elle les avait tués. Elle avait tué Dizzy et Gillespie. Je n'y croyais pas. Je ne voulais pas y croire. Puis j'ai scruté son regard et j'y ai vu du chagrin, oui, mais aussi de la culpabilité.

« Toi ? C'est toi ? Mais pourquoi ? Je croyais que tu les aimais. Je…

— Je ne sais pas. » Elle a secoué la tête. « Je ne sais pas pourquoi je… Je voulais… » Elle m'implorait du regard. « Je crois que je voulais juste… Je voulais juste être aimable avec le voisinage.

— C'est-à-dire ? »

Mais elle ne pouvait pas répondre. Elle était ailleurs, repliée dans son monde.

« Maman ? »

Elle s'est détournée en se tordant les mains.

« Je… je sais que je ne peux pas les ramener, a-t-elle dit, mais je vais réparer ça. Je vais réparer ça. » Elle n'arrêtait pas de le répéter. Elle refusait de me parler et se contentait de répéter la même chose : « Je vais réparer ça. »

J'étais tellement blessée, tellement en colère. Je ne savais pas quoi faire. Comment avait-elle pu commettre un acte pareil – un acte aussi odieux ? Tuer deux chats sans défense ? Des chats qu'elle aimait. Et comment pouvait-elle croire qu'elle allait arranger les choses ? Je ne pouvais pas rester cinq minutes de plus avec elle. Il fallait que je parte de là. J'ai attrapé mon manteau et mon sac, je me suis enfuie dans le couloir et je suis sortie.

J'ai marché pendant des heures en me demandant ce que je faisais de ma vie. Et ce soir-là, je ne suis pas rentrée. J'ai dormi chez une amie et essayé de ravaler ma colère, essayé de comprendre. J'avais tellement envie de déménager. Mais j'étais piégée. Je n'avais pas les moyens de louer un autre appartement et ma mère ne pouvait pas vivre seule. Nous étions condamnées à vivre ensemble dans cet appartement avec la puanteur, le moisi et les souris.

Puis je me suis calmée et ai pris un peu de recul. J'étais adulte et la seule chose qui me préoccupait, c'était de m'enfuir de chez moi. C'était aberrant. J'y ai pensé toute la nuit. Le matin, j'étais épuisée, mais j'avais pris ma décision.

Quoi qu'il arrive, c'était ma mère et je l'aimais. Tant qu'elle resterait là-bas, j'y resterais aussi.

En sortant du métro, j'ai remonté la rue et vu de loin des voitures de police, une ambulance et une foule amassée en bas de chez nous. C'était ma mère. Je savais que c'était ma mère. Elle était tombée ou il lui était arrivé autre chose et je n'avais pas été là pour l'aider.

Je me suis mise à courir puis je me suis frayé un chemin au milieu des gens. Le hall était bondé de voisins et de policiers qui leur demandaient de reculer.

« Laissez-moi passer ! ai-je crié. Je suis sa fille ! Sa fille ! »

Le policier m'a regardée d'un drôle d'œil et a demandé dans quel appartement j'habitais.

« Au vingt-quatre.

— C'est pas là. » Du pouce, il a pointé derrière lui, et j'ai alors vu ce que j'aurais déjà dû voir si je n'avais pas été aussi paniquée.

La porte de l'appartement de Milford était ouverte. Un secouriste en sortait en ôtant ses gants en latex. Il a dit quelque chose à un flic. Je n'ai pas réussi à lire sur ses lèvres, mais c'était inutile. Son expression en disait suffisamment long.

« Qu'est-ce qui s'est passé ? ai-je demandé au policier.

— Vous le connaissiez ?

— Vaguement. Enfin, oui, c'est mon voisin. » J'ai jeté un œil par la porte de l'appartement. Ils transportaient Milford sur une civière dans une housse mortuaire.

Je n'en revenais pas. Milford, mort ?

« Qu'est-ce qui s'est passé ? ai-je répété.

— On ne sait pas encore. Écoutez, donnez-moi votre nom et le numéro de votre appartement au cas où nous aurions besoin de parler à ses voisins.

— Bien sûr. » Je lui ai donné les renseignements. « Écoutez, il faut vraiment que je monte. Ma mère est là-haut. Elle est âgée et fragile, elle a besoin de moi. Je…

— Bon d'accord. Mais surtout montez directement.

— Promis. »

Par la suite, je devais me souvenir de l'impression de vide étrange, de calme insolite qui m'avait saisie dès que j'étais entrée. Mais sur le moment, je n'avais qu'une hâte, lui annoncer ce qui était arrivé à Milford.

« Maman ? Hé, maman ? » ai-je crié depuis le vestibule.

Pas de réponse. J'ai regardé dans sa chambre, juste à côté de l'entrée, je ne l'ai pas vue, je me suis précipitée dans le couloir. La porte de la salle de bains était ouverte. Vide. La cuisine aussi.

Elle était dans le salon, dans son rocking-chair. Les yeux fermés, comme si elle s'était endormie, tenant mollement une photo contre sa poitrine.

« Maman ? »

Pas de réponse.

« Maman ? »

Ce soir-là, quand ils l'ont emmenée, je me suis affalée dans le canapé. Incapable de réfléchir. Incapable de pleurer. Je ne pensais qu'à une chose : elle était morte seule. Malgré tous mes efforts, la promesse d'être là pour elle, au bout du compte, je l'avais laissée mourir seule. Et je la revoyais serrer cette photo d'elle, souriante dans son rocking-chair, avec deux chats rondouillets sous les bras, Dizzy et Gillespie. J'avais pris des photos d'elle et d'autres des chats, mais jamais ensemble.

J'ai fini par me traîner jusqu'à mon lit. J'ai fermé les yeux mais je ne réussissais pas à dormir. Au bout d'une heure, je me suis levée et suis allée dans la chambre de maman.

La porte était fermée. Je me suis arrêtée un instant, j'ai inspiré un bon coup, mis la main sur la poignée et je suis entrée. Je ne sais pas ce à quoi je m'attendais – ou ce que je craignais –, mais il ne s'est rien passé. Je ne me suis pas effondrée, je n'ai pas versé une larme. J'étais trop tendue, trop effrayée, peut-être, pour me laisser aller.

Les médicaments de maman étaient là, sur sa commode, alignés comme des petits soldats. Tous, sauf les sédatifs. J'ai vérifié les flacons un à un, deux fois. Où étaient-ils passés ? Ils auraient dû être là. J'étais allée chercher ses médicaments à la pharmacie quelques jours auparavant. Il manquait les somnifères.

Alors, j'ai su. J'ai compris ce qu'étaient devenus tous ces comprimés.

Son cœur n'avait pas simplement lâché. Maman était lasse de vivre… et sachant qu'elle voulait mourir, elle s'était assurée que Dizzy et Gillespie partent avant elle. « C'est ma faute, avait-elle dit, c'est ma faute s'ils sont morts. » C'était fou et pourtant, il y avait une forme de logique à cette folie.

Alors les larmes sont venues. Je l'avais laissée tomber, je n'avais pas su l'aider, lui redonner espoir, la sortir de là. Je l'avais totalement laissée tomber.

Le certificat de décès délivré par les autorités indiquait seulement qu'elle avait succombé à une crise cardiaque. Il n'y était pas fait mention de somnifères.

Peut-être n'avaient-ils pas pris la peine de vérifier ? Peut-être qu'en voyant une dame aussi âgée et fatiguée n'avaient-ils pas cherché plus loin.

Les obsèques ont été très simples, comme maman l'avait toujours souhaité. Elle qui se croyait toute seule avait encore de nombreux amis dans le quartier. Ils sont tous venus et pour beaucoup, ils étaient aussi fragiles qu'elle l'avait été. Ils ont été très gentils et m'ont entourée de leur soutien, et je les ai remerciés de toute l'affection qu'ils lui avaient témoignée.

Ce soir-là, l'un d'eux est passé me voir. C'était Mr Edgar. Il habitait deux étages plus haut et, bien qu'il ait largement plus de quatre-vingts ans, il était toujours par monts et par vaux. Je l'avais toujours soupçonné d'avoir le béguin pour maman.

« Je venais juste rapporter ça. » Il me tendait un des moules à tarte de maman.

« Merci, mais quand est-ce que…

— L'autre jour. Elle m'a demandé de lui faire des courses. J'ai accepté à condition qu'elle me fasse une tarte.

— Ah bon ?

— Tu ne savais pas ? Elle ne t'en a pas préparé une ? Pourtant, j'avais acheté de quoi en faire deux. »

J'ai lentement secoué la tête. Le fait que ma mère ait trouvé l'énergie d'aller à la cuisine préparer deux tartes m'étonnait tout autant que d'apprendre qu'elle avait demandé à Mr Edgar et non à moi de lui acheter les ingrédients.

Je l'ai remercié et m'apprêtais à refermer la porte quand il m'a arrêtée.

« Une dernière chose, a-t-il dit. Des policiers sont venus me voir. Ils m'ont posé de drôles de questions.

— De quel genre ? »

Il a haussé les épaules. « C'est probablement rien, je pense, inutile de t'inquiéter. Mais ils vont peut-être passer ici. »

J'ai trouvé bizarre qu'il se montre si vague, mais je n'ai pas insisté. Il a tourné les talons, puis il s'est ravisé et est revenu sur ses pas.

« J'ai failli oublier ça, je n'en reviens pas. » Il a retiré un petit flacon de la poche de sa veste. C'était les somnifères de maman, ceux qui avaient disparu.

« Ta mère me les a passés l'autre jour. J'avais mentionné que j'avais du mal à dormir et elle m'a dit de les prendre. Je lui ai dit que je n'avais pas besoin de tout, mais elle a insisté. »

Abasourdie, je les ai pris et j'ai refermé la porte. Les somnifères de maman. Elle ne s'était pas suicidée. Elle avait bel et bien succombé à une crise cardiaque. Je me suis dirigée vers le couloir, mais me suis retrouvée plantée devant la porte de sa chambre. J'ai repensé à quel point elle était attachée à Dizzy et Gillespie.

Puis j'ai repensé à la photo.

Je l'avais enterrée avec elle. Je le regrettais. J'aurais tant aimé avoir un souvenir de ces quelques semaines de bonheur si fugace. Et puis, je me demandais qui l'avait prise. Je savais que ce n'était pas moi.

Je me suis rappelé avoir été surprise en la trouvant. Surprise, parce que je ne savais pas qu'elle avait cette photo. Que je ne connaissais même pas son existence. Et parce que… c'était un polaroïd.

Qui utilise encore des polaroïds ? On a de nouveau sonné à la porte.

C'étaient deux inspecteurs. Ils ont présenté leur plaque et ont décliné leur identité : Jacobi et Reiner.

« Oui ? »

Leurs questions portaient sur Milford, quels rapports j'entretenais avec lui.

« Aucun. Je le connaissais à peine.

— Vous ne vous entendiez pas, hein ? »

C'était Jacobi. Il a parcouru le couloir du regard, puis s'est retourné vers moi.

« C'est quoi, cette histoire ?

— Où sont vos chats ? a demanda Reiner.

— Mes chats ? » Je les ai regardés tour à tour. « Ils sont morts tous les deux. Pourquoi ça ?

— Vous aimez faire la cuisine ? »

Encore Jacobi. Il m'est passé devant pour s'engager dans le couloir. Je lui ai barré le chemin.

« Pas vraiment, non. »

Il m'a de nouveau toisée et je suis restée plantée là, refusant de bouger. Ça ne lui a pas plu. Il a fait un signe de tête à Reiner, comme si leurs soupçons étaient confirmés.

Reiner m'a demandé : « De quoi ils sont morts, vos chats ? »

Je n'ai pas répondu.

« On a entendu dire que vous soupçonniez qu'ils avaient été empoisonnés, a-t-il poursuivi.

— Et que vous pensiez que c'était Milford », a ajouté Jacobi.

En fait, cette idée ne m'avait jamais traversé l'esprit. Jusqu'à ce que maman me laisse entendre qu'elle avait délibérément empoisonné ses chats, je m'en étais crue responsable, maudissant ma négligence.

« Que faites-vous ici, au juste ? De toute évidence, ce n'est pas pour enquêter sur la mort de deux chats.

— Ça dépend, a dit Jacobi.

— De quoi ?

— Si c'est un mobile de meurtre, a dit Reiner.

— De meurtre ?

— Il s'avère que Milford a été empoisonné à la strychnine.

— Ah bon ? ai-je dit en m'efforçant de parler calmement.

— Eh oui. » Jacobi me lorgnait. « Elle avait été mise dans une tarte aux patates douces.

— Et vous pensez que c'est moi qui l'ai faite.

— C'est le cas ?

— Non.

— Vous êtes sûre ?

— Certaine.

— Et votre mère ?

— Quoi, ma mère ?

— On a entendu dire qu'elle est célèbre pour sa tarte aux patates douces.

— Alors vous avez sans doute entendu dire qu'elle est morte. »

Ça leur a coupé le sifflet. Enfin, presque.

« Quand est-ce…

— Le même jour que Milford. Pendant que les secours essayaient de le sauver en bas, ma mère était en train de mourir, juste au-dessus.

— Pourquoi vous n'avez pas appelé les secours ? a demandé Reiner.

— Je n'étais pas là. J'étais sortie. Quand je suis revenue, il y avait la pagaille en bas, tout ce cirque autour… de lui. Et vos agents m'ont empêchée de passer. Le temps que je monte, elle était morte. »

À cela, ils n'avaient rien à redire. Ils m'ont demandé s'ils pouvaient faire un tour dans l'appartement. J'ai refusé. Ils m'ont prévenue qu'ils reviendraient. Je m'en fichais. Ils ne pouvaient pas me coller le meurtre de Milford sur le dos et ils le savaient pertinemment.

Je suis retournée dans la chambre de maman. Je m'étais rappelé un autre détail. Une raison de plus d'être troublée par cette photo : la date inscrite en bas à droite.

C'était le jour de la mort de Dizzy.

Qui utilise encore des polaroïds ?

Les photographes. Voilà qui. Ils s'en servent pour les tests. Milford. Il avait dû venir chez nous. « C'est ma faute, avait-elle dit. C'est ma faute s'ils sont morts. »

Mon cœur s'est serré dans ma poitrine. Comment

avais-je pu me tromper à ce point ? Elle n'avait pas tué les chats, mais elle avait bel et bien introduit le démon. Comme elle voulait être en bons termes avec le voisin, elle avait donné une seconde chance à Milford et il en avait profité pour empoisonner Dizzy et Gillespie.

En les tuant, il l'avait tuée elle aussi. La mort de ses chats l'avait poussée à bout. Certes, le médecin avait dit que son cœur avait lâché, mais il aurait tout aussi bien pu écrire qu'il était brisé.

« Je ne peux pas les ramener, avait-elle dit. Mais je vais réparer ça. » Et c'est ce qu'elle avait fait. Si Milford n'avait pas tué ses chats, elle aurait été encore en vie – et lui aussi.

Deux mois plus tard, j'ai décroché un bon poste et, après quatre mois j'avais mis assez d'argent de côté pour déménager. Le quartier changeait. Columbia University construisait un nouveau campus non loin de là et on disait que les loyers allaient augmenter. Tous mes amis me répétaient que j'avais de la chance d'avoir l'appartement de maman et qu'il ne fallait pas que je le quitte. Que le propriétaire allait être obligé de le faire rénover ou de me payer pour que je parte. Mais je ne supportais pas d'être là. Je n'en pouvais plus.

Il m'a fallu plusieurs jours pour tout débarrasser, évacuer quarante ans de paperasses. En faisant le vide, j'ai trouvé une photo qui avait l'air de dater des années 1940. On y voyait maman, toute pomponnée. Elle câlinait deux petits chats, assise dans un jardin. J'étais étonnée. Elle m'avait toujours dit en avoir peur. Au dos de la photo, quelques lignes étaient écrites à la main. *Moi avec Cab et Calloway. Juste avant leur mort en mars 1945*.

Cab et Calloway.

« Ça fait deux fois que ça m'arrive », avait-elle dit. Maman avait donc eu des chats autrefois et eux aussi étaient morts mystérieusement.

Une nouvelle vague de chagrin m'a envahie, douce-amère.

J'ai mis cette photo de côté. Je l'ai gardée et, le soir, je l'ai emportée avec moi dans mon nouvel appartement. Je lui ai trouvé une place sur ma commode, juste à côté d'une photo de Dizzy et Gillespie et une autre, de maman et moi.

Tu me manques tellement, ai-je pensé. Puis j'ai pris du recul pour contempler l'appartement et une fois de plus, l'évidence s'est imposée : je ne regrettais pas l'ancien appartement même si maman me manquait terriblement.

Je me suis assise et j'ai embrassé la pièce du regard. Mon nouvel appartement. Mon nouvel appartement. Mon nouvel appartement à moi. Je l'ai dit à voix haute et répété inlassablement. J'avais enfin réussi. J'avais emménagé dans un appartement d'une ancienne maison de Convent Avenue et c'était exactement comme je l'avais imaginé.

J'ai regardé par la fenêtre et soupiré.

C'était agréable, tellement agréable de vivre enfin « là-bas ».

Persia Walker est une ancienne journaliste. Elle est l'auteure de romans policiers applaudis par la critique et de romans historiques se déroulant dans sa ville natale de New York, dans les années 1920, notamment *Black Orchid Blue*. Elle parle plusieurs langues et son métier de diplomate l'a amenée à vivre en Amérique du Sud et en Europe. Plus d'informations sur PersiaWalker.com.

LITTLE ITALY

## Mikey et moi

*T. Jefferson Parker*

Après le lycée, le premier truc que fait mon cousin Mikey, c'est de prendre le fric que la famille lui a donné pour son diplôme et de filer en Californie. L'argent était censé lui financer un retour sur le Vieux Continent, pour qu'il renoue avec ses racines, ou je sais pas, un machin dans ce goût-là. Les racines en question, elles se trouvent à Reggio, en Calabre, mais Mikey, lui, il part dans l'autre sens, direction Hollywood. Nous sommes en 1972. Il a dix-huit ans, il est tout maigre, avec une longue tignasse de hippie, et – devinez quoi – il s'imagine qu'il est doué pour la musique. Il a pris sa guitare.

J'ai seulement deux ans de plus que Mikey, mais c'est moi qui suis chargé de le ramener à Little Italy.

Il squatte à Hollywood chez un mec avec qui il faisait des bœufs au lycée. La famille du type est proche de nous, les LiDecca. Alors ce n'est pas un secret, où le trouver. Mikey n'a jamais pigé ce genre de trucs de base, par exemple comment faire quoi que ce soit sans que le monde entier soit au courant. À croire qu'il est né avec des neurones en moins.

« T'as merdé, je lui ai expliqué au terminal à L.A. T'as des responsabilités, Mikey. Tu te prends pour qui ? » Je n'arrivais pas à lui consacrer toute mon attention, avec toutes ces nanas de L.A. autour de nous. Des blondes. Des minijupes. Les années 1970 me manquent.

Mikey a hoché la tête. Il avait l'air d'un chien à qui on donnerait un coup de pied juste parce qu'il s'y attend. « Je cherche quelque chose à dire.

— Comment ça ?

— Mais je ne sais pas encore quoi.

— Moi non plus. Alors fais ce que t'as à faire, Mikey… Bon Dieu. »

À New York, on a repris nos petites affaires, à savoir LiDecca Brothers Food. Pour votre gouverne, l'entreprise a été fondée en 1921. Au départ, on était spécialisés dans le poisson et les fruits de mer, puis on s'est lancés dans l'épicerie et les laitages. Et tout ce qui s'avérait nécessaire. Notre job, à Mikey et moi, consistait à entretenir les distributeurs. On en avait dans cinq arrondissements et dans plusieurs coins du New Jersey. Pour la plupart, ils proposaient des bonbons, des biscuits et des sodas, mais dans certains, il y avait du café et du thé chauds, alors il fallait les recharger en gobelets et jeter les invendus et le lait tourné.

Mikey était un perfectionniste ; il était très fort pour perdre du temps. À la fin de la journée, j'avais envie de défoncer ces distributeurs de boissons chaudes à coups de latte. J'avais une bonne amie dans le Bronx, que je voyais pendant que Mikey s'affairait sur les machines, s'assurant que tout était nickel, et elle rendait le job plus que tolérable.

Certains jours, après le boulot, on allait chez Mikey, sur Grand Street. C'était une vieille maison, avec un piano dans le salon et toujours de la bière au frigo. Les petites sœurs de Mikey, c'étaient les gamines les plus maigres et les plus tapageuses que vous pourriez imaginer, mais elles étaient assez marrantes quand même, et elles nous apportaient les bières. Christina, sa mère, m'aimait bien, je n'ai jamais compris pourquoi. Elle jouait du piano et faisait les meilleurs cannoli que j'aie jamais mangés. Mais elle avait ses principes. Entre autres, si vous parliez de la mafia ou des affranchis, elle vous administrait une claque sèche sur la joue et vous flanquait à la porte. En juin, l'année d'avant, j'avais dit que Joseph Colombo avait eu ce qu'il méritait, un truc comme ça, et c'était exactement ce qui s'était passé. Ça m'avait fait un peu mal, mais surtout, ça m'avait fait me sentir petit et ça m'avait mis en rogne.

Un jour, Mikey a fermé les portes du salon sur eux tous et a sorti un gros rouleau de billets de sa poche.

« Je pars en Californie pour un an. Je vais faire de la musique et devenir célèbre.

— Où est-ce que t'as trouvé ce fric ? j'ai demandé.

— C'est papa. On a eu une discussion sur mon escapade avec l'argent de mon voyage en Italie quand j'ai eu mon diplôme. Je rembourserai tout. Mais papa m'a surpris. Il m'a dit qu'il comprend qu'on ait des rêves, à cause de la saison qu'il a faite dans la Ligue A. Il n'a tenu qu'une année parce qu'il n'arrivait pas à s'adapter à la technique du changement de vitesse.

— Ouais, ouais, c'est pas nouveau.

— Mais l'important, c'est qu'il s'est donné un an pour jouer au base-ball, et essayer de faire carrière. Il sait que j'ai le rêve de faire de la musique et de devenir célèbre, alors il m'accorde une année sabbatique pour tenter le coup. À la fin de ce laps de temps, peut-être que j'aurai réussi. Et dans le cas contraire, je pourrai toujours revenir chez LiDecca Brothers et bosser pour prendre du galon. Et cet argent est destiné à m'aider à débuter dans la musique. »

J'ai éprouvé de la colère, je le reconnais. J'ai toujours apprécié mon oncle Jimmy – le père de Mikey. Le mien, de vieux, il n'aurait jamais fait un truc pareil. Jamais. Nous n'avons pas de rêves, dans notre branche de la famille. Nous avons des responsabilités.

« Eh bien, t'as de la chance, Mikey.

— Tu pourras me rendre visite quand tu veux.

— Je vais rester là et faire mon boulot. Et je gravirai les échelons pendant que tu feras le con en Californie. »

Mikey a regardé sa liasse de billets, puis l'a remise dans sa poche avec un petit sourire. Je voyais bien qu'il était ravi de se tirer de Little Italy. Ça a toujours été un gars sensible. Quand on était jeunes, il n'aimait pas le fonctionnement de la famille, le fait qu'il faille toujours lire entre les lignes. Mon père, Dominic – l'oncle de Mikey –, il me disait toujours que les lignes, c'était de la connerie : la vérité, elle se trouvait dans ce qu'on ne dit pas. Quand on était jeunes, on ne recevait jamais une réponse directe à une question directe. À la plupart des questions, on ne recevait pas de réponse du tout. J'ai pigé dès le départ qu'il y avait deux mondes. L'un était celui dans lequel je vivais tous les jours, et il était acceptable. Il était régi par les femmes, dans l'ensemble. Mais c'était l'autre qui était le monde véritable – et je savais que ça allait être très long de le connaître, que ça prendrait des années, et peut-être même que je n'y parviendrais jamais complètement. Le monde des hommes. On n'en parlait pas ouvertement quand on était jeunes, Mikey et moi.

Par exemple, mon vieux a atterri à Attica sur une fausse accusation, mais nous – ses propres enfants –, nous n'avions aucune idée de quoi il s'agissait. Ou encore, l'un des cousins Maglione a disparu un jour, et on ne l'a plus jamais revu ni prononcé son nom. Ou bien Nick, l'oncle play-boy qui avait toujours des costards sur mesure et tout un tas de belles femmes à son bras ; eh bien, un jour on a appris que quelqu'un avait bourré un de ses costards de poisson, puis posé le costard en question devant son restau de fruits de mer préféré. Personne ne l'a jamais revu, lui non plus. Quand il entendait des trucs comme ça, Mikey, il devenait tout pâle et il avait les yeux qui lui sortaient de la tête.

Moi ? Ça me donnait envie de participer.

Une fois Mikey parti, j'ai gravi les échelons. Je me suis aperçu que je pouvais m'occuper plus rapidement des distributeurs sans lui et son obsession de la perfection. Ce qui me laissait du temps libre pour mes copines et pour notre affaire parallèle, avec papa, qui consistait à vendre des vins italiens à des restaurants de Manhattan. On avait des contacts au pays qui pouvaient nous avoir les caisses pour moins cher que les autres importateurs, alors on gardait des prix bas et on livrait des produits de qualité. On trafiquait un peu les étiquettes, aussi, mais ça passait inaperçu, sauf de temps en temps auprès d'un emmerdeur de connaisseur, mais c'est pas ce genre de type qui nous arrête. Dans les cageots de vin, on planquait aussi des montres et des sacs à main de contrefaçon, qui étaient encore réellement fabriqués en Italie à l'époque – tellement parfaits qu'il n'y avait pas moyen de les distinguer des vrais. On en a fait entrer des tonnes, de ces trucs, dans New York, mois après mois. Ce n'étaient pas les merdes qu'on voit dans la rue ; c'étaient les merdes qu'on paierait plein pot dans une boutique élégante du centre de Manhattan.

Mikey m'appelait presque toutes les semaines. La

musique, ça ne marchait pas fort. Il s'était mis à la colle avec une serveuse, la chanteuse de son groupe. Il m'a raconté qu'il l'avait entendue causer avec l'autre guitariste un soir et qu'il s'était rendu compte qu'ils ne le gardaient que pour son fric. Ça m'a donné envie de prendre le premier avion pour étrangler ces deux petits merdeux qui profitaient de mon petit cousin, mais bon, j'étais tout aussi en colère contre Mikey, parce qu'il se laissait faire. Vous comprenez ? Encore un truc qu'il n'a jamais pu piger : ne jamais se laisser marcher sur les pieds, par *personne*. Faut prendre le dessus tout de suite. Se montrer le plus fort. Le monde n'est pas une cour de récré, il ne l'a jamais été.

Il me raconte qu'il essaie d'écrire des chansons et d'apprendre son art, mais aussi que tu peux rentrer dans n'importe quel café ou bar sur Sunset, toutes les serveuses savent composer et chanter ; elles connaissent tous les producteurs par leur prénom, et le mec qui fait cuire les burgers est un pote de Frank Zappa, Zappa va produire son premier album, et c'est génial d'être dans une ville où tout le monde a du talent.

Puis un soir, il appelle tard, et je veux dire vraiment tard, quatre heures du mat' chez moi, bourré, et il me parle d'une fête où il est allé et d'un auteur-compositeur qui y a joué du piano et chanté. Warren quelque chose. Mikey m'explique qu'il a réalisé qu'il n'a pas de talent et qu'il n'a rien à dire, alors pourquoi s'impose-t-il ça ? Il avait l'air soulagé. Il avait l'air presque content.

Deux semaines plus tard, il était de retour à Little Italy.

Bien sûr, je ne lui adresse pas un regard, parce qu'on ne quitte pas sa famille pour revenir se pavaner comme si on était le roi. Évidemment, sa mère, son père et ses sœurs lui tombent dans les bras. Dans le quartier, ils ont l'air de penser que c'est un héros, revenu d'une grande aventure. Il a coupé sa tignasse de gonzesse et a pris un peu de poids, alors il a peut-être un peu meilleure allure, mais pour moi, c'est toujours le joli petit dégonflé qu'il a toujours été.

Mon vieux et le sien nous disent de prendre un appart ensemble, maintenant que Mikey est prêt à se consacrer de nouveau à la famille, peut-être même à s'initier aux affaires pour de vrai. Une piaule correcte, sur Mulberry, au troisième, avec un bout de vue sur le pont. Les chambres étaient chacune à un bout du salon et de la cuisine, comme si l'appart était conçu pour des gens qui ne peuvent pas se blairer. Or justement, je ne pouvais pas blairer Mikey. Mais il faisait partie de la famille. Et j'étais coincé avec lui.

Des nanas ont rappliqué pour me voir aussitôt qu'on a eu les clés, mais Mikey faisait des pieds et des mains pour se faire une vieille amie de la famille, Regina Strogola ; une fille pas moche, une dure à cuire qui obtenait en général ce qu'elle voulait. Si vous voulez mon avis, il a été trop sympa avec elle dès le début.

Un soir, j'ai terminé avec une nana, j'en suis au

troisième coup et elle est toujours à fond, alors on discute, et je sors trouver Mikey qui regarde la télé dans le salon. Je laisse la porte de la chambre ouverte. Lui et moi, on mate la nana dans mon lit. Elle fait un regard accueillant. Une blonde, bien sûr, les cheveux défaits sur mon oreiller en satin noir.

« Elle est à toi, si ça te tente, je dis à Mikey.

— Gina est en route.

— Et alors ?

— Tu sais.

— Toi tu sais rien du tout. On a du boulot plus tard dans la soirée.

— Quand ?

— Quand t'auras fini avec Gina. Alors traîne pas trop. »

J'étais au volant de mon Impala. On a traversé le pont de Williamsburg et on a roulé vers le Queens. C'était une chaude soirée, et ma clim était HS.

« Qu'est-ce qu'on fait ? a demandé Mikey.

— Désinsectisation. Ma sœur Julie a acheté une bagnole à un type dans le quartier, et maintenant il veut pas lui rendre sa thune.

— Qu'est-ce qui ne va pas avec la bagnole ?

— Elle ne l'aime pas, Mikey. J'ai parlé au mec au téléphone, mais il veut pas entendre raison. Il s'est déjà acheté une Eldo. Il a pas le fric en ce moment. Un Black. Tu sais.

— T'avais qu'à pas lui faire une offre qu'il pouvait refuser.

— Ouais, ouais, ferme-la avec ça. »

Mikey et moi, on avait vu ce film au moins une douzaine de fois. Le meilleur film de tous les temps jusqu'à *Scarface*. Les scènes de violence étaient géniales, surtout celle où Sonny s'occupe de Carlo. Mikey a essayé de me dire que le film parlait d'honneur, d'engagement et de loyauté, et tout ça, ça m'allait, mais quand Sonny se faisait descendre au péage de l'autoroute, ça me donnait envie de prendre un automatique et de me mettre à canarder à mon tour.

Mikey, ça ne lui plaisait pas que, dans ce film, tout soit ramené à l'argent. Aux affaires. Bienvenue dans le monde réel, putain, je lui ai dit. Je lui ai aussi dit que les affaires, ça pouvait être personnel, que ça n'avait pas besoin d'être tout l'un ou tout l'autre, que le film simplifiait la question à l'excès.

À Jamaica, j'ai longé l'autoroute. C'était rasta par-ci, rasta par-là, toutes les rues. On sentait l'odeur de la ganja cramée. C'était dur de trouver la bonne rue à travers mon pare-brise dégueulasse. Finalement, j'ai réussi, je suis passé devant l'adresse et, sans surprise, il y avait devant une Cadillac Eldorado noire et luisante, avec des pneus bicolores, exactement le genre de tire qu'on imaginerait pour un Black.

J'ai dépassé la maison, je me suis garé le long du trottoir et j'ai observé la rue pendant une minute : « On va lui nettoyer sa tire.

— Comment ? a demandé Mikey.

— Fais comme moi, tu vas voir. » J'ai ouvert le coffre et nous avons mis les masques de ski et sorti les battes. Le nouveau modèle, en aluminium. « Viens. Ça va être marrant. »

On a traversé la rue et on est arrivés sur la voiture par-derrière. Il y avait de la lumière dans la maison, mais je m'en fichais. J'ai pété le feu stop gauche, puis le clignotant. L'aluminium faisait exploser le plastique. Pour le pare-brise arrière de la Caddy, il a fallu cogner davantage parce que le verre de sécurité se lézardait mais ne se pulvérisait pas comme le plastique.

Mikey, lui, s'occupait de l'autre côté. Je le regardais à peine, mais il cognait comme un pro. J'étais en train de démolir la portière avant gauche quand la lumière du porche s'est allumée et qu'un gros Black en maillot de sport et tongs a dévalé les marches du perron avec une batte de base-ball lui aussi, un modèle à l'ancienne, en bois. À quelques mètres de nous, il s'est arrêté net et m'a dévisagé.

J'ai dit : « Donne-moi le fric que t'as volé pour cette Mercury de merde, et on arrête.

— Ce fric m'a permis d'acheter la Cadillac que vous êtes en train de bousiller.

— Comme tu voudras, mec.

— Vous allez le regretter. »

Il s'est approché de moi d'une drôle de manière, un peu de côté, avec la batte dressée au-dessus de l'épaule. J'ai fait un pas en arrière comme si je ne savais plus où j'en étais, puis j'ai plongé et je lui ai démoli la rotule. Il a poussé un glapissement et s'est effondré, et je l'ai corrigé à coups de batte. Encore et encore. Puis je me suis dit que j'allais faire comme Sonny, lui donner des coups de pied, et je m'y suis mis également. Il saignait et beuglait, et je n'en revenais pas de la charge d'adrénaline bizarre qui me traversait. On aurait dit une rivière d'électricité. Un truc que j'aurais pu chevaucher jusqu'à la lune et retour.

« Finis l'Eldo ! j'ai crié à Mikey.

— Ça y est, elle est démolie ! Tirons-nous ! »

J'ai donné un dernier coup de pied dans la figure du type et je lui ai dit : « La prochaine fois, tu rends son fric à la demoiselle. »

Tout ce qu'il a pu répliquer, c'est « 'a t'aire fout' », ce qui m'a fait rire, alors je lui ai flanqué un dernier coup de pied et je me suis dirigé vers la voiture.

Mikey a pris le volant. J'étais tellement ivre de violence d'avoir défoncé et les phares et son genou, et tout à la gloire d'avoir eu le pouvoir sur un homme plus costaud, la gloire d'avoir du pouvoir en soi, que je n'ai pas arrêté de parler pendant tout le trajet du retour vers Little Italy.

« Faut qu'on se refasse la même, un de ces jours », j'ai dit à Mikey. J'avais la bouche sèche d'avoir haleté si fort.

Il m'a regardé bizarrement. « C'était affreux, Ray.

— Comment ça, affreux ? »

Il était pâle, l'air défait. « Laisse tomber. »

On l'a refait, cependant. Souvent. Des trucs du même genre et des trucs pires. Mikey, plus il rentrait dans la partie musclée du business, plus il se renfrognait. Un soir, bourré, il m'a dit que la vie était pire que ce qu'il avait imaginé et redouté quand il était petit. Bien pire. Il la détestait.

L'affaire familiale.

Mariage et enfants pour tous les deux.

Douze ans ont passé.

Pendant ce temps, le père de Mikey, mon oncle Jimmy, a été condamné en vertu de la loi RICO, avec Matty Maglione. Ils se sont pris dix ans pour avoir soudoyé, puis tenté d'extorquer de l'argent au patron d'une compagnie de transports routiers de Pennsylvanie qui portait un micro caché par les fédéraux. La mère de Mikey, Christina, est morte d'un cancer. Mon père, Dominic, est devenu chef intérimaire de l'affaire familiale. Paul Castellano s'est fait buter juste avant Noël 85, et le soi-disant procès de la Commission mafia s'éternisait. Junior Persico dirigeait l'ancienne famille Colombo, ce qui bien sûr nous affectait, nous les LiDecca, qui n'étions pas franchement fans de feu Joseph du même nom.

Personnellement, j'ai trouvé que ce qu'il y avait de pire dans cette période, c'était l'invasion de Little Italy par les Chinois. Du jour au lendemain, on aurait dit. Drôles de gens. Des aquariums pleins de grenouilles et de tortues vivantes à faire cuire, putain. Tous ces panneaux qu'on ne pouvait même pas lire. C'est tout juste s'il restait des Italiens. Et des Italiens pour touristes, ce qui n'est pas la même chose. Je déteste le changement.

Pour ma part, j'essayais d'apporter une touche de style dans les affaires, à la manière de Joey[1]. Je claquais un tas de fric en sapes et dîners mondains. J'ai fait la connaissance des photographes des tabloïds, et ils m'ont apprécié. J'ai de bonnes dents bien régulières, et un visage un peu rond, alors quand on met tout ça par-dessus un costard à huit cents dollars, j'ai l'air à la fois sympa et salaud. Ce qui correspondait bien à la réalité. Des filles à mon bras, mais jamais ma femme, bien sûr. Faut dire que je leur donnais à bouffer, aux reporters, je leur fournissais de la matière. Je leur confiais les équipes de sport et les casinos que j'aimais bien, et les films, je leur indiquais les bons vins et les bons restaus, et à la moindre occasion, je crachais sur les fédéraux, qui étaient tellement débiles que ça me faisait pitié. Les flics me foutaient la paix, mais les fédéraux me détestaient. Ils harcelaient ma famille et m'inondaient d'inculpations pour le justifier, mais sans jamais réussir à prouver que j'étais coupable. Je quittais les tribunaux en laissant derrière moi une traînée de non-lieux et de verdicts non coupables. Et j'y prenais un malin plaisir.

Mikey est parti dans une autre direction. Je le voyais à peine. Regina l'a plaqué du jour au lendemain ; elle s'est barrée en tournée avec un bassiste du New Jersey. Mikey, ça l'a tué, lui qui avait autrefois

---

1. Joe Colombo, première figure de la mafia à s'afficher dans les médias, suscitant de vives critiques de la part de ses pairs. (*N.d.T.*)

essayé d'être musicien. C'était exactement l'effet escompté, cela dit, comme je le lui ai fait remarquer. Elle lui a laissé leurs enfants – Danny et Lizzy – qui étaient la seule chose positive que Mikey semblait avoir retirée de ces douze années.

Il m'a appelé le jour de Noël en 1986. Il avait l'air à la fois heureux et au bout du rouleau. « On part vivre en Californie, m'a-t-il annoncé. Danny, Lizzy et moi. Je jette l'éponge, Ray. J'en ai parlé avec papa et oncle Dom et… »

Je lui ai raccroché au nez. J'étais furieux.

Plus tard dans la journée, en ce jour de Noël, papa m'a expliqué qu'ils étaient convenus de laisser Mikey à l'extérieur de la famille tout le temps que Jimmy serait en vie. Ainsi, Mikey n'existait plus. De toute évidence, c'était par respect pour Jimmy, et pas pour son lâche de fils. Tout ce que j'ai pu dire au téléphone à mon propre père, c'est : « Je suis désolé, papa – je suis désolé, parce que c'est moi qui ai mis Mikey dans le coup, et je n'ai pas réussi à lui faire rentrer un gramme de plomb dans la cervelle, ni même à lui apprendre les règles les plus élémentaires. » Mikey, c'était mon échec.

Peu de temps après, à l'été 1987, Mikey a poussé le bouchon encore plus loin.

C'est un ami de L.A. qui m'a envoyé la vidéo. Au départ, je croyais que c'était encore du bon porno de la vallée de San Fernando, mais non, c'était un reportage de PBS montrant un abruti sur une scène dans un collège lambda d'Irvine, en Californie. Et cet abruti, c'était Mikey.

L'amphithéâtre est plein d'enfants. Mikey est sapé d'un costard bas de gamme et d'une chemise blanche, mais sans cravate. Il a pris du poids. Il a l'air super sérieux. Une grosse dame le présente sous le nom de Michael Ticci, et Mikey monte sur l'estrade et prend le micro.

Et il raconte aux élèves qu'il vient d'une des plus grosses familles de la mafia à New York, où il a grandi et vécu toute sa vie jusqu'à il y a quelques mois, quand il a renoncé au crime, déménagé en Californie et repris le droit chemin. Il ne donne pas le nom de l'affaire familiale. Il parle de son enfance à Little Italy, dit que c'était un endroit merveilleux pour un gamin, mais qu'il avait toujours senti que quelque chose clochait. Puis il explique que son arrière-arrière-grand-père avait monté une entreprise « de nourriture et de produits en gros » avant que des types pas franchement honnêtes prennent le dessus. Il se tient là, avec cette espèce de grimace, et il casse du sucre sur le dos de sa propre famille. En public, à la télé, devant des enfants !

Et on voit qu'il est ému. Ses yeux se mettent à cligner un peu, il fait des grands gestes et sa voix se brise quand il raconte avoir « cogné cet homme jusqu'à ce qu'il soit presque mort », ou qu'il parle « d'oncle Lou revenant de prison blanc comme un fantôme, avec une haine noire dans les yeux », et qu'il explique comme il est difficile « d'ôter l'odeur du sang d'un autre homme de ses mains », et « ce que ça fait de vivre dans un monde où les hommes substituent l'amour de l'argent à l'amour vrai, où l'argent et le pouvoir, c'est tout ce qui compte, où il n'y a pas de lois et pas de limites ». Il dit que Little Italy a disparu maintenant, que le quartier n'est plus que l'ombre de lui-même, parce que le crime organisé « l'a bouffé comme un cancer ».

J'ai regardé toute l'émission avec une pelote dans le ventre. Mikey avait finalement trouvé quelque chose à dire. J'aurais pris un avion pour la Californie dans la journée s'il n'y avait pas eu la famille. Je l'aurais étranglé de mes propres mains, et je lui aurais pissé sur la gueule quand j'aurais eu terminé. Mais un arrangement est un arrangement, et je ne pouvais rien faire contre Mikey tant qu'oncle Jimmy était en vie.

Dix ans ont passé, et j'aimerais pouvoir dire que je n'ai pas pensé à Mikey dans sa Californie, mais j'y ai pensé.

J'y ai beaucoup pensé.

Les gens aiment bien croire que Dieu ne laisse rien au hasard, et ils ont raison. Sinon pourquoi la famille aurait-elle décidé de faire une fête pour les soixante-cinq ans de l'oncle Jimmy ? Et pourquoi Mikey LiDecca aurait-il décidé de revenir en douce pour voir son paternel ? Et pourquoi, lorsque Mikey s'est rendu à son ancienne maison sur Grand Street ce matin-là pour voir son vieux pour la première fois depuis onze ans – il y est allé direct, il a sonné à l'interphone au portail, et quand Jimmy a entendu la voix de son fils, bien sûr qu'il l'a laissé entrer –, pourquoi, quand ils se sont installés dans la vieille cuisine, Christina et les filles disparues depuis longtemps, pourquoi le cœur de Jimmy a-t-il lâché brusquement ? Pourquoi est-il mort dans les bras de Mikey à cet instant, juste la veille de ses soixante-cinq ans ? Répondez-moi donc un peu.

J'ai proposé à Mikey de le ramener de l'hôpital, où les urgentistes avaient amené à la hâte Jimmy et Mikey, juste au cas où un miracle aurait attendu le vieil homme. Mais non. Mikey m'a jeté un long regard un peu brumeux. « Merci, Ray. »

J'ai garé ma Caddy près de la maison sur Grand. « Faut que tu voies ça, Mikey.

— Quoi donc ?

— C'est pas loin. »

On a descendu Grand, dépassant Elizabeth, Mott et Mulberry. Comme on l'avait fait un million de fois quand on était petits. Il faisait encore soleil, mais froid. Mikey traînait des pieds à côté de moi, les yeux baissés.

« Tu as dit à la télé qu'il s'était fait bouffer par le cancer, j'ai dit. Mais moi, je dis que c'est des conneries, Mikey. Il est moins étendu, c'est tout. C'est toujours un quartier pour les gens comme nous.

— Comment ça ?

— Ça. Little Italy. Tu dis que c'est mort, mais ce n'est pas vrai. Le quartier est vivant. Là. Regarde ça. »

Je l'ai précédé dans une ruelle derrière le musée des Chinois en Amérique. Il y avait des flaques de la nuit précédente. Je les ai évitées d'un bond, prenant un peu d'avance sur Mikey, puis je me suis retourné pour lui faire face.

La ruelle était longue et nous étions au milieu, protégés par les immeubles hauts. Mikey s'est arrêté et m'a regardé, et j'ai vu qu'il avait pigé. Il avait enfin *pigé* un truc. Un peu surpris, je pense.

« Maintenant que Jimmy est parti, je peux parler pour la famille, j'ai dit. Ce n'est pas seulement une question de business. C'est personnel, aussi. »

Il a fait ça comme il faut. Il n'a même pas levé les mains. Je lui ai tiré dessus, et il est tombé net. J'ai tiré encore deux coups.

Je suis reparti par où nous étions venus, en contournant les flaques, vers la maison sur Grand. J'avais la sensation qu'un long malentendu s'était enfin éclairci. Comme si le truc qu'il avait voulu dire un jour avait enfin été dit.

J'avais de la peine pour Mikey, mais ça avait toujours été comme ça entre nous, et finalement, il avait pigé ça, aussi.

T. Jefferson Parker est l'auteur de plus d'une vingtaine de romans policiers, dont *Seul dans la nuit* et *California Girl* (Presses de la Cité), tous deux couronnés par un Edgar Award du meilleur roman. Il a également reçu le prix Shamus du meilleur roman pour *The Room of White*

*Fire* en 2018. Parmi ses derniers livres, six constituent le «Border Sextet», qui raconte les aventures de l'agent de l'ATF Charlie Hood tandis qu'il s'efforce de contenir le flux d'armes à feu exportées illégalement des États-Unis au Mexique. Parker vit dans le sud de la Californie avec sa famille et il est friand de pêche, de marche à pied et de vélo.

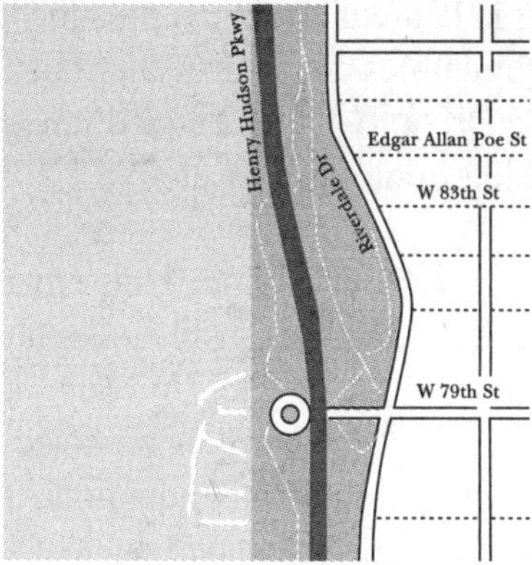


# Edgar Allan Poe Street

*Justin Scott*

Stark dévala en courant la 84e Rue en direction de l'ouest.

Les bourgeois romantiques qui avaient investi le quartier avaient rebaptisé le vieux bloc délabré Edgar Allan Poe Street. Il traversa Riverside Drive au feu vert, fit un doigt d'honneur à un bus et lança un tel regard à un taxi que le chauffeur attrapa le cric glissé sous son berger allemand, sur le siège passager. C'était l'hiver 1981 ; la vie était déjà dure à New York, on voyait mal comment la ville pouvait être plus dangereuse et voilà que Stark était en cavale.

Il s'enfonça dans Riverside Park, sortit de l'allée goudronnée, effraya un enfant et escalada un énorme rocher, dont la hauteur atteignait presque le troisième étage des immeubles qui se dressaient de l'autre côté de Riverside Drive. Il s'assit à côté d'une vieille porte en acier volée quelque part et fixa l'Hudson d'un regard noir.

Il y avait cavale et cavale. Une cavale réussie, c'était se planquer dans un quatre étoiles aux Bahamas avec une valise pleine de fric. Un coup qui avait mal tourné, une femme qui s'était taillée avec le fric destiné à la fuite et des témoins indiquant de quel côté on avait filé, ça, c'était une cavale minable. Et une cavale minable, c'était se trouver obligé de faire un coup, là tout de suite, maintenant. Mais les casses de dernière minute étaient la garantie de se retrouver derrière les barreaux ou à la morgue. Tout comme rester là sur un rocher à attendre d'être rattrapé par les flics.

Soudain, la vieille porte bougea et se mit à glisser toute seule sur le côté. Un homme au teint cadavérique et aux cheveux longs émergea du trou qu'elle recouvrait, il s'assit sur la porte, contempla le fleuve, et entreprit de tailler un crayon avec un canif et de griffonner dans un carnet à reliure de cuir.

« Vous comptez rester là longtemps ? demanda Stark.

— Je vous demande pardon ?

— Quand est-ce que vous allez vous bouger le cul et me laisser seul ? »

Les yeux sombres et mélancoliques balayèrent le

visage dur et tuméfié de Stark. Ils passèrent en revue la tenue, l'accroc au genou, les rangers ultra-légères et la bosse sous le blouson en gabardine taché d'auréoles de sueur, qui suggérait soit une arme à feu, soit des pectoraux inquiétants.

« J'imagine rester ici encore sept ou huit heures. Et vous, monsieur ? »

Stark ne répondit pas. Il se contenta de fixer l'Hudson d'un œil noir en se demandant s'il était toujours dans le coup.

« Poe.

— Quoi ? »

Le type au teint cadavérique tendit une main osseuse et répéta : « Poe. Je m'appelle Poe. Edgar Allan Poe. Et vous, monsieur ? »

Stark tapota le haut de la première page du calepin en cuir.

« Si vous vous appelez Poe, pourquoi c'est écrit “Délires : une nouvelle de E. P. Allan” ?

— Allan est un nom de plume.

— Hein ?

— Un pseudonyme. J'ai dû changer de nom pour vendre mes histoires. »

Stark hocha la tête. Lui aussi avait changé de nom. Le matin même. En raison du braquage raté de la banque de l'East Side.

La coïncidence lui plut et un sentiment inhabituel de camaraderie le réchauffa comme une odeur de graisse s'échappant de la bouche d'aération d'un restaurant l'hiver. Il tendit la main. « Stark. Enchanté.

— Ravi de faire votre connaissance, répondit Poe en serrant les doigts de Stark d'une main glacée étonnamment vigoureuse. Je vous ai confié être écrivain. Puis-je vous demander ce que vous faites dans la vie, monsieur Stark ?

— Banques et fourgons blindés.

— N'allez pas croire que je sois effrayé par un braqueur. J'ai l'habitude des agents et des éditeurs.

— Je pourrais être écrivain, dit Stark. Je pourrais écrire un super bouquin sur mon boulot.

— Et à quoi consacreriez-vous votre second livre ?

— Je pourrais en écrire dix. Des situations humaines, des erreurs, des trahisons, des vengeances, des scrupules, tout ça. »

Stark qui avait profité du temps qu'il avait passé en prison pour lire était impressionné de rencontrer un écrivain. Il entreprit de raconter à Poe certains des coups qu'il avait faits – en omettant les noms, les dates et les lieux. Poe l'écoutait poliment. De temps en temps, il prenait des notes dans son carnet. Stark achevait une version expurgée du désastre du matin quand Poe l'interrompit.

« Excusez-moi, monsieur, mais je dois finir cette nouvelle avant la fermeture du magasin de photocopie. Ils ont un tarif de nuit spécial, trois exemplaires pour le prix de deux. Un pour mon éditeur, un pour moi. Et un pour la voisine d'en face. »

Stark montra une connaissance des pratiques du métier glanée ici ou là. « Et votre agent ? Il n'a pas le droit à un exemplaire ? »

Poe haussa légèrement les épaules avec tristesse, se pencha sur son carnet et recommença à griffonner. Stark l'observa et quand il vit le crayon s'arrêter, supposa qu'il pouvait lui poser une autre question. « Pourquoi avez-vous été obligé de changer de nom pour vendre vos histoires ? »

Poe leva la tête en clignant des yeux. « Quoi ? Hein ? Ah… J'écris tout un tas de choses. Des poèmes. Des romans. Des nouvelles. Je ne peux décemment pas publier sous le même nom un poème d'amour, un roman d'horreur et une nouvelle policière destinée à *Mystery Magazine* comme celle-ci.

— Qu'est-ce que ça a à voir avec l'écriture, le nom ? »

Poe réfléchit un instant à la question qui paraissait le mettre mal à l'aise. « Pas l'écriture. La vente. Le marketing. Il ne faut pas embrouiller les lecteurs.

— Je ne comprends pas.

— Les éditeurs disent qu'il ne faut pas embrouiller les lecteurs. »

Stark avait passé suffisamment de temps derrière les barreaux pour saisir la logique implacable des autorités. « Je comprends. »

Les joues de Poe s'empourprèrent. Il referma son carnet sur le crayon et dit : « Il n'y a pas que ça… Venez, je vais vous montrer. » Il passa les jambes par-dessus le bord du trou et disparut dedans. « Venez ! Je vais vous montrer. »

Stark regarda au-dessus du trou. Poe descendait le long d'une échelle branlante.

« Venez ! Je n'ai pas que ça à faire. »

Ce trou béant évoquait la pire des cavales : rester terré dans le noir, recroquevillé en position fœtale. Quand on tombait sur ces planques, cependant, on tentait sa chance ; sait-on jamais, elles dissimulaient peut-être un tunnel ménagé sous Riverside Drive qui débouchait directement dans un appartement habité par des hôtesses de la Pan Am.

Stark suivit Poe au bas de l'échelle. Le trou était moins profond qu'il en avait l'air. Il le rattrapa en bas. Poe le guida dans une ruelle pavée bordée de murs en pierre, puis une rue étroite de maisons mitoyennes en brique. Un fiacre passa dans un fracas. Le soleil était voilé par la fumée de charbon.

« C'est quoi, ça ?

— Greenwich Village, au siècle dernier. Voilà ! On y est. »

Apparut alors Edgar Allan Poe, qui marchait tête baissée en compagnie d'un groupe de messieurs maigres écoutant un homme bedonnant à l'allure prospère, le ventre drapé d'une grosse chaîne en or, qui semblait être dans les affaires.

Le Poe qui était à côté de Stark expliqua : « Les plus maigres sont Emerson, Thoreau et Hawthorne. Le jeune, c'est Melville. C'est notre agent littéraire qui parle. Écoutez ce qu'il dit.

« Comment on est arrivés là ? demanda Stark.

— Écoutez…

— On peut revenir en arrière ?

— Bien sûr. »

Stark regarda des deux côtés de la rue, puis jeta un œil à la ruelle pavée derrière lui, et vit l'occasion qui se profilait. Ses pommettes saillantes et sa mâchoire de granite cédèrent la place à une expression rêveuse que son visage n'avait plus connue depuis l'époque où sa mère lui donnait le sein.

Poe sourit. « Ai-je tort de supposer, dit-il d'une voix suave, que vous vous demandez si vous ne pourriez pas assommer cet agent, lui prendre sa montre et sa chaîne et les rapporter à Riverside Park, en 1981 ?

— Je suis un braqueur, pas un agresseur.

— Excusez-moi, je ne voulais pas vous offenser.

— Il y a des banques, dans le coin ?

— Une quantité, dans le centre, dit Poe. Mais si vous comptez dépenser de la monnaie délivrée par la Caisse d'épargne des Bouchers et Conducteurs de troupeaux quand nous serons de retour en 1981, je vous souhaite bien de la chance. »

Stark prit cette fois la mine de celui qui tente d'appréhender l'idée de devoir régler une facture d'hôtel quatre étoiles avec un sac de pièces d'or.

Poe lui dit : « Écoutez les instructions que l'agent littéraire donne aux écrivains. »

« L'édition change », disait l'agent. Il tira sur sa chaîne de montre, regarda l'heure et glissa les pouces dans les poches de son gilet. « Fini les petits livres. Fini les livres moyens. »

Emerson, Thoreau, Hawthorne et Melville se mirent à ricaner. Ils échangèrent des regards de dédain. Puis ils parlèrent tous en même temps.

« Absurde !

— Un bon livre est un bon livre.

— Qu'importe s'il est petit ou gros ?

— Long, court, on a terminé quand l'histoire est terminée. »

Stark hocha la tête. Emerson, Thoreau, Hawthorne et Melville n'avaient pas tort.

Une voiture laquée de noir attelée de quatre chevaux apparut au bout de la rue. L'agent lui fit signe d'une main indolente et l'équipage s'arrêta. Un valet de pied en livrée sauta au bas du marchepied et lui ouvrit la portière. « Changez ! lança l'agent en montant à l'intérieur. Changez ou disparaissez.

— Nous en avons assez entendu », dit Poe. Il raccompagna Stark dans la ruelle, lui fit grimper l'échelle et ils émergèrent du rocher.

Stark resta un moment à contempler l'Hudson les yeux plissés, s'efforçant de digérer les événements. Les remorqueurs, les péniches et les bateaux-citernes de fioul qui remontaient jusqu'à Albany lui indiquaient qu'il était bel et bien dans le présent. « Vos copains ont raison, dit-il. Un bon livre est un bon livre.

— Non, répondit Poe. C'est notre agent qui a raison. Regardez Emerson, Thoreau et Hawthorne. Morts et enterrés. Melville s'est embarqué à bord d'un bateau. Il a mis quarante ans à faire découvrir *Moby Dick*. Et *Billy Budd*, personne ne voulait y toucher, il a fallu attendre que le pauvre homme soit dans sa tombe depuis une génération pour que l'on y prête attention. »

Stark hocha la tête. Les propos d'Edgar Allan Poe étaient convaincants. « Et vous ? » demanda-t-il.

Poe hésita longuement avant de répondre. « J'étais terrifié à l'idée de disparaître.

— Alors, vous avez changé.

— J'ai écrit un gros livre. Dans le fond, c'était toujours un policier, mais avec un côté thriller et il se déroulait sur plusieurs générations, presque une saga. Mon agent a dit que c'était une saga et m'a invité à déjeuner. Puis il m'a informé qu'il ne pouvait pas vendre mon gros livre sous le nom que j'employais pour les petits livres.

— C'est quoi, les petits livres ?

— J'avais écrit des romans gothiques. Mais comme tous les genres, le roman gothique, ça va, ça vient, pendant un moment, c'est régulier, ça ne rapporte pas grand-chose – quatre mille dollars et au bout d'un certain temps, la promesse d'un Grand Livre du mois –, puis vient le mois en question, et pile à ce moment-là, c'est au tour des romans roses ou de fantasy de damer le pion au gothique. Toujours est-il que mon agent a exigé que j'utilise le pseudonyme D'Arcy de Chambord. L'éditeur qui a acheté la saga policière m'a demandé de passer aux grandes sagas familiales. D'Arcy de Chambord a raflé la mise. J'en ai vendu un au cinéma, ce qui m'a permis d'acheter une maison avec piscine dans le Connecticut.

— Vous y allez juste le week-end ? demanda Stark qui aimait bien les maisons vides.

— Il y a quelqu'un qui passe nourrir les lévriers irlandais.

— Mais… si les sagas vous rapportent autant d'argent, pourquoi vous faites des nouvelles signées E. P. Allan ?

— Je suis écrivain. J'aime les nouvelles… Mes agents les détestent. Mes éditeurs les détestent. Alors je les écris en secret sous le nom d'E. P. Allan.

— Autrement dit, vous n'êtes pas obligé de verser de commission à votre agent ? » remarqua Stark qui suivait son raisonnement.

Poe s'offusqua. « Premièrement, une commission de quarante-neuf dollars par nouvelle, ce n'est pas une bien grosse somme. Et deuxièmement, dès que les sagas ont commencé à me rapporter une fortune, l'agent a augmenté sa commission et il est passé à quinze pour cent. »

Stark hocha la tête d'un air admiratif.

« Les nouvelles mettent en scène le même personnage, reprit Poe. Un détective du nom de Block. Quand j'en aurai publié à peu près quatre-vingts, je me dis qu'E. P. Allan devrait commencer à avoir un public. Peut-être même une offre d'édition de poche complète. Mais pour l'instant, ce sont juste d'élégantes petites nouvelles qui sont amusantes à écrire.

— Et grâce à vos sagas familiales, vous avez les moyens d'écrire pour le plaisir, dit Stark.

— Si seulement. Malheureusement, les sagas familiales sont de nouveau passées de mode. Mon agent n'a pas pu vendre le dernier titre. Si je ne trouve pas une autre idée de gros livre, je suis ruiné.

— Vous pouvez toujours vendre la maison du Connecticut.

— Hypothéquée du sol au plafond. Il faut vraiment que je signe un gros livre.

— Je connais ça, dit Stark. Il faut vraiment que je trouve un gros coup. La ruelle qu'on a prise pour aller à Greenwich Village. À part là, où est-ce qu'elle mène ?

— C'est drôle que vous posiez cette question. »

Cette fois, quand ils descendirent l'échelle branlante, Stark referma la porte au-dessus du trou. « Pour ne pas être dérangé. »

Poe le conduisit dans la ruelle. « Où est-ce qu'on va ? demanda-t-il.

— Il y a une agence de l'Emigrant Savings Bank sur la 3e Avenue, que j'avais repérée avant de m'absenter quelques années. Si on retourne là-bas en 1971, je la connais comme ma poche. C'est faisable à deux. Tout est prévu, préparé, répété. Ça sera réglé en moins de deux. »

Poe secoua la tête. « Cela fait à peine dix ans. Les témoins, les policiers, les vigiles doivent toujours y être, ils nous balanceront aussitôt.

— Je vais y jeter un œil. Si c'est comme dans mon souvenir, on fera ça ni vu ni connu.

— Et si ce n'est pas comme dans votre souvenir ?

— Alors, on trouvera mieux.

— Le problème, dit Poe, c'est que je ne peux pas faire ça toute la journée. Nous sommes déjà retournés à Greenwich Village. Si nous retournons en 1971 dans la 3e Avenue et que ça ne marche pas, je serai lessivé pendant vingt-quatre heures. Exténué.

— OK. Revenons suffisamment en arrière pour que tous les témoins soient morts de vieillesse.

— En avant, plutôt, dit Poe. Dans le futur.

— Pourquoi ?

— Ils ne pourront pas revenir nous chercher.

— Joli. Où ça ? Quand ?

— Un endroit où je suis allé une fois. »

Stark suivit Poe dans la ruelle pavée avec la vague impression que Poe avait une idée derrière la tête. Ils émergèrent sur les quais, au coin de la 12e Avenue et de la 51e Rue, en face des gratte-ciel de Midtown qui étincelaient au soleil, tournant le dos à la jetée du port de Manhattan. Désorienté, Stark leva les yeux. Au-dessus de lui, il ne voyait que le ciel nocturne.

« Où est passée la West Side Highway ?

— Ils l'ont démolie en 89. »

Stark regarda autour de lui. Il ne reconnaissait pas la forme des voitures.

« À quelle époque on est ?

— Début des années 2000. 2005 ou 2006. Avant qu'ils ne changent les billets.

— Qu'est-ce qu'ils font des billets ?

— Ils les rendent plus difficiles à contrefaire. »

Stark haussa les épaules. La contrefaçon était un travail d'intérieur. Autant trimer à l'usine.

« Ce qu'on prend maintenant, on pourra le dépenser en 1981. »

De l'autre côté d'une série de voies encombrées de voitures et de camions, un édifice d'un étage avec une façade de stuc s'étendait sur tout un bloc, de la 51e à la 52e Rue. Il avait une allure vaguement antique, que renforçaient encore le stuc et le portique à colonnade perché sur le toit. Il semblait dépourvu de fenêtres et Stark, qui conservait un intérêt professionnel pour les bâtiments aveugles, supposa qu'il abritait quelque chose de valeur. Ce devait être un ancien entrepôt, datant de l'époque où il régnait une grande activité sur les quais, bien des années auparavant, ce qui signifiait qu'il y avait beaucoup d'espace à l'intérieur. Il était peut-être relié au grand bâtiment industriel qui se dressait derrière. Et dont les murs étaient également nus.

Il y avait une unique entrée au coin de la rue, côté Downtown.

« C'est quoi ça ?

— C'est là que les types qui gagnent une fortune à Wall Street viennent la dépenser. »

Stark remarqua des limousines qui s'arrêtaient. Des hommes en costume qui s'engouffraient en riant par la porte. « Un club de strip-tease, dit-il. Pour les vrais flambeurs. Un gentlemen's club, cela s'appelle.

— Du cash, dit Stark.

— Principalement, dit Poe. Il y a des cartes de crédit, mais la plupart règlent en liquide. Leurs femmes n'y voient que du feu.

— Combien de filles ?

— Une centaine, au moins, avec le monde qu'il y a ce soir, répondit Poe. Sans compter les hôtesses, les serveuses et les barmaids.

— Vous êtes venu en repérage ou juste pour le plaisir ? demanda Stark.

— Pour mes recherches. Je suis écrivain.

— Ah oui, dit Stark avant de calculer à haute voix. Cinq cents clients qui déboursent cinq cents dollars par tête de pipe. Un quart de million dans ce bâtiment. Moins cent mille planqués dans les tiroirs des filles, ça nous fait encore dans les cent cinquante mille.

— Les tiroirs ne sont plus assez grands, de nos jours, dit Allan Poe.

— Elles ont bien dû trouver un endroit où les mettre. »

Poe sembla perturbé. « Vous n'avez tout de même pas l'intention de dévaliser les filles ? »

Stark lui lança un regard à congeler une vodka. « Quand bien même on en aurait envie, vous imaginez dépouiller cent femmes de l'argent qu'elles ont si durement gagné ? Non, on n'est pas là pour dévaliser les filles. On est là pour dévaliser la salle des coffres du club.

— Ils ne lésinent pas sur la sécurité.

— À leur place, je ferais pareil.

— Il faut que je vous dise que la mafia a des parts dans le club.

— Un club de strip-tease contrôlé par la mafia ? Pas possible ?

— Je vous préviens, c'est tout.

— Attendez-moi.

— Où allez-vous ?

— Il nous faut des tenues de chauffeur », dit Stark en traversant la 12e Avenue au pas de gymnastique.

Poe attendit avec anxiété en se demandant s'il avait sous-estimé ou surestimé le braqueur. Mais Stark ne pouvait tout de même pas dévaliser le club et le laisser en plan ? Comment retournerait-il en 1981 ? Une heure s'écoula. Puis une seconde, interminable, et Poe se dit amèrement que le malfrat avait décidé de rester à jamais en 2005 et de braquer le club tout seul.

Une longue limousine se gara le long du trottoir.

Stark était au volant, vêtu d'une tenue de chauffeur qui lui allait impeccablement, et léchait un peu de sang qu'il avait sur le poing. « Montez à l'arrière. »

Poe se glissa à l'arrière et Stark s'engagea dans la circulation. Sur le siège, se trouvaient une veste et un pantalon de chauffeur et une casquette à visière. Le tout, parfaitement à sa taille.

« Vous avez une arme ? lui demanda Stark quand il se fut changé.

— Non.

— Bien. Vous avez déjà fait un coup de ce genre ?

— J'en ai décrit des dizaines. »

Stark lui lança un regard noir dans le rétroviseur.

« C'est mon premier. Pour de vrai, dit Poe.

— Écoutez. Une fois à l'intérieur, votre boulot

sera de surveiller mes arrières. Au moindre pépin, vous me dites sur qui je dois tirer.

— On va faire irruption comme ça ?

— Non. On vient avec pour mission de récupérer des patrons de la pègre parce que les fédéraux vont débarquer dans dix minutes. Nos boss sont armés. Il va y avoir des échanges de tir, des innocents vont mourir, ce qui signifie que les flics fermeront l'établissement pour un bon bout de temps, à moins que leurs fidèles chauffeurs de limousine puissent discrètement faire sortir leurs boss.

— Les videurs vont nous demander le nom de nos boss.

— Nos boss utilisent des noms d'emprunt dans les clubs de strip-tease.

— Ils nous demanderont pourquoi on ne se contente pas de leur envoyer un texto.

— Quoi ?

— Nous sommes en 2005. Ils ont des téléphones portables qui peuvent recevoir des appels et des messages texte. »

Stark assimila ce nouvel élément. « On ne peut pas leur envoyer de "texto" parce que les fédéraux ont branché des écoutes sur leur téléphone portable.

— Les fédéraux ne peuvent pas vraiment brancher des écoutes sur des portables, car ils sont sans fil.

— Appelez ça comme vous voudrez, mais je peux vous garantir que les fédéraux mettent toujours des écoutes. À votre époque, ils devaient attraper les pigeons voyageurs au filet.

— Le club a des caméras de surveillance partout. Il est probable qu'ils nous conduiront dans leur bureau pour chercher nos boss sur leurs écrans vidéo.

— Voilà qui est mieux », dit Stark.

Stark avait descendu la 12$^{e}$ Avenue tout en expliquant en détail à Poe comment ils allaient procéder. Puis il fit demi-tour dans la 14$^{e}$ Rue et repartit en direction de la 51$^{e}$ Rue. À deux blocs du club de strip-tease, il se gara le long du trottoir et mit les warnings.

« Qu'est-ce qu'il y a ? demanda Poe.

— Les flics. »

Des voitures de police convergeaient au coin de la 51$^{e}$. Un bataillon de policiers s'engouffrait dans le club.

« Qu'est-ce qu'on fait ? demanda Poe.

— On attend qu'ils soient partis.

— Qu'est-ce qu'ils font ?

— Ce qu'ils veulent.

— Si les flics sont déjà passés, les videurs ne nous croiront pas.

— Ils nous croiront d'autant plus », répliqua Stark.

Une ambulance arriva. Des hommes et des femmes poussèrent un brancard sur le trottoir.

« Oh non, c'est une fusillade, dit Poe. Nous ferions mieux…

— Du calme. »

Stark se dit que Poe commençait à paniquer dangereusement pour quelqu'un qui était censé surveiller ses arrières. Une raison de plus pour ne pas faire un coup sans avoir répété. Sans quitter des yeux la scène

qui se déroulait à moins de cent mètres de là, il essaya de distraire l'écrivain avant qu'il perde ses moyens.
« Et votre prochain livre, ce sera quel genre ?

— Les romans policiers reviennent en force, dit Poe. Ils figurent même parmi les meilleures ventes. Mon agent pense que nous pouvons trouver un éditeur prêt à débourser une fortune pour un livre qui en vaut la peine. Il essaie de me convaincre d'en écrire un. J'ai malheureusement l'impression que je vais devoir l'écouter.

— Vous n'aimez pas les policiers ?

— Si, mais je sais que je ne remporterai jamais un Edgar.

— C'est quoi, un Edgar ?

— Le prix Edgar Allan Poe de la MWA.

— La MWA ?

— La Mystery Writers of America. C'est une association créée pour promouvoir la littérature policière et protéger les auteurs. Leur devise est claire : "Le crime ne paie pas... assez."

— N'importe quoi, dit Stark. Le crime rapporte un paquet de fric. Mais ça demande du boulot. Tout prévoir. Préparer. Répéter. Autrement, on n'est qu'un minable petit délinquant fauché comme les blés et on atterrit en taule... Attendez. Vous dites que le prix porte votre nom ?

— Les auteurs estiment que j'ai inventé le genre policier.

— C'est un sacré honneur qu'ils vous font.

— Je suppose.

— Comment ça, vous supposez ? Ça ne s'appelle pas un Herman ou un Ralph ou encore un… c'était quoi le prénom de Hawthorne ?

— Nathaniel.

— Ça ne s'appelle pas un Nat. Non, ça s'appelle un Edgar. Et elle va chercher dans les combien, la récompense ?

— Il n'y a pas de récompense. C'est un grand honneur et on repart avec une petite statue de moi. Mais je ne l'aurai jamais.

— Et pourquoi ça ? demanda Stark qui avait toujours une tendance à l'optimisme quand il était en plein casse.

— Trop dépravé.

— Mais les genres, ça va, ça vient. Vous l'avez dit vous-même. La saga, le roman gothique, le roman à l'eau de rose. Le dépravé aussi, ça reviendra.

— Non, je suis moi-même dépravé. J'écris toujours ce que j'ai envie d'écrire. Je ne poursuis jamais sur ma lancée, comme la plupart des vainqueurs. Les auteurs de comédie font des comédies, ceux de roman noir font du roman noir, et ils font toujours la même chose jusqu'à ce qu'on finisse par les remarquer. Moi, je touche à tout – détective, science-fiction, horreur. Dépravé, je vous dis.

— Je dirais plutôt irresponsable », dit Stark.

Les ambulanciers et les policiers ressortirent tous ensemble en poussant un brancard sur lequel était allongée une forme bulbeuse recouverte d'un drap. Un infirmier lui maintenait un masque à oxygène sur le visage. Cocaïne, se dit Stark. C'était encore et toujours la même histoire. Jolies filles, martini gin, coke, trader, pas de sport.

« OK, on y va. Vous vous sentez à la hauteur, Edgar ?

— Je crois, dit Poe. Vous avez un conseil à me donner ?

— On règle ça en moins de deux. »

Stark gara la longue Lincoln noire exactement à mi-chemin entre la 51e et la 52e. Ils se dirigèrent à pied vers l'entrée du club de strip-tease et longèrent le cordon rouge que les videurs avaient placé. Le portier à l'œil aiguisé les chambra : « Alors, les chauffeurs ! On a oublié la limo !

— Juste derrière, répondit Stark à mi-voix, puis il se pencha vers le portier, pour que personne d'autre n'entende. Nos boss sont là. Les fédéraux vont venir les cueillir. On doit les récupérer.

— Ah ouais ? Et ils s'appellent comment ?

— Le mien, c'est Smith. »

Le portier se tourna vers Poe.

« Et le vôtre ?

— Smith. »

Le portier jeta un regard sceptique au registre des réservations.

« J'ai dix-huit Smith ce soir.

— On veut juste les deux nôtres, dit Stark.

— Envoyez-leur un texto pour leur dire que vous êtes là.

— Leur envoyer un texto ? Où ça ? Vous croyez vraiment qu'ils ont un portable sur eux ? »

Le portier fit un léger signe de tête et plusieurs videurs, des armoires à glace encore plus baraquées que lui, s'attroupèrent. Le portier répliqua : « C'est pas notre problème.

— Peut-être, mais ça va pas tarder. C'est pas parce qu'ils ont pas de portable sur eux qu'ils ont pas autre chose.

— Quoi ?

— Je vais vous faire un dessin. En rouge. Parce que votre club, il va être carrément repeint, après la fusillade.

— On tire pas sur les fédéraux. Laissez faire les avocats et poussez-vous de là, vous bloquez le passage. »

Stark ôta sa casquette à visière et dit calmement : « Quand les avocats peuvent plus rien pour eux, les mecs, ils tirent sur les fédéraux. »

Le portier parla d'un ton précipité dans un micro placé sur son épaule, écouta ce qu'on lui disait dans son oreillette, parla à nouveau, écouta à nouveau. Puis il dit à Stark : « Je vous refile aux collègues à l'intérieur. Expliquez-leur. Faites exactement ce qu'ils vous disent si vous voulez pas qu'ils vous cassent la figure. C'est valable pour vous aussi, dit-il à Poe.

— Ça sera réglé en moins de deux », lui promit Poe.

Apparemment, les choses se présentaient plutôt bien à l'intérieur également, une immense salle bondée, remplie d'hommes qui avaient accroché leur veston au dossier de leur chaise et de jolies filles déshabillées en talons hauts. Ils arrivaient juste à temps pour la « marche des dames », où toutes les femmes du club dansaient en formant une chaîne qui serpentait à travers la salle sous les lumières clignotantes, au son d'une musique assourdissante.

Le videur en chef leur dit : « Je ne peux pas vous laisser vous balader en lorgnant les clients, ça va les déstabiliser.

— Il n'y a pas un endroit où on peut les chercher sans déranger personne ? »

Le videur claqua des doigts. « Ah oui, bonne idée. Venez. On verra toute la salle. Vous pourrez regarder sur les écrans de contrôle.

— Allons-y, dit Stark. Les fédéraux vont pas tarder.

— Faut juste que j'aie l'accord du patron. » Il parla dans son micro et écouta dans son oreillette. Stark resta impassible. Il fut agréablement surpris lorsque le patron en question accepta.

Escortés de toutes parts par des videurs, Stark et Poe furent emmenés en hâte sur le côté et conduits tout au fond de la salle jusqu'à un escalier qui menait au premier étage, puis au bout d'un couloir où une porte s'ouvrit automatiquement devant eux. Stark jugea que le dispositif de sécurité était relativement léger, là-haut. Le videur en chef les fit entrer dans un bureau où il y avait un mur d'écrans vidéo. Dans un coin se trouvait un énorme entonnoir.

La musique d'en bas faisait trembler le sol. Des femmes guère plus vêtues que celles d'en bas se baladaient en buvant et en bavardant avec un type athlétique, que Stark identifia comme étant sans doute le gangster qui possédait le club de strip-tease.

« Dépêchez-vous. Trouvez vos gars et on les fera passer par-derrière. »

Stark et Poe longèrent le mur d'écrans en faisant mine de chercher les passagers de leur limo. Stark s'arrêta brusquement et fit signe à Poe en pointant un écran. « Regardez ça, Ed. C'est pas nos gars, là ?

— Ils se ressemblent tous, dit Poe.

— Visez l'entonnoir, marmonna Stark à voix basse.

— Ça sert à quoi ?

— C'est bien pour ça qu'il y a que les petits délinquants pour improviser. C'est pour ça qu'ils nous ont fait entrer. Et pour ça aussi que les filles font des allers-retours. Tout ce qu'on met dans l'entonnoir va direct dans la cave par un conduit.

— Vous voulez dire que la salle qui est en sous-sol est une chambre forte ?

— Vous avez tout compris, Sherlock. Ça leur évite d'avoir à ouvrir la chambre forte à chaque fois que quelqu'un vient faire un dépôt, ce qu'ils font régulièrement pour ne pas attirer les types comme vous et moi en laissant trop de cash en bas.

— Qu'est-ce qu'on fait ? demanda Poe.

— On gagne du temps jusqu'à ce qu'ils remontent un paquet de pognon et on le pique avant qu'ils le déversent.

— Mais ça ne représentera qu'une minuscule partie de ce qu'il y a dans la chambre forte. »

Stark le fixa. « Vous voulez une partie ou rien ?

— Hé ! cria le gangster. Ils sont où, vos gars ?

— On continue à chercher, monsieur.

— Cherchez plus vite. »

La porte du bureau qui s'était ouverte à plusieurs reprises s'ouvrit à nouveau, et deux femmes quasiment nues apparurent, une brune chargée d'un sac de banque qui se dirigea vers l'entonnoir et une belle blonde pétillante qui alla tout droit vers Poe.

« Edgar ? »

Poe qui était déjà pâle comme un linge devint blanc comme neige.

La belle blonde pétillante avait l'air troublée. « Edgar ? Mais qu'est-ce que tu fais dans cette tenue ? Tu n'es pas chauffeur de limousine.

— Nous étions à une soirée déguisée, balbutia Poe avant d'ajouter, les dents serrées : Je ne savais pas que tu travaillais ce soir. »

Le propriétaire traversa le bureau d'un bond. « Une soirée déguisée ? Mais de quoi vous causez, là ? Tu connais ce mec, Annie ?

— Bien sûr, dit la belle blonde pétillante. C'est un de mes habitués. » Elle lança à Poe un sourire éblouissant. « Le plus généreux. Il a promis de m'acheter une maison au bord de la mer. Écoute, mon chou, quand tu auras fini ici, je t'attendrai dans la VIP room. »

Le propriétaire du club s'adressa à Stark qui comprenait mieux pourquoi la maison du Connecticut était hypothéquée : « C'est quoi, ça ?

— Un Smith & Wesson, dit Stark en s'approchant du patron tout en protégeant le .38 à canon court pour parer à toute tentative inconsidérée de le saisir.

— Edgar, attrapez ce sac avant qu'elle le lâche. » Poe se rua sur la brune à l'instant où elle jetait le sac dans l'entonnoir. Il le rattrapa de justesse et ils sortirent en courant. Le videur en chef leur barra le passage dans le couloir. « On m'a déjà tiré dessus avec des flingues beaucoup plus gros et ça m'a pas arrêté.

— C'est pas qu'un flingue », dit Stark. Avant même qu'il ait fini sa phrase, le revolver et la tête du videur s'étaient télescopés. Stark empoigna Poe et le fit sauter par-dessus le corps du videur. « Tenez bien le sac, dit-il avant de l'entraîner vers l'escalier.

— Pas en haut, cria Poe. Il faut descendre. Descendre.

— On monte. »

Derrière eux, quelqu'un tira.

Des femmes se mirent à crier. D'autres détonations retentirent. Des hommes poussèrent des hurlements terrifiés.

Stark tira Poe en haut de l'escalier qui débouchait dehors, sous le portique à colonnade, le fit passer entre deux colonnes et traverser le toit plat pour rejoindre le parapet bas qui bordait l'édifice. La limousine était garée où il l'avait laissée, neuf mètres plus bas.

« Comment on descend ?

— En rappel », dit Stark en déroulant une grosse corde enroulée autour d'un évent. Il la jeta. L'extrémité tomba à moins d'un mètre cinquante du trottoir.

« D'où vient cette corde ?

— Tout prévoir. Préparer. Répéter. » Stark passa les jambes par-dessus le parapet, attrapa la corde et descendit une main après l'autre jusqu'en bas. « Jetez-moi l'argent. »

Poe lança le sac et se laissa glisser au bas de la corde. Le temps qu'il s'élance sur le trottoir en soufflant sur ses paumes brûlées, Stark avait ouvert la limousine et mit le moteur en marche. Poe grimpa d'un bond à côté de lui.

« Mettez votre ceinture », lui dit Stark puis il démarra pied au plancher dans un crissement de pneus, et s'engagea dans la circulation nocturne, remonta la 12e Avenue, puis Henry Hudson Highway en regardant à plusieurs reprises dans les rétroviseurs.

« C'est bon. Ramenez-nous en 1981.

— D'ici, je ne peux pas.

— Pourquoi ?

— Il faut repartir de là où on est arrivés.

— Au coin de la 51e et de la 12e Avenue ?

— Juste en face du club.

— Vous auriez pu me le dire plus tôt. »

Stark jeta un œil dans les rétroviseurs pour la

énième fois et prit la sortie de la 79e Rue. Il fit demi-tour en passant sous la voie rapide, s'engagea sur la rampe d'accès et repartit à toute allure en direction du centre. « Une fois au niveau de la 51e, vous aurez à peu près trois secondes pour nous sortir de là. »

La réponse que lui fit Poe n'eut rien de rassurant : « Je ferai de mon mieux. »

Stark freina à mort. « Allez-y ! »

Ils se ruèrent hors de la voiture. Stark avait été quelque peu optimiste dans son estimation. Une seconde après, un videur hurlait : « Ils sont revenus ! »

Deux secondes après, une bande de malabars traversaient la 12e Avenue et fonçaient vers Stark et Poe en sortant des pistolets de leurs vestes et leurs pantalons.

Trois secondes après, plusieurs d'entre eux s'arrêtaient pour les aligner dans leur collimateur.

Stark leva sa main libre en tenant le sac de billets de l'autre, avec le vague sentiment que cela ne suffirait pas à les faire changer d'avis. Il entendit Poe lui lancer : « Reculez. »

Ils étaient dans la ruelle pavée et soudain, se retrouvèrent au pied de l'échelle branlante.

Sur le rocher, une brise fraîche soufflait du fleuve et le soleil disparaissait à l'horizon. Une sirène retentit, presque inaudible au début puis de plus en plus forte. Poe contemplait l'Hudson. « Ce n'est pas une ambulance, monsieur Stark.

— Je sais bien. » Il commença à se lever.

Poe lui dit : « Il y a une Jeep dans le parc. À moins d'être très jeune et sportif, je ne m'enfuirais pas en courant.

— Je croyais que vous m'aviez dit qu'ils ne pouvaient pas nous suivre.

— Ce ne sont pas des videurs, ce sont des flics. Et ils ne nous suivent pas depuis 2005. Ils vous suivent depuis ce matin, dans l'East Side. »

Les traits durcis de celui qui trouve la plaisanterie saumâtre, Stark scruta le rocher en cherchant où il pouvait se poster pour tirer. Trois ou quatre voitures de police convergeaient vers l'entrée de la 84e Rue et une Jeep chargée de tireurs remontait en vrombissant de la promenade qui longeait la rive.

« OK, sortez-nous d'ici. Dans le passé, le futur, je m'en fiche. N'importe où. Tout de suite.

— J'ai tout donné pour nous ramener de 2005, je suis vidé. Ce n'était pas facile en se faisant tirer dessus, vous savez. Je serai incapable de nous bouger d'ici tant que je n'aurai pas bu un peu de vin et dormi toute une journée et une nuit.

— Dans ce cas, monsieur Poe, il me faut un otage.

— Je ne suis plus assez célèbre pour servir d'otage. J'ai trop de pseudonymes. Ils me descendront et vous accuseront. Non, il faut faire preuve d'imagination.

— Des idées de génie ? demanda Stark qui se sentait lui-même à court d'inspiration.

— Une, répondit Poe. Je m'en suis déjà servi, mais avec un peu de chance, ils ne lisent pas. Donnez-moi votre revolver.

— Jamais de la vie.

— Posez-le, là-bas. Je leur dirai que vous l'avez laissé tomber en prenant la fuite. Vite, ils descendent de voiture. Vite, je vous dis ! Ce n'est pas un revolver qui va changer quoi que ce soit. »

Poe avait raison. Les flics déchargeaient des fusils de leurs coffres.

« Donnez-moi votre revolver et descendez le pognon dans le trou. Je laisserai fermé jusqu'à ce qu'ils soient partis. »

Secouant la tête d'un air dubitatif, Stark fit glisser le pistolet sur le rocher et se faufila dans le trou. L'échelle choisit ce moment précis pour se casser et il tomba durement, mais pas d'assez haut pour se blesser. Au-dessus de lui, le ciel s'assombrit peu à peu à mesure que Poe poussait la porte sur le trou.

« *In pace requiescat !*

— Quoi ? »

La réponse de Poe, si tant est qu'il ait répondu, fut noyée sous un vacarme de bruits métalliques et de coups. On avait l'impression qu'il recouvrait la porte de grosses pierres. Stark entendit les flics qui gravissaient le rocher escarpé, s'interpellant et hurlant quelque chose à Poe.

« Il s'est enfui par là ! cria Poe. Regardez ! Il a laissé tomber son revolver. »

Stark entendit des grognements, des jurons, un bruit sourd de semelles en caoutchouc. Des sirènes. Puis le silence.

Il attendit longtemps.

« Ça y est, je peux sortir ? »

Silence.

« Hé ! Poe ! »

Toujours le silence.

« Bon sang, Poe ! »

Il n'arrivait pas à atteindre la porte. Il enroula sa ceinture en cuir autour du montant de l'échelle qui était cassé et escalada prudemment les barreaux. La réparation tint jusqu'à ce qu'il pousse vers le haut. La masse de pierre était trop pesante, l'échelle se tordit et il retomba. Il atterrit à plat sur le dos et resta dans cette position pour essayer de soulever la porte en se servant du montant intact comme d'une perche. Les pierres étaient vraiment lourdes. Stark s'échina à pousser. Rien. Il respira à fond et concentra toute sa force, qui était considérable, en imaginant que le montant de l'échelle lui servait à empaler Edgar Poe.

Lentement, la porte se souleva. Il entendit les pierres glisser en crissant comme des ongles sur un tableau noir. Elle devint subitement légère, puis s'envola et le ciel entra à flots. Stark rafistola de nouveau l'échelle, attrapa le sac et gravit les barreaux avec précaution. Le soleil s'était couché derrière un immeuble de Jersey et l'Hudson qui s'était teintée de mauve s'estompait rapidement. Les flics avaient disparu. Et Poe aussi.

Stark sourit. Ce n'était pas une mauvaise affaire. Allez savoir pourquoi Poe s'était tiré, mystère, mais du coup, tout l'argent était à lui. Il n'avait perdu que son revolver et il avait les moyens de s'en racheter un.

Un an plus tard, environ, Stark faisait semblant de lire des magazines dans un kiosque situé en face d'une agence peu surveillée de la Connecticut National Bank, quand il repéra le nom E. P. Allan imprimé en relief en lettres métallisées sur un gros roman policier en format de poche. Son vieil ami Poe qui lui avait sauvé la mise dans Riverside Park et l'avait aidé à financer un hiver mémorable dans un hôtel des Bahamas.

Le livre intitulé *En moins de deux* était annoncé comme le premier volume de la nouvelle série de thrillers « incroyablement réalistes » d'E. P. Allan, mettant en scène un braqueur génial qui attaquait des banques et des fourgons blindés. Ce premier titre avait déjà été vendu au cinéma. Plusieurs auteurs de best-sellers lui consacraient des commentaires élogieux, mais c'est un extrait d'une critique de la revue *Kirkus* réalisée avant sa parution qui lui sauta aux yeux.

*« Ce n'est pas seulement le récit bourré d'action, génialissime et incroyablement réaliste d'un braquage de banque qui tourne mal dans l'East Side, à New York. C'est comme si vous étiez là, à côté de ce héros vif, impétueux, dont vous ne vous lasserez pas de lire les aventures. C'est un livre enthousiasmant. On se demande comment E. P. Allan peut être aussi bien informé. On en ressort bouleversé. »*

Justin Scott (alias Paul Garrison, J. S. Blazer, ou encore Alexander Cole) a été nommé pour l'Edgar du meilleur premier roman et de la meilleure nouvelle. Il est l'auteur de la série des enquêtes du détective Ben Abbott, qui se déroulent dans une bourgade du Connecticut. Il co-écrit avec Clive Cussler la série des aventures du détective Isaac Bell dont l'action se situe au début du XX^e^ siècle. *The Cutthroat*, le dernier de la série des Isaac Bell, est sorti en mars 2017. Son roman *Le Tueur des mers* figure dans l'anthologie des International Thrillers Writers, *Thrillers : 100 Must-Reads*. Sous le pseudonyme de Paul Garrison, dont il se sert le plus fréquemment, il écrit des romans contemporains d'aventures en mer et a poursuivi la série Paul Janson commencée par Robert Ludlum, en publiant *Le Choix Janson* et *La Mission Janson*, aux éditions Grasset.

CHINATOWN

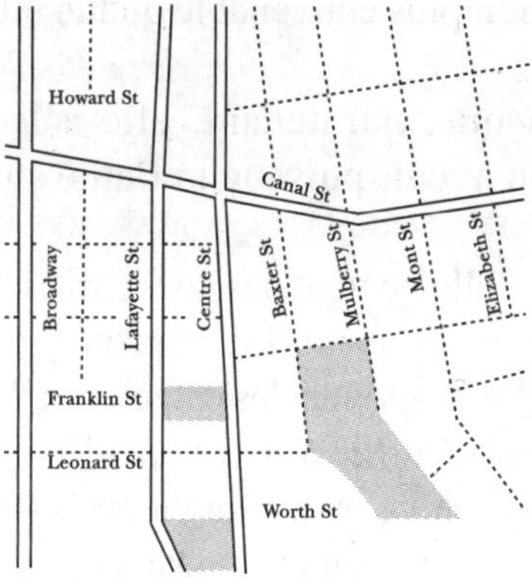


# Chin Yong-Yun fait un chidouh

*S. J. Rozan*

J'ai quatre fils et une fille. Tous mes enfants me sont dévoués, même ma fille, Ling Wan-Ju, dont le prénom américain est Lydia. Elle est détective privée. C'est une profession que je n'approuve pas. Je n'aime pas non plus le compagnon de ma fille, le babouin blanc. De plus, cela ne m'enchante pas que son métier l'oblige à fréquenter des délinquants. Je désapprouverais aussi le fait qu'elle fréquente des policicrs, si son amie d'enfance Mary Kee n'était pas inspectrice, un poste important. Mais dans l'ensemble, je dois dire – parce que c'est la vérité – que ma fille est très compétente dans son travail.

Souvent, elle réussit. Elle est jeune. Elle trouvera une profession plus convenable quand elle sera plus mûre.

D'autant que maintenant, elle a le temps de penser à son avenir puisque je l'aide sur certaines affaires.

Elle dit qu'elle ne veut pas que je m'en mêle, mais en fait, elle essaie juste de me protéger de l'atmosphère sordide du monde des détectives. Comme mes autres enfants, ma fille n'a aucune idée de la vie que j'ai menée en Chine ou à Hong Kong avant de venir en Amérique avec mon mari. Dans son univers, rien ne m'est étranger. C'est pour cela que j'ai tenté de la dissuader de fréquenter des gens que j'ai toujours évités. Mais comme je l'ai dit, elle est jeune.

Mes deux aînés ont épousé d'adorables Chinoises. Ils m'ont donné chacun deux petits-enfants. Mon troisième fils est amoureux d'un homme. Ils croient que je ne le sais pas, mais je le sais. Je regrette l'absence de petits-enfants engendrée par cette situation, mais mon fils est un artiste, un photographe, et de toutes les manières, il aurait probablement été trop absorbé par son œuvre pour être un bon père. Et son compagnon est un charmant jeune homme très poli qui s'occupe bien de lui.

Reste mon plus jeune fils, Tien Hua, qui préfère qu'on l'appelle par son prénom américain, Tim – moi je ne l'appelle pas comme ça, bien entendu. Il est associé dans un gros cabinet d'avocats. Beaucoup de jeunes hommes de son âge ont décidé de fonder un foyer, mais mon fils est toujours célibataire. C'est dommage.

Un jeune homme seul dans un grand appartement, ce n'est pas normal. Il gagne beaucoup d'argent, mais travaille tard, ce qui lui laisse peu de temps pour chercher une petite amie. S'il regardait autour de lui, il en trouverait sans problème, car malgré une attitude que certains trouvent trop guindée (ma fille lève les yeux au ciel en disant qu'il est « coincé »), mes amis m'assurent que Tien Hua est un bon parti. Il est beau, intelligent, gagne un très bon salaire, avec des perspectives d'évolution de carrière dans son cabinet. Je lui ai proposé de l'emmener chez Old Lau, l'entremetteuse, qui pourrait lui présenter une foule de charmantes jeunes femmes accomplies. Les grands-mères juives du club senior ont la même coutume. Elles appellent cela « faire un chidouh ». J'en ai parlé à mon fils en lui expliquant que dans beaucoup de cultures, c'était une façon traditionnelle de se rencontrer, entre jeunes gens.

Il m'a remerciée mais m'a dit qu'il n'avait pas le temps de sortir avec des filles.

Je le croyais jusqu'à ce coup de téléphone par lequel tout a commencé. J'étais dans ma cuisine occupée à doser le riz dans le cuiseur électrique, quand le téléphone rouge a sonné. C'était lui.

« J'ai besoin de parler à Lydia tout de suite, maman. Elle ne répond pas sur son portable.

— Ta sœur n'est pas là. Elle travaille.

— Ce n'est pas une raison pour ne pas décrocher.

— Peut-être que si.

— Maman ! J'ai besoin d'elle. »

Mon fils qui s'exprimait d'habitude de façon si posée avait l'air étonnamment désemparé.

« Qu'est-ce qui se passe ?

— Je ne peux pas te le dire. J'ai besoin de Lydia. »

Mes deux plus jeunes enfants n'ont jamais été proches. Même s'il était clairement bouleversé, Tien Hua n'aurait jamais appelé Ling Wan-Ju pour se confier à elle. J'ai été prise d'un soupçon. « Tu as l'intention de faire appel à ses services ?

— Et alors ? »

Le ton qu'il a employé m'a suffi. J'avais ma réponse.

« La dernière fois, cela ne s'est pas vraiment bien passé.

— Il faut que je lui parle. C'est vraiment important. Je m'apprête à aller en réunion. Je sais qu'elle décrochera si c'est toi qui l'appelles.

— Peut-être, mais il lui arrive de ne pas répondre. Dis-moi ce qui se passe.

— Non. Appelle-la. Dis-lui de m'appeler.

— Je risque de ne pas réussir à la joindre avant ta réunion. Dis-moi pourquoi tu as besoin d'elle. »

Il a soupiré. J'ai entendu une voix dans le fond. Quelqu'un qui allait à cette réunion, sans doute. J'ai attendu. Il a fini par me dire : « Valerie Lim a été kidnappée. »

Je n'ai pas répondu tout de suite. Une foule de

questions me venaient à l'esprit. Quand on enquête, il est essentiel de poser la question la plus importante en premier.

« Comment sais-tu ce qui est arrivé à Valerie Lim ?

— On sort ensemble. »

C'est bien ce que je craignais. Bien qu'il ne puisse pas me voir, je me suis renfrognée. Mais il s'est empressé de rajouter : « Enfin, on est sortis ensemble. Deux fois. Je crois qu'elle me trouve trop intello. Elle, ce qui lui plaît, c'est plutôt le genre sportif. Mais j'espère… » Il n'a pas achevé sa phrase. Mon fils n'est pas seulement incapable de mentir, il a également toujours eu un besoin compulsif d'en dire plus qu'il n'est nécessaire. Parfois, je me demande comment il a fait pour réussir à ce point dans le métier d'avocat.

« Sa mère m'a appelé juste après que les kidnappeurs l'ont contactée.

— Pourquoi ?

— Elle veut que je me charge de la livraison. Enfin, que je porte la rançon, si tu préfères.

— Je sais ce que ça veut dire ! » Je ne le savais pas, mais je voyais mal ce que cela pouvait être d'autre. « C'est hors de question ! » Lim Cui voulait faire courir un risque pareil à mon fils ? Cela me mettait en colère, mais je n'étais pas étonnée. Je la reconnaissais bien là. « Combien ils veulent ? » J'étais curieuse de le savoir.

« Deux cent mille dollars. Je le ferai s'il le faut, a-t-il dit. Si c'est le seul moyen de retrouver Valerie.

Mais qu'est-ce qui me dit qu'ils la rendront ? S'ils ont l'argent ? Si elle est… si elle est…

— Si elle est toujours en vie, oui, bon. Pourquoi veux-tu parler à ta sœur ?

— Je veux qu'elle retrouve Valerie.

— Ne sois pas ridicule. C'est un crime, c'est du ressort de la police. Appelle Carl Ting. » Carl Ting et Tien Hua étaient amis quand ils étaient tout petits, jusqu'au jour où dans le bac à sable, Carl avait renversé un seau sur la tête de mon fils. Depuis, ils avaient toujours été en rivalité. C'est curieux, car ils se ressemblent beaucoup. Avec les années, ils sont tous les deux devenus très flegmatiques. Carl Ting a encore moins le sens de l'humour que mon fils. Mais comme Mary Kee, il est également inspecteur de police.

« Ça ne va pas, non ! s'est écrié Tien Hua. Les kidnappeurs ont dit que si les Lim appelaient la police, ils tueraient Valerie.

— C'est toi qui vas appeler, pas les Lim.

— Ils l'apprendront quand même.

— Comment ?

— Je ne sais pas ! Mais c'est trop risqué. » Il s'est tu un instant. « Écoute, maman, si la mère de Valerie apprenait que j'ai appelé, même si tout se passait bien, elle me tuerait. » Quelqu'un d'autre a dit quelque chose dans le fond, d'un ton plus insistant cette fois.

J'ai soupiré. « Bon, d'accord. Explique-moi tout et puis va à ta réunion.

— Tu vas retrouver Lydia ? » De nouveau, on l'appela.

« Tu ferais mieux de te dépêcher. »

Mon fils m'a raconté tout ce qu'il savait. J'ai tout noté en détail dans un petit carnet que j'ai acheté pour les affaires.

Quand il a raccroché, je me suis assise. J'ai regardé le carnet. Regardé l'heure. Regardé le cuiseur à riz, versé l'eau et mis la minuterie au cas où je ne serais pas rentrée à temps pour le mettre en marche avant le dîner. J'ai passé la demi-heure suivante à plier le linge et faire le repassage. Une fois les chemisiers de ma fille suspendus dans leur placard, j'ai enfilé mes baskets. J'ai refermé les deux verrous du haut – sans toucher à ceux du bas, pour qu'un éventuel crocheteur de serrures les referme en crochetant au lieu de les ouvrir –, et je suis descendue dans la rue. Je me rendais au Sweet Tasty Sweet de Mott Street. C'est la plus ancienne des pâtisseries de la chaîne qui a désormais trois adresses à Chinatown, deux à Flushing, dans le Queens et une à Sunset Park, à Brooklyn ; plus deux autres à Jersey City, dans le New Jersey. Le menu annonce qu'il y a de *Prochaines ouvertures prévues ! À Manhattan ! Queens ! Brooklyn ! Westchester ! Long Island !* La chaîne Sweet Tasty Sweet qui est visiblement en passe de conquérir le monde appartient au père de Valerie Lim.

Deux cent mille dollars ne représentent pas tant d'argent que cela en Amérique, où il y a des émissions pour ceux qui veulent gagner des millions. Mais c'est beaucoup d'argent pour un immigrant chinois suffisamment pauvre pour être entré clandestinement dans le pays. Quand on enquête, il est essentiel de comprendre tous les indices qu'on trouve. L'expérience m'a appris que lorsqu'une personne a un ennemi, il s'agit généralement d'un ancien amant ou une ancienne maîtresse, d'un concurrent en affaires, ou de quelqu'un qui se sent injustement traité. Si l'ennemi de Lim Xiao était une ancienne maîtresse ou un concurrent, la somme exigée pour lui restituer son unique fille aurait été bien plus élevée, à mon avis. Mais aux yeux d'un nouvel immigrant, deux cent mille dollars représentaient sans doute la plus haute montagne que l'on pouvait demander à Lim Xiao d'escalader.

Je n'aime pas particulièrement Lim Xiao, pas plus que sa femme. Ni sa fille. Ce sont des pots de terre qui voudraient gronder comme le tonnerre. Lim Xiao a débuté dans les cuisines d'un restaurant où il travaillait avec mon défunt mari. La chance leur a souri à chacun de façon différente. Mon mari et moi avons eu cinq beaux enfants intelligents et accomplis.

Les Lim n'en avaient eu qu'un, leur fille Valerie. Nous sommes restés à Chinatown. Bien que mon mari soit mort il y a quinze ans, nous avons vécu heureux. Mes enfants vénèrent la mémoire de leur père, comme il se doit. Les Lim se sont enrichis. Ils ont déménagé dans ce genre de quartiers que l'on appelle « privilégiés », d'après ma fille. Valerie a fait ses études dans une université prestigieuse. Elle n'a jamais travaillé dans un restaurant. Elle ferait peut-être un peu moins la tête, autrement. Son métier, c'est « organisatrice de soirée ». Tout cela, les Lim le doivent à la chance, mais ils ont décidé de faire comme si c'était prévu et amplement mérité. Ils font semblant de n'avoir jamais été des paysans. Cela se fait, en Amérique, mais ce n'est pas pour autant que c'est vrai.

« Chin Yong-Yun ! » Fay Di, la gérante de Sweet Tasty Sweet, a souri derrière la vitrine des gâteaux. « Tu as l'air en forme ! Tu es venue prendre une petite douceur ?

— Une délicieuse douceur sucrée, comme on dit ici. Les petits pains aux haricots rouges sont frais ? »

Ma vieille amie s'est penchée vers moi, le regard pétillant. « Ils sont d'hier, a-t-elle chuchoté. Les tartes au citron sont meilleures.

— Bon, alors une tarte au citron. Avec un thé. Pas un thé noir. Un vrai thé. Et puis j'ai une question à poser.

— À moi ?

— Évidemment, à toi, c'est à toi que je m'adresse. »

Je suis allée poser mon plateau en plastique sur une petite table, à côté du comptoir de service. Fay est allée parler à la jeune fille qui était à la caisse, puis elle a fait le tour de la vitrine. « Tu as de la chance, il n'y a pas grand monde. Je vais m'asseoir un petit moment. »

La chance n'avait rien à y voir. C'est pour cela que j'avais attendu pour venir que l'heure du déjeuner soit passée. Mais nous n'avions pas le temps de rentrer dans ces considérations. « Parfait. Maintenant, dis-moi qui peut vouloir du mal à Lim Xiao. »

Elle a écarquillé les yeux. « Personne.

— Tu veux dire tout le monde. Mais je parle d'une personne en particulier.

— Qui ça ?

— Si je le savais, pourquoi je te poserais la question ? » Franchement, Fay Di a bon cœur mais quelquefois, elle est un peu lente. « Lim Xiao a des difficultés. Je fais ma petite enquête.

— Comment ça ?

— Tu sais que ma fille travaille comme détective. Il m'arrive de l'aider sur des affaires.

— Ah bon ? »

J'ai fixé ma tasse de thé fumante, le regard noir.

« On n'a pas de temps à perdre avec toutes ces questions, Fay Di. Étant donné la nature des soucis de Lim Xiao, je pense que le malfaiteur est peut-être un employé de Sweet Tasty Sweet. S'il te plaît, c'est urgent. Y a-t-il quelqu'un, d'après toi, qui ait des raisons de détester Lim Xiao plus que les autres ? » Le regard de Fay Di glissa sur la table. Quand on enquête, il est essentiel parfois de laisser le suspect réfléchir en silence. Je ne veux pas dire par là que je soupçonnais Fay Di d'être mêlée à cet enlèvement, mais le principe est le même. J'ai goûté la tarte au citron. Elle était citronnée, mais trop sucrée, contrairement aux miennes qui sont parfaitement dosées en sucre.

Fay Di s'est levée sans répondre. J'étais étonnée par sa grossièreté, mais je n'ai rien dit car j'avais la bouche pleine de tarte. Je l'ai regardée faire le tour de la vitrine pour parler à voix basse à la fille de la caisse. La fille a secoué la tête. Fay Di lui a encore parlé. Elle l'a prise par les épaules et propulsée jusqu'à ma table puis l'a fait asseoir – sur le badge de la fille, il était écrit « Sarah ».

« C'est mon amie. Dis-lui ce que tu m'as raconté », a dit Fay Di.

La fille s'est retournée pour lui répondre, mais Fay Di était repartie derrière sa vitrine. Un jeune homme est arrivé des cuisines avec un plateau de pâtisseries. Fay Di s'est occupée de les disposer dans leur présentoir en refusant de la regarder.

« Sarah ? ai-je dit. C'est votre prénom ? »

La fille a brusquement retourné la tête vers moi. Elle n'a pas répondu, comme si j'avais posé une question dangereuse. Elle était très jolie, avec la peau lisse. Contrairement à ma fille, elle portait un peu de rouge à lèvres, un rose discret, très seyant. Son calot blanc était posé coquettement sur ses cheveux noirs brillants.

« Mon prénom d'Amérique, a-t-elle répondu, les yeux baissés.

— C'est très important, Sarah. Savez-vous si quelqu'un pourrait avoir envie de s'amuser à causer des ennuis à Lim Xiao ? »

Une fois de plus, elle n'a pas répondu. Elle avait l'air très tendue. Je vis à Chinatown depuis des années, je croyais savoir pourquoi. Je me suis penchée en avant et je lui ai chuchoté : « Vous êtes en Amérique illégalement, c'est bien ça ? » Elle a commencé à se lever précipitamment, mais j'ai posé une main sur la sienne. « Ne vous inquiétez pas. Je ne suis pas venue pour vous causer des problèmes. Et si vous m'aidez, je pourrai peut-être même vous aider aussi. » Elle a de nouveau regardé derrière elle et vu Fay Di qui la fixait calmement de l'autre côté de la vitrine des pâtisseries. Elle s'est retournée vers moi, puis elle a regardé ses mains posées sur ses genoux. « Li Qiu, a-t-elle chuchoté d'une voix si basse que j'ai eu du mal à entendre.

— Li Qiu ? Qui est-ce ?

— Il vient du village à côté le mien, à Fukien. » Elle ne parlait pas bien le cantonais, mais je trouvais audacieux de sa part d'essayer de l'apprendre, tout comme de prendre un prénom américain. Les dialectes chinois s'écrivent tous avec les mêmes caractères, mais ils ne se parlent pas de la même manière. De nos jours, la plupart des nouveaux immigrants viennent de la province du Fujian. Ils parlent le dialecte du Fujian. Beaucoup d'entre eux parlent également le mandarin, mais à Chinatown, ce n'est pas non plus d'une grande utilité. Ces gens doivent se contenter des pires emplois tant qu'ils n'apprennent pas l'anglais ou le cantonais. La plupart décident d'apprendre l'anglais parce que c'est plus simple, alors que le cantonais est très subtil, très complexe. Cette Sarah devait travailler dur, en espérant s'améliorer, et puis, elle devait être intelligente.

Elle a repris la parole. « Li Qiu, pas gentil. » Elle s'est agitée sur sa chaise. « Il croit je l'amie lui parce que j'être Fudjiane aussi. Dit les choses je veux pas entendre.

— Quel genre de choses ?

— Veut impressionner, que je crois il être important. Pas important, juste méchant. Prend travail à Sweet Tasty Sweet juste qu'il apprendre les choses sur riche patron. Dit le riche patron faire lui riche aussi. Dit, je viens avec lui, on riche lui et moi.

— Vous savez ce qu'il voulait dire ?

— Non. Mais depuis hier, Li Qiu, il vient pas travail. »

Dans les dossiers du minuscule bureau de l'arrière-boutique, Fay Di a pris une photo de Li Qiu qu'elle m'a montrée. Je lui ai demandé son adresse. « Je ne devrais pas faire ça ! a-t-elle protesté. Je pourrais être renvoyée !

— Tu es la gérante. À moins que Lim Xiao ne vienne en personne, qui peut te renvoyer ? Pour l'instant, Lim Xiao a d'autres soucis. »

J'avais pris un ton rassurant. Souvent, dans une affaire, l'enquêteur doit convaincre les gens de faire des choses dont ils devraient sans doute s'abstenir.

Fay Di a griffonné des caractères chinois sur une addition.

L'adresse de Li Qiu correspondait à un vieil immeuble délabré d'East Broadway. Quand je l'ai vu de l'extérieur, je dois dire que je n'ai pas approuvé l'état dans lequel il était. Certains investisseurs entretiennent très mal leurs immeubles. Je ne suis pas du genre à dire aux autres ce qu'il faut faire, mais les Chinois de Hong Kong devraient retourner à Hong Kong avec leur argent.

J'avais beaucoup d'idées sur les différentes façons d'accéder à l'immeuble mais cela n'a pas été nécessaire. Le verrou de la porte d'entrée était cassé. J'aurais dû m'en douter. Li Qiu habitait au deuxième étage. J'habite moi-même au quatrième et je n'ai pas eu de difficulté à monter l'escalier. L'enquêteur doit être prêt à fournir un effort physique à tout moment si l'enquête l'exige.

En arrivant devant l'appartement 3D, je me suis laissé le temps de reprendre mon souffle. Normalement, je ne l'aurais pas fait, mais j'avais besoin de toute la force de mes poumons. Puis je me suis mise à cogner sur la porte en hurlant : « Vous faites trop de bruit ! Du bruit, du bruit, tout le temps du bruit ! Arrêtez ! Taisez-vous ! »

J'ai continué jusqu'à ce que la porte s'ouvre. Elle était à peine entrebâillée, mais je l'ai poussée sans cesser de hurler en agitant les bras. Je ne suis pas très grosse. L'homme qui regardait par la fente a eu l'air stupéfait quand j'ai poussé la porte. « Je vis en dessous ! Comment voulez-vous que je dorme ! Comment voulez-vous que je joue avec mes petits-enfants ! Je ne peux rien faire ! Il y a beaucoup trop de bruit, ici ! Arrêtez ! Arrêtez ! Arrêtez ! » J'étais à court d'idées, alors j'ai recommencé.

J'ai reconnu Li Qiu qui me fusillait du regard dans l'embrasure de la porte. Il devait me prendre pour une folle. Si j'avais compris ce qu'il me disait, j'aurais peut-être su si j'avais raison, mais il a chuchoté d'un ton furieux quelque chose en dialecte du Fujian. Il était clair qu'il ne voulait pas que je dérange les voisins.

Il a essayé de refermer la porte, mais j'ai bondi comme si j'allais lui arracher les yeux. Il a reculé d'instinct, comme je l'avais prévu. J'ai pu voir dans la pièce. Il semblait n'y avoir personne d'autre, mais j'ai aperçu une porte fermée qui menait dans une autre pièce.

L'appartement de Li Qiu était en désordre et sentait mauvais. Il y avait des vêtements jetés sur le canapé, des barquettes de plats à emporter par terre. Les fenêtres qui donnaient de toute façon sur un mur en brique étaient couvertes de draps de lit cloués sur le cadre. C'était dégoûtant. Je serais humiliée si un de mes enfants vivait dans ces conditions, ne serait-ce que cinq minutes.

Et pourtant, sur une table branlante, il y avait un sac Chloé ouvert, au contenu éparpillé, sur un carton de pizza.

Chinatown est le temple de la contrefaçon d'articles de luxe à New York. J'en ai toujours vu. Je ne suis pas du genre à me vanter, mais je sais faire la différence entre le vrai et le faux au premier coup d'œil. Ce sac à main était d'origine. Il avait coûté cher à sa propriétaire.

Li Qiu m'a repoussée en arrière. J'ai arrêté de crier comme s'il m'avait fait peur. J'ai reculé en secouant la tête et redescendu l'escalier en maugréant.

Une fois dans la rue, j'ai failli me servir du petit téléphone que j'avais dans mon sac pour appeler Carl Ting à son commissariat. Et puis je me suis rappelé que ma fille m'avait dit avoir retrouvé des criminels grâce à leur numéro de téléphone. Je n'étais pas une criminelle, bien entendu, mais je ne voulais pas que Carl Ting me retrouve. J'ai appelé d'une cabine téléphonique avec un toit en pagode. « Une femme a été kidnappée, ai-je dit à Carl Ting. Elle est dans un appartement d'East Broadway. Il faut vous dépêcher. » Je lui ai donné l'adresse.

« Qui est à l'appareil ?

— Une voisine. Le kidnappeur est Li Qiu. Il habite en haut. C'est un méchant.

— C'est une blague ?

— Parce que les policiers trouvent ça drôle ? » Je suis sûre que Carl Ting ne trouve rien de drôle, car il n'a aucun sens de l'humour. « Il faut la sauver, dépêchez-vous. » Puis me rappelant de ce que m'avait dit mon fils, j'ai ajouté : « C'est de la part de Chin Tien Hua.

— Tim Chin ? Mais qu'est-ce qu'il a à voir là-dedans ?

— Rien. Il veut qu'on la sauve. Il pense que vous êtes le mieux placé.

— Pourquoi il ne m'a pas appelé lui-même ?

— Il est en réunion. On ne peut pas le joindre. Allez secourir cette femme. Et puis appelez mon… appelez Chin Tien Hua. » Je me suis dépêchée de raccrocher.

Moins d'une heure après, Lim était libérée. Je l'ai appris par mon fils qui m'a appelée après, très contrarié. « Les flics ont dit aux Lim que c'est moi qui les avais prévenus ! Ils sont furieux !

— Mais ce n'était pas toi ? Si ?

— Ça doit être Lydia ! Je vais la tuer !

— Ça ne peut pas être ta sœur. Elle ne sait rien de cette affaire. Je n'ai pas réussi à la joindre.

— Pourquoi ils croient ça, alors ?

— Aucune idée. Ça doit être quelqu'un avec un nom similaire. Mais pourquoi les Lim sont-ils contrariés ? Leur fille leur a été rendue.

— Ça aussi, c'est catastrophique. Tu sais qui la leur a rendue ? Carl Ting.

— Ah bon ? C'est merveilleux. Il faut que je félicite sa mère, son fils est un héros.

— C'est aussi ce que pense Valerie. » À l'entendre, mon fils avait l'air dégoûté. « Elle n'arrête pas de dire qu'il a été courageux. Qu'elle était terrifiée, mais que dès qu'elle a entendu sa voix quand elle était ligotée dans la salle de bains, elle s'est sentie en sécurité. L'unique raison pour laquelle elle m'a appelé, à part pour me remercier d'avoir prévenu la police – ce que ses parents ne me pardonneront jamais alors que je n'ai rien fait –, c'est pour me demander si je connaissais Carl. Elle veut tout savoir de lui.

— Carl Ting a bien de la chance. Bon, j'ai quelque chose à te demander.

— Maman…

— Il y a une jeune femme qui se fait appeler Sarah, qui travaille au Sweet Tasty Sweet de Mott Street. Elle est venue dans ce pays pour commencer une nouvelle vie. Elle n'a pas les papiers nécessaires. Elle a besoin d'un avocat pour l'aider.

— Je… Il lui faut un avocat spécialisé en droit de l'immigration. Je ne fais pas ce genre de choses, moi.

— Eh bien, il est temps que tu t'y mettes. Tu verras, c'est une jeune femme charmante, et très jolie. Je te retrouve au Sweet Tasty Sweet à six heures pour faire les présentations.

— Quoi ? Mais je ne peux pas quitter le cabinet aussi tôt.

— Je te retrouve là-bas. »

J'ai raccroché. Je m'apprêtais à inviter Tien Hua à venir dîner à l'appartement après sa rencontre avec Sarah, mais qui sait, ils auraient peut-être besoin de discuter de sa situation de manière plus approfondie, devant une soupe de nouilles, par exemple. Et puis, c'était une affaire intéressante. Je suis sûre que ma fille voudrait que je la lui raconte en détail.

L'œuvre de S. J. Rozan a été couronnée par de multiples récompenses, dont les prix Edgar Allan Poe, Shamus,

Anthony, Nero, ainsi que le Faucon maltais, au Japon. Elle a publié dix-neuf romans et une cinquantaine de nouvelles sous son nom, et a également cosigné deux romans avec Carlos Dews. Ils écrivent ensemble sous le pseudonyme de Sam Cabot. Elle est née dans le Bronx et vit à Manhattan. Elle anime également l'été un atelier d'écriture à Assise en Italie (artworkshopintl.com). Son dernier roman paru sous le nom de Sam Cabot est *Skin of the Wolf*.

GREENWICH VILLAGE

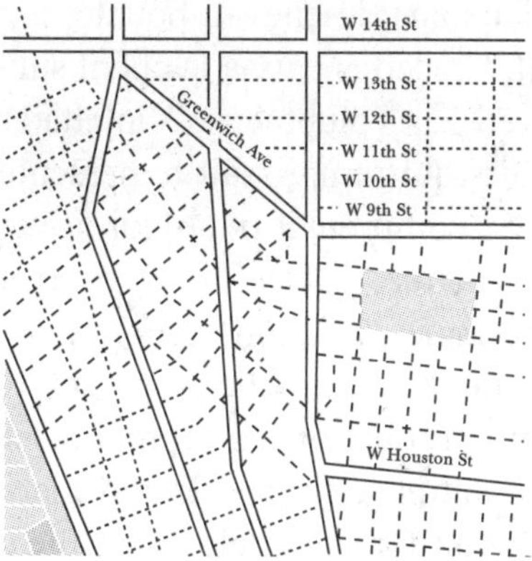


# Le boulanger de Bleecker Street

*Jeffery Deaver*

L'ordre – venger les atrocités commises contre son pays – arriva sous la forme d'un message glissé dans un billet d'un dollar soigneusement plié.

Derrière les vitrines de sa boulangerie, Luca Cracco évita de regarder l'homme qui lui tendait le billet. C'était un grand type au crâne dégarni avec des taches de vieillesse sur le front. Le client, un certain Geller, prit le sac en papier kraft contenant le pain de semoule encore chaud et odorant, sans qu'un seul mot soit échangé. Si un de ses clients s'aperçut qu'il empochait le billet au lieu d'actionner la manivelle de la caisse enregistreuse National pour le glisser dans le tiroir, personne ne fit mine de s'en apercevoir.

Trente-deux ans, le cheveu bouclé, le ventre fier et imposant, Cracco encaissa le client suivant. Il jeta un coup d'œil à la voluptueuse Violetta et ses beaux cheveux noirs qui remplissait le présentoir de pain complet. Elle comprenait pourquoi la vente n'avait pas été enregistrée, pourquoi son mari n'avait pas rendu la monnaie sur le billet alors que le pain ne coûtait que quinze *cents*. Elle croisa son regard, sans exprimer ni approbation, ni reproche ; elle était au courant des autres activités de son mari, et si elle aurait préféré qu'il reste fidèle à son rôle de meilleur boulanger de Bleecker Street, elle comprenait qu'un homme a des obligations. Entre autres, celle-ci.

Cracco ne s'empressa pas de lire le mot glissé dans le billet – il savait pour l'essentiel ce qu'il disait – mais continua à servir ses clients en puisant dans le stock de marchandises qui fondait à vue d'œil : ses spécialités bien sûr, le pain de semoule et le pain complet, mais aussi des créations sublimes : *amaretti*, *biscotti*, *brutti ma buoni* (des biscuits « moches mais bons » qui portaient bien leur nom), *cannoli*, *ricciarelli*, *crostata*, *panettone*, *canestrelli*, *panforte*, *pignolata*, *sfogliatelle* et une autre spécialité de Cracco : les *biscotti ossa dei morti*, les « ossements des morts ».

Un nom prédestiné, se dit-il, si on songeait au message glissé au fond de la poche de son pantalon couvert de farine.

Située dans un immeuble datant du siècle dernier,

la boulangerie de Cracco était sombre et décrépite, mais dans les présentoirs bien éclairés, les pâtisseries luisaient comme les pierres précieuses au poignet de Hedy Lamarr. Cracco se sentait investi d'une mission qui allait bien au-delà de la simple fabrication du pain et des *dolci*. Dans cette ville peuplée de tant d'immigrants italiens, il estimait qu'il était de son devoir d'apporter du réconfort à tous ces gens qui avaient été bafoués et maltraités au nom du lien, si éloigné soit-il, qu'ils avaient avec la célèbre figure vêtue de noir des forces de l'Axe : Benito Mussolini.

Par la devanture, il jeta un œil à Bleecker Street, noyée dans la grisaille par cette journée glaciale de janvier. Il n'y avait pas de trace d'individu en feutre et trench-coat faisant mine de ne pas surveiller la boutique. Il n'avait aucune raison de penser qu'il était soupçonné. Mais par les temps qui couraient, dans cette ville, on n'était jamais trop prudent.

Cracco encaissa un autre client puis fit un signe discret à sa femme. Elle s'essuya les mains en les claquant l'une contre l'autre et prit sa place à la caisse. Il alla à l'arrière de la boutique, dans le fournil où les fours avaient refroidi. Il était midi, une heure tardive pour une boulangerie ; c'était à l'aube que se déroulait l'alchimie grâce à laquelle les ingrédients les plus divers – poudres, cristaux, gels, liquides – se transformaient en denrées sublimes. Tous les matins, il se levait à trois heures et demie, troquait son pyjama pour sa salopette et sa chemise, et descendait l'escalier escarpé de l'appartement de West Fourth Street en faisant attention de ne pas réveiller Violetta, Beppe et Cristina. Il venait là en fumant une des quatre cigarettes qu'il s'autorisait par jour, *la prima*, allumait les fours et se mettait au travail.

Cracco enleva son tablier en le passant par-dessus la tête et comme toujours, le plia minutieusement avant de le mettre dans le panier à linge. Il prit une brosse en crin de cheval et épousseta sa chemise et son pantalon en regardant les nuages de farine voler en l'air. Il retira de sa poche le billet que Geller, l'homme aux taches de vieillesse, lui avait donné. Il lut l'écriture soigneuse. Oui, c'est bien ce qu'il pensait. Le moment était venu : la dernière phase du plan, l'ultime étape de la recette, le temps d'enfourner le pain amer de la vengeance et de l'enfoncer dans la gorge de l'ennemi.

Un coup d'œil à sa montre Breil fabriquée en Italie, cadeau de son père, lui aussi boulanger. Elle était simple et élégante, avec des chiffres lumineux qui se détachaient en gras sur le cadran sombre. Il était temps d'y aller.

Cracco alluma une cigarette, *la seconda*, et avant que l'allumette ne s'éteigne, brûla le mot de Geller et le laissa se consumer dans le four en s'enroulant peu à peu sur lui-même. Il enfila son pardessus, s'emmitoufla dans une écharpe, puis mit son feutre gris. Il n'avait que de simples gants en tissu, tout élimés et troués au pouce droit, mais il n'avait pas les moyens de s'en racheter pour l'instant. La boulangerie ne lui rapportait que des revenus modestes, en raison de la guerre. Et naturellement, s'il travaillait pour Geller, ce n'était pas pour l'argent, à moins de compter le fait que l'espion lui avait payé un dollar une miche de pain à quinze *cents*.

Luca Cracco sortit au moment même où la neige se mettait à tomber en légers flocons, recouvrant le trottoir de gel, un peu comme lui, quand il saupoudrait du sucre glace sur les *bignè di San Giuseppe*, les choux que l'on préparait à la veille de la Saint-Joseph, en mars.

« T'as la confirmation ? Sûr ? » Mais Murphy était fidèle à lui-même, autant dire qu'il ne se laisserait pas bousculer. Il poursuivit d'une voix saccadée : « Je l'ai suivi hier soir. Toute la soirée. Et voilà qu'il va au Rialto. Et tu sais quoi, ils passaient encore *Hantise*. Après des mois et des mois. On s'en lasse pas, hein ? Qu'est-ce qu'elle est belle. Pas vrai ? » Il parlait d'Ingrid Bergman. « Bien sûr que oui. Allez, Tommy. Y a pas plus mignonne, comme actrice. Avoue. »

Jack Murphy travaillait pour Tom Brandon et, du temps de l'armée, il était son subalterne. Mais Murphy n'avait jamais vraiment attaché d'importance au fait qu'un homme lui soit supérieur, qu'il s'agisse d'un patron ou d'un commandant (si ce n'est le jour où il avait reçu une décoration des mains du président Roosevelt en personne. Murphy avait rougi et l'avait appelé « monsieur ». Brandon était présent. Il n'en revenait toujours pas de ce témoignage de respect).

Murphy fit basculer son fauteuil en arrière. Brandon se demanda si l'agent allait laisser tomber ses derbies bicolores noir et blanc sur son bureau. Mais non. « Et devine ce qui se passe, patron ? » Le petit frisé – tendu comme un ressort – n'avait même pas l'air de poser une question. « Le présentateur du cinéma distribue le service quatre-pièces du cadeau bonus – de la camelote de chez Gimbels –, l'organiste joue quelques airs, puis les lumières s'éteignent, et bingo, les actualités. » Murphy passa la main dans ses boucles, qui étaient rousses, évidemment.

« On en était à la confirmation, hasarda Brandon.

— Je sais, patron. Mais attends. Non, sérieux. Les actualités, je te dis. À un moment, il y a eu un reportage sur la bataille des Ardennes. »

Terrible, l'offensive allemande qui avait débuté en décembre 44, un mois avant. Les Alliés progressaient, mais la bataille faisait encore rage.

« Et lui, qu'est-ce qu'il fait ? » Cette véritable pile électrique qu'était Murphy pointa le doigt sur son supérieur. « Dès que le présentateur a mentionné le haut commandement allemand, il a ôté son chapeau. »

Brandon, qui ressemblait à s'y méprendre à un vendeur de chaussures au crâne dégarni du Marshall Field's de sa ville natale de Chicago, resta perplexe.

Mais Murphy ne le remarqua pas. Ou sans doute que si. Mais il s'en fichait. Il lança à l'adresse du plafond : « Est-ce qu'on doit en conclure que Hauptman est un espion ? Que c'est un saboteur ? Non. Je dis pas ça. Je dis juste qu'il faut le garder à l'œil. »

L'homme dont il parlait était un mécanicien d'origine allemande qui vivait dans le Queens et avait été vaguement lié au parti nazi avant la guerre. On l'avait récemment vu traîner du côté de l'usine Norden, qui fabriquait les viseurs permettant d'ajuster les bombardements aériens, à deux pas de l'endroit où se trouvaient les deux hommes.

Et Murphy était donc sur le coup, tel Sam Spade traquant le mari infidèle.

Naturellement, Brandon acquiesça : « OK. Ne le lâche pas d'une semelle. »

Dehors la neige voletait et le vent secouait les vitres de la grande pièce délabrée – le bureau qui n'existait pas.

Il était situé dans un immeuble de cinq étages sans ascenseur de Times Square, et donnait sur le Brill Building qui avait vu naître tant de chefs-d'œuvre de la musique. Le major Tom Brandon, major à la retraite, en réalité, adorait la musique, toutes les musiques. Les chansons populaires – dont un grand nombre avaient été écrites dans le Brill Building –, le classique, le jazz et Glenn Miller, paix à son âme, qui avait disparu en vol, un mois auparavant, alors qu'il partait remonter le moral des troupes. Jack Murphy aimait, devinez quoi, la musique irlandaise. Les cornemuses, les flûtes irlandaises, les bodhrans, les concertinas, les guitares. Sans compter les ballades sentimentales qu'il bêlait après une, deux ou trois tournées de Bushmills. Il chantait comme une casserole, mais comme il payait la note au bar, Brandon et tous les gars du bureau ne pouvaient guère se plaindre.

De ce bureau qui n'existait pas.

Pas plus que Brandon, Murphy et les quatre autres hommes qui partageaient la pièce où la peinture s'écaillait. Certes l'Office des services stratégiques, l'agence de renseignements, était aussi réelle que son fondateur et patron haut en couleur, Bill Donovan, alias Wild Bill Donovan – c'est dire s'il était extravagant – mais l'OSS était issue du renseignement militaire et à ce titre, devait se cantonner à un rôle secondaire à l'intérieur des frontières, où la chasse à l'espion était le fief de J. Edgar Hoover et ses agents pas si spéciaux. Le domaine réservé de l'OSS, c'était l'étranger.

Mais quelques années auparavant, il y avait eu un incident. Au début de la guerre, Hitler avait voulu attaquer les Américains sur leur territoire. Il avait ordonné au chef de son service de renseignements de mettre au point un plan de sabotage, et c'est ainsi qu'était née l'Opération Pastorius, du nom de la première colonie allemande aux États-Unis. En juin 42, des U-boote allemands avaient déposé des commandos nazis sur la côte Est. L'un à Long Island, l'autre en Floride. Ils transportaient une grande quantité d'explosifs et de détonateurs. Les saboteurs devaient faire exploser des sites stratégiques importants d'un point de vue économique, le barrage hydro-électrique des chutes du Niagara, certaines usines de l'Aluminum Company of America, les écluses de l'Ohio, à la hauteur de Louisville, le tronçon ferroviaire de la Horseshoe Curve en Pennsylvanie, le Hell Gate Bridge à New York et la gare de Penn Station dans le New Jersey, entre autres.

Le plan avait échoué et les espions avaient été

repérés – et non par le FBI qui avait commencé par nier l'existence d'un complot avant d'accepter d'écouter le garde-côte qui leur assurait que des troupes ennemies avaient pénétré sur le sol américain. Cependant, les fédéraux n'avaient pas réussi à retrouver la trace des espions. Ils avaient même refusé de croire le chef des saboteurs allemands lorsqu'il avait avoué. Ce dernier avait mis des jours à convaincre les agents que ses hommes et lui étaient réellement des saboteurs.

Roosevelt et Donovan étaient exaspérés par l'incurie de Hoover. Sans prévenir le département de la Justice, le Président avait accepté que l'OSS ouvre un bureau à New York et mène ses propres opérations. Brandon s'était chargé du recrutement des agents, dont Jack Murphy, le fougueux Irlandais, et ils s'étaient installés.

Son équipe et lui avaient remporté quelques succès. Ils avaient surpris un Italien qui faisait des signaux à une embarcation chargée de dynamite, destinée à couler les navires qui transportaient les Jeep et d'autres véhicules en Europe, lui indiquant que la voie était libre. Et empêché des citoyens allemands et japonais de prendre en photo des installations militaires. Il y avait eu une tentative d'empoisonner la retenue d'eau du barrage de Croton – à l'initiative commune des sympathisants nazis et de Mussolini.

Ils captureraient aussi Hauptman, si c'était un espion et non un simple goujat qui n'avait pas pris la peine de retirer son chapeau en prenant place au Rialto.

Mais Brandon commençait à se lasser de l'incident du cinéma et revint au problème qui les occupait. Il lança d'un ton ferme : « Tu parlais de confirmation.

— Notre homme vient d'arriver, répondit Murphy, le regard pétillant.

— Bien, bien. »

Murphy évoquait une opération allemande dont il avait découvert l'existence une semaine auparavant, environ, baptisée *Operation Vergeltung* – autrement dit Opération Vengeance. Une des sources du petit Irlandais vigoureux lui avait appris qu'un brillant espion de Heidelberg, en Allemagne, devait bientôt arriver aux États-Unis. Il apportait quelque chose d'« important ». Quoi qu'il en soit, cela ne permettrait pas aux forces de l'Axe de remporter la victoire, mais le risque était que Hitler s'en serve comme moyen de pression pour négocier la paix en exigeant que le gouvernement nazi reste en place.

« Épatant, absolument épatant. » Brandon n'était guère réputé pour son enthousiasme, mais il ne put se retenir.

Murphy sortit une pomme de sa poche. Il mangeait beaucoup de pommes. Deux ou trois par jour. Brandon trouvait que cela lui donnait bonne mine, mais peut-être était-ce parce que les pommes lui faisaient systématiquement penser aux illustrations du *Saturday Evening Post* signées de Norman Rockwell. Murphy expliqua : « Je sais pas où il séjourne. Mais je sais qu'il doit récupérer une livraison spéciale ce soir. Je crois savoir où. » Il astiqua la pomme sur sa manche puis la croqua à pleines dents. Brandon crut le voir engloutir également la queue et une bonne part du trognon.

« Je vais rassembler des gars, dit Brandon.

— Non. Vaut mieux que je m'en charge. Sinon, ils vont flairer l'entourloupe et se carapater. Rapport aux fuites, si tu vois ce que je veux dire. »

Brandon voyait très bien. Apparemment, au cours des derniers mois, quelqu'un avait informé plusieurs espions et sympathisants nazis qui avaient décampé juste avant que l'OSS ne leur mette la main dessus. Tout semblait indiquer que les fuites provenaient du FBI. Brandon soupçonnait Hoover de vouloir qu'ils quittent la ville car ils avaient découvert qu'il avait mis en place un vaste réseau d'espionnage des citoyens à des fins uniquement politiques. Un peu d'espionnage valait toujours mieux que beaucoup d'embarras pour ses services.

« Alors, vas-y, dit-il à son agent vedette.

— Ça roule, patron. Dites juste à quelques gars de se tenir prêts.

— Comment s'appelle ce type ? demanda Brandon d'un air pensif.

— Je sais pas encore. Mais ça sent mauvais, Tom. Ça se passe pas comme les Fritz l'avaient prévu, dans les Ardennes. Ils se font botter le train. Et là, ils veulent riposter. Salement. »

*Opération Vengeance…*

Murphy jeta un œil à sa montre à gousset en or, qui aurait paru ostentatoire sur la plupart des gens, et plus encore un agent de renseignements, mais qui chez lui semblait parfaitement naturelle. De fait, on l'imaginait mal accrocher une Timex à son poignet. Son autre accessoire semblait également à son aise dans sa main musclée : il sortit son Colt 45 1911 d'un tiroir du bureau et fit glisser la culasse pour s'assurer qu'il était chargé. Murphy se leva, enfila son pardessus gris foncé et glissa le pistolet dans sa poche. Il fit un clin d'œil à son supérieur. « Allez, on va arrêter un espion. T'éloigne pas du téléphone, patron. J'ai comme l'impression que je vais avoir besoin de toi. »

Les deux hommes étaient assis sur des chaises en métal recouvertes de vinyle rouge du Horn & Hardart de la 42e Rue. La cafétéria automatique était bruyante, les voix et les bruits de vaisselle qui s'entrechoquaient se répercutaient sur les murs brillants et les interminables rangées de petites trappes en verre des distributeurs derrière lesquelles se trouvait une profusion de nourriture.

Sur la table, il y avait un panneau qui disait :

FONCTIONNEMENT DU DISTRIBUTEUR
INSÉREZ D'ABORD LES PIÈCES DANS LA FENTE
PUIS TOURNEZ LE BOUTON
LA TRAPPE EN VERRE S'OUVRE
SOULEVEZ LA TRAPPE ET SERVEZ-VOUS

Luca Cracco mangeait une tarte au potiron. La garniture n'était pas suffisamment liée, car les œufs étaient strictement rationnés par le Bureau de l'administration des prix. Il les soupçonnait d'avoir mis de la gélatine à la place. *Mamma mia*... Le bureau rationnait également le beurre et les autres matières grasses depuis 1943. La margarine figurait sur la liste. Mais le saindoux avait été autorisé un an auparavant, en mars 44. Cracco devina à la pellicule gluante qui lui tapissait le palais que c'était bien de la graisse de porc qui avait été utilisée dans la pâte à tarte. Il repensa avec un pincement au cœur à ces samedis après-midi où son frère Vincenzo et lui se collaient à leur mère pour la regarder préparer la pâte en mélangeant la farine et le beurre. « Uniquement du beurre », déclarait-elle d'un ton solennel. Dans sa boulangerie, son fils se contentait d'une production bien moindre – et de revenus bien plus modestes – car il refusait tout compromis.

*Uniquement du beurre*...

Le grand blond assis en face de lui mangeait du bœuf bourguignon accompagné de pâtes plates. Cracco avait essayé de le convaincre de prendre la célèbre tourte au poulet de H & H, une spécialité du nouveau monde, mais il avait préféré s'en tenir à un plat qu'il connaissait. Qui lui rappelait une recette de chez lui. Des spaetzle peut-être, imagina Cracco. Heinrich Kohl, qui se faisait appeler Hank Coleman, venait d'arriver secrètement de Heidelberg, au cœur de l'Allemagne nazie.

Kohl regardait sans cesse autour de lui, mais il n'avait pas l'air de se sentir menacé pour autant. Il semblait simplement éberlué par la diversité et l'abondance de nourriture qui était présentée. Le Vaterland subissait de terribles privations. Chuchotant pour ne pas qu'on les entende, Cracco l'interrogea sur sa traversée clandestine à bord du cargo qui l'avait amené la veille au soir. Sur les conditions de vie en Allemagne devant l'avancée des troupes qui se rapprochaient de Berlin. Sur sa carrière de SS. Kohl rectifia en lui disant qu'il appartenait à l'Abwehr qui relevait de l'armée régulière et non de l'« escadron de protection » d'élite.

Kohl lui demanda à son tour comment se portait la boulangerie et si sa femme et ses enfants allaient bien.

Puis Cracco se pencha légèrement et lui demanda des nouvelles de Vincenzo. « Votre frère va bien. Il a été capturé à Monte Cassino, pendant la quatrième offensive américaine. On l'a envoyé dans un camp de prisonniers. Mais il a réussi à s'échapper et remonter vers le nord – il savait que l'Italie n'allait pas tarder à tomber et ne voulait pas passer à côté de la guerre. Il voulait continuer.

— Ça, c'est bien mon petit frère.

— Il est allé voir des gens, poursuivit Kohl, et leur a exprimé ce qu'il ressentait. Ça m'a été rapporté et je l'ai rencontré. Il m'a dit que vous étiez en contact et que vous vouliez à tout prix venger votre pays. Qu'on pouvait vous faire entièrement confiance. » L'Allemand avala une grosse cuillerée de pâtes en sauce ; il avait englouti la viande en premier. « Nous avons contacté votre officier traitant, Geller, et lui vous a contacté. »

L'homme séduisant regarda le plat que Cracco avait devant lui. « Alors, cette tarte ?

— Au saindoux. » Comme si cela expliquait tout. Ce qui était le cas, évidemment.

L'homme rit. « Si seulement nous avions du saindoux, dans le Vaterland. » Il sortit un paquet de cigarettes de sa poche, en alluma une et tira une longue bouffée, en savourant son plaisir.

Cracco se joignit à lui. *La terza.*

Kohl examina la Chesterfield. « Chez nous, on fait des cigarettes en feuilles de laitue. Quand on trouve de la laitue. Et dans votre pays, ce n'est pas mieux. Ah, ce que ces salauds lui ont fait. » Puis il haussa les épaules. Il fuma la cigarette à moitié, écrasa le mégot et le glissa dans sa poche. « La cargaison arrive ce soir. Vous viendrez avec moi la récupérer.

— Très bien. Mais Geller me dit qu'il faut être très prudent. Il faut surtout nous méfier du FBI et de l'OSS, le service de renseignements.

— Il y a un risque particulier ?

— Apparemment. Mais il ne sait pas lequel exactement.

— Bien, si ça doit être mon dernier repas, je vais en reprendre. » Kohl rit en indiquant l'assiette vide qui était devant lui. « Vous voulez une autre tarte ? »

Luca Cracco repensa au saindoux et lui fit signe que non.

Après ce déjeuner tardif, Heinrich Kohl s'évanouit dans la foule en perpétuelle migration de Midtown.

Pardessus gris ou noir et feutre pour les hommes, manteau et écharpe pour les femmes, dont certaines étaient en pantalon pour se protéger du froid, même si la plupart portaient des bas en fil d'Écosse, qui avait remplacé la soie dès le début de la guerre.

Luca Cracco s'engouffra sous Grand Central Station et prit le métro qui rejoignait la ligne IND de la 8e Avenue, à moins de deux kilomètres de là. Puis il reprit le métro vers le sud jusqu'à West Fourth Street, regagna à pied la boulangerie que Violetta s'apprêtait à fermer. Il était cinq heures moins le quart et il ne restait presque plus rien en rayon – juste quelques pains. Elle allait remonter à l'appartement. Beppe et Cristina étaient avec Mrs Menotti, qui habitait au sous-sol de leur immeuble. Elle était veuve et, pour gagner sa vie, elle faisait du repassage et gardait les enfants des familles où les deux parents étaient obligés de travailler, ce qui était de plus en plus fréquent.

Luca et Violetta s'étaient rencontrés dix ans auparavant sur la Piazza di Spagna, à Rome, au bas des célèbres marches. Il l'avait abordée en lui demandant si elle savait où se trouvait la maison où avait vécu le poète John Keats. Il le savait parfaitement, mais il était trop timide pour inviter d'emblée la jeune beauté à la chevelure de jais à prendre un cappuccino. Trois ans plus tard, ils étaient mariés. Depuis, tous deux avaient pris de l'embonpoint, mais il la trouvait encore plus belle. Elle était plutôt réservée, dans l'ensemble, mais disait ce qu'elle pensait, le plus souvent avec un sourire enjôleur désarmant. Cracco considérait qu'elle était plus intelligente que lui ; il avait tendance à être impulsif. Luca était l'artiste, Violetta, la femme d'affaires. Et gare au banquier ou au négociant qui essayait de la rouler.

Il lui parla de Kohl et de l'entretien qu'il avait eu avec lui.

« Tu lui fais confiance ?

— Oui, répondit Cracco. Geller a toute confiance en lui. Et je lui ai posé des questions dont seul le vrai Kohl connaît la réponse. » Il sourit. « Il m'a posé des questions, lui aussi. J'ai réussi l'examen. Le ballet des espions. » Qui aurait cru lorsqu'il était venu aux États-Unis – pour préserver ses enfants de la guerre qui menaçait – qu'il finirait par devenir un espion. Il se posait souvent la question.

« Il faut que j'aille récupérer le camion. »

Il aurait pu se rendre directement au parking après avoir déjeuné avec Kohl, mais il voulait faire un saut à la boulangerie. Et voir sa femme.

Elle acquiesça d'un signe de tête.

Ils n'en dirent pas davantage au sujet de la mission. Ils en connaissaient tous deux les dangers, savaient qu'il ne rentrerait peut-être pas ce soir-là. Il s'approcha d'elle, l'embrassa furtivement et lui dit qu'il l'aimait. Violetta resta impassible face à ces marques de tendresse et se retourna. Mais elle s'arrêta, revint vers lui et l'étreignit. Puis elle se précipita dans la salle de bains. Pour pleurer ?

Cracco sortit et, les mains dans les poches, se dirigea vers l'est pour récupérer son camion de livraison.

On mettait parfois plus d'une heure à trouver une place où se garer dans le secteur et il déboursait trois dollars tous les mois pour pouvoir laisser le camion dans un entrepôt.

Il avançait avec précaution ; les rues et les trottoirs enneigés et verglacés n'étaient pas aussi méticuleusement dégagés que dans les quartiers plus élégants de l'Upper East Side et de l'Upper West Side. Et comme toujours c'était une véritable course d'obstacles pour réussir à se faufiler entre les gens de tous âges qui faisaient des commissions et marchaient dans le froid, recroquevillés sur eux-mêmes.

Il traversa le paysage complexe de Greenwich Village, une enclave de quelque quatre-vingt mille âmes à près de cinq kilomètres de Wall Street, au sud, et autant de Midtown, au nord. La moitié des habitants ou presque étaient des immigrants de toutes les générations. Vers l'ouest, où habitaient les Cracco, la majorité de la population était d'origine italienne. Ils avaient la chance d'avoir leur propre appartement, aussi modeste soit-il, mais beaucoup de gens vivaient à deux ou trois familles sous le même toit. C'était un monde grouillant d'activité, peuplé de commerces, de cafés, de clubs, où les soirs de chaleur, les accords de jazz et de swing s'échappaient dans les rues par les fenêtres ouvertes, se mêlant en une cacophonie fascinante. On trouvait également des bohèmes – qui n'avaient pas nécessairement grand-chose à voir avec les vrais Bohémiens de Tchécoslovaquie. C'est ainsi que l'on décrivait à New York l'intelligentsia, les peintres, les artistes, les écrivains, les socialistes, et même un ou deux communistes. Ils avaient élu domicile au Village.

Au nord – du Washington Square College de New York University et du parc, que Cracco voyait à sa gauche, à la 14e Rue – se trouvaient les appartements élégants des financiers, des avocats et des patrons de grandes entreprises. Certains d'entre eux gagnaient jusqu'à sept mille dollars par an !

East Village où il se rendait était peuplé d'Ukrainiens, de Polonais, de juifs et de réfugiés des Balkans. La plupart des hommes étaient ouvriers ou commerçants, et les femmes, épouses et mères, et parfois blanchisseuses ou vendeuses de magasin. Ils habitaient dans de grands immeubles, précurseurs du Lower East Village, plus au sud, où s'étaient installés les premiers immigrants à leur arrivée à New York. Il flottait dans ses rues un parfum de chou et d'ail.

Après avoir failli glisser deux fois sur le verglas, il arriva au parking couvert de neige de Bowery Street. Il monta au volant de son Chevrolet et au bout de cinq minutes passées à batailler et ruser avec le moteur, il réussit à démarrer. Quand il voulut passer la première, la boîte de vitesses commença par protester, puis il embraya enfin, sortit du parking et prit la direction du nord.

À sept heures du soir, Cracco passa prendre Kohl devant un hôtel miteux du bas de Hell's Kitchen, un peu à l'ouest.

Ce dernier monta dans le camion.

« Vous avez été suivi ? demanda l'Allemand.

— Non, j'en suis sûr. »

Cracco roula vers le sud puis l'ouest au milieu des flots de véhicules pour rejoindre Miller Highway, la grande artère qui longeait les berges de l'Hudson. Il entendit un claquement métallique et regarda à sa droite. D'une main experte, l'Allemand glissait des cartouches dans le barillet d'un revolver. Il le rangea dans sa poche et en chargea un second.

La guerre fait rage sur presque tous les continents de la terre, se dit Cracco, un millier de personnes sont mortes entre le moment où le camion a quitté l'hôtel et maintenant, peut-être même plus, et pourtant, ces horreurs paraissent lointaines. Il était davantage choqué par l'arme qu'il avait à présent sous les yeux. Six petites balles. Le boulanger se demanda s'il serait capable de la braquer sur un autre homme et de presser la détente.

Puis il repensa aux attaques barbares perpétrées contre son pays et se dit que oui.

Le camion traversa lentement le nord de West Village. Il distinguait, plongés dans le noir, le célèbre marché de West Washington et celui de Gansevoort – les mieux achalandés en viande et fruits et légumes de la ville. Le matin, le chaos y était inimaginable, les étals étaient assaillis par les fournisseurs, les restaurateurs et les simples particuliers. Dès huit heures du matin, les pavés étaient visqueux du sang et de la graisse qui dégoulinaient des quartiers de bœuf, des porcs éventrés et des côtes d'agneau suspendues en plein air à des crochets. On pouvait aussi y acheter des volailles. Pour le poisson, il fallait plutôt aller dans le Bronx. Et au marché des primeurs, on trouvait tous les fruits et légumes que Dieu avait créés.

En jetant un coup d'œil à droite, Cracco remarqua la multitude de jetées et de quais qui s'avançaient dans l'Hudson. Une autre image lui revint : lui, son frère Vincenzo et des dizaines d'autres gamins plongeant des quais à Gaète, au sud de Rome, une station balnéaire où la famille Cracco allait passer la journée en été. Enfin, si la capricieuse Fiat pétaradante ne se mettait pas en surchauffe – au grand dam des deux frères qui priaient à la messe que cela n'arrive pas, même si Cracco se disait que ce devait être un péché véniel de Lui rebattre les oreilles avec quelque chose d'aussi égoïste. (Quoique, Il exauçait leurs suppliques avec une bienheureuse fréquence.)

Ici aussi, lorsque la chaleur était accablante, les garçons – et des filles de temps à autre – se jetaient dans les eaux grises de l'Hudson, dont l'arôme et la propreté laissaient pour le moins à désirer. Mais la jeunesse n'en avait que faire.

Il s'aperçut soudain que Kohl lui parlait.

« *Sì ?* » Puis il se reprit, furieux contre lui-même que cela lui ait échappé. Après tout, il était censé être un espion. « Oui ?

— Là-bas. C'est lui. »

Un cargo qui gîtait accostait le long d'une jetée, l'un et l'autre aussi décrépits. Les quais de Greenwich Village n'étaient pas comme ceux de Brooklyn ou du New Jersey, où les gros cargos débarquaient des marchandises de valeur. Les navires plus modestes remontaient les eaux du fleuve, comme le trente mètres qui avait transporté leur précieuse cargaison venue d'Europe.

Cracco repensa à la traversée qu'ils avaient effectuée de Gênes dans une cabine particulière – formule élégante mais trompeuse qui désignait un réduit de trois mètres carrés sans hublot, éclairé par une ampoule nue. Le seul passager de la famille à ne pas avoir le mal de mer était Beppe qui n'était pas encore né et dormait avec insouciance bien au chaud dans son océan à lui.

Les deux hommes scrutèrent les alentours. Le boulevard était encombré mais la jetée était dissimulée par une demi-douzaine de wagons de marchandises alignés sur une voie de garage. Personne en vue, il n'y avait pas de passage réservé aux piétons et les commerces situés à proximité étaient fermés. Naturellement, Cracco remarqua des bateaux qui sillonnaient l'Hudson, la coque presque invisible dans l'obscurité, mais éclairés par les feux de position qui leur donnaient un air de fête. L'immense étendue noire du fleuve était dominée par l'énorme enseigne de Maxwell House Coffee avec sa tasse inclinée de près de quinze mètres de haut, vide (le slogan de la marque : « Bon jusqu'à la dernière goutte »). Elle était illuminée. Cracco était sûr qu'à une époque, elle avait été éteinte – non pas pour faire des économies, mais pour éviter qu'elle ne guide les bombardiers ennemis.

Depuis, elle avait été rallumée, le pays estimant visiblement que l'ennemi n'exporterait pas la guerre sur ses rives. À tort, évidemment.

Il gara le camion le long du bateau. Kohl tendit le revolver à Cracco. Il eut l'impression qu'il était chaud, mais par une soirée pareille, c'était impossible. Il y jeta un coup d'œil, puis le glissa également dans sa poche.

« Vous êtes prêt ? » demanda Kohl.

Dans un premier temps, non. Pas du tout. Luca Cracco n'avait qu'une envie, c'était de se précipiter chez lui. Puis il se rappela : *Vengeance.*

Et il acquiesça d'un signe de tête.

Ils sortirent du camion, s'approchèrent du bord de la jetée sous le vent cinglant et regardèrent les hommes amarrer le cargo. Quelques minutes plus tard, le capitaine descendit la passerelle en boitillant.

« Bonsoir ! » lança-t-il en français.

Les revolvers se révélèrent inutiles. Le capitaine, un type grisonnant qui mâchonnait sa pipe, emmitouflé dans des écharpes et deux vestes superposées, ne semblait pas inquiet le moins du monde de voir deux hommes, dont l'un avait une tête d'Italien et l'autre d'Allemand, récupérer une cargaison en provenance d'Europe, dévastée par la guerre. Et aux yeux de l'équipage, ils n'étaient que deux employés surchargés venus chercher un colis pour leur entreprise.

Cracco ne parlait que quelques mots de français, et c'est donc Kohl qui s'adressa au capitaine et lui montra Cracco en lui indiquant que c'était lui le destinataire. L'homme tendit les documents de transport à Cracco. Le boulanger griffonna son nom et prit le duplicata. Kohl régla le capitaine en liquide.

Cinq minutes plus tard, des matelots treuillèrent une caisse d'un mètre par un mètre qu'ils déposèrent sur la jetée, puis la portèrent jusqu'à l'arrière du camion. Kohl leur donna un pourboire et ils se hâtèrent de remonter à bord pour se réchauffer.

Une fois à l'intérieur du Chevrolet, Kohl alluma une lampe torche et examina avec Cracco la caisse marquée *Étienne et Fils Fabrication* sur les côtés. L'Allemand dit : « Le port d'entrée est le New Jersey. Elle a été dédouanée là-bas. »

Cracco imagina un fonctionnaire léthargique jeter un vague coup d'œil à l'appareil sans l'inspecter davantage. Peut-être n'avait-il même pas pris la peine de regarder à l'intérieur de la caisse. Kohl souleva le couvercle et ils examinèrent le petit four de boulanger peint en vert. La seule différence entre l'appareil et un vrai four, c'est que celui qu'ils avaient sous les yeux comprenait une grosse bonbonne métallique, comme celles de gaz dont on se sert pour allumer les brûleurs. Cracco murmura : « C'est ça ? »

Kohl se contenta d'acquiescer d'un signe de tête sans dire un mot, une lueur de fierté dans le regard, comme s'il avait fabriqué cette bonbonne de ses propres mains.

« Je m'attendais à quelque chose de plus gros, dit Cracco.

— Oui. C'est le but, non ? Il faut rentrer, maintenant. On a déjà assez perdu de temps. »

Jack Murphy finissait par penser que les frissons étaient des créatures à part entière. Il ne pouvait pas les arrêter. Ils le parcouraient des pieds à la tête. Les uns taquins, les autres franchement sadiques. Ses dents claquaient, aussi.

L'agent de l'OSS se cachait derrière un poste d'aiguillage, à la jonction d'un ancien embranchement de la compagnie Hudson & Manhattan et de la grande ligne de la New York Central. La voie finissait en voie de garage sur une jetée délabrée, à une centaine de mètres des deux espions qui prenaient livraison d'une cargaison dont un de ses contacts les plus sûrs l'avait informé. Murphy surveillait les lieux depuis qu'il avait quitté les locaux de l'OSS, plus tôt dans l'après-midi, luttant contre le froid qui faisait pleurer ses yeux.

Son contact l'avait prévenu que le chargement arrivait ce jour-là, par ce cargo, sur ce quai et que c'était la seule livraison prévue à Manhattan, mais il n'avait rien dit d'autre. D'où cette longue et pénible attente. Enfin, à son soulagement, il avait vu le camion de la boulangerie apparaître sur Miller Highway, puis emprunter la route de service et s'avancer lentement sur le verglas jusqu'à la jetée.

*Cracco's Bakery*
*Luca Cracco*
*1938*

Un camion de boulangerie, évidemment, puisque la marchandise était un four.

Une locomotive de la New York Central, ramenant des passagers qui rentraient chez eux après leur journée de travail dans le Lower Manhattan, venait de quitter le terminus de Spring Street, un peu au sud, sur sa gauche, et passait à côté. Elle laissa dans son sillage une odeur épaisse de fumée de gasoil.

Une nouvelle vague de frissons, suivie de répliques qui se propagèrent à des muscles dont il ignorait l'existence.

*Tonnerre*, se dit Murphy en gaélique, en se balançant sur ses pieds transis tout en se frappant les mains. *Allez, les espions, on se magne*.

Tout ce qu'il voulait, c'était rentrer chez lui dans son trois-pièces de l'East Side avec sa femme Megan et leur fils Padraig. Boire un whisky au coin du feu. Lire le livre qu'il avait commencé la veille. Un roman policier – il adorait ça. *La Plume empoisonnée* d'Agatha Christie. Murphy était bien décidé à trouver l'identité du coupable avant Miss Marple.

Ses mains étaient de plus en plus engourdies. S'il en arrivait là – et il savait bien que c'était inévitable –, réussirait-il à dégainer son .45 et tirer avec précision ? Sans problème. Il contrôlerait le moindre spasme musculaire. Les traîtres à leur pays devaient payer.

Les espions finirent enfin par repartir avec leur cargaison ô combien précieuse, ce n'était pas trop tôt. Murphy ne pouvait pas encore intervenir. Il fallait qu'il vérifie s'ils avaient des complices. Le pas chancelant, il regagna sa Ford Super Deluxe rouge sombre. C'était le dernier modèle lancé en 42. Ford avait arrêté sa production de voitures grand public cette année-là pour se concentrer sur les véhicules militaires, mais la marque avait tout de même sorti quelques Super Deluxe. Murphy avait réussi à mettre la main sur un élégant coupé.

Il se mit au volant, démarra le moteur qui ronronna aussitôt. Il passa la première des trois vitesses et alluma la radio. Elle était réglée sur Mutual Broadcasting, une de ses stations favorites – il la mettait régulièrement quand il était en famille pour écouter *Les Aventures de Superman*, *Le Retour de Nick Carter* et son feuilleton préféré, *Les Nouvelles Aventures de Sherlock Holmes*. Mais pour l'instant, il voulait savoir ce qu'on disait de la guerre aux actualités et chercha la station qui l'intéressait avec le bouton situé au niveau du plancher.

Dans la chaleur bienvenue dispensée par les fidèles ventilateurs de Detroit, Murphy suivit discrètement le camion qui s'enfonçait au cœur de Greenwich Village en laissant plusieurs véhicules entre eux. Le camion finit par bifurquer dans Bleecker Street, puis dans une ruelle située à l'arrière de la boulangerie de Cracco.

Murphy dépassa la venelle et tourna dans la première rue. Il gara la Ford tout au bout et se faufila jusqu'à l'arrière de la boulangerie où le camion était arrêté, le moteur au ralenti. Le grand blond – allemand, évidemment – descendit et jeta un œil autour de lui. Un homme rondouillard, plus petit – un Italien, Cracco, sans nul doute –, le rejoignit. Ils réussirent tant bien que mal à décharger la caisse et à la faire passer par la porte de derrière de la boulangerie. L'Allemand ressortit, un pistolet à la main, et scruta la ruelle. Murphy recula dans l'ombre. Puis l'agent de l'OSS entendit les portières claquer et le camion embrayer. Il jeta un œil et vit le Chevrolet s'éloigner. Murphy n'était pas inquiet ; les deux hommes ne devaient pas aller bien loin. Simplement garer le camion, sans doute.

Il attendit plusieurs minutes, puis regarda de nouveau. La ruelle était déserte. Il se glissa jusqu'à la porte. Par la fenêtre, il vit le fournil. Tout était plongé dans l'obscurité.

Il crocheta la serrure, pénétra à l'intérieur et referma la porte. Il plissa les yeux pour mieux y voir et discerna les fours, les plateaux, les ustensiles. Sentit l'odeur réconfortante de levure et de pain frais (et repensa à sa femme qui faisait de la pâtisserie tous les dimanches). La boutique était également déserte et plongée dans le noir.

Qui êtes-vous, *signor* Cracco ? Et qu'est-ce qui vous motive ? Le patriotisme, l'argent, la vengeance ?

Peu importe. Murphy n'avait que faire des mobiles. Quelles que soient les raisons, si on était un ennemi, on devait en payer le prix.

Il s'approcha en silence de la caisse posée sur le sol en ciment. Le couvercle avait été ouvert, il le souleva puis braqua sa lampe torche à l'intérieur. C'était bien ce à quoi il s'attendait : une livraison très spéciale, en effet. Dieu du ciel !

Il regarda autour de lui et trouva une chaise dans le coin du fournil. Il s'assit et sortit le pistolet de sa poche. Tôt ou tard, l'Allemand et l'Italien reviendraient, peut-être avec des complices. Et Jack Murphy les attendrait. De nouveau, une odeur de levure flotta dans l'air. Il serait bientôt de retour auprès de Megan et Padraig et ils…

« Vous ! »

Murphy eut le souffle coupé en entendant la voix derrière lui, près de son oreille. « Vous, ne bougez pas ! » Un accent italien. Ce devait être Cracco. Il s'était caché dans le garde-manger. Un garde-manger que Murphy n'avait pas pris la peine de vérifier. Un canon de revolver lui tapotait l'arrière du crâne.

Le cœur de Murphy cognait dans sa poitrine, sa respiration s'était accélérée. Les deux hommes n'étaient donc pas partis. Juste l'Allemand. Peut-être se doutaient-ils qu'ils étaient suivis et lui avaient-ils tendu ce piège.

Jésus Marie Joseph, se dit-il.

Cracco lui arracha le Colt de la main.

Il s'apprêtait à se retourner quand l'Italien lui ordonna : « Non. »

*Il ne veut pas me voir en face quand il me tirera dessus*, se dit Murphy. Il entendit le double cliquetis du pistolet que l'espion armait. L'agent de l'OSS ferma les yeux et choisit le Notre-Père pour ultime prière.

Raide comme un piquet, comme à son habitude, Geller entra à grandes enjambées par l'arrière de la boulangerie. Les taches de vieillesse qui parsemaient son crâne dégarni se détachaient dans la lueur jaunâtre. Luca Cracco mettait des ampoules qui éclairaient de moins en moins dans le fournil. Depuis le début de la guerre, l'électricité coûtait de plus en plus cher, comme tout le reste.

« Alors c'est là que vous concoctez vos merveilles », dit Geller, qui avait déclenché les événements de la journée d'un simple mot glissé dans un billet d'un dollar.

Cracco ne répondit pas.

« Nous travaillons ensemble depuis des mois, poursuivit l'homme qui s'approcha d'un four qui était ouvert et jeta un œil à l'intérieur, et pourtant, je crois bien que je ne vous ai jamais complimenté sur votre pain, Luca.

— Je sais que je fais du bon pain. Je n'ai pas besoin de compliments. »

Qui parle avec sincérité n'est jamais arrogant.

Geller poursuivit : « Nous le trouvons très bon, mon épouse et moi. Elle fait du pain perdu, de temps en temps. Vous connaissez le pain perdu ?

— Bien sûr. »

Heinrich Kohl qui se tenait à proximité ne savait pas ce que c'était. Cracco lui expliqua la recette du pain trempé dans l'œuf. Puis il ajouta d'un ton ferme : « Mais il faut le faire au beurre. Pas au saindoux.

Si vous n'avez que du saindoux, ça ne vaut pas la peine. »

Geller indiqua la caisse d'un signe de tête. « Montrez-moi. »

Kohl ouvrit la caisse. Les trois hommes observèrent la bonbonne fixée au four. Ils avaient le visage sombre de celui qui contemple un mort dans un cercueil.

« De l'uranium, dit Cracco. Une si petite quantité est capable de faire ce que vous dites ?

— Oui, il y en a assez là-dedans pour transformer New York en un cratère fumant. »

*Je m'attendais à quelque chose de plus gros*…

Cette matière, avait appris Cracco, devait être transformée en ce qu'on appelait une bombe atomique et semblait tout droit sortie d'un scénario de bande dessinée, digne des *fumetti* de science-fiction qui avaient un tel succès en Italie. Kohl y avait travaillé à Heidelberg des années durant, sept jours sur sept, depuis que le Führer avait donné l'ordre de concevoir une telle arme. Cracco tapota sa poche, puis s'arrêta brusquement. « Est-ce que, enfin… je peux fumer ? »

Kohl rit. « Oui. »

Il leur offrit des Camel et les trois hommes allumèrent leur cigarette.

Cracco tira une longue bouffée.

*La quarta*...

Sur ce, un autre homme apparut sur le seuil du fournil. Svelte, l'allure militaire, comme Geller. Il regarda autour de lui d'un air déconcerté.

« Mon général », dit respectueusement le nouveau venu.

Il s'adressait à Geller que tout le monde appelait ainsi, bien que l'ancien chef d'état-major de l'armée en poste à Washington ait pris sa retraite. Il était retourné à la vie civile et devenu l'adjoint de l'Office des services stratégiques. Le bras droit de Wild Bill Donovan.

« Mon général, je…

— Repos, Tom. On va tout vous expliquer. » Geller se tourna alors vers Kohl. « Il y a des précautions particulières à prendre ? demanda-t-il en indiquant la bonbonne dans la caisse.

— Non, c'est parfaitement protégé. Enfin, si vous ouvrez la protection en plomb, vous serez empoisonné par les radiations et mourrez en un jour ou deux. Et je vous assure que ce n'est pas une manière très agréable de mourir.

— Mais ça ne risque pas d'exploser, au moins ?

— Non. L'uranium doit être formé de manière très précise et réduit en particules inférieures à des micromillimètres et les vecteurs disposés de telle façon que la masse critique…

— Oui, oui, marmonna Geller. J'ai juste besoin d'être sûr que si nos gars la font tomber, on ne va pas incinérer tout l'hémisphère Nord.

— *Nein*. Ça n'arrivera pas.

— Mon général ? répéta Tom Brandon.

— OK, voilà le topo, Tom. Luca Cracco et Heinrich Kohl. Je vous présente Tom Brandon. Chef du bureau de l'OSS à New York. Même si techniquement, nous n'avons pas de bureau à New York. »

Cracco n'avait pas la moindre idée de ce qu'il voulait dire.

Geller poursuivit. « Le colonel Kohl, de l'Abwehr, ou plus exactement, ancien membre de l'Abwehr, était professeur de physique à l'université de Heidelberg avant la guerre. Il a passé les quatre dernières années à travailler là-bas avec une équipe à la fabrication de ce type de bombes. On savait que Hitler la voulait, mais on ne s'inquiétait pas trop. À Washington, tout le monde pensait que ce cinglé s'était tiré une balle dans le pied avec sa loi sur la refondation de la fonction publique. Celle qui virait tous les professeurs non aryens des universités allemandes. Dont certains de leurs plus grands physiciens nucléaires. Felix Bloch, Max Born, Albert Einstein… »

Avec un sourire sarcastique, Kohl dit : « Oui, quelle ironie ! Hitler a perdu ceux qui pouvaient déterminer avec précision la mesure de la masse pour transformer l'uranium 235 en matériau fissile. Et c'est… »

Geller interrompit le professeur-colonel avant qu'il ne se lance à nouveau dans des explications techniques. « Mais *der Führer* a insisté pour que les recherches se poursuivent – avec des gens comme Heinrich, ici présent. Naturellement, il avait une conscience, contrairement à certains de ses collègues. Depuis le départ, son objectif était de continuer à travailler sur ce… Comment vous l'appelez, déjà ?

— Matériau fissile.

— C'est ça. Mais de nous le faire passer clandestinement. » Geller jeta un coup d'œil à Cracco. « C'est là qu'entre en scène notre espion amateur. Il y a environ deux mois, le frère de Luca, Vincenzo, qui était soldat dans l'armée italienne, a été capturé par les nazis et jeté dans un camp de prisonniers. »

Beaucoup de gens pensaient que les Italiens et les Alliés étaient restés ennemis jusqu'à la fin de la guerre. Mais ce n'était pas le cas. Après la chute de Mussolini en 1943, le roi d'Italie et le nouveau Premier ministre avaient secrètement signé un armistice. Beaucoup d'Italiens avaient alors combattu sur leur propre sol aux côtés des forces américaines, britanniques et indiennes contre les Allemands. « Vincenzo s'est évadé du camp nazi et a rejoint l'Allemagne pour lutter avec les résistants. Quand il leur a parlé de Luca, ils ont mis Vincenzo en contact avec Heinrich et imaginé un plan pour faire entrer clandestinement ce matériau fossile...

— Fissile.

— ... aux États-Unis. Luca a tout de suite accepté de nous aider. Ils ont donc camouflé le matériau... en élément de four. Et l'ont fait expédier à sa boulangerie. »

Brandon intervint. « Mais avec tout le respect que je vous dois, mon général, comment se fait-il que je n'aie pas été mis au courant ? Nous aurions pu... » Il n'acheva pas sa phrase. Il se rembrunit. « Vous ne pouviez pas me le dire parce que vous soupçonniez la taupe d'être infiltrée dans notre bureau à nous. »

Geller acquiesça d'un signe de tête. « Les services de renseignements allemands ont découvert ce qu'avait fait Heinrich, appris que la cargaison avait été expédiée, quand et où elle devait arriver. Ils ont alerté leur agent sur place. Mais on ne savait pas qui c'était. Le traître pouvait tout aussi bien être dans votre bureau, Tom. Luca et Heinrich ont donc servi d'appât. La taupe les a suivis et ils l'ont capturée. »

Brandon lâcha d'un ton sec : « C'est Jack Murphy, hein ? Nom de Dieu. J'aurais dû m'en douter. Il ne m'a jamais dit qui étaient ses sources, comment il était au courant de l'opération. Et il a insisté pour se charger seul de la mission. Pour pouvoir les tuer tous les deux et réexpédier l'engin en Allemagne.

— Je voulais vraiment le tuer, dit doucement Cracco. J'ai bien failli. Mais c'est ce qu'auraient fait les nazis. Avec les Américains, il aura un procès équitable. Alors je l'ai épargné, je l'ai ligoté. » Il sourit. « Mais je l'ai malmené, je dois dire. »

Brandon ajouta : « Je me suis toujours demandé comment faisait Jack pour avoir un trois-pièces. »

Le général Geller eut un rire grinçant. « À Manhattan ? Avec un salaire d'agent de l'OSS ?

— Et puis il avait une montre de gousset de luxe. Ah oui, et il roulait en Ford Deluxe 42. »

Cracco était offusqué. « Vous voulez dire qu'il a fait ça pour l'argent ?

— Apparemment, dit Geller.

— Où est-il ? » La voix de Brandon était accablée par le chagrin.

« Dans le panier à salade, direction la prison fédérale. » Geller sourit, ce qui était rare chez lui, à en croire l'expérience de Cracco. « Bill Donovan a parlé à Biddle, le ministre de la Justice. On ne va rien dire à Hoover. Il apprendra l'inculpation de Murphy dans le *Times*. Si tant est qu'il lise le *Times*.

— Qu'est-ce que vous allez faire de ça ? » Brandon montrait la bonbonne dans la caisse.

« Je ne vous ai rien dit, mais on l'expédie à l'ouest. Au Nouveau-Mexique. Ils ont un projet en cours, là-bas. Ultra-secret. Ils ont eu quelques soucis et ils ont besoin de ce machin fissile. C'est bien ça ? Fissile ?

— C'est ça. »

Regardant Kohl, Brandon demanda : « Cette bombe, ils vont l'utiliser contre l'Allemagne ?

— Non. Je l'ai dit d'emblée à Heinrich et Luca : elle ne sera pas lâchée en Europe. C'est inutile. Hitler est fichu. Les Ardennes, c'était son dernier sursaut. L'Allemagne sera tombée d'ici mai, au plus tard. Le problème, ce sont les Japonais. Dans le Pacifique, les opérations risquent de durer encore un an, si on ne les arrête pas. Avec ça, on réussira. » Il indiqua la caisse d'un signe de tête.

« Mon général ? lança une voix incisive. L'équipe est là.

— Entrez, les gars. »

Trois hommes en pardessus pénétrèrent dans la cuisine.

Geller leur dit : « Bien, apportez ça à Fort Dix, dans le New Jersey. Il y a un train spécial pour le

Nouveau-Mexique qui part ce soir. Le colonel Kohl vous accompagnera. Il y a des scientifiques qui ont besoin de lui, là-bas. Ah, et quoi qu'en dise le colonel, le premier qui la laisse tomber, je lui retire ses galons.

— Oui, mon général ! »

Cracco regarda les trois soldats soulever la caisse et la sortir en titubant.

Kohl se tourna vers Cracco. « Eh bien, mon ami, cette rencontre a été brève mais productive. Je crois que je vais me plaire, dans ce pays. La politique, la liberté, la culture… Et surtout, ajouta-t-il avec une mine renfrognée qui s'épanouit aussitôt en un sourire, des restaurants où on peut trouver tout un repas derrière de petites vitres. C'est clairement le paradis sur terre ! »

Le colonel serra Cracco dans ses bras et sortit de la boulangerie par la porte qui menait dans la ruelle pour accompagner au Nouveau-Mexique l'uranium et tout son potentiel d'horreur et de bienfaits.

Tom Brandon était moitié au garde-à-vous, moitié avachi, une véritable prouesse. Geller lui dit : « À bientôt, Tom. Et si vous avez des nouvelles du Grand Nettoyeur par le vide et de ses gars, envoyez-les-moi.

— Oui, mon général. » L'officier de l'OSS hocha la tête puis sortit en resserrant son manteau.

Geller se détourna du pas de la porte déserté. « J'ai eu la nouvelle cet après-midi : votre frère est de retour en Italie, derrière les lignes alliées. » Le général serra la main de Cracco. « Et bravo pour ce que vous avez fait, Luca. »

Le boulanger haussa les épaules.

« C'était mon devoir. L'attaque des Japonais sur Pearl Harbor était inexcusable. Je ferais n'importe quoi pour venger ce crime contre mon pays. »

Son pays.

L'Amérique.

C'est Cracco qui avait suggéré de l'appeler l'Opération Vengeance. Car c'en était bien une.

Geller ajouta : « Ah oui, tenez. » Il tendit à Cracco un billet d'un dollar, déplié, contrairement à la fois précédente.

« Qu'est-ce que c'est ?

— Quand j'ai parlé de l'opération au président Roosevelt, il m'a demandé de vous remercier. Et comme je lui ai dit que vous étiez un excellent boulanger, il m'a demandé de leur rapporter un pain à Eleanor et lui.

— Le président des États-Unis veut un pain que j'ai fait, moi ?

— De semoule, bien sûr.

— J'en fais un tout de suite.

— Je n'ai pas le temps. Je pars pour Washington dans quelques heures. Par le premier train.

— Asseyez-vous, dit Cracco. Prenez un café, que je vais vous préparer, pendant que je fais le pain. » Il saisit une jatte en métal de pâte levée, couverte d'un linge humide.

« Non, ne vous embêtez pas. Je vais prendre un de ceux-là. » Il indiqua un bac avec une douzaine de pains.

Cracco se renfrogna. « Non, non, ça date d'hier. C'est juste bon pour la farce de dinde et le bread pudding.

— Roosevelt s'en fiche.

— Moi pas. » Et Luca Cracco retira sa veste, prit un tablier de la pile de ceux que Violetta avait lavés et soigneusement pliés. Il l'enfila et noua les cordons autour de sa taille.

« Asseyez-vous », répéta-t-il.

Le général Geller s'assit.

Ancien journaliste, chanteur folk et avocat, Jeffery Deaver est un écrivain de renommée internationale, auteur de plus de quarante romans et trois recueils de nouvelles qui figurent souvent en tête des meilleures ventes. *Instinct de survie* a été récompensé par le prix du Meilleur roman de l'année décerné par l'International Thriller Writers Association, et *La Vitre brisée*, de la série Lincoln Rhyme, ainsi que le roman *Vengeance, impair et passe* ont été nommés pour ce même prix. En France, ses ouvrages sont publiés par les éditions des Deux Terres. Il est lauréat du prix Steel Dagger et Short Story Dagger de la British Crime Writers' Association. Deaver a été couronné en 2014 pour l'ensemble de sa carrière par le Lifetime Achievement Award décerné par la Bouchercon World Mystery Convention et a reçu le Grand Master Edgar Award en 2021. Retrouvez l'auteur sur jefferydeaver.com.

Anne Damour a traduit l'introduction, le message de la Mystery Writers of America et *La Robe à cinq dollars*.

Héloïse Esquié a traduit *Le Lapin blanc*, *Les Oiseaux de nuit*, *Mort subite à Sutton Place* et *Mikey et moi*.

Guillaume Marlière a traduit *Trois petits mots*, *Éviter le pire*, *Le Lendemain de la victoire*, *Bienfaiteur en série*, *Piégé ! (Mystère en un acte)*, *Wall Street Rodeo*, *Copies conformes* et *Poil de carotte*.

Sabine Porte a traduit *Dizzy et Gillespie*, *Edgar Allan Poe Street*, *Chin Yong-Yun fait un chidouh* et *Le Boulanger de Bleecker Street*.

# Table